谨以此书

献给我的母土家园

献给我农民变市民的父辈和兄弟姐妹

大风

来自人与土地的声音

张凯 著

内蒙古人民出版社

图书在版编目（CIP）数据

大风 / 张凯著 .——呼和浩特：内蒙古人民出版社，2017.10

ISBN 978-7-204-15060-1

Ⅰ . ①大… Ⅱ . ①张… Ⅲ . ①长篇小说—中国—当代 Ⅳ . ① I247.5

中国版本图书馆 CIP 数据核字 (2017) 第 268698 号

大风

策　　划	朱莽烈　石金莲
作　　者	张　凯
责任编辑	朱莽烈　高　彬
封面设计	刘那日苏
出版发行	内蒙古人民出版社
地　　址	呼和浩特市新城区中山东路 8 号波士名人国际 B 座 5 楼
印　　刷	内蒙古爱信达教育印务有限责任公司
开　　本	880 × 1230　1/32
印　　张	10
字　　数	240 千
版　　次	2018 年 4 月第 1 版
印　　次	2018 年 4 月第 1 次印刷
印　　数	1—5000 册
书　　号	ISBN 978-7-204-15060-1
定　　价	28.00 元

图书营销部联系电话：(0471) 3946298　3946267

如发现印装质量问题，请与我社联系，联系电话：(0471) 3946120

引言

爷爷一声长叹。

我感到我的耳旁刮起一股强风。

一

临明，我的头发着火了，从当脑门“吱啦啦”一下烧到了后脑勺，两个脸蛋儿被烧得火辣辣的疼，我忙用双手灭火，可怎么也灭不掉……我“啊”地大叫一声，端坐而起，伸手摸摸脑袋，头发原样活着，并没被火这个家伙烧死。一看，原来是一束贼亮扎眼的阳光烧在我的枕头上，是它让我做了这个脑袋着火的噩梦——它险些点燃了我的头发，烧伤了我的脸。我顺着光束望去，见门楣上有一只白蜘蛛吊在一根红丝线上。我跳下炕，赤条条来到门口，定睛一看，它不是白蜘蛛，是一颗用红线拴着的大门牙。仔细端详半天，我认出来了，它是爷爷的一颗牙。

我闭上左眼瞅着它，用劲一弹，大门牙像一只来了激情的小猴子，悬在高空荡起了秋千。要不是尿急，我还要和它玩耍一阵子哩。我跑到当院，叉开双腿，一条银蛇“唰啦”一下窜到地面，不一会儿就变成了一条小溪，载着无数个小太阳向低洼处流去。我尿出最后一股尿，不禁打了个激灵，又打了个激灵，然后深深吸了一口气，又长长吐了出去。哎呀，那感觉舒活极了，就好像正口渴难忍之时，有人给我吃了一根彻心透凉的冰激凌那么爽！我举起双臂伸了个长长的懒腰，见爷爷正在院外的老榆树下给土种黑公牛牛娃梳理着毛发。

黑公牛全身油黑锃亮，体魄硕健，斗大的头上，两只犄角像两柄弯曲的杀猪刀直刺天空，两颗铁色如锤的大卵蛋在胯下威风凛凛、直砸大地。从阳光团子里看去，它浑身冒着一股股无穷的力量，就像一位威猛的大力士。

看着它，我顿觉有一股雄风从我的脚下顶了上来，不由两拳一攥，从地上一下弹到了半空，只听“哞”的一声，把我吼得从半空中掉下来了。牛娃又吼了一声，我见它胯下的那两颗铁色大卵蛋也随之爹了一爹。它看着杏花婶牵着她家漂亮的小母牛，也要跟着去，却被一根结实的缰绳拴在了榆树根上。

“杏花，下地去呀？”爷爷直起像背着一座小山丘一样的腰背望着杏花婶。

“是哩，叔。”杏花婶一脸阳光明媚。

“哦，这天红光光的，一滴雨也不下，种进地里的种子芽都发不了，再不下雨，这地怕是连青苗都捉不全哩。”爷爷望着长天说。

杏花婶也抬头看了看天：“叔，依你看，近期有雨没？”

爷爷望着天空，摇了摇头。

杏花婶叹了一声，对爷爷摆了摆手，拉着牛向我家门前的那片树林走了。

吃过早饭，爷爷领着他的黑公牛牛娃和他的孙子牛蛋我，爬上我家东侧的山圪蛋（山丘），来到他小时候栽种的大榆树下，抬头望着树冠。树上榆钱儿稀稀拉拉的，看上去，垂头丧气，一树萎靡不振的样子。

爷爷望着它，不禁一声长叹。

我问："咋了？"

爷爷没说话，望着天空。

天空没有一丝云彩，只有一坨燃烧的太阳。

我发现，一股惆怅在掩埋着爷爷沟壑纵横的脸。

过了一阵儿，爷爷又长叹了一声，背起手向下走去。

我们没顺着小路走，踩荒下了山坡，走进沙蒿地。沙蒿生长出的新叶早被羊吃掉了，一片枯黑枯黑的。我和爷爷在沙蒿地里走着，尘土从我们的脚下腾起，漫过脚面，窜到了裤腿上。尽管现在是农历四月交五月间的日子，也是大地万物生机蓬勃的日子，不知伊克昭大漠高原怎么得罪了老天爷，至今没给我们卡巴什下过一场雨，使这里的土地一片热烘烘灰蒙蒙的。在我们路过一片农田时，爷爷跪在地上，用双手刨着已耕种了的田地，刨了半天也没刨出一把湿土。他捡起几粒玉米种子看了看，种子没发芽，还原样埋在土里。他把种子一粒一粒拣出来，放在一旁，从深洞里挖出一把土，抔到鼻子上闻了闻，伸出舌头舔了舔，又在嘴里吧唧了吧唧，忙唾了出去。

我问："咋啦？"

爷爷叨咕了一句什么，我没听清。

"甚？"

爷爷又唾了一口，说："寡淡得很！"

"甚寡淡得很？"

"土。这土干瘦得很，一点土香味都没有！"

随后，爷爷又从深洞里挖出一把土，两手一搓，像过筛子一样，土从十指间唰啦啦地漏下去了。接着，爷爷把刨出来的土原样填了回去，又把放在一旁的玉米种子一粒一粒摁进土里，用手把土往瓷实拍了拍，抬头看着这方土地。

土地一片灰白，上面燃烧着一层火焰团子。

当我和爷爷和黑公牛来到低滩牧场时，牧场上已布满了灰不溜秋的羊群，那些牛马驴骡大牲口在羊群中左一下右一下地甩着尾巴，啃食着光秃秃的草。

爷爷把牛娃放进草牧场，扬头望着畜群，见它们用蹄子在草滩上刨刨，再低下头啃啃。那些牲口每啃食一口雪白的草根，就像啃在了爷爷的心尖子上，他不忍心看了，望向了东边的打仗圪蛋。打仗圪蛋光秃秃的，下边是一片沙蒿地，过了沙蒿地，不远处是大树林，一条小河由西北向东南穿过狭长的树林，在林荫中波光一闪一烁地缓缓流淌着。跳过林子那边不到一里地，是卡巴什乡人民政府。

爷爷望了一阵那儿，转过身向低滩西边看去，见几个村人坐在一行大沙柳的阴凉下说着话，便领着我向那儿走去。

老远，他们那哈哈大笑声像欢快的锣鼓把我们的心一下子抓过去了。这，让我和爷爷有些急不可待，放快脚步向那儿走去。

三老婶大笑着，见我们走来，向爷爷招了招手。

爷爷问："这是打烂笑罐子啦还是发暗财啦，能把你们高兴成这样？"

一个老汉指着三老婶对爷爷说："哎呀，这个老婆儿痒痒得不行了，快给想想办法吧！"

几个老男人又大笑了，笑得口水流到下巴颏儿都没得空擦。三老婶往起一跪，吼道："气死我了！看我咋收拾你这个老没牙的！"

"哎呀，不敢，可不敢。"那个老汉忙求饶道，"不行了，不行了，我经不住你收拾啦，我现在是有枪没子弹啦。老妹子，我投降，我投降。”

爷爷呵呵地笑着。

三老婶爬过去要脱老汉的裤子，老汉站起就跑。

一通玩笑过去，几个老人擦了笑出的泪，抹了胡须上的口水，坐在一起又拉起了家常。

我听见沙柳上有鸟儿在啾啾地叫，便捡了几颗卵石，钻到沙柳下去寻它们。没走几步，透过枝叶见一只绿鸟站在树枝上唱着歌，我甩开手将石头向它投去，它“嗖”的一下不见了踪影。我又去找它没找着，却找到了一对羽毛艳美的鸟儿，在树梢上一蹦一跳地表演着二重唱。为看它们精彩的表演，我没出手，蹲在沙柳下静静地观赏着。忽见一只跳到另一只背上，欢天喜地地晃了又晃，并啾啾唧唧地唱着。随后，上面的那只鸟跳在树枝上，翅膀一展，抬起爪子“唰啦啦”地一蹬，啾啾叫了两声，好像在说“这不是好来来，这不是好来来”，说完，它俩飞走了。

两只鸟儿翅膀一展扇起了一股风。

说来也怪，我的耳边就呜呜地刮起了大风。

向上看，天蓝蓝的；向下看，地灰蒙蒙的。但，我的耳边却风声呜呜，随之身子也东倒西歪了起来。

我害怕极了。

这是因为那天早晨，哦，也就是我一闭眼一个千年过去了、一睁眼另一个新千年开始了的那天早晨，太阳还没升起的时候，爷爷领着他的黑公牛牛娃和他的孙子牛蛋我，踏着积雪，走到我家房侧的东山圪蛋上，站在他小时候栽种的老榆树下，望着东际山峦上那粉红色的天空和几道霞光一声长叹，我觉得我的耳旁刮起一股强风。他说：“以后，咱们的牛，咱们的羊，咱们的房，咱们的地，连同咱们的人，怕是要被大风一起卷走哩。”他的这话把我吓出了毛病，至今，只要一有风动，我就会有一种强烈而莫名其妙的感觉：耳边大风呼啸，身子也在往起飘浮。这感觉，让我害怕死了。

自从那日起，我特别担心刮大风，怕哪天被大风把我刮到天上去。而今虽然无风走动，但我听见了风声，而且感觉到这风劲儿还不小，于是忙跑到爷爷他们身边。

“起风了！”我吼道。

爷爷们一听我吼，扬起头看着大天。

“牛蛋，大白天说甚梦话哩！”三老婶说，“蓝个莹莹的天上，连一朵云都没有，哪来的风？”

“云被风刮走了。”我说。

“这娃娃，”那个老汉说，“这树梢梢不摆，风尘尘不动，胡说八道哩！”

爷爷看着我，点了点头。

他对我点头，甚意思？是赞许我呢？还是他也感觉到了？管不了这么多了，反正，在这明净的天空里刮着明净的大风。

这风，清清的、鲜鲜的、硬硬的、爽爽的。而且，我还感觉到，这风是从蓝色的内蒙古高原上刮起，不一会儿就刮进了伊克昭大漠高原，接着就吹进了我们卡巴什的每个角角落落，亲吻着这片土地上的每株树、每片叶、每根茎，亲得它们欢呼而跳跃、前仰而后合，哈哈大笑不止。可惜，他们的皮太厚，这么清新、这么阳光、这么鲜活的风，他们竟然一点都没感觉到。

我说：“你们的皮太厚！”我又硬硬地说，“不信？不信你们等着瞧！”

他们认为我在胡说八道，不理睬我了。

他们根本没把我这个孩子的话当一回事。

他们，他们太老了！太没灵性了！还不如让大风赶快把他们卷走！

我在我这小娃娃的心里这么怨恨着他们，而他们却堆在一起，还在一个劲儿地叽叽喳喳、嘻嘻哈哈着。讨厌死了！

他们不理睬我，我也不搭理他们，回头向大树林那边望去，猛然看见两股不大不小的龙卷风向这边席卷而来。我正要尖叫，定睛一看，是两辆小汽车卷着两股尘土，在开阔的沙蒿地里的土路上行驶着。接着，它们穿过林间小河，驶上了坚硬的白色大道，向低滩牧场开来。

汽车进入牧场中央，停下不走了。

从两辆小汽车上跳下五六个人，四下望着整个低滩牧场，指指点点地说着什么。其中一个人手里举着摄像机，在给那些指手画脚的人和低滩牧场上的畜群录着像。

“是来买羊的吧？”

“不像。”

“我看是乡上的干部又馋羊肉了。”羊倌马三贵望着那些人说。

三老婶说：“这羊刚吃了几天青草，那肉也不好吃呀。”

“依我看是上面来了领导，到咱这儿视察哩。”武大山说，“你们看，还有记者给他们录像哩。在电视上咱们见得多了，一有领导出场，就会有记者跟着。”

“是哩，”三老婶说，“还有警察哩。”

武大山望了望草滩上的那些人，回头两眼怪怪地盯着羊倌马三贵。马三贵歪着头：“看甚哩？”武大山嘴一咧，笑了一下。

马三贵见他一脸坏笑，又问：“鬼大山，你又安下什么鬼主意了？”

武大山指着草滩上那个扛摄像机的人，说：“看见了吧？一会儿记者给当官的录完像就会来采访咱们。三贵，你成名的机会来了。”

马三贵眼睛一瞪：“刚吃上青草，你就放开了青草屁！我一个羊倌，成的个什么名？！”

马三贵骂武大山，武大山不恼，嘿嘿一笑："只要你一上电视就成名了。你早做准备，得得劲劲给他们讲上几句。”

马三贵哈哈一笑，眼睛一撩："狼吃鬼说没的了，人家会采访我一个羊倌？”

武大山说："会！肯定会！一会儿要是采访咱，我们推举你。现在刚跨入二十一世纪，你用四溜句子给他们好好总结总结咱农民的美好生活，再给他们展望展望咱农民的美好前景。讲好了，你就一炮打响全世界了！这样，就会有好多黄花大闺女争着抢着嫁给你；这样，你打光棍的苦日子就算熬到头了。”

三老婶说："三贵平时爱总结，总结得也好。这，谁也没得比。”

羊倌马三贵说："快别听他驴吃蔓菁嚼圪蛋了！他的话就顶如我——”他把屁股一撅，放了一个亮屁。

一个亮屁把他们崩笑了。

三老婶咯咯大笑着，拍了马三贵一巴掌："三贵，死下你家人的！生吃上啦？”

武大山不笑，一本正经地盯着马三贵："哎呀，看把这后生气厥成个甚？病得不轻，快快快，赶快拉到兽医站给治治！”

“武大山！”马三贵也不恼，大笑着骂道，“你个老牲口，吃的人饭，崩的是毛驴屁！”

武大山一听，笑了，笑得实在喘不过气了，抱住马三贵，冲他的大胳膊咬了一口。

马三贵："咿，这畜牲，偷咬人了！”

武大山更笑了。

马三贵看了看胳膊上被咬出的红印子："快、快、快，我得赶快去防疫站呀！”

三老婶："去做甚？”

马三贵一本正经："哎呀，到防疫站，打狂犬疫苗去呀哇！"

"打狂犬疫苗？"

"你没看见？我刚才被疯狗给咬了一口！"

"哎呀，三贵三贵，死下你家人的，你今天是跟上鬼了吧？"三老婶双手拍地，大笑着骂道。

武大山又要咬马三贵，马三贵忙站起跑到一边："哎呀，今天赶是惹下老儿狗了哇，咋没想起拿一根棍哩！"

武大山往起一站，马三贵转身就跑。

武大山追着马三贵，见那两辆车开过来停在了路边，从车上下来几个人，他忙转身一路小跑迎了上前："哟，李乡长，欢迎，欢迎啊！"

李乡长问："你们又跑又闹的，干啥哩？"

武大山笑着说道："混仗哩。"

爷爷坐在树影下没动，他们全上前和李乡长他们一一握着手。李乡长，我认识；那位公安，我也认识，是乡派出所干警，人们叫他刘公安；还有一位年轻人我也认识，是乡司法办主任刘纲，他腋下夹着一大卷纸。剩下的那两个人，我不认识，年轻一点的，身上挎着照相机，手里还提着一台摄像机；年龄大一点的，穿一身蓝色西服，手上拎着一个漂亮的牛皮包。看样子，他们一个是记者，一个是当官的。

武大山他们和乡领导、乡干部一番热情后，李乡长向爷爷走过来："大爷，你好！"

他问候爷爷的声音很高。

爷爷回敬道："好，好，李乡长好。"

"大爷，不在家好好待着，出来干啥来了？"

爷爷笑了笑，望了望草牧场上的黑公牛，说："多时不见，李乡长变得精神多了，说话都嗷嗷的。"

“是吗？”李乡长笑了。但，他说话的声音还是那么高。

三老婶说：“李乡长，和他说话不用那么高，小心把老汉的耳朵给震聋。”

“不是吧？”李乡长说，“他的耳朵还这么好使？”

“不仅耳朵好使，那眼睛也明亮着哩。”三老婶说，“这老汉成精了。夜里，老鼠跑过他能听得见；白天，二里路上飞的蚊子他能认出公母哩。”

“别听她胡说。”爷爷笑呵呵的，“要是能活成这样，我就成神仙了。”

“你本来就是神仙嘛！”三老婶又这么说。

李乡长不顾及他那套高档西服了，他盘腿坐在爷爷的怀前，说：“早听人说，大爷能掐会算，今天你算算，我们来干啥来了？”

“嘿，不要听人乱说。”爷爷说，“我没这本事。”

他们一听李乡长要爷爷算卦，个个像打了兴奋剂，一下把李乡长和爷爷围在了中间。那个记者见李乡长握住了爷爷的老手，忙端起相机抢拍了几张。

李乡长握着爷爷的老手，摇了摇。

“大爷，你给算一算嘛。”

三老婶、武大山他们也你一言我一语地打劝着爷爷。

武大山说：“叔，你就给李乡长他们露上一手，让他们开开眼。”

刘公安也上来说道：“是啊，让我们也见识见识。”

羊倌马三贵往起一跪，说：“老叔，快不要谦虚了，我们都知道你有这能耐。”

爷爷不看他，看着李乡长。其实，李乡长不太相信这一套，但，不知他今天为何非要缠着爷爷给他们算卦。

爷爷不说话，用那双深不可测的眼睛看着他们。那目光，飞着飞着就飞到腋下夹着一卷纸的刘纲身上落下不动了。

李乡长又握住了爷爷的手，央求道："大爷，我还从没让人算过卦。你呢，是我有生以来第一个相求的人，你老就给我算算。"

爷爷看着他，摇了摇头。

"哎呀！这老汉，让你算算你倒把屁股撅到天上去啦！"三老婶子往起一跪，指着爷爷，"你不看僧面看佛面，人家李乡长让你算是抬举你哩！"

爷爷笑了笑，抬起手在指头上掐盘了一阵，扫了一眼刘纲腋下的那卷纸，又扬头望着晴朗的天空。随后，爷爷歪着头撩起眼皮看着他们。

"看甚哩？看得我们心里发毛哩！"

爷爷对他们一笑。

他们问："看出甚了？说吧。"

爷爷往起直了直他的驼背，双目盯着李乡长他们，但，爷爷就是不开口。这时，我发现李乡长两眼闪现出两道绿色的光芒，直直地照射着爷爷。

他们又催促，爷爷还是不开口。

这时，李乡长说："大爷，但说无妨。"

爷爷头一仰，对着苍天念道：

十头畜牲九头困，
剩下一头活不成。
过个三年并五载，
荒荒乾坤复昌荣。

爷爷的话，三老婶他们没听懂，说："这四溜句子我们弄不明白，你直说。"

爷爷"哧"地笑了一下。

“哎呀，神了！这老人家算对了！”李乡长往起一站，拍了拍巴掌，“我们今天来，就是要办一件‘荒荒乾坤复昌荣’的大好事！”他指着夹有一大卷纸的人给他们介绍道，“他叫刘纲，是咱卡巴什乡司法办主任。刘主任，把布告发给他们，让他们看看。”

刘主任在沙地上往开展着布告，布告有报纸那么大，上面印满了字，下面还盖着一个大红公章。接着，他给他们发放着布告。这时，那个记者忙扛起摄像机，抢拍着这个具有历史意义的场面。

他们接过看了看，又回头看着爷爷和羊倌马三贵。爷爷是我们这儿远近闻名的老先生，不仅能识文断字，而且还写得一手好毛笔字。那马三贵小时候上过两三年学，也认得几个字。

马三贵举着那张大纸，一个字一个字地念道：

“森、牧、令……”

“三贵哥，”我一听，马上纠正道，“不是森牧令，是禁牧令。”

三老婶他们一听“禁牧令”三个字，脸色“唰”地变了。他们已经意识到了事情的严重性，都举头盯着李乡长。

“给你们介绍一下，”李乡长指着那位穿西服的人，“这位是咱们旗人民政府禁牧办主任白草原同志。白主任，你给他们宣读一下？”

白主任摆了摆手，说：“让司法办刘主任宣读吧。”

司法办刘主任转头看李乡长。

李乡长：“好。刘主任，那就你宣读吧。”

司法办主任刘纲清了清嗓子，拉着声腔宣读道：

关于在全旗（县）范围内禁止放牧的命令

各乡镇人民政府、旗政府各部门、各直属单位、各大企业：

为加强生态环境保护，实现我旗农牧业资源的永续利用和农牧业经济的可持续发展，根据中共××××旗委员会、××××旗人民政府《关于在全旗推行舍饲养羊的决定》（× 党发〔1999〕× 号）精神，经旗人民政府研究，发布如下命令。

从 2000 年 5 月 1 日起，在 ×××× 旗境内全面实行禁牧。其中生态工程、世行项目工程、水保工程、“五荒”治理工程、林业工程等重点工程项目区及乡镇、村、企事业单位确定的绿化区和已治理好的水保、林业项目区内，从 1999 年 12 月 31 日起禁止放牧。

凡在规定禁牧时间内没有禁牧，继续滥牧破坏植被的，依照《中华人民共和国森林法》《中华人民共和国草原法》《中华人民共和国水土保持法》及国务院、自治区有关规定，对责任人依法查处，情节严重者依法追究其刑事责任。

要切实加强禁牧工作的组织领导。各级党政一把手要亲自抓、负总责，分管领导要具体抓，其他领导要配合抓，要切实形成领导合力，确保此项工作落到实处。对领导不力的乡镇及部门领导，要追究其领导责任。

全旗要走建设养畜的路子，转变传统的畜牧业饲养方式，狠抓植被建设，大力推行舍饲养羊，使畜牧业成为新的经济增长点。

此令。

×××× 旗人民政府（章）

1999 年 11 月 ×× 日

刘主任宣读毕，羊倌马三贵“腾”的一下从地上弹起，用放羊杈指着上苍：“哎呀，牛蛋说对了！天，真的要刮大风啦！”

人们都抬头看天……我心里问道：我说对甚了？难道这就是我所感觉到的大风？

我也抬头看天，天蓝蓝的。

马三贵将杈把从天空上劈了下来，一下指在了李乡长的鼻子上，像一头愤怒的狮子，歪着头瞪着眼吼道："你们、你们这是要活杀我们呀吧？！"

"三贵、三贵，你要冷静，你要冷静。"李乡长后退着，羊倌举着杈把紧逼着。刘公安一看，忙掏出手铐，一步跨上来挡住了马三贵。

马三贵彻底被激怒了，脖子一伸，一下将那张因激怒而变了形的脸冲着刘公安的脸贴了上去。

"咋？要给我上铐子？"马三贵扔下杈把，两手"唰"地杵在了刘公安的眼前，"好啊！正好！我给村里放羊，还能勉强养活自己。现在，你们要砸我活命吃饭的碗。好啊，把我逮回去正好有个吃处有个喝处！来，给我戴上！"刘公安一手提着铐子，一手擦着脸上羊倌那愤怒的唾沫。马三贵见他不给自己上，便抓住铐子冲左手腕一磕，铐子就扣在手腕上了。这，把刘公安吓了一跳。他拿出铐子是想吓唬吓唬他，没想到他却自己把自己给铐上了。

刘公安慌了，一手抓着铐子的另一头，一手在身上翻着开铐子的钥匙。爷爷走过来拍了拍马三贵的肩。

"三贵，不要闹腾啦！"

"老叔，你别管！看他们能把我咋的！"

"这娃娃，胡说！"爷爷回头对刘公安，"快开。"

刘公安要开锁，羊倌不让，两人就揪扯了起来。两人一揪扯不要紧，戴在羊倌手上的铐子像一条蛇咬住了他的手腕，在"咯叭叭"地叫着。

马羊倌一看，手腕出血了，他一头杵在刘公安的胸口："今天你就把老子的命要了！"刘公安怕铐子咬断他的手腕，忙放开手向后退着。

李乡长贴着司法办主任刘纲的耳朵说了句话，只见刘纲掏出手机在键盘上摁了三下，放在耳朵上接听着。

我一看，明白了，对爷爷大喊道：“爷爷，刘司法报警了！”

他们一听，愣住了。

羊倌三贵也愣住了。

这时，电话通了。

“是，我要报案……”刘司法对着电话，“我是卡巴什乡司法办刘纲……”

李乡长忙抓过手机：“……喂、喂、喂，我是乡政府李长林……”

“李乡长好，出了什么事……”

“没什么，一点小事，我们能处理好，就不劳动你们了……”

“好，需要我们警察出动，请立即报警……”

“好好好……”李乡长合上手机，看着我们这些被震住的人。

这个电话打得很及时。

这个电话打得很高明。

这个电话打得很管用。

这个电话打得很微妙。

这个电话，让我这个小娃娃把李乡长的聪明一下看透了：他抓过电话的瞬间就摁在了免提上，他这么做，真正的用意就是想用这个电话唬住羊倌马三贵！

但，这个电话只吓唬住了那几个老实人，没吓唬住三老婶子，更没吓唬住马三贵。

马三贵是谁？他可是全乡出了大名的天不怕地不怕的二砍砍。

马三贵挥动着左手，那生红生红的血顺着明晃晃的手铐滴落着。但，他不管，冲刘公安大吼道：“今天你就是枪毙老子，老子要是眨一下眼就不是娘养的！”他吼着这话，向刘公安扑去。

武大山忙上去抱住了他："三贵、三贵，你疯啦？！"三贵说："活着被困死，还不如现在就和他们拼死！我不活啦！"爷爷一看事头不对，上来一把抓住马三贵乱动的手，对刘公安吼道："开！快开！"刘公安愣怔了一下，忙上前卸了他手上的铐子，很是感激地看了看爷爷。马三贵又要扑撞刘公安，又被武大山抱住了。三老婶不惜她的花布衬衫，从下围"哧"地撕下一条，给三贵受伤的手腕包扎上去。她回头看了一眼李长林乡长，便走到旗政府禁牧办主任白草原的身前。

"这位领导，不知你爷爷、你父亲过去是干什么工作的？"

白草原主任不知三老婶要说什么，心里琢磨了琢磨，说："农民。"

"这就好！"三老婶一字一句稳稳当当地说道，"自古以来，这羊留下个放，就没留下困在圈里养。不信，你回去问问你大。"

爷爷一听这话，心里很是佩服三老婶子。但，他怕又生什么状况，对李乡长叫道："李乡长，还愣怔甚哩？快走！"

李乡长盯着马三贵："太不像话！"

三老婶说："他是一个放羊汉，你们把他吃饭的碗砸了，他不跟你们拼命，跟谁拼哩？"

李乡长还要说什么，爷爷对他摆了摆手。

李乡长说："走！"

他们疾马流星地走了。

"孙子！"马三贵在武大山怀抱里挣扎着，"你们走了，老子明天就到旗政府告你们去！"

一听他这话，我的心就笑了。我听见我的心在说：小子，你去告？告谁？你个没脑子！

他们没理睬他，开着车，卷着两股沙尘暴走了。

二

和风吹拂着田野，也吹拂着草牧场。

当然，和风也以她最柔美的姿态亲吻着我们村的每个人。

他们让这清新的风给亲吻得有些焦急不安了，就像一场地震过后，害怕另一场地震又要发生似的，使他们惶惶不可终日。但，田野里那碎小的花朵根本不顾他们的心情，各自尽情地欢天喜地地竞相开放着。

面对这场在阳光中走动的风，他们六神无主了。

这天夜里，哦，这天是农历六月初一。晚上，三老婶和几个老人，不，他们在爷爷面前不是老人。爷爷八十多岁了，他们大都才六十岁左右，但他们都是我的长辈，在我的眼里就是老人。老人们像商量好的，每人手里拿一把黄香和一小卷黄表纸，陆续来到我和爷爷的住所。

我们的房屋在全村来说，是一所上好的居所。一排三间平顶房，砖木结构，满面玻璃门窗，两头挂有两间小耳房，搭盖在屋顶上的椽子是一色杏红色的柏木椽。院落规整，大门口西侧是一苗长势极为旺盛的大榆树，东侧是牛圈和羊圈，再往东走个百十步是山圪蛋，山圪蛋顶端也有一苗长势极为旺盛的大榆树。山顶上的榆树和我家门前那苗榆树一样，树干有一围多粗，两苗大榆树全是爷爷小时候栽种的。我家大门前是一条宽展的乡间大路，穿过大路，对面是爷爷奶奶和他们的儿女们经过很多个年份栽植下的一片树林子。一到这个季节，我家门前满眼翠绿，鸡鸣雀唱，一派生机。

三老婶他们陆续来到我家，一进家门都做着同样的一个动作：把香和黄表纸放在供案上，双手合十，对着香烟缭绕中的那尊土地爷造像拜上三拜，然后，他们才上炕和爷爷唠着家常。

等人来齐了，三老婶看了看爷爷，亲热地开口叫了一声："文震哥——"

爷爷"哦"了一声。他笑眯眯的目光在三老婶那双丰乳上爬动着。三老婶能读懂爷爷的目光，颤了颤上身，两个奶子隔着她的绵绸衫在里面跳起了舞。然后，她对爷爷甜蜜蜜地一笑，又叫了一声："文震哥——"

"哦——"爷爷的声拉得很长，笑得也更灿烂了。

文震，是爷爷的大名。今晚上，三老婶不叫爷爷"驼背哥"了，而是一改常态，甜蜜蜜地叫爷爷"文震哥"。这是怎么回事？这，让我这个小娃娃的心里七上八下地打起了鼓点。

三老婶软和和的："今天，三贵又去低滩牧场放羊，羊出圈时，他说要咱们和他一起跟乡禁牧办对抗到底。你说，咱该咋办？"

"他跟刘公安生闷气哩，过几天就好啦。"

我下地打开柜门，找出爷爷捣碎的砖茶末，捏了一撮放进一只空暖瓶，又捏了一撮盐放进去，将一壶开水冲进去，盖上盖子让它泡着。

武大山说："听说，昨天六社的羊没少被逮，估计一半天就查到咱五社了。"

"那就避一避。"爷爷说，"等他们查过了，再做打算。"

"要是三贵跟他们叫死劲儿，让他们把咱的羊逮走了，那就损失大啦。"杏花婶担心地说道。她，毛花眼，鸭蛋脸，白白净净，不高不低，不胖不瘦，再加上她一说话，那眉眉眼眼鼻鼻脸脸全都笑成了一朵明媚亮丽的花，让人看着就心动、就做梦。她是王玉成的婆姨，男人在外打工。今晚来，她也是想跟爷爷讨个主意。

爷爷说："别怕，天塌下来有大家顶着哩。"

"可咱们的羊三贵一个人放着哩。"杏花婶还是不放心。

“叔，要不，要不你给看看？”武小山是想让爷爷给他们占卜算卦哩。他是武大山的弟弟。

“看什么？”

“看看咱们该咋办。”

这，才是他们来的真正目的。我明白了，怪不得今晚三老婶对爷爷一口一个“哥”地叫哩。

砖茶泡好了，我给他们一人倒了一碗。

三老婶夸赞了我。

杏花婶也夸赞了我。

她俩把我夸得像大冬天开放的花儿，让我心里十分高兴。

她们知道，只要有人夸我，爷爷就会高兴，爷爷一高兴就有可能满足了他们的心愿。

三老婶把我夸了一通后，缠着爷爷说道：“哎呀，文震哥，你就掐算掐算吧。”

香炉里的香焚完了，武小山下地在净水盆里洗了洗手，从香包里抽出三炷高香，燃着插进香炉后，便跪下给土地爷磕了三个响头。

武小山敬奉完土地爷，开口道：“叔，你给我们算算吧，好让我们心里有个底。”他一脸虔诚，祈望着爷爷。

爷爷看着他，没作声。

“哎呀，你快别拿捏啦！”三老婶说。

他们中间，只有三老婶才敢跟爷爷这么说话。

爷爷闭上眼睛，静静坐着不动。

他们以为爷爷在默默推算，都大气不敢出地望着爷爷。

过了好一阵，爷爷睁开眼，长叹了一声后，静望着他们。

“咋了？算出什么哩？”三老婶问道。

爷爷嘿嘿一笑：“算甚哩？”

“好啊，你要我们!”三老婶举手拍了一下爷爷的驼背，“我让你要我们!”

“这事不用算。”爷爷说。

杏花婶一笑：“是不是你早算过了?”

“是福不是祸,是祸躲不过。”爷爷说,“这事,咱们再听听风声、看看情况，走一步说一步吧。”

武小山不死心，说：“叔，这事你就不能给我们推算推算?”

“那天，我已给李乡长算过了。”爷爷说，“你哥在场，他三老婶也在场，他们知道。”

三老婶定顿了定顿，立马明白地“噢”了一声。

三

我醒来，阳光已挤满了屋子。

我舒展开身子躺在炕上，任明亮而温暖的阳光在我光滑的皮肤上流淌。不知咋的，不一会儿，我的“小弟弟”让阳光给流淌恼了，一下子端立而起，像小树橛子一样挺得笔直。

回头看爷爷，爷爷的铺盖一动未动，原样垛在下炕。这老汉又一夜未归，我想，他可能又去三老婶家了。

三老婶的老伴在几年前死了，她的两个儿子儿媳妇带着她的孙子到外地打工去了，每当逢年过节才回来跟她住几天。

“这老汉，光顾他红火，不顾我死活!”我一边穿衣服一边叨叨道，“哼，我找他去!”

我穿好衣服跑到大门口，冲着老榆树撒了一泡尿，然后向三老婶家的方向跑去。没跑出几步，我的恼火立马泄了：爷爷领着他的牛娃，赶着我家那群羊，从山圪蛋顶上翻了过来。

“牛蛋，睡醒了?”爷爷在上面问我。

"醒了！"我说，"你去放羊，咋偷着走啦？"

爷爷呵呵一笑。

"黑夜醒来没怕吧？"

"怕死我了！"

"那咋还站在这儿？"

"真要是怕死了，你就没我这个孙子啦！"

爷爷一听这话，又呵呵一笑。

"要是黑夜不去放它们，"爷爷用拐棍指着从山圪蛋上走下来的羊群说，"白天圈在圈里会把它们饿死的。把它们饿死了，拿什么给我的孙孙喝羊奶、吃羊肉。"

一听说爷爷黑夜去放羊是为了给我喝羊奶、吃羊肉，我的恼火一下就跑得无影无踪了。

现在，我看着这些羊，见它们个个吃得肚子圆鼓鼓的，从坡上一摇一晃一摇一晃地往下摇晃着。

"饿不？"爷爷问我。

"饿。"我说。

我们把羊圈进圈里。

爷爷把牛缰递给我。

"你去拴牛娃，爷爷去做饭。"

"拴在榆树根上吗？"

"拴进圈里吧。"爷爷向屋里走去了。

吃过早饭，也就半前晌了。

爷爷说："过一会儿，你把牛娃和羊赶到大口井上饮饮。"

"我不。"

"好娃娃，让爷爷睡上一觉。行不？"

我一想爷爷一夜没睡，就满口答应了。

快到中午，我拉着牛娃赶着羊群，去树林边的大口井饮它们。

它们喝饱水后，像疯了一样冲进树林，大口大口地吃着草。

我从树上撇下一根柳条，往林子外赶着羊。这时，不知从哪里冒出了一辆皮卡车，车一停，“唰唰”从车上跳下四个彪形大汉，向我冲了过来。

“屁大个东西，竟敢偷牧！”一个喊道。

“我没偷牧……”

没等我把话说完整，另一个喊道：“没偷牧，羊咋在林地里吃草哩？”

我说：“我是往回赶哩！”

“是看到我们才往回赶了吧？”

“不是。”我和他们嚷嚷道，“我是来饮羊的，没想它们饿得不行，才跑进了树林子里。”

“别跟他废话。”一个站在皮卡车下的人喝道，“拉羊！”

这人一声令下，那三个人冲进羊群便逮羊。

一见他们逮羊，我“哇”地号叫了起来。

他们在羊群里挑最大的羊追着逮着，我在林子里一边跳着一边号啕大哭着。有一个人逮住了一只羊，我跑过去抱住他的腿狠狠咬了一口。那人“嗷”地吼了一声，一松手，羊跑了。他一抬腿把我甩出了足有一树高那么远，疼得我“啊啊”号叫了起来。正当这时，三老婶一下就出现在我的眼前了。

三老婶上前推了一把摔打我的那个人。

“你咋打孩子？”

“我没打。”那人说。

“没打？”三老婶指着他的鼻尖，“老远我就看见了。这么摔打孩子，孩子能受得了吗？”

“他咬我！”

那人抹起裤腿让三老婶看，他的小腿被我咬得流血了。

“他为甚咬你？”

“他违反禁牧令，我们逮羊。”

三老婶看了看皮卡车的斗子，里边装着好几只羊。

“你们抓了这么多羊，咋还抓？”

“那不是他的，”那人说，“是我们从别的地方逮的。”

又有两个人抓住了两只羊，拉着向车边走去。三老婶扑过去，两把抢下了那两只羊。

“你们咋这样？”三老婶一手卡腰一手指着我，“把孩子打成这样了，咋还不住手？”

听三老婶这么一说，我“哇”地又号叫起来。

“疼死我了……疼死我了……”

三老婶跑过来：“牛蛋，哪疼？”

“这儿疼，这儿也疼，”我指着身上的几个部位，“哎呀，三老婶，疼死了……”

“用不用送你到医院看看？”

“用！用！用！再不送医院，我就没命啦！”

他们一听这话，都爬到车上去了。

“三老婶，他们要跑，让他们给我看病。”

“别跑！快送孩子到医院——”

三老婶子向他们追去，他们一踩油门逃走了。

当三老婶返回来，我“嘿嘿”地笑了。

“吓死我了，”三老婶说，“我以为你真被摔伤了。”

我趴在地上问：“他们走远了吗？”

三老婶站起瞭了半晌：“跑得连鬼魂脸儿都瞭不见了。”

我从地上爬起，拍了身上的尘土：“哎呀，要不是你说‘把孩子都打成这样了’，我还省不得这样哩。”

“机灵鬼！”

三老婶骂我是机灵鬼，我自己也是这么认为的。

“三老婶，现在咋办？”我指着那些就吃就屙的畜牲们问道。

“让它们吃吧。”

“不怕他们返回来？”

“不会了，今明两天他们不敢来了。”

“为甚？”

“怕领你去医院看病。”

“我还是怕。”

“别怕，我回去赶羊。”

三老婶说完，走了。

过了一阵子，三老婶和杏花婶打开各自的羊圈门，那些被饿疯了的羊一出羊圈门就朝大树林直奔而来。不一会儿，它们冲进树林，和爷爷的羊混在一起了。它们真的饿疯了，不管是草是木是棘刺，只要逮住就吃。

羊群早冲进树林吃上了，两个女人才叽叽咯咯地说笑着走来。她俩见我在林子里采着明丽的花儿，杏花婶和我开玩笑说，牛蛋牛蛋，采这么多的鲜花做甚呀，是不是要送给小婆姨？我说我的婆姨还在她妈的肚子里呢，现在还没生下。杏花婶扬着她那张能打动每个男人的脸说，哎呀，这人人不大，想法倒不少。现在给你娶一个小婆姨，我看你都敢要哩。我说，杏花婶，我要就要你这样的婆姨。

两个女人一听，“咯咯”地笑了。

三老婶问我：“牛蛋，你想要她这种的婆姨，她哪好哩？”

我看着杏花婶的脸，说：“杏花婶脸好。”

三老婶问：“咋好哩？”

我说：“像民歌唱的‘红是那个红来白是那个白，脸蛋蛋就像那个果子花花开’。”

三老婶笑着说：“哟哟哟，杏花，听见了吧？”三老婶又问我：“她哪还好哩？”

我说：“咦——好的地方多哩！”

“你说说看。”

我盯着杏花婶的大胸脯：“杏花婶的两个奶子圆鼓鼓，就像两只大白兔，走起路来蹦蹦地跳，勾得男人眼珠子往外掉。还有，杏花婶长得不高也不低，浑身上下冒喜气，男人见了往死爱，女人见了也不例外。我喜欢哩！”

两个女人听我这么一说，拍着大腿大笑了。

三老婶说：“杏花杏花，知道了吧？漂亮女人连毛孩子都想要哩！”

杏花婶大笑着：“牛蛋牛蛋，你三老婶怎么样？”

她两个把我这小娃娃的二八本事给煽呼起了，我看了看三老婶，说：“三老婶虽然六十一，长得也好看哩。”

杏花婶问：“咋好看哩？”

我说：“你看，三老婶丹凤眼眼鸭蛋脸，白格生生牙齿身条条展，两只大奶赛腰鼓，丰满漂亮特性感。”

三老婶突然收了笑，问我：“甚叫性感？”

我想了想，挠着头皮说：“就是，就是让男人一看见就想跟她睡觉的那种女人。三老婶、杏花婶在我眼里，就是这种漂亮女人。”

杏花婶一听，“咯咯”地笑着，拍着三老婶的背：“三老婆儿、三老婆儿，听见了吧？男人一看见你就想睡你哩……”

“快不要嚼你的舌头了！”三老婶骂道，回头问我，“谁给你说的？”

我说：“电视上说的，性感女人很吸男人。爷爷也说，三老婶年轻时像杏花婶一样，是咱村的大美女哩。”

三老婶骂我："快不要嚼你小娃娃的牙叉勾子了！"

杏花婶知道三老婶和爷爷好，故意气她说："哎呀，三老婆儿，听见了吧？这可是他爷爷说的！"

三老婶的脸红了一下。她笑眯眯地看着杏花婶："杏花，和我比，你这朵花开得还没蔫，可别等花蔫了谢了才唉声叹气、后悔不已。不过，这事，你比我懂得早做得好。"

杏花婶"咯咯"一笑，不接她的茬，又问我："你爷爷长得咋样？"

我说："爷爷好啊！"

三老婶说："一个驼背老汉，有甚好哩。"

我说："咦，好着哩！爷爷敦实憨厚像土地爷，驼背高耸入云天，气宇轩昂不平凡，投足迈步赛神仙！"

杏花婶说："哟哟哟，屁大点人倒会编四溜句子夸爷爷哩！跟谁学的？"

我说："马三贵。"

三老婶可逮着机会了，她看了杏花婶一眼，问我："马三贵咋样？"

我歪着头看着杏花婶想了想，想甚哩？想她和马三贵的关系哩。他俩的关系也不一般，我不能叫杏花婶难堪，于是我说："三贵长得不难看，一米八个头的男子汉，人说他是二砍砍，其实他耿直仗义是好汉，脑子聪明心不坏，女人见了不反感！好人，大好人！"

三老婶看着杏花婶，又笑眯眯的："杏花，听见了吧，三贵在这娃娃眼里也好着哩！"

杏花婶见三老婶笑眯眯地看着自己，便对她龇了龇牙，又回头问我："那，武大山咋样？"

我想了想，说："武大山长得狼心绵羊头，人高马大也顺溜，看似外貌挺绵善，其实此人不一般，表里不一心太短。”

三老婶突然变得一本正经，说道：“牛蛋，不敢乱说！”

我的话一出口，她俩不笑了，看我的眼光也立马变了。

三老婶说：“好了，牛蛋，你到山圪蛋给咱放风去，瞭见禁牧队来了赶快给我们扬土。”

我说：“要是我扬土你们看不见咋办？”

“放炮。”杏花婶说。

“炮？我没。”

“我拿着哩。”杏花婶掏出一个两响大麻雷和一个打火机，“给，看见他们来了你就点。”

我一见大麻雷，高兴了。

“杏花婶，再给我一个吧。”我接过大麻雷又和她要。

“咿——这可不敢瞎放！”三老婶说，“要是乱放，会惊动所有的放羊汉。知道吗？”

“知道了。”我说。

“快去吧。”

我拿着大麻雷转身就走。

“牛蛋，没情况千万别放。”

“好。”

我没走两步，听见杏花婶说：“这娃娃是个材地。”

三老婶说：“是哩。不过，这娃娃光爱女人的那两个奶，怕是长大要耍流氓哩。”

听她这么说，我返了回来。

我问：“三老婶，甚叫耍流氓？”

三老婶一笑，说：“问你杏花婶。”

杏花婶剜了三老婶一眼，告诉我说：“就是爱女人了。好了，快去吧！”

我拿着炮，边往山圪蛋的方向走边思谋：爱女人？那，要流氓是要甚哩？

四

羊倌马三贵失业了。

自从禁牧以来，各家各户的羊全被圈在圈里，不用马三贵放了。他没事干，整天守着电视看，看得多了，想法就来了，点子也就有了。

这天，太阳还没升起，马三贵在被窝里被羊叫醒了。他在被窝里听着羊像挨饿的娃娃一声声地哭叫着，就流泪了。他实在听不下去了，抹了泪，穿起衣服，走出院来到羊圈前，爬在墙上看着羊。羊一见他，就像没娘的娃见到了它们的亲娘老子，扬着头对他“咩咩”叫唤着。他看着它们一个个瘪着肚子可怜巴巴地望着他，泪又流出来了。他冲自己的脸上抽了一巴掌，到场面抱了三大捆玉米秸秆扔到羊圈，随后，他连早饭都没吃，背起手走了。

下午，我见马三贵穿着一身崭新的迷彩服，手里提着多半袋东西回来了。

我迎上去：“三贵哥，去哪了？”

“阿镇。”

阿镇是我们伊金霍洛旗旗政府所在地。

三贵放下袋子，从里面取出一袋汉堡包，说：“给，你吃两个，回去给你爷爷吃两个。”

我高兴极了。

“谢谢三贵哥！”

“下午干甚呀？”三贵问我。

“耍。”我告诉他。

“帮三贵哥做点营生？”

“做甚？”

“一会儿你就知道了。”

我看了看手里的汉堡包。

“好。我帮你。”

我们向他家走去。当我们路过羊圈时，他突然停下不走了，低头看着两道车轮印。那车轮印是新碾下的，通向了他的羊圈。他的脸上立马生满了慌张，忙跑过去，爬在墙上数着他的羊。

自从禁牧以来，他成了乡禁牧执法队的严监对象，只要禁牧执法队一来我们这儿检查，首先要查马三贵。他们认定，只要马三贵的羊在，别人家的羊就不会出圈。

三贵数了数那些对他疯叫的羊，放心地说道，三十三只，一只都没少。回到家，他把那半袋东西放下，见我紧抱着汉堡包，说，牛蛋你把东西放下，等干完营生，三哥还有好东西给你哩。我一听他还要给我好东西，才放下了汉堡包。

他说走。我问干甚？他说让你走你就走。说完，他直奔羊圈。来到羊圈，他打开圈门，羊疯了般往出挤着。

“三贵哥，你叫我跟你去偷牧？”我害怕了。

“不，去洗羊。”他说。

“洗羊？”

“洗羊！”

他说这话时，满脸都是兴奋。

“洗羊干什么？”我不明白。

羊一出圈门就向绿葱葱的树林冲去。

“别问了。”他在前面拦着羊，“快，快，赶它们去大口井。”

我们左拦右挡，费了好大的劲才把羊拦到了大口井。可是，羊没吃东西，一口水都不喝，站在水边望着大口井对面绿葱葱的树林吼叫着。三贵见我站着不动，喊道，快，快把它们赶进水里。我和他一齐用力，连打带推，不一会儿就把羊全赶进水里了。

羊在水里游着，我们在岸上拦着。忽然，我见一只绵羊沉底了，忙喊了一声。三贵问我，我给他指着快要沉到水底的羊。他脱掉上衣，一头扎向了水面。我看到，当他扎进水里的一瞬间，水惊飞而起，又“唰啦啦”地落了下去。接着，他把那只羊捞上岸，倒提起来，一股水从它的嘴里淌了出来。好在羊没被灌死，在地上卧了一会儿，就站起抖着身上的水。随后，羊全上岸了。

羊一上岸，全抖动着身子，抖出无数个水珠子，从太阳团子里看去，那无数个水珠子就是无数个小太阳。它们抖净了身上的水，在明亮的阳光照耀下，个个洁白如棉。

在我们往回赶羊的时候，它们还想去树林里吃草，但可能是洗澡洗累了，它们没了先头那股疯狂劲，只望着树林子一个劲儿地干叫唤。把它们赶回羊圈，它们的毛也基本干了。马三贵回到屋里，不一会儿端着两只大碗走出来，我伸长脖子一看，是两碗油彩。

我大为不解：“你要干甚？”

他说：“染羊。”

“染羊？”

“染羊！”

他把碗放在墙头上，从袋子里掏出两把新刷子，往盛绿色油彩的碗里和盛紫色油彩的碗里各放了一把。

“进圈。”他说。

进到圈里，他逮了一只温顺的大绵羊，让我捉住它的两条前腿。他端详了它一会儿，就给它化起了妆。他在它的各个部位上一刷子下一刷子、左一点右一划给它涂抹着绿彩；接着，他用紫彩又是左一撇右一捺、下一横上一竖给它涂抹着，不一会儿，他就给它化好了妆。他问我咋样，我看了看他的迷彩服说，和你穿的衣裳一样。他笑了笑，站在一旁欣赏着自己的杰作。

化好妆的羊往羊群里一走，那些羊忽地躲开了，都无比恐惧地看着这个奇怪的家伙。

我说："它们不认识它了。"

"全化上了，它们就认识了。"

马三贵蹲下抽了一根烟后，又给羊们化起了妆。大约涂抹了三个多小时，所有的羊才被他染画出来。我看了看它们，又望了望天空，天上有一块云彩在走动。我担心地说，三贵哥，要是下雨，不就白给它们染了吗？他说不会，那是防水油彩。那些羊大眼瞪小眼地相互看着对方。马三贵看着它们，问我还行吧？我说行，就像一群穿了迷彩服的战士。羊互相看了一阵对方，不害怕了。它们不害怕了，扬起头望着我们又"咩咩"地叫唤了起来。

我说："它们饿了。"

"等一会儿，我会让它们吃个饱。"马三贵拍了拍我脑瓜子，"走，回家。"

从羊圈出来，我们的鞋底上踩了厚厚的一层羊粪，我们找了两根棍子抽打着鞋底子。抽打掉羊粪，我们才回到屋里。马三贵端过一盆清水，洗着满脸满手的油彩。果然，那些油彩用水洗不掉。我打上肥皂洗，还是没有彻底洗净，捏了一撮洗衣粉才洗下脸上和手上的花花绿绿。

"饿了吧？"马三贵把汉堡包递给我，"先吃上两个。"

"不饿。我回去和爷爷一起吃。"

他从袋子里拿出一架望远镜。这东西我喜欢，忙上去拿，他却说："这不能给你。"

"送我吧。"

"你看——"他从袋子里掏出一捆大麻雷，"给。"

我看着他手里的望远镜："我喜欢它。"

他说："这东西不能送你。"

我说："三哥，你这么大人了，还玩它？"

他说："三哥买它，有大用哩。"

我说："干甚用？"

他说："望禁牧队。只要他们一露头，我就能发现他们。"

我说："噢，好办法。"

他把一捆十个大麻雷递给我："这炮老厉害啦。飞得高，响声硬，二里路外能听得见。"

我接过炮，说："响声再硬，也硬不过震天雷。"

他说："你不想要就放下。"

我忙说："要要要……"

他说："可不能乱放。"接着，他给我这么这么那么那么地交代了一番，最后说："瞭见禁牧队你就放。只放一个，放多了就没人相信了。"

我说："早知道啦。"

他说："去吧，找你爷爷去吧。"

我提着汉堡包，抱着一捆大麻雷，刚走出门，他又喊我："牛蛋，一会儿跟哥放羊去不？"

"你要去放羊？我可不敢。"我说，"前几天，他们险些把我的羊抓走。"

他说："我不怕！"

五

一进家门，爷爷盯着我怀里抱着的东西："哪来的？"

我说："马三贵给的。"

爷爷没说话。

我举起汉堡包："三贵说，让我吃两个，给你吃两个。"我又举起炮，"他还给了我十个大麻雷。他说，看见禁牧队来了，让我赶快响炮，给大家传消息。"

爷爷一听这话，呵呵地笑了。笑罢，爷爷走到我身边，低下鼻子在我身上闻着。

他闻了半天，问："甚味？"

我说："牲口味。"

爷爷问："牲口味？"

我抬起鞋底让他看。爷爷看了看说，你身上的味道不是羊粪的味道。他这么一说，我明白了，爷爷肯定是闻到了我身上的油彩味儿。我把马三贵给羊化妆的事连捏带诌地给他讲了一遍，他听后，不是呵呵而笑，而是哈哈大笑了。

每到太阳走向西天远山上空时，就是乡政府禁牧队下乡巡查结束的时候。一到这个点，各家各户就打开羊圈门，去放被饿了一整天的羊。

这天，我正在我家大门前的榆树下玩耍，见三老婶一开圈门，羊像百米运动员一样冲向了树林。三老婶捡起一根细长棍来到大路上，站下，顺着大路上下左右瞭望着。

我吼问道："三老婶，你要去偷牧？"

三老婶不回答我，却问："你爷爷哩？"

我说："在家哩。"

三老婶问："他不出去放羊？"

我说："不知道。"

三老婶又瞭了瞭大路："牛蛋，到圪蛋上给咱站岗去。"

我说："不用，禁牧队早回去了。"

三老婶问："你看见了？"

我说："没。"

三老婶说："上圪蛋上瞭着，别让他们把咱逮住了。"

我说："不，我不去。"

三老婶说："好娃娃，快去。"

我说："不！我就不！"

三老婶说："去，赶快去。明天，我给你吃好东西。"说完，她向树林那边走去了。

我回头看看山圪蛋，见杏花婶追逐着羊群，向山圪蛋那面翻过去了。我又向熏羊窑子山圪蛋北边的沙柳地望去，见有两个婆姨追着两群羊钻进了沙柳林。这时，爷爷拿着放羊杈走出来对我说："牛蛋，饭在锅里，饿了你自己吃。"羊听见爷爷和我说话，在圈里"咩咩"地吼成了一片。我说："你也要去偷牧？"

爷爷说："你没听见？"

我问："听见甚？"

爷爷说："羊饿得都号开啦。"

爷爷打开圈门，羊往出扑着，没扑出几只，圈门口就被羊塞住了。爷爷拽着塞在圈门口上的羊，费了好大的劲，拽拔出一只，一圈羊才顺溜地跑了出来。羊一出圈门，就向三老婶放羊的树林冲去了。

我瞭马三贵家，见他家一点动静都没有，便向他家走去。到了马三贵家羊圈前一看，空的。这家伙早就出去放羊去了。他到哪放羊去了？我想了想，一定是去了山圪蛋背面那块最好的草地。于是，我向山圪蛋上走去。上了山圪蛋，我站在大榆树下向北坡下望去，杏花婶在沟畔上放着羊。我又向山圪蛋东坡下那片绿油油的沙蒿林望去，望了半天，也没望见个人和羊。日怪，这马三贵去哪了？我心里正琢磨着，忽然看见下面的沙蒿一会儿向东、一会儿向西，来来回回蠕动着。我盯住那儿看了一阵，一下子明白了，那会运动的沙蒿是马三贵的迷彩羊！我正要跑下去，猛看见一辆皮卡车从上壕的路眼豁子冲了出来。我暗叫了一声：不好！响炮，我没带；放烟火，我没准备柴火。情急之中，我一边扬着土一边吼道："禁牧队来了——禁牧队来了——"

只见马三贵穿着迷彩服从沙蒿林站起望了望我，又忙爬下了。杏花婶扬着鞭子追赶着羊，不一会儿，就把羊全追赶进深沟里了。我回头看太阳，太阳已走到了山顶上。此时，我特别希望大山赶快张大嘴，一口把太阳吃掉，这样，他们就不会发现马三贵和杏花婶了。可大山不仅没这么做，反而支着太阳就是不让它往下掉。这，太叫我失望了。我再一回头，那辆汽车迎着我开到大榆树下来了，车一停，从车上跳下了刘公安和两个我不认识的人。

刘公安望着山坡下的草地，问我："给谁报信哩？"

我说："报信？不是。"

刘公安回头盯着我："那你扬土干甚哩？"

我有些害怕，不敢盯着他的眼睛看，扬头看着大榆树："树上有只漂亮的鸟，我用砂石打哩。"

刘公安也扬起头看着树冠："有吗？我咋看不见？"

我说："飞了。要不是你们惊飞了它，说不定我能打下它。"

站在一边的那个我不认识的人说："刘所长，你看，那沙蒿咋会走动哩？"

听他这么说，我的心一下被拽到嗓眼上了。

刘公安望了望树梢，又望了望那儿："那沙蒿咋会动哩？"

另一个说："下面低，可能是风刮的吧。"

刘公安疑惑地看了那儿一眼，回头说："回吧。"

他们又向那会动的沙蒿看了几眼后，才上车开走了。这时，我那被拽到嗓眼上的心才又回到了原处。

晚上，爷爷放羊回来，我说："爷爷，把咱家的羊也让三贵画成迷彩羊吧。今天，三贵在禁牧队眼皮子下放羊，他们愣是没发现。”

爷爷听后笑了。

现阶段，禁牧已禁到了热火朝天的地步。

禁牧工程是一把手工程，因卡巴什乡禁牧力度不够，上级把乡党委书记给撤了。没撤乡长李长林职务的原因很简单，自禁牧开展以来，他在自治区党校脱产学习，回来后，这项工作他只上手抓了三十多天。但他也难辞其咎，受到了党内严重警告处分。分管禁牧工作的副乡长，更不用提，撤了。

为此，李长林乡长不敢有半点懈怠和一点点侥幸心理了。

李长林乡长不懈怠，农牧民就更难侥幸了。

乡政府把各个口子上的工作人员抽调出来，人数不够，又从社会上雇用了一批五大三粗的闲杂人等，在禁牧队原有的基础上扩大成了七个禁牧执法队，还给每个队派了一名公安或司法人员，而且还给他们装备了手铐和警棒。

禁牧执法队正式成立那天，乡政府把全乡七个村的村支书、村主任一同召集回来。会上，李长林乡长没走过场，也没讲开场白，一开口就给他们下达了死命令：对那些胆敢无视禁牧令的人，该喊就喊，该骂就骂，该罚款的罚款，该捉羊的捉羊，该逮人的逮人。如果禁牧执法队和有关负责人员胆敢徇私舞弊、执法不力，乡党委、乡政府决不轻饶，该撤职的撤职，该开除公职的开除公职，该追究责任的将一查到底！

命令一下达，七个禁牧执法队就跟着七个村主任各奔各村去了。

当我们村的村主任和执法队员坐着皮卡车，穿过树林还未到打仗圪蛋的山脚下，打仗圪蛋上就“呼——叭——”地响起了两声麻雷的炸响。

我站在房侧的山圪蛋上，一听麻雷炸响，立即警觉起来。我向山下望去，见杏花婶在山圪蛋下的背阳处放羊。我回头又向大树林那面望去，见执法队的皮卡车行驶在打仗圪蛋下的土路上，向低滩草牧场开来。我忙拿出马三贵给我的大麻雷栽在石头上，再用打火机点着。炮一响，我见杏花婶忙往山圪蛋下的沟壑里拦着羊。

大麻雷的炸响惊动了村里的人，他们站在各自的门畔上手搭凉棚瞭望着。

"牛蛋，禁牧队进村啦？"

我回头，见三老婶从山圪蛋上爬了上来。

"快啦，马上就进村了。"

三老婶来到我身边，这时，禁牧执法队的皮卡车已开进了东壕村。

我问："三老婶，你家的羊呢？"

三老婶看了看进村的禁牧执法队，回头向熏羊窑子湾瞭了瞭。

她说："但愿三贵不被逮住。"

我说："三贵给你放羊去啦？"

三老婶说："今儿我有事，让他给放去了。"

我见她有些不安，安慰她说："三贵的羊是迷彩羊。再说他还用望远镜望着哩。"

三老婶很是担心："不知他听到这炮声没？"

我说："肯定能听见，每个羊倌的耳朵都竖着哩。"

禁牧执法队在东壕村子巡查了一遍，开着皮卡车向山圪蛋上驶来。

三老婶望了一眼："走，快走。"

我们刚走了两步，皮卡车就冲到了我们面前，一个急刹车，轮下的砂土飞崩而起，冲溅了我们一身。车还没停稳，刘公安就从车上跳下来，接着，有三个黑脸壮汉也跟着下车了。

刘公安用手扇着嘴脸前急刹车冲起的尘土，说："三婶，你们村这是咋了？又响炮又扬土的，是谁家娶媳妇哩，还是出了什么事？”

他说着话，眼睛向四处张望。我很担心杏花婶被他们发现，忙向下面的沟壑望了一眼。那儿静静的，没有任何动静。我又随着他们的目光向远处望去，见中间村的山圪蛋上有人在扬着尘土。一见此情此景，我的心就哈哈大笑了。

刘公安提出的问题让三老婶有些紧张，她说：“娃娃们玩了……娃娃们玩了……”

刘公安：“不是给羊倌通风报信吧？”

三老婶忙说：“不是，不是。哪能把打日本鬼子的招数用在咱人民政府工作人员的身上哩。”

刘公安：“我看不一定。”

“哪能哩，哪能哩。”她拉起刘公安的手，“走，到三婶家喝口水。三婶家还有一只大红公鸡哩，一会儿把它杀了，三婶给你们炖了吃。”

三老婶一热情，刘公安不好意思了。他说：“三婶，我们公务在身，以后再吃你的大红公鸡吧。不过，三婶，我负责你们村的禁牧工作，还请三婶多多支持。”

三老婶“咯咯”一笑：“放心，三婶不支持谁也得支持你。”

刘公安：“那就谢谢三婶啦！只要三婶支持我的工作，比给我吃十只大红公鸡都高兴。”

三老婶又一笑：“那你就高兴吧！三婶既会支持你，又会给你吃公鸡，三婶不会为难你。”

刘公安：“好好好，三婶，我们走啦。”

三老婶又礼让道：“别走了，吃过中午饭再走。”

“不啦。”刘公安招呼了一下他们的人，上车了，“三婶，以后替我多给大家做做工作。”

“好！好！”三老婶说，“你们路上路下常来家坐。”

他们摇下车窗玻璃应答着，并向三老婶挥着手开走了。

车一开走，三老婶对我说：“牛蛋，你赶快到熏羊窑子湾通知三贵，让他避避。”

一听让我到那么远的地方通知三贵，我心里极不愿意。

“没事，没事。”我说，“三贵一听到炮声，早就藏起来了。”

“快去！”三老婶乖哄我，“好娃娃，等哪天杀了红公鸡，三老婶给你吃。”

她用大红公鸡把我的心打动了。但，我又问：“给爷爷吃不？”

“吃！吃！给你们爷孙都吃！”她说。

听她这么说，我高兴地向熏羊窑子那面跑去了。

上了熏羊窑子山圪蛋的最高处，我放开眼，在山圪蛋西南下面那茫茫无际的沙蒿地寻找着马三贵和他的羊。但，就算我把目光放长到天边那么远，怎么瞭也没有瞭见。哦，想起来了，马三贵穿着迷彩服，羊也给画上了迷彩妆，也许他们就在这二三尺高的绿色葱葱的沙蒿地中，是我没有看见。我又留心地巡视了一遍，还是没有发现。这时，我突然想起，三老婶的羊没有画迷彩妆，要是在沙蒿林应该一眼就能瞭见。难道他没来这里放羊？不对，他应该在这里。我又想，是不是他听到炮声，把羊群赶进熏羊窑子里头了？

熏羊窑子是爷爷辈们年轻时为给羊治病开凿出的窑洞子。听爷爷说，那时一年一度都要把羊圈进窑洞，把兽医配制好的药燃着进行烟熏。这样做，一是打羊肚子里的虫，二是祛除它们皮毛里的寄生虫，三是防病防疫。这样用药熏过的羊，一年四季就不会得什么大病了。

所以，我们家西南侧这一溜大山圪蛋上的南端，因凿有熏羊窑子，久而久之，就被称为熏羊窑子圪蛋了。

现在，我站在山圪蛋最高处向四处警惕地瞭望着。我瞭了一阵也没有瞭见禁牧执法队，便以极快的速度冲向了半山坡上的熏羊窑子。冲到熏羊窑子前，我见三贵坐在窑门口抽着烟，他一看见我，惊奇地问道：“你咋跑来啦？”

我说：“禁牧队进村了。”

三贵一笑，烟把他呛着了。他咳了半天，唾出一口黄痰，说：“一听见炮声，它们自己就跑进窑子里啦。”

我说：“不会吧？”

他回头看了看羊，说：“它们让禁牧队天天给折腾得能听懂人话了。”

我说：“你又在哄我。”

他说：“不哄你。现在，只要你喊一声‘禁牧队来了’，它们不是往沟里钻，就是趴在沙蒿下一动不动，要不就拼命地往回跑。”

“真的？”

“真的。”

我张嘴要吼，三贵忙捂住我的嘴：“不能瞎吼。吼得多了，它们就不信了。”

我看它们，它们都警惕地看着我俩。

三贵咳了两声，问：“谁让你来的？”

我告诉了他。

他又问：“现在禁牧队去哪啦？”

我说：“去了中间村、后壕村。”

“走！”三贵往起一站，“咱们放羊去！”

我问：“你还敢去放？”

他说：“没事。中午了，趁他们吃饭的空，让羊再吃一会儿。”

我说：“我不敢。”

他问：“怕甚哩？”

我说："我怕被他们逮走哩。"

他说："没事。现在他们绝对不会来。"他指着山圪蛋下面的沙蒿林，"那儿草好，一会儿就能让它们吃饱。"

我说："我还是怕哩。"

他说："不怕。那大沙蒿林里有雀窝，我顺便引你到那儿掏雀窝、逮小雀。"

他把我最喜好的心思给勾起来了。

我说："好吧。"

我正要到窑洞里往外赶羊，忽听他说："慢！"

"咋了？"

"我还是到山顶上用望远镜望望。"他说，"过一会儿，听见我吹口哨，你就把羊放出去。"

"好。"

三贵挂着望远镜走了。

我站在窑口，看着窑里那些花花绿绿的羊和三老婶的白色羊挤在一起，很是滑稽。这时，我低声地喊了一句："禁牧队来了！"羊都"唰"地抬起头，望着窑口外。

一声尖亮的口哨传来，我对它们说："放心吧，禁牧队吃饭去了。"

它们更是警觉地望着我。

我说："走走走，出去吃草啦！"

它们哗啦一下冲出窑口，向沙蒿地跑去了。

羊们跑进沙蒿林里，低着头啃食起了地皮上的青草。等羊吃稳了，我开始在沙蒿林子里寻找着雀窝。

我在一窝一窝的沙蒿下寻找着，那天宫雀尖叫着在我的头顶上飞来飞去，我知道，在这些沙蒿的周围一定有它们的窝。可是，我怎么找也没找到。

三贵从山圪蛋上走下来，老远就问："牛蛋，找到没有？"

我说："没有。"

他也来到沙蒿地寻找着，随后，他蹲在一窝子沙蒿下叫道："牛蛋，来。"

我跑过去，他给我指着沙蒿下一窝四个雀儿子，那四个雀儿子还没长出羽毛，在窝里"吱吱"地叫着。有两只大天宫雀溜着我们的头皮低飞尖叫，我伸手逮了两次没有抓住。随后，我要捉它们的儿子，被三贵拦住了。

"别。它们太小。"

我说："抓回去，我喂它们。"

三贵说："不能，会把它们饿死的。走，咱们再去寻。要是能寻见一窝大一点的，你就把它们捉回去。"

我们又去寻。

那两只大天宫雀追着我们尖叫了一阵，飞回去了。

我和三贵一窝沙蒿一窝沙蒿地寻找着，可是，寻找了老半天也没找到第二窝。

三贵说："别找了，羊也吃得差不多了。咱们回吧，别不走运气让他们逮住了。"

我说："那、那不行。"

三贵说："听话，让它们再长上十来八天，我领你来捉它们。行不？"

我心里盘算了盘算："你说话算数？"

"算数。"

我们就赶着羊往回走。

路上，我每时每刻注意着每窝子沙蒿，希望自己能发现一窝长羽毛的小雀。当我们赶着羊快要回到村里时，不知皮卡车从什么地方一炮黄尘地冲了出来，挡在了羊群的前头。

马三贵大喊道："禁牧队来了——"

羊们一听，像炸了锅一般，有的趴在了沙蒿下，有的向村庄狂奔而去。

他们跳下车，拦着奔跑的羊。

刘公安冲马三贵走过来，他看了看那些狂奔的羊和那些迷彩羊，喊道：

"马三贵，你长本事了！怪不得那天我们看见沙蒿在走动哩，我们以为看见鬼了！没想到你把羊画成迷彩羊，想尽法子对抗禁牧哩！"

三贵苦着脸："这不是没办法么。不这么干，羊就饿死了。"

"饿死了也不行！"刘公安看了看往村里奔跑的羊，又问："那些羊又是咋回事？！"

三贵把头一低，说："怕你们哩。"

"羊都怕我们哩，你咋不怕？你吃了豹子胆啦？！"刘公安大喝道，"这禁牧的道理、禁牧的政策，你还不明白吗？！"

三贵："明白。"

刘公安："我看你不明白，更不懂！"

三贵长叹了一口气："我懂，我也明白。禁牧不就是让山川披绿装，旱地多产粮；多下雨少刮风，不给京津人头上扬沙尘么。"

刘公安说："所以，才要禁牧么！"

三贵说："好，但也不好。"

"咋不好啦？"

三贵吧唧了吧唧嘴："依我说，这禁牧是因为我们的风把他们刮成了'泥头'，现在他们是想给我们戴'绿帽子'哩。"

刘公安"扑哧"一声笑了，又立马收了，板着脸问道："还有呢？"

也许就因刘公安那么扑哧笑了一下，让马三贵的胆子变得大了，话也变得多了。他说："让我看，咱把牧禁了，咱这里的草木就好了。草木好了，也就刮不起沙尘暴了。说真的，要是哪天咱大漠高原不刮沙尘暴了，京津冀也就麻烦大了。"

刘公安喝道："胡说！"

三贵："胡说？你等着瞧吧。"

"瞧甚哩？"

三贵歪着头："瞧甚哩？依我看，咱这儿不起风，京津冀就不会有风。京津冀没风，那里的人不会被憋死，也会被呛死。"

刘公安骂道："你咸吃萝卜淡操心，你寡呀不寡！让你禁牧你就禁，还找出这么多屁话对抗禁牧！"

三贵挠了挠头："哎呀，这不是被逼得没办法么。"

刘公安："谁逼你哩？"

三贵："羊。羊逼我们哩。"

刘公安："胡说！羊是个哑牲口，咋逼迫你哩？"

三贵："唉，羊吃不上，圈在圈里饿得就像娃娃号一样，听着就让人心惨。不信，你们住下试试看。"

刘公安："不管你这理由那理由，偷牧就是违反'禁牧命令'，你变着花样偷牧就得加倍罚款！"

三贵："罚多少？"

刘公安毫不思索："两千块！"

三贵："哎呀，这赶是要命呀哇？"他说这话时冲我眨了一下眼，同时用下巴给我示意了一下，那意思是让我赶快回村里叫人。

我不敢掉头就跑，假装到车后尿尿。我转到皮卡车跟前，看到车斗里装有六七只羊，上面还铐着一个人。这个人我认识，是我们村的武小山。一看这情形，我害怕了，撒腿向村里跑去。

一口气跑回家，不管三七二十一，我一膀子撞开屋门，只见三老婶正往起提着裤子，爷爷用被子裹着下身坐在炕上。他们脸色有点那么个。我也顾不了许多，对他俩吼道：“武小山上了铐子，被逮了。三贵被刘公安给拦住了！”

三老婶停住了系裤子的手，意外地望着我。

“快点吧！”见他俩不行动，我急了，“再磨蹭，三贵就被抓了！”

“在哪？”爷爷问。

“在前坡上。”我说。

三老婶系好裤子，对围着被子的爷爷说：“我去叫人，你去见刘公安，千万不能让他们把人抓走。”话还未说完，她拉起我的手就走。

“刚才脱裤子啦？”我扬着头边走边问她。

三老婶的脸红了一下。

“这儿扎上刺了，”她指着右侧的屁股蛋说，“让你爷爷给往出挑哩。”

我半信半疑地“哦”了一声。

三老婶说：“你赶快去告诉三贵，别让他发砍砍，要好言相告。我去叫人。”

我站着不动，她推了我一把。

“快去。”

当我返回现场，刘公安他们正追着四处逃窜的羊，三贵像娃娃们玩“狼吃羊”游戏，左拦右挡着他们，整个场子上羊跑人追，你拦他挡，被踢踩得一炮黄尘。禁牧队的人捉住一只迷彩羊拉到车前，抱起羊往车上装，三贵扑过去，一把把那人推了个仰面朝天。紧接着，又有人逮住一只迷彩羊，三贵冲过去夺下羊，冲那个人的胸口给了一拳，双手揪着他的领口，大声责问道：“凭什么抓我这么多的羊？”刘公安掏出手铐：“就凭这！”说话间，“啪”的一下，把三贵给铐上了。在车斗里，武小山两手被铐在了车斗的横杠上，他撅着屁股弯着腰，扬着脑袋对车下的马三贵喊着：

“三贵、三贵，让他们抓吧，抓到监狱有哥陪着你哩。”

“住口！”刘公安喊道。

“你铐了我的手，还要封了我的口？”武小山嚷嚷道。

“你们抓我这么多的羊，让我活呀不了？”三贵上次吃了这铐子的亏，这回不敢甩胳膀踢腿了。

我往车斗里看了看，里面已有两只迷彩羊。

“罚你两千块，按市价应该抓你五只羊！”刘公安说，“你要是再敢对抗我们执行公务，连你抓回去！”

“慢慢慢、慢。”爷爷拄着棍，领着他的黑公牛走过来，“刘所长，消消气，消消气。”

黑公牛走过来，低下头呼呼地嗅着气味，头一摆动，那两只大角击着阳光，闪出了一片黑色光芒。

刘公安领教过黑公牛牛娃的厉害，不想招惹它，上前和爷爷说道：“老叔，这事你别管了。”

车斗里的武小山和车下的马三贵见爷爷为他们说话，来劲了。

三贵举起手：“老叔，你看，他们抓了我的羊，还给我戴铐子。”

“活该！”爷爷骂道，“政府不让放羊，你们不听，今天政府抓你们，活该！”

武小山和三贵一听这话，刚鼓起的劲头和勇气，像被针扎破的气球，“哧”的一下，泄了。

三贵走到爷爷的身前：“老叔……”

“悄悄的吧！”爷爷喝道。

黑公牛听见爷爷动怒了，低着两角，喷着粗气，后腿蹬地，前蹄在地上刨了两刨，胯下那铁色大卵蛋一爹一爹地抽动着。刘公安见状忙躲在爷爷身后，爷爷伸手拍了拍牛娃的脑门：“没事，没事。到后面去吧。”牛娃扬起头，瞪着两颗鸡蛋大的眼睛，看了看刘公安和马三贵，摇了摇斗大的头，听话地向后退了两步。

刘公安他们见黑公牛如此凶悍，怕了，忙往皮卡车旁靠了靠。

“老叔，这回说啥都不能饶过他们。”刘公安说，“你知道，因咱乡禁牧不力，上面把乡党委书记的职免了，李乡长也受了处分，如果我们执法力度不够，要被开除公职哩。马三贵他们不仅不接受处罚，还跟我们动手动脚。老叔，你看看，他竟敢把羊画成迷彩羊进行偷牧，严重违反了禁牧令，如果再不严肃处罚他，以后这牧还禁不禁？”

“禁，禁，一定禁！”爷爷听刘公安已把话说到这个份上，也就没什么话可讲的了，不过他不死心，又说：“小刘子，”爷爷不叫他“刘所长”了，改口叫“小刘子”，叫“小刘子”亲切，话软，“按说这事老叔不该再说什么了，可这事儿走到老叔的眼前了，老叔还是想替他俩向你求个情，赔个不是。这羊呢，你们拉走，也好给上面有个交代。这人嘛，依老叔看就别抓了，行不？就算老叔求你们啦。”

“叔……”车斗里的武小山吼道。

“悄悄吧！”爷爷喊了一声，回头对着刘公安，“小刘子，他俩知道错了。老叔求你们了，别抓人了，行不？”我从来没见过爷爷为了自己的事给别人说过这么软的话，今天他为了马三贵和武小山，却这么低牙下口地替他俩求情，我听着就想掉泪。

刘公安听爷爷这么说，心想，如果自己再不松松口，就太不近人情了。

于是，刘公安扬头问车斗里的武小山：“你知错啦？”

武小山：“知错啦。”

刘公安：“以后还偷牧不啦？”

武小山：“不啦。”

刘公安回头对马三贵：“你呢？”

三贵瞪着眼看爷爷，爷爷狠狠地盯了他一眼，他把头一低：

"我也知错啦。"

刘公安："再敢跟我们动手动脚不啦？"

三贵低着头，低声说道："不敢啦。"

刘公安："大声点！"

三贵抬起头，吼道："不敢啦！"

刘公安："看在老爷子替你们求情的份上，人可以放，但这款必须罚。你们交钱吧。"

三贵："我没钱。"

武小山没作声。

刘公安："那只能逮羊啦。"

三贵："还逮几只？"

刘公安："你说呢？"

三贵见他又要发火，把头一低："你们看着逮吧。"

刘公安见他彻底服软了，便说："这还差不多。"回头对那三个人命令道，"再去逮一只！"

那三个人跑进羊群逮羊去了。不一会儿，他们又逮了一只迷彩羊拉过来，装上了皮卡车。刘公安这才掏出钥匙，给马三贵和武小山卸下了铐子。

"老叔，你老人家回吧。"刘公安说。

爷爷："好，好。谢谢你啦！"

临上车前，刘公安对马三贵、武小山甩下了一句狠话："如果你们再敢偷牧，新账老账一起算，决不轻饶！"说完，他们开着车拉着羊走了。

他们一走，武小山上前给爷爷鞠了三躬。

"这是干甚哩？"爷爷问。

武小山："唉，败兴哩。这要是让捉回去圈上几天就败兴大啦。"

三贵："我才不怕。"

武小山："你当然不怕。你光棍一条，天不怕，地不怕，干甚事都不怕。而我儿女一大群，要是把我圈上几天，让我的娃娃咋在社会上活人哩。"

"这就对啦。"爷爷说完，转身向家走去，他的牛也跟着他走了。在路上，爷爷像是跟牛娃叨叨着什么。

三老婶领着杏花婶、武大山，我大爹、二爹、三爹迎着爷爷走过来。

"你一个人叨叨甚哩？"三老婶问爷爷。

爷爷说："我跟牛娃过话哩。"

三老婶："跟它过甚话哩？"

爷爷说："难哩，难哩。"

三老婶："甚难哩？"

爷爷说："我跟它说，叫成个人不是搭上一张人皮就是个人，做人事说人话才是个人哩。活人难哩。"

三老婶："又咋了，让你这么感慨？"

爷爷拄着棍，扬着头望着大天。

爷爷无语，但我发话了："三老婶，你们咋才来？"

"你爷爷不让，"三老婶说，"怕人多害事哩。"

"怕甚哩？要是你们早来了，说不定那羊他们还捉不走哩。"三贵话里有话。他分明是埋怨爷爷没把这事处理好。

我二爹张笑南一听这话，不让他了："三贵，你说这话甚意思？"

马三贵："没意思！"

张笑南："没意思？连傻子都听得出来，你是说我大（爸）多管闲事！"

马三贵又要说什么，武大山喊道："知足吧！要不是这老汉出面，你们早被抓走了！这老汉怕把你们抓走，让我们在那边等着。要是看见你们被抓走了，要我们一起把车拦下。你们倒好，图情不领还倒打一耙子！”

马三贵辩解道：“我没埋怨老人家的意思。我是说，我一条光棍，一人吃饱全家不饿，就是让他们抓走了，我也不怕。”他说完，回头一看，爷爷早已不在身边了，他领着黑公牛已走出了一大段路。三贵急了，忙向爷爷追去。他跑到爷爷的前面，跪在地上给爷爷磕着头。

我看见，爷爷把三贵从地上扶了起来，三贵抬手擦着眼睛。

也许，这时他流泪了。

六

村人们为避免与禁牧执法队在青天白日下你追我躲、你逮我拦的对抗局面，把夜伏昼出的放牧习惯变成昼伏夜出了。

当下，是一个让牲口立马变肥的大好季节。

两三场普雨下过，伊克昭大地一派生机。

村人们为了在这水草丰美的季节把自家的羊养肥养胖，连黑夜不敢出门的婆姨媳妇们，一到满天星斗、夜深人静的时候，就像约好了一般，打开羊圈门，赶着羊群，涌向四面八方。

今晚上，又轮我站岗放哨。

站在山圪蛋上，借着月光，我看见爷爷和三老婶在门前大树林里放着羊，他俩一个站在树林的北头，一个站在树林的南梢，把守着羊群。我又向熏羊窑子圪蛋东坡上的沙柳林望去，隐隐约约瞭见沙柳林里有三群羊。是谁在那儿放羊？我估计是马三贵、武大山、武小山吧，或许是大爹、二爹、三爹他们，要不，杏花婶也在那儿。

说起杏花婶，我想起了山圪蛋背阴处那块茂盛的草地，她经常在那儿放羊。我向那面瞭去，见有人在沟壑畔放着羊，好好看了看，果然是杏花婶。忽然，我看见有一个人向杏花婶走去，那人走到杏花婶身旁和她说着话。他是谁呢？他背对着我，又是黑夜，我没认出来。于是，便在我这小娃娃的心里猜测起来：不是我三爹张笑西吧？因为三爹张笑西和杏花婶两人在平日相处得……哎，咋说哩？说他俩热乎吧又不那么热乎，说他俩有那个关系吧好像又没有，但我敢肯定，他俩的关系不一般。不对，三爹家的羊呢？我又问起了我这小娃娃的心：难道，三爹没去放羊，是专门来会杏花婶的？不可能。那，他到底是谁呢？

我又向那儿看去，只见那个人把杏花婶抱在怀里了。接着，他们就滚进沟里头去了。紧接着，那人急不可待地把杏花婶压到身下了。

我的眼珠子要掉出来了。

我忙抬起手摁住了眼珠子。

当我放开眼睛，猛然看见，打仗圪蛋上放起了火。

我不能继续看他们娱乐了，忙跑到柴火堆前，掏出打火机，望着乡政府通往我们村的大路。那个方向没有汽车的灯光。我再看打仗圪蛋，上面的火还在燃烧。我想，禁牧执法队一定是在打仗圪蛋那面执法检查，要不然，他们是不会放火报信的。

我又望了望大路，大路上没有汽车走动的灯光。

这回我放心了，转身去看沟壑里的杏花婶和压杏花婶的那个人。正要探起头看，突然看见一辆不开灯的车从村子的另一条小道上驶来。我暗叫一声不好，忙点燃了那堆干柴，火“哗啦”一下就冒了起来。我怕执法队把我捉走，也顾不上看杏花婶和那个人了，转身向山圪蛋下跑去。

在我往家跑的时候，见从大树林和沙柳林里腾起了一炮黄尘。

他们肯定是看到我放的火了，在往回赶着羊群。

羊群腾起的灰尘，像是月光中燃起的烟雾，很好看。

我本想多欣赏一会儿那朦朦胧胧、雾气腾腾的月光尘雾，但我不敢多逗留，因为禁牧执法队马上就要进村了。

管不了那么多了，我还是自顾自吧，要不然我会被禁牧执法队抓走的，这样，将来漂亮姑娘就不愿意嫁给我了。

我一口气跑回家，插上门，摸黑上炕，钻进了被窝。

第二天，我听人们说，昨晚上，马三贵让禁牧队追得掉进山圪蛋背影处的那条大沟壑里了，现在还躺在炕上。

这，让我突然想起昨天晚上在沟里发生的美好事件了。

知道了，我知道压杏花婶的那个人是谁了。

七

爸爸寄钱回来了。

爸爸从美国又给爷爷寄钱回来了。这些年，爸爸总是给爷爷寄钱，一寄就是一两万元。这次，他又给爷爷寄了两万元。对了，不是美元，是人民币。

说真心话，原本我不想在此介绍我自己。

因为，一提起我的事，我的脑瓜仁子就疼，疼得要往开崩裂一般。可想来思去，觉得再不向大家介绍介绍我自己，怕你们猜疑我是个有人生没人养的孤儿，或认为我是一个来路不明的孩子。

你们千万别瞎猜，更不要这么认为。

如果你们要是这么认为，那就大错特错啦。

好了，趁现在的空儿，我就给你们简要地说一说我这个人吧。

我呢，出生在自治区首府，家在一所大学住宅小区内，爸爸妈妈在大学教书。我三岁那年，妈妈在下班回家的路上，遇到一个小女孩过马路，眼看被一辆越野车撞上了，妈妈扑过去，一把推出女孩，女孩得救了，可我年轻漂亮、优雅高贵的妈妈却被轧在了车下。在那一刹那间，三岁的我从睡梦中惊叫而起。那一刻，我的心好痛，好痛。我的惊叫哭喊惊动了爸爸。那天下午，爸爸没课，在家写学术论文，他跑到我的房间，以为我做了噩梦，抱起我乖哄道："别怕，别怕，儿子，别怕。有爸爸呢。"我记得很清楚，当时，他就是对我这么说的。我说："妈妈呢？"他说："妈妈一会儿回来。"我突然说："妈妈没了，我再也没妈妈了。"爸爸一听这话，先是愣怔了一下，后是朝我喝道："呸呸呸！你胡说！"我又"哇"地哭了。这时，电话铃响了。电话铃一响，把爸爸吓了一跳，我在他怀里，我能感觉到他的惊悚。爸爸一听电话，右手一软，我就掉在了床上，床里的弹簧又把我弹了起来。尽管这样，我反而没哭。爸爸一下子瘫坐在床上，呆了片刻，又像疯了一样抱起我就跑。那天下午，爸爸在家，保姆没来，爸爸抱着我冲到当街，拦了一辆出租车，直奔医院去了。

当爸爸抱着我冲进医院急救室一看，妈妈上着氧气，腿上、胳膊上、手上上了很多红白蓝黄黑的管管、线线。爸爸把我放到妈妈的病床前，弯下腰，脸几乎贴着妈妈的脸，轻轻唤道："舒婷、舒婷。"他一遍又一遍地唤着，他轻轻地唤着，他泪流满面地唤着。妈妈终于在爸爸的呼唤声中睁开眼，她看了看爸爸，看了看幼小的我，那透明透明的泪就从她的眼眶里飞出来了。爸爸早已哭成了个泪人，像刚在洗头盆里泡了头脸一般。妈妈对爸爸微微摇了摇头。妈妈的意思我懂，是让爸爸不要伤心，不要流泪。妈妈看了我一眼，嘴动了动。妈妈在说话。爸爸忙把耳朵贴上去，妈妈的嘴唇微微地动着，尽管声音很低很低，但我能听得见。

妈妈在说："笑天，对不起！对不起！"

爸爸摇着头，泪水被他甩到了两面的墙上，那洁白的墙立即被爸爸的泪打湿了两块。

妈妈在说："笑天，我把守镞交给你了，你一定要把他培养、成、成……”话还没说完，妈妈探我的手“唰”地落下去了……

后来，后来呀，爸爸把我抱回卡巴什，交给了我的爷爷和奶奶。再后来，他离开了首府那块伤心之地，到美国去了。

罢、罢、罢，既然说开了家事，那么我就连同奶奶一起简略地说说吧。

奶奶姓王，出生在医生世家。

奶奶有一个很好听的名字，叫王翠英。

据说，老姥爷不仅医道好，而且还会念咒作法。奶奶王翠英从小跟老姥爷学了不少医术，比如针灸，比如接生，比如拔火罐，比如刮痧，这么说吧，能治疗常见病、小毛病的医术，她都精通。

十八岁那年，奶奶王翠英，连同她的医术和我老姥爷送她的一包能针灸疗病的银针，一起嫁给了爷爷张文震。

三年前，奶奶的遭遇跟我妈妈的遭遇几乎一样。

她们婆媳都是为了救别人而失去生命的。

我被爸爸送回来时，我的奶奶老了，但奶奶在我的眼里就是一尊活菩萨。菩萨你们都见过吧，也都拜过吧，我的奶奶长相跟观世音菩萨的相貌十分相似，只是观世音菩萨个头高，奶奶的个头低，观世音菩萨披绸挂缎，奶奶穿的是粗布短衣。还有一点，她们梳的发型不一样，观世音菩萨发髻高盘，我奶奶留的是齐肩短发，用发夹向后别着。

奶奶的劫难，我清楚。

是爸爸送我回来后的第三年中秋节前发生的。

那是天高云淡的一个晚上，邻居张四夫妻来到我们家，一把鼻涕一把泪地说，他家的女儿送不回去了，要跟人家离婚，求我爷爷奶奶想想办法，保住女儿的婚姻。

那时，因为各家各户儿女多，家又穷，两家的儿子找不下对象，就换亲。换亲，就是双方互把女儿嫁给对方的儿子。

他们两家换亲后，人家的闺女嫁过来和他家的儿子感情好，不到一年就给他家生下一个大胖小子，而他的闺女和人家的儿子感情不和，经常打打闹闹，一年要跑回来好几次。这次，他家的闺女跑回来说甚也送不回去，要和人家离婚。要是他家女儿和人家儿子离婚,那人家的闺女肯定也别无选择地和他家的儿子离婚,他们求奶奶去劝说他家的女儿。

这桩婚事对他们来说挺麻烦,但也很重要,奶奶当然义不容辞。

通过奶奶一晚上苦口婆心的劝说和开导，他家的女儿终于被奶奶说服了。

第二天一早，张四套上骡车，来到我家门口，要奶奶一起把他家的闺女给人家送回去。

其实那天奶奶不想走，但吃不住张四两口子的苦苦相求，就去了。奶奶把她送回去，返回来时已是晚上。当他们赶着骡子车快要进村的时候，一辆大卡车迎面开来，闪了一个长灯短灯，把拉车的骡子惊了。骡子一惊车就翻了，张四逃出去了，而奶奶却被轧在汽车的轱辘下。

这事一出，惊动了全村人。

人们纷纷跑到出事地，等把奶奶从车轱辘下救出来，奶奶早已没气了。人们一看都哭了。那晚,号哭声在夜空里久久滚动着、飘荡着，撞得黑暗轰轰作响。我站在爷爷的怀前，看着爷爷怀抱里血肉模糊的奶奶和地上一片被血染红的沙土,看着看着,我“哇”地哭了。

但，我看见了奶奶的命。

奶奶从她的躯体上一点一点剥离出来，有二尺多高，在哭她的人中间走动着。她看着哭她的人们，泪流满面。后来，她来到我的身边，围着我左转了三圈，右转了三圈。再后来，她走到抱她躯体的爷爷身前，看了看血肉模糊的自己，向号啕大哭、泪流满面的爷爷鞠了三躬。紧接着，奶奶两脚离地，慢慢地、轻飘飘地升上了天空。

这时，我突然看见爷爷的牛娃戴着半截缰绳，从趴在地上号啕的人们头顶上空飞跃过来，站在爷爷怀前，低头闻了闻奶奶的鲜血，前腿一跪，“嗷——”地吼了一声。

它的一声长吼把所有人都震住了。

人们不号哭了，都在看它。

它站起，用两只碗口大的前蹄刨着地皮，扬着斗大的头，对天长号不已。

我走到它的身边，说：“牛娃，牛娃，我看见奶奶的命了。”

牛娃就不号了，低下头看着我。

我看见牛娃那豆大的泪珠，在它的长脸上瀑布般落着。

我对它说：“早来一会儿，你也能看到奶奶的命了。”

牛娃一听，张嘴又要号。我忙说：“牛娃，牛娃，别哭了，奶奶上天做神仙去了。”

牛娃和人们一听我这么说，都抬起头望着天空……

好了，向你们讲了我妈妈、我奶奶的悲惨事儿，你们也就知道我这个悲苦的孩子了。

八

说来也怪，禁牧不到两年，伊克昭大漠高原就像重换了一片天地。

今年初夏，卡巴什大地排绿，一派水灵灵、翠生生的。各种各样碎小明丽的花朵漫山遍野，争相斗艳；田园里的玉米、谷子、土豆、蔬菜等等农作物，嘎嘎地往起疯长着；柳树新枝绿叶，一树翠生生、绿茵茵的；杨树绒花串串，纷纷扬扬，在空中、在大地飘飘洒洒着；榆树上的榆钱儿，满树冠黄灿灿、亮晶晶的；柠条金花怒放，黄遍了山头坡洼，黄遍了沟沟岔岔；占据了整个大漠高原三分之一土地的沙蒿，也由黑变绿。站在高处望去，一世间都是嫩嫩的、绿绿的、灿灿的、鲜鲜的，就连那些多年不见的漂亮的鸟儿也从南方飞回来了，在鲜活的土地上蹦蹦跳跳，在翠绿的树梢上飞舞鸣唱。这让我们这些孩子发了疯一般，整天在树林子里钻来钻去地追逐着它们。

植被在这块裸露的土地上已经很是丰旺了，但禁牧还没有结束。

卡巴什乡政府除加强了禁牧执法外，又组建了一个庞大的科学养畜普及队，使每一个偷牧者失去了任何偷牧的机会。这一目的，从今年霜打万物的秋季就全面实现了。那时，所有养畜户都认为政府禁牧是一股风，刮一阵就会刮过去，然而，他们的企盼彻底落空了，这股风不仅连续刮了两年，而且越刮越猛烈了。

那日，乡政府科学养畜普及队技术人员上门要给大爹、二爹、三爹免费建青贮窖和分槽喂养圈，结果兄弟三人串通一气，把人家给轰走了。

这事，让爷爷很是生气。

一气之下，爷爷把他的羊卖了一半。晚上，他把三个儿子召集来，开了一个家庭会。

会议一开始，爷爷劈头盖脸地问道：“你们是我和你妈生养的吗？”

大爹张笑东一听这话，呵呵地笑了。

“大大是老糊涂了。不是你们生养的，难道是刮风刮将来的？”大爹张笑东和爷爷开玩笑说。

“我看还不如刮风刮来的呢！”爷爷把他的老脸一板，“说话要说人话，做事要做人事。你们要是我和你妈生养的，明天到乡上给那两个技术员赔礼道歉，请他们来给你们建青贮窖，建分槽喂养圈。”

我的三个爹爹见父亲不高兴了，话又说得这么硬，谁也不敢再说话了。

爷爷见他们把头低下了，放柔了声说：“你们不要一条路走到黑，再跟禁牧作对就是自讨苦吃。依我看，这禁牧禁得对。再不禁牧，这土地天天被牲口啃咬上，天天被人给作害上，连一点生息还养的机会都没有。如果再不保护土地，土地早晚要被人和牲口给祸害完蛋的。到那时，你们和你们的子孙怎么生存？！”

这时，二爹张笑南插话说：“大，我们知道你能掐会算，但也不至于像你说得那么可怕吧？”

爷爷说：“我能掐会算，一丁点凭的是会点阴阳五行推理术，大多凭的是我这八九十年的人生经验。不用推，不用算，难道你们没感觉到吗？你们没看见吗？”

三爹张笑西见大哥二哥不说话，便问：“大，看见什么？”

爷爷说：“自从禁牧以来，草长得多了，也长得高了，花也开了，这土地也变得湿润了，这雨也比从前下得多了，连多年不见的百灵鸟也飞回来了。这，都是禁牧禁出来的！”

“我看不全是。”三爹张笑西说，“是今年的天年好。”

“亏你还是个社委会成员！”爷爷骂道，“连一点远见都没有！”他训斥完三爹，看着他的三个儿子，又说道，“就拿这青贮窖和那分槽喂养圈来说吧，连我这个快九十岁的老汉都接受得了，你们咋就接受不得？今年春夏之交，政府给咱们贴上饲料玉米和高粱种子，又派来技术员帮助你们种上，看看现在那满坡满洼的饲料玉米、饲料高粱生长得多么好。眼下，政府又贴上钱贴上人帮你们建青贮窖，要把这些绿茵茵的饲料玉米和高粱贮藏起来，等来年羊吃青的时候再拿出来喂，这多好。再说这分槽喂养，人家要把这些羊肥的和瘦的、大的和小的分开饲养，这么做，没错。如果你们三个再跟人家闹，吃亏的是你们。如果明天你们不去请人家，吃大亏的便是你们！听我的话哩你们去请，不听哩你们自己看着办！”

二爹张笑南看了看大爹和三爹，最后对爷爷表态说："我们听大的。"

"今天初几了？"爷爷突然又问。

"十五啦。"大爹张笑东告诉他。

爷爷坐在了当炕心，望着供桌上的土地爷："笑西，给土地爷上香焚表。"

三爹张笑西跳下炕，点燃了三炷香，插进了香炉。

"你们都下去拜拜土地爷。"爷爷说。

大爹、二爹有些不情愿，但他们还是下去了。爷爷见我坐着未动，说："牛蛋，你也下去拜拜。"我本不想下去，但见爷爷用他那双深不可测的眼睛盯着我，忙跳下炕，跟大爹他们跪在供桌前给土地爷磕头。磕完头后，又给土地爷焚了一张黄表。

我们拜了土地爷后，爷爷说："当着土地爷，今晚我要给你们分家产。"

一听这话，我的三个爹爹的脸色一下变了。

"大，好好的，你给我们分的个什么家产？"

因为爷爷能掐会算，他们以为老父亲算出自己要什么了，都紧张、害怕了起来。

"不怕，不怕。"爷爷说，"死不了，我还能活他个十来八年哩。"

"那，你给我们分的个什么家产！"

"不是分家产，其实是给你们分负担哩。"爷爷说，"大大老了，劳动不动了，这羊呢，我也营务不动啦。大呢，共有七十六只羊，一万三千九百三十九苗树。上午，我给羊贩子卖了四十只老羊、羯羊，剩下三十六只好羊。我要把这些卖羊的钱和留下的羊，分给你们五个儿子、两个闺女。”

他们一听父亲这话，不作声了，但各自在心里拨拉起了各自的算盘珠子。

我的爷爷，他们的父亲，看了看三个不作声的儿子，心里已明白，现在他的三个儿子各自在心里念着各自的小九九。其实，怎么分羊，怎么分树，爷爷心里早有打算，他不说出来，是想看看大爹、二爹、三爹他们在利益面前还是不是自己的好儿子。

过了一阵，爷爷问道 ：“怎么个分法？你们三个说说吧。”

老大张笑东看了看老二、老三，随后伸出舌头舔了舔干燥的唇，又吧唧了吧唧嘴，没作声。

老二张笑南低着头，心里在想什么，就摸不透了。

老三张笑西看看老大，又看看老二，转头看父亲，发现有一种笑从父亲眯成缝褶的眼睛里钻出来，在扫射着他们。

老三张笑西看着父亲这笑，心里有些慌张，他说 ：“大哥，你是长子，你先说吧。”

老大张笑东又吧唧了吧唧嘴 ：“我看，大大身强体壮，不应该分。”

老二张笑南说 ：“我看，大大说得对，他上年纪了，这些羊他营务不动了。现在和过去不一样，禁牧了，每天还得人侍弄它们。我同意大大的意见。”

他们把目光全集中在了老三身上。老三嘿嘿一笑 ：“你们不用看我，你们说咋我就咋。”老三张笑西说得很轻松。其实，他的心里早已盘算好了，上有老大，中间有老二，分与不分，或怎么分，自己跟着搭顺车就行。这样，既不得罪两位哥哥，也不惹父亲生气，到时候反正不会少下自己一分钱。

现在，他们谁都不说话。

我知道，出问题了。

问题出在什么地方，我这个娃娃就不知道了。

这时，爷爷说："我不是让你们说分与不分，是问你们该怎么分！"

大爹张笑东又吧唧了吧唧嘴："那，你说该咋分？"

爷爷说："是我问你们哩。"

大爹不说话了。

二爹说："大，你说吧。"

爷爷说："这么一点点事，让你们三个说说意见都遮着掖着，还给我要心眼！真是的！"他有些生气，回头看着我，"牛蛋，他们不说，你说，该咋分？"

其实，我早想说了，现在终于轮到我了。我咳了一声，清了清嗓子："爷爷生养了五男二女，是七子团圆嘛，要我说，每人一份。"

"滚！滚一边去！"大爹张笑东突然对我发怒了，两眼恶毒地盯着我。当然，我也很不服气，歪着头盯着他。

我盯着大爹，心里突然明白：我的分法，可能损害了大爹的利益，要不然他不会对我这么凶。

我自觉理亏，低下头喃喃说道："大爹，你们说吧。你们不要生气，就当刚才你侄儿子放了一个屁！"

他们又都呵呵地笑了。

爷爷长叹了一声，又长叹了一声。他有些悲哀。

他说："就按牛蛋说的分吧。"

大爹张笑东不说话了。

二爹张笑南不说话了。

三爹张笑西不说话了。

爷爷等了他们一阵儿，他们都不说话。爷爷说："你们不反对的话，就这么分了。"

大爹终于开口了："老四笑北、老五笑天，他俩都有工作，不缺羊肉吃，更不缺钱花。笑梅、笑竹是嫁出去的姑娘泼出去的水，再说她们的日子过得也不错，我看，他们就算了，别分了。"

爷爷没作声。

二爹说："要给，就象征性地给一点吧。"

爷爷也没作声。

他们又都看老三。

三爹说："不知树该咋分？"

事情比爷爷料想的要复杂得多。

他以为分几只羊，儿子们会相互礼礼让让，方方面面都会顾及，没想到他们不顾兄弟姊妹情分，各怀鬼胎，在肚子里各念各的小九九。他想，要是自己哪天死了，儿女们为了争夺自己留下的这一点点家产，不知还要闹出什么伤天害理的事来呢。要是这样，还是自己平时没有指教好他们，这是自己养儿育女最终的失败啊。想到这些，爷爷不禁长叹了一声，咽了一口口水："我和你妈生养了你们兄弟姊妹七个，都是我们心尖子上的肉。你妈走了，可我多么希望你们个个过得好、穿得好、吃得好，活得个个懂事理、有本事、有名望。可今天看来，你们枉活了五六十年哩，让大大伤心啊！这么分，你们有意见，那我就给你们剖别剖别。本来，我是不想给你们剖别的，多么希望你们兄弟姊妹在这些事上相互礼礼让让，可你们没有。为啥我要这么分，那我就给你们说说。自从你妈走后，我这身上穿的戴的，都是笑梅、笑竹给买的，这洗洗涮涮的事，更不用说啦，她俩全包了。笑北两口子虽然挣工资，可在城里又培养孩子，又要攒钱买房子，就这样，他们每年还要给我五六千块钱，并且每年还要把我拉到大医院，给我检查一次身体。笑天呢，在美国，我也不知他过得怎么样，他一个人在异国，有了困难就自己扛着，我们谁都帮不上他，就这样，他每年也要给我寄两三万块钱。哦，他寄这么多，可能考虑到牛蛋和我一起生活。”说到爸爸和我，爷爷不禁长叹了一声，又长叹了一声。我看见有浑浊的泪爬在了他那双深陷的眼眸，他掉转头揩了一把眼睛，又捏了捏鼻子，在大腿上擦了擦，“你们一直让我引以为荣，你们是大大妈妈的好儿女，千万不要因为老人那么一点点家产闹翻了脸。要是这样，让世人笑话哩。就是大大死了，也要让人指着我和你妈的坟圪堆骂哩，看看你们两个老东西，养了些什么子弟！骂我们也罢了，要是骂你们，我和你妈在底下永远不得安息。心痛啊。”

“大,大,你不要这样。”二爹忙跪起安慰爷爷说,“是我们错了，你想咋分就咋分。”

大爹跪在老父亲的身边，一手搂着老父亲的肩：“大，是我不好，让你伤心啦！”

“哦，你是老大。当老大也难哩，你要做出个老大的样子来，你要把他们领料好了。”

“大，大，你是不是算出什么了？给我们……”大爹不放心地又问爷爷。

“我说啦，我还有十来八年活哩。大是给你们说，这活人容易应世难哩。这人呢，不是搭上一张人皮就是个人，这活人必须要说人话做人事，才是个人。今晚，大给你们分羊，不是因为什么，是我老了，营务不动它们啦。”

“大，那就分吧。”大爹说。

“分。咋分哩？”爷爷问。

“你想咋分就咋分吧。”大爹张笑东终于松口了。

“你们两个呢？”爷爷看着二爹和三爹。

二爹张笑南、三爹张笑西都说，遂你的心愿吧。

爷爷说：“当老人的也得尊重儿女们的意见。我的意见是，你们五个儿子每人五千块，笑梅笑竹每人二千五百块，剩下七千三百块，我自己花。至于这些钱，他们要不要是他们的事，分不分给他们是我和你们的事，我们不能话说得比狗舔过的碗还光，做的事连蛇都钻不过去。要是这样做事，连外人也看不过去。我看，这卖羊的钱就这么分吧。”我的三个爹爹相互看了看对方，没有表态。爷爷见他们不作声，也不反对，接着又说：“剩下三十六只好羊，你们三家每家十只，余下六只是我的，你们每家给我养两只，逢年过节杀羊时，轮流的给我一些羊肉就行。这一万三千九百三十九苗树呢，也跟着给你们分过去吧。场面和厕所周围有四十来苗树，给笑北、笑天留个念想，树叶和剪下的树枝，你们三家每年轮流用。把牛和门前的老榆树和山圪蛋上的老榆树给我留下。剩下的树，我的意见是这样分，房前房后有四千多苗树，给老大笑东，老大也快七十岁了，就近好营务。跳过大路到大口井这块树地，也有三千九百多苗，给老二笑南。大口井那边的树地有五千多苗，给老三笑西。这些树，我按片只给你们分了个大概，你们兄弟三人哪天有空去数一数，平均分了。你们只分树，树地归我，树归你们。另外，你们三个要商商议议地分，别闹意见，要是因为分树你们弟兄之间闹意见，让我知道了，就别分了，我就把这些树全卖了自己花。知道了么？”

我的三个爹爹说：“知道了，你老人家放心，我们不会因为这些树闹纠纷。”

随后，爷爷问他们：“这么分钱、分羊、分树，你们有意见么？”

他们说：“没意见。”

其实，我挺有意见。

我说："我有意见。"

爷爷问："你有甚意见？"

我说："给他们分，咋不给我分？"

大爹眼睛一睁："让你爸给你分去！"

九

禁牧，是一场大革命。

这话不是我说的，是智者们说的。

在禁牧这两年多，我们村来过不少智者。有一次，一个人们叫教授的人领着一群大学生，来我们村搞调查研究。一天，他们坐在我家房侧山圪蛋上的那苗大榆树下说话，那天我在场，他说的话我至今记得一清二楚。他对他的学生说："大漠高原实行禁牧，把延续了千年来的传统养畜的命彻底给革了，由放养变成了舍养。这，在我的眼里，在我的心里，就是一场史无前例的大革命，就是一场文明与文明的大较量！"教授把自己说激动了，又强调说，"同学们，你们想，自从人类把这些畜牲驯服以后，人们昼出夜伏，不辞辛苦，日复一日、年复一年地在牧场、在草原放养着它们，这是人类千年来形成的养畜习惯。今天，要改变这种根深蒂固的习惯，传统文明与现代文明就会冲撞在一起，互不相让，甚至打得头破血流，斗得你死我活。但经过两个文明艰难的痛苦的残酷的大较量后，双方又相互让步，相互融合，最后才诞生出一个崭新的文明。同学们，人类遥远而漫长的文明史，都是这么走过来的。"

我听了教授的这番话，突然心想：新文明的诞生就像妈妈生我一样，使妈妈疼痛得叫声连天、死去活来。但，当看到我这个新生儿时，妈妈就会欢天喜地、幸福无比、憧憬无限。

一定是这样！是吧？

好了，好了，不说这些了，还是回到卡巴什这块土地上来吧。

杏花婶漂亮的脸蛋，漂亮的胸脯，漂亮的身条，比先前更加丰盈了，更加漂亮了，她身上那美好的气味仿佛也更加吸人了，远远的就能把男人的鼻子给叼了过去。

她变得更加美好的原因很简单，她跟科学养畜普及队队长好上了，听说还有了很美好的事儿发生。她沾了他的光。她听了他的话，率先把她家的七十多只土种羊卖了，买回了二十只个头比土种羊大一倍、一胎能下两三只羔的小尾寒羊；她把她家漂亮的小母牛也卖了，买回了一头后腿叉下吊有像灌满了糖水一般的大布袋式的大乳房良种黑白花牛；她家五十多亩半沙化耕地不种粮食了，让科普队的飞机飞播上了优质牧草。不到一年的工夫，她家的收入翻了番。不用放养那么多的羊，不用耕种那么多的地，她苦轻了，再加上她收入高了，有钱花了，她就漂亮了，也就变得更加香味十足、更加吸引人了。

她漂亮了，村人们也跟着她漂亮了一把。

首先，三爹张笑西沾了她漂亮的光。

接着，大爹张笑东、二爹张笑南，还有羊倌马三贵、三老婶也跟着沾了她香味吸人漂亮美好的光。

再接着，全村人抱着秃子跟上月亮走也能沾光的想法，效仿杏花婶的做法，卖了土种羊，买了小尾寒羊和绒山羊；退了干旱地，还了草木林。

今年，时间一进入春天，多年少见的春雨在卡巴什的这方天空特别密集，雨点碎碎地、纷纷地、绵绵地、柔柔地下了一天，又下了半天。在这绵绵的雨幕中，一架又一架飞机在村民退出耕种的几千亩土地和近万亩“五荒”地上空，一圈又一圈低飞着……别说年轻一点的人了，就连我的爷爷和爷爷的黑公牛都跑到山圪蛋上，沐浴着春雨，仰着头望着头顶上空的飞机。

他们从没有这么近距离地看过飞机。当飞机飞到他们的头顶上时，他们看到机舱里的人在向他们挥着手。他们高兴极了，向机舱里的人又蹦又跳地欢呼着。当飞机隆隆飞过，他们湿漉漉的衣服上沾了很多碎小的东西。

他们把这些东西取下来一看，是籽种。

这些籽种，他们大多认识，是柠条、杨柴、沙柳、紫花苜蓿的种子。还有一些种子，他们就不认识了。

他们一看这些种子就明白了，飞机是在春雨中给他们的土地撒播种子哩。为此,他们在村里奔走相告,不管是大人还是小孩,哦,村里的小孩子除了我和那么一两个小孩子以外，大部分都跟着父母到城里去了。这些老头儿和老婆儿们坐在一起，整日都在谈论飞机撒种子的事儿。在谈论中，他们都期待着这些种子在他们那些沙化的、干旱的土地里赶快发芽生根，赶快生长出茂盛的草木，好好地喂养他们用卖土种羊、土种牛的钱买回来的那些良种宝贝。

这些有希望、有盼头的话题，在老汉、老婆儿们的口里一直热烈地进行着，直至有一天，爷爷的黑公牛出了风流事件，这个话题才被隔了过去。

爷爷的黑公牛给爷爷惹下大麻烦了。

它把武大山家的良种黑白花给强奸了！

这话，是武大山说的。

今天早上，阳光刚刚灿烂的时候，爷爷走出院外，正要到牛圈看望他的牛娃，一转过墙角，见牛娃戴着半截缰绳顺着羊圈墙走来。他回头看了看牛圈，圈门被它弄得散架了。他看着牛娃，见它像是犁了一天地的样子，没了一点精神头。

爷爷问它："牛娃，你揪断缰绳，黑夜干甚去啦？"

牛娃没点头，也没摇头。

爷爷又问："是不是饿了，跑出去吃草去了？"

牛娃低着头，没了往常爷爷问它时不是点头就是摇头的动作。

爷爷说："不怕。以后想出去吃青草，你吼我。"爷爷给它抹下笼头，把它圈进圈里。他解下拴在槽上的那半截缰绳，用红柳笆子堵住圈门，坐在墙下往起续接着缰绳。

过了一阵，武大山拉着他家刚买下不久的荷兰种黑白花奶牛，寻着黑公牛的踪，找上门来了。

他一见到爷爷，就没好气地说道："你家的牛娃把我家的黑白花给强奸了。你说，咋办？"

爷爷好像没听清他的话，撩起眼皮看着他。

武大山："看甚了？你说，该怎么办吧？"

爷爷："什么该怎么办？"

武大山又说："你家的牛娃强奸了我家的黑白花，你说，怎么办吧？"

爷爷一听这话，哈哈地笑了。

"哎呀，我说我的牛娃今天咋就软不塌塌的，连一点精神头都没了，"爷爷跟武大山打趣道，"原来是让你家这漂亮的黑白花勾引去了。"

"咋是我家黑白花勾引了你的牛娃？"武大山说，"分明是你的牛娃跑来我家强奸了黑白花嘛！"

这时，我看见黑白花和牛娃隔着红柳笆子嘴对着嘴，干甚呢？亲哩。吊在牛娃两条后腿间的那两颗铁黑大卵蛋，一蹦一蹦又一蹦地蹦着，接着，黑白花轻轻地唤了一声。

爷爷见状，和武大山开玩笑道："你看，你看，从外国来的牲口就是开放，你在这儿和我理论哩，它在那儿倒和牛娃亲热上啦。"

武大山抓着黑白花的缰绳，狠狠地揪了两揪，良种黑白花被他揪拉到了身边。牛娃喷着粗气，奓着尾巴，要从红柳笆子上蹦出来，爷爷忙站起，甩开缰绳，冲牛娃的脸抽打了两缰绳。

我看见牛娃低下了斗大的头，有两行泪从它的眼睛里窜出来了。我从来没见爷爷打过牛娃。牛娃摆了摆头，抬头用泪眼看了一眼黑白花，向槽前走去了。

武大山紧紧揪着黑白花，他说："我买黑白花，比娶两个儿媳花的钱都多，我还指望它给我下钱哩！还没等给它配种，就让你的老土牛给配上了，你说咋办吧？"

爷爷见他很认真，便说："大侄子，牲口么，这配就配上了，还能咋地？"

武大山嚷嚷道："反正是你没管住牛娃，是牛娃强奸了黑白花。这责任，你得负。"

牛娃拈花惹草的风流事件惊动了四邻。

爷爷一直在跟武大山打趣，可武大山却口口声声说牛娃强奸了黑白花，并嚷嚷着要爷爷负责。这事又不是爷爷干的，他凭什么让爷爷负责？真是的！后来，武大山话越说越难听，爷爷呢，是个长辈，有些话根本说不出口，一概让着武大山。邻居们先是站下听，后来听着听着，大家都听不下去了，便围了过来，你一言我一语地解劝武大山。可不论怎么解劝，武大山就是不依不饶。我的三个爹爹都来了，他们很想张口给武大山几句，制止他对老父亲的不恭，可是牛娃把他家能生钱的洋金盆子给砸了，这让他们感到理短，也就张不开嘴了。可邻居们听不过去了。

首先站出来发话的是三老婶子，她说大山呀，牲口和牲口之间的事儿，你说说就算了，快别较真了。武大山说，你说得轻巧！我花上大价钱买良种黑白花，不是为了托生不值钱的土种老货。你买良种黑白花，不是专让这土种老牛干的吧？！他的话，噎得三老婶满脸通红。杏花婶忙解围道，大山哥，大山哥，你也是个明事理的人，事已至此，你总不能让老汉人变成孙悟空，钻进它的子宫把牛娃的那些东西给掏出来吧。大山哥,我给你出个主意,你把它拉到兽医站,让兽医站给它刮刮宫。如果兽医干不了,就到乡医院,让医生给它刮宫流产,这不就得了。邻居们一听这话都笑了,可武大山受不了了,绷着青筋说道,只有经常怀别人种的人才去刮宫流产,才会想到做这种不要脸的事!武大山真是疯了,人们好心相劝,可他逮着谁咬谁,把杏花婶咬得够呛,让杏花婶的脸红一阵黑一阵地变换着难看的颜色。

“武大山!”站在一旁的二砍砍马三贵厉声吼道。

这一声猛吼,把武大山吓了一跳,他愣怔了半天,说:“马三贵,你想咋?”

“我想咋?我不想咋!”马三贵把头一歪,“你口口声声说牛娃强奸了黑白花,让我说,是你家的黑白花犯贱,勾引了牛娃!常言说得好,母狗不回头,儿狗哪敢上它的身。你家黑白花不同意,牛娃怎么能压了它?你不仅不给牛娃拿来硬饲料,不给牛娃配种钱,反而来讹人,你叫什么人啦?!”

“你——”武大山急了,指着马三贵的鼻子。

“咋?你想咋?!”

爷爷见他们要打架,忙站在他俩的中间。

爷爷说:“大侄子,是我没管住它,是我的过,都怪我。杏花说得对,你拉它到兽医站看看,让兽医把牛娃的种拿掉。往出拿种的钱,你花多少,我给。你看行不?”

武大山瞪了一眼马三贵,拉着黑白花到乡兽医站去了。

十

武大山拉着黑白花来到乡兽医站,兽医听了他的讲述后,对他说,我们只给牛做人工授精,从没给牛刮过宫流过产。随后,兽医建议他说，你要实在不愿留下这土种牛的种，就到乡医院看看，让妇科医生帮你处理掉。

于是，武大山拉着黑白花到了乡医院。

他把黑白花拴在乡医院外的一根水泥电杆上，进里面找医生去了。他找了半天也没找到妇科,后来经人指点,来到妇科医务室。

当他走进妇科医务室时，一位中年女医生戴着口罩刚从手术室走出来，正在一盆清水里洗着手。她听见有人进来，看都没看是谁，便问道："你咋了？"

他说："我找你。"

女医生一听是男人声音，抬头看看他，见他早已过了做结扎手术的年龄，说："我是妇科医生，只给妇女看病，内科医生在前排。"

武大山："我就找你。"

女医生："你家女人病了？"

武大山："不是。"

女医生："那你找我看啥病？"

武大山低着头："牛。"

女医生："牛？！"

武大山："我家的牛怀孕了，我是专来找你给它做刮宫手术的。"

女医生感到自己受到了莫大的侮辱，要不是有人，她会毫不顾忌地扑上去扇他两个耳光。

"出去！你给我出去！"女医生指着他的脸。他看到她的手在瑟瑟发抖，他捉住她的手求道："求求你啦，求求你啦。"

"你干甚？放手！"女医生往开甩着他的手。

她的吼声惊动了正在检查病房的院长，院长以为病人和医生发生了冲突，忙跑进来问女医生咋回事。

“你问他！”女医生几乎要哭了。

院长看着武大山。

“你叫武大山吧？”

“是。”

“你家谁病了？”院长问。

女医生说：“他让我给他的牛刮宫哩！”

“院长，院长，求求你了，你就让她给我的牛刮刮宫吧。”

“胡闹！”院长骂道。

武大山缠着院长，把黑白花被牛娃强奸的事给院长和女医生诉说了一遍。最后，他说：“求求你们了。我不能让我家纯种黑白花托生下不值钱的老土牛，我还指望它过日子哩。”两个医生听了缘由后，知道武大山不是故意来作践医生的，心中的愤怒也就平息了。院长想：农民么，买纯种良种牛就是指望它能给他下个纯良种牛，卖个好价钱，这没什么不可理解的。可他也知道，医生就是想给它刮宫，也没这么长的器件呀。而女医生想：就是能给它处理掉，也不能这么干。我是人医，又不是兽医，我要是现在把这事给它做了，这事儿今天立马就会传遍卡巴什，说不定明天就传遍了整个伊克昭大地，这样，让人们怎么看我，让所有的妇女怎么寻我看病。不能，就是把死人说活了，我也绝不能给牛刮这宫、引这产。

面对这种尴尬局面，院长终于想出了解决的办法。

他说：“老武，你到兽医站给它做吧。”

这主意不用他出，杏花婶早给他出过了。

武大山说：“我找了。兽医说他们只给牲口授精，从来没给牲口流过产。”

院长说：“我们只给人流产，从没给牲口流过产。我们没做过这种手术，要是我们给它做坏了，你的黑白花就再也怀不上了。

再说，我们医院也没有那么长的器械给它刮宫呀。老武，这样吧，你先回去等几天，如果黑白花没怀孕，你赶紧拉它到兽医站给它做人工授精；如果它怀孕了，今年你就让它生了这一胎吧。”

武大山问：“咋能知道它怀上没怀上？”

院长告诉他：“这几天它要是不叫，证明它怀上了；它要是老吼叫，就证明它没怀上。它发情，它就叫，它叫啥呢，它在叫公牛呢，明白了么？”

武大山说：“明白了，它跟咱们的土种牛一样。”

院长说：“是一样。就像猫，一发情就叫春。”

就这样，武大山被院长给说走了。

但，武大山并没有被院长说回家。

他跟爷爷较上劲儿了，不，他跟爷爷的黑公牛牛娃较上死劲儿了。他拉着黑白花到了乡政府，找到乡长李长林状告牛娃，坚决要求政府为他做主，严惩黑公牛。

李长林乡长问怎么严惩黑公牛，武大山说为了全村的良种黑白花不托生土种牛，把黑公牛宰了。他说，如果宰杀不掉黑公牛，就把它的那两颗大卵蛋给捶骟了。他说，要是政府不为他们做主，不维护他们的利益，他就让全村所有养良种牛的人把牛全部赶到乡政府。李长林乡长听了武大山的话，马上想到，当时为了让人们改变养畜观念，乡政府派出工作队，千辛万苦、一家一户地挨着做工作，并领着养畜户到外地参观学习，才使他们响应了乡政府的号召，才把土种牛换成了良种牛，这一成果，可不能让一条土种公牛给破坏了。

李长林乡长想到这些，立即表态说：“老武，你先回去，我们一定按你们的要求把这件事处理好。”

武大山说：“好。七天之内，你们不处理好这件事，我们就把牛赶到乡政府。”

武大山说完这话，拉着黑白花走了。

爷爷从武大山拉黑白花到乡兽医站的那一刻起，就有些坐立不安了。

现当儿，爷爷抚摸着牛娃的脸，心里痛极了。他心里的痛，不是刀子扎进肉里的那种疼痛，是一种被人伤害了的那种深深的痛。后来，他到粮房给它端来半盆玉米粒，放进槽里让它吃。再后来，他到院门外的老榆树下，勾着弯弯的驼背，举着苍白的头，望着通往乡政府的那条灰白色的大路。我知道他在望什么。

现在，他不望路了，他坐在凸出地面的榆树根上，仰着满是深沟的脸，看着榆树的树冠。榆树生长得很是茂盛，树叶在阳光下青翠明亮。过了一阵，他又望向了大路，灰白色的大路上空空荡荡，一个行人都没有。随后，他望向了熏羊窑子山圪蛋。往年，熏羊窑子山圪蛋光秃秃的，而今那上面生长了茂密的青草。下了山圪蛋的大坡，往东是大口井，大口井西南边是柳树林，东北边是一片开阔的农田，整个望去，一片绿色苍茫。尽管景色怡人，但始终没有改变爷爷那沉重的心情。

爷爷的沉重，让我的心也变得沉重了起来。

面对心情沉重的爷爷，我不知道该怎么办才能使他不那么沉重、不那么少言寡语。要是他一直这么沉重下去，他会生出病来的，我很是担心。我拍了拍心口，摸了摸头，我在想办法，如何做才能使他从牛强奸牛的阴影里走出来，现在，他又在望着去往乡政府兽医站的那条灰白色的大路。灰白色的大路上，没有出现武大山拉着黑白花的身影。他那双深不可探的眼睛，今天变得混浊不清，泛着一种愁苦的味道。可能当黑公牛强奸黑白花的事件一出，他就预知到了这个很平常的事件会变得很不平常，可能会给他，或给他的黑公牛牛娃招来致命性的灾难或是苦难。这，我是从他现在的情形和他的神态中看出来的。有谁能把爷爷从牛强奸牛的阴影中解救出来呢？有谁呢？我觉得自己对自己提出的这个问题太好了！因为，我立马想到了三老婶，因为三老婶曾经告诉过我，爷爷给她屁股蛋上挑过刺。一想到这些，我立马跑去找三老婶。

三老婶问我："你来做甚？"

我告诉她："爷爷很苦闷。"

三老婶问："为甚？"

我说："可能是牛强奸了牛的缘故。"

三老婶咧嘴笑了一下，骂道："屁大的娃娃，你知道什么是强奸？"

我说："强奸就是……就是……就是牛娃干了黑白花。"

"毛孩子，知道的还不少！"她拍了下我的后脑勺说，"走，看你爷爷去。"

当我和三老婶返回来时，爷爷已经不在榆树下了，他已回到家里。

三老婶一看见爷爷，劈头就问："你咋啦？"

爷爷寡淡得不能再寡淡了："不咋介。"

三老婶问："是不是因为牛娃的事？"

爷爷没回答。

三老婶咳了一声，说道："没想到你把牲口和牲口之间的那点事看得这么重！就按他武大山说的，牛娃是强奸了他家的黑白花，那又能咋的？"

爷爷说："没那么简单。"

三老婶说："怕甚哩？你有的是钱，大不了把他家的黑白花买过来，天天让你的黑公牛压！"

爷爷呵呵地笑了。这是今天以来爷爷的第一次笑。

爷爷笑罢，便说："事情不那么简单。你看着吧。"

第二天没事，平静地过去了。

但是我发现，越是平静，爷爷的心就越不平静。

第三天也没事，时间比昨天更平静地过去了。

但是，我看见爷爷寸步不离地守着牛娃，要不就拉着牛娃离开家，到村子里、到山圪蛋上转转。

自从禁牧两年多，爷爷就没到草地上放过牛娃，今天，可能是牛娃的强奸案使他着了魔，竟不顾禁牧令，明目张胆地去放牧。当他拉着牛娃走进树地时，树地把他吓了一跳，树地里的杂草长得比树木还旺盛，那浓绿的杂草稠密而茂盛，长得有半人高。牛娃一进入树地就一头杵在草林里，大口大口地吃着它很久很久没有吃到的鲜活嫩美的青草。

它满嘴满嘴地咬嚼着青草，那浓绿浓绿的草汁大滴大滴地从它的嘴里往出流淌着。爷爷看它吃草，看着看着就可心可意地笑了。这笑，是从心里由衷地涌到脸面上的那种笑；这笑，是我有生以来，哦，不，是我三岁时爸爸把我送到爷爷身边以来第一次见到的最真、最美、最入心的笑。爷爷有了这种笑，我想，甭说是牛娃强奸了黑白花，就是天塌下来也无所谓了。

爷爷有了这样的心情，我放心了。其实，我早想去采花逮鸟了，因为树林里那半人高的绿色丛中有黄的、白的、红的、粉的、蓝的、紫的花儿，一朵比一朵开得鲜艳，一朵比一朵开得美丽。那些鸟儿在树盖上、在草林下、在花朵上不住地歌唱着，一声比一声悠扬婉转，一声比一声嘹亮动听。我望着那些漂亮的鸟儿，后悔自己没带弹弓子，要不然我会轻松地把它们从树上或花朵上射下来。不过，爷爷不让我打鸟，从前因为打鸟，我的屁股蛋挨过爷爷的打。爷爷说，鸟是人的伙伴，有一只鸟，人就会多一个伙伴，射杀一只鸟，就顶如射杀了自己的一个朋友。这种事，我是不会去干的，看来，现在我只能去采撷漂亮可人的花朵了。哦，对，采撷花朵，爷爷更不让我干。他说，有一朵花，就会有一穗籽；有一穗籽，就会有一片草。他说得在理，在理的话，我是会听的；在理的话，我是会牢牢记在心里的。

看来，我只能用眼、用鼻子、用耳朵了。

现在，我在绿色丛中听着优美动听的鸟叫声，看着朵朵争妍斗艳的花。看着看着，我的脑子问我的心，这么多的花能结多少籽啊？这么多的籽在来年又会生出多少多少的花啊？！这么想着，我的脑子里突然生出了一片绿色。

绿色涌出了我的脑壳，从卡巴什的地平线上，涌向了大地，涌上了山梁，涌向了天边。我领着爷爷的牛娃，在这层层绿浪、万紫千红中载歌载舞。我没有了忧伤，没有了痛苦，和牛娃尽情地在这百花斗艳的绿色大舞台上，表演着古今从未有过的人畜大戏。

牛娃奔腾着，它两眼如铃，两角直刺天空，四蹄直砸大地，两颗铁黑如锤的大卵蛋随舞而动，奓起的尾巴如一面哗啦啦飘扬的旗帜在空中挥舞着。该我出场了，我一抬脚飞上了它的角尖，在它的角尖上表演着芭蕾舞。当我的芭蕾舞表演到极致的时候，牛娃两角向上一扬，我像一只鲲鹏直跃天空，展翅翱翔在花的原野上……旺盛的绿草，美丽的花朵，都在为我们的精彩表演鼓着掌，掌声隆隆，久久回荡在空中。突然，一阵令人心惊肉跳的笛鸣声，使我一下从美好的空中掉了下来。

我寻声望去，只见一辆警车停在了树林边上。

首先从车上下来的是派出所的刘公安，接着下来的是司法办主任刘纲，紧接着又下来一个背着药箱的中年男人，最后一个从车里钻出来的是灰头土脸的武大山。一下车，他们就向爷爷和牛娃走去了。

一见这状况，我忙向爷爷跑去。

当我跑到爷爷和牛娃的身边，只听见爷爷在说："你们要除掉牛娃，除非先把我除掉了！你们要骟牛娃的蛋，除非先把我给骟了！不然，你们就死了这心吧！"

牛娃听见爷爷在大声说话，抬起斗大的头，瞪着眼睛看着他们。

刘公安说："老叔，我们都知道，平时你像一条护犊子的牛护着村人，可今天你怕是连你的牛犊子都护不了了。不是我们要这么做，是乡政府命令我们必须这么做。老叔，你要理解我们，要支持我们的工作，不然，我们没法交差。"

这时，爷爷看了我一眼，我马上明白了，转身向村里跑去。

我跑回村里，首先通知了大爹、二爹。我三爹不在家，不知干甚去了。随后，我通知了三老婶、杏花婶、马三贵他们。当我们跑回树林，爷爷正和那背药箱的人纠缠在一起。牛娃低着头，喷着粗气，在追着武大山，刘公安和刘纲手里攥着胳膊粗的棍棒拦打着牛娃。牛娃被打疼了，扔下武大山向刘公安扑去。刘公安见牛娃照他扑顶过来，忙躲在一棵粗树后面，只听"咔嚓"一声，树干断了，刘公安被弹射出了一丈多远。牛娃的头被撞破了，血不断地流淌着，但它不管，又向躺在草林里的刘公安扑去。眼看就要出人命了，爷爷大声吼道："牛娃——牛娃——"牛娃听见爷爷的吼声，一个急刹蹄便立在了那儿，只见它的两条前腿深深地插进了土里。刘纲惊呆了，武大山吓得趴在草林里不敢动了，那个背药箱的人蹲在大树底下瑟瑟地抖着。

爷爷跑过来，抱住牛娃的头，安慰道："不怕，不怕，牛娃不怕，牛娃要听话。"他喘着粗气，说着这话。他见牛娃的额头被撞破一块皮，忙脱下布衫给牛娃包了上去。

三老婶看了一眼躺在草林里的刘公安，没理，走到爷爷身边，轻轻拍着他的驼背，低声叫道："哥，不要难过。"只见爷爷老泪纵横，在给牛娃包着伤。

大爹、二爹见老父亲流泪了，他俩急了。

二爹跑过去，一把揪起武大山："武大山，你不是个人！"他举手就要扇他的脸，大爹捉住了二爹未扇下来的手，对着武大山吼道："说！你今天是要自己的命，还是要我大的命？！"

"打！打这个吃里爬外的个泡（方言，骂人的话，意为野种）！"马三贵高吼道。

我看见武大山的裤裆湿了一大片。他抖抖打打地说道："不，不，谁的命都不要。"

这时，马三贵见刘公安从草林里爬起，左手摁着后腰，右手举起枪对着爷爷怀前的牛娃，忙喊道："刘公安要枪杀牛娃了！"

二爹冲过去，一把抓住枪顶在了自己的额头上："刘公安，你先把我崩了再崩牛娃吧！"

爷爷一下跪在土地上，"呜呜呜"地哭了。有谁见过一个快九十岁的老人为了一条牛跪地而泣啊？！马三贵跪在地上了。大爹跪在地上了。三老婶流着泪，往起搀扶着爷爷。

杏花婶看不过去了。

这个从不与人撕破脸的女人，今天把脸撕破了："刘公安！刘司法！"她几乎在吼，"哪条法律规定不让我们养土种牛啦？哪条法律规定牲口跟牲口干那事，就是犯法啦？谁给了你们这么大的权力，让你们这么干啦？"刘公安、刘司法被她问愣了。她一转身对跪在地上的武大山吼道："武大山，你狼心绵羊头，面善心歹毒！你咋好意思来来？你摸摸自己的心，驼背老汉对你怎么样？驼背老汉对咱全村人怎么样？他一直像一条护犊子的牛护着咱全村的人，而你，因为牲口与牲口之间的那么一点事，却把事情闹到了这么大，逼得一个九十岁的老人给你跪在地上，你不是人！你比蛇蝎都毒！今天是没死人，要是死了人，你武大山逃不了干系！"她一回身，指着几位公务人员："刘公安，刘司法，还有那位大兽医，我问你们，牲口跟牲口干那事，犯法吗？你们这是执的哪门子的法？行的是哪门子的令？是谁给你们这么大的权力，让你们这么干的？今天你们要是不给我说清楚，不给驼背老汉赔礼道歉，我到法院告你们去！法院告不中，我到国务院，国务院告不中，我就告到联合国去！”

杏花婶的一排子话，让我看出来，上过学的人和没上过学的人就是不一样！她的话，让他们都冷静下来了。只见刘司法走到刘公安身边，对着他的耳朵说了一些什么。随后，刘司法扶着刘公安来到爷爷身前，深深地鞠了一躬，又鞠了一躬，转过身对大爹、二爹、三老婶、马三贵也鞠了一躬。随后，刘司法扶着刘公安要走，杏花婶问道：“你们就这么个不明不白地走呀？”

刘司法对她说道：“谢谢你，不然，我们就干下糊涂事了！”

他们俩向杏花婶深深地深深地鞠了一躬。

刘司法搀扶着刘公安路过武大山的身边时，恶狠狠地盯了他一眼。

我发现，那眼光很毒。

十一

牛强奸牛的事件过后，爷爷好像苍老了许多。

他给牛娃换上了新笼头新缰绳，还给牛娃拧了一条牛皮绊，只要他不在它的身边时，就把这条结实的牛皮绊扣在它的两条前腿上，让牛娃日夜戴着它。这样一来，一下子就阻止了牛娃见了母牛的一切举动。

自从给牛娃戴上牛皮绊后，它整天耷拉着脑袋，耷拉着尾巴，一声不吭地站在圈里。有时，它扬起头，很久很久地望着放有母牛的树林，“哞哞”地长吼几声，随后便有豆大的泪珠滚出了它的眼窝。

今天早上，爷爷问我想不想跟他到熏羊窑子圪蛋那面的沙巴拉去。

我一听他要领我到沙巴拉，立马想起那年马三贵和我在熏羊窑子里躲禁牧执法队，在沙蒿地放羊掏雀窝的事了。

一想到满身银灰头戴银冠的“歌唱家”天宫雀，我就来兴趣了，忙从被窝里钻出，赤条条跑到院外冲着墙撒了一泡尿。回到家里，爷爷在电磁炉上煮着昨晚三老婶给我们送来的牛奶。我一看饭桌，上面已摆上了手扒肉、炒米、酥油、奶酪、白糖等。这么香美的蒙古族早餐，我好久没有吃了，我嗅着它的味道，看着它，口水立马淹没了我的舌头。

我急不可待地和爷爷吃过可口的蒙古族早餐就出发了。

爷爷在前面开道，我骑在牛娃的背上跟在他的后面。坐在牛娃的背上，我感到牛娃解了绊，那强大的活力又回到它的身上了。我在牛背上看着前面的爷爷，他佝着腰，凸起的脊梁像一座小山丘，随着迈动的脚步一起一伏着，两条手臂也一前一后有力地甩动着……看上去，他气宇轩昂的，仿佛是要去参加一场庄严而伟大的庆典。

这让我高兴极了。

我们走出村口，见杏花婶从大口井挑着两桶满满当当的水向村里走来。

当我们走近，她满脸喜色：“大叔，好运气啊！”在我们卡巴什有这样的讲究，谁要是出门遇见挑有满桶水的人，谁的运气就好，反之，运气就差。

爷爷很是高兴：“好！好！今天咱都好！”

杏花婶问：“这是去哪呀？”

爷爷说：“领牛蛋、牛娃到沙巴拉散散心。”

杏花婶说："是啊，早该出去看看啦，那面的变化可大啦。"

"好，好。我听三贵说，沙巴拉不是沙巴拉了，变成绿巴拉了。"爷爷正要走，忽然想起了什么，又问道："杏花，这羊倌三贵是什么时候变成护草防火员的？"

"有些日子了。"杏花婶又说，"中午来我家吃饭，你们早些回来。"

"好。好。"爷爷答应完，我们就到沙巴拉去了。

一到沙巴拉的地界，从我们的脚下飞起一片我从未见过的漂亮的大鸟。

爷爷告诉我，那不是鸟，是锦鸡，是凤凰。

我说："凤凰，我从画上见过，好像个头比它大，头上的冠比它高，尾巴上的羽翎比它长。"

爷爷坚持说："凤凰就是照它画来的，锦鸡是凤凰的原型。"

凤凰是不是锦鸡，锦鸡是不是凤凰，这事儿，我一个孩子就不好定了，反正快九十岁的爷爷这么说了，权当它就是凤凰吧。

我希望，今天在沙巴拉能逮到一只凤凰。

一阵清风飘来，一股香气侵袭了我。

我的眼睛追踪着香味跑到沙巴拉了，哎哟，我的妈呀！沙巴拉怎么变成这样了？昔日那大片大片的半沙化耕地没有了，那一眼望不到头的耕地边缘上的明沙丘也没有了，一眼望去，整个沙巴拉变成紫红色的海洋了。远处那起伏连绵的沙丘，像紫红色的巨浪在滚滚涌动着；往日鬼见愁的沙巴拉，整个变成了花的原野，到处散发着土地那特有的湿润的土香气和浓郁的花香味。

我的眼睛在游荡，我的心在芬芳。

我的眼睛终于寻找到那年马三贵和我放羊掏雀窝的那个沙蒿窝子了。我看到，那儿的沙蒿几乎没有了当年的情形，那一窝一窝的大沙蒿被开有紫红色花的植物埋在了身下，失去了它当年的威风。当然我没有忘记，在那儿有我心里一直惦记着的那歌声优美的天宫雀的窝。不过，从刚才看到那漂亮美丽的锦鸡起，哦，爷爷说它是凤凰，我的心、我的主意就转到凤凰身上去了。

说到爷爷，我便想起了爷爷。

回头一看，只见黑公牛在那儿稳稳地吃着草，却不见了爷爷。

我喊了两声，没听到爷爷的回应。跑到牛娃身边，他也没在那儿。我爬上牛娃的背，站在它的脊梁上，在这紫红色的世界寻找着爷爷，可怎么寻找也没找到爷爷的影子。于是，我站在牛背上放开嗓门一声又一声地喊叫着。忽然，有几只凤凰和很多很多的鸟从我的周围飞起，不远处还有三只胖乎乎的田鼠站起，在那儿很是奇怪地看着我。这时，我见爷爷从紫花丛中站起向我招着手。

我跳下牛背，向爷爷那儿跑去。

当我来到他的身边，见他双膝跪地，手里捧着一抔湿润润的泥土闻着、亲着，突然吞了一口。

我惊叫道："爷爷，你咋又吃土？！"

爷爷嘿嘿一笑，嘴里的土"扑啦啦"地往出掉着，他吧唧了吧唧嘴，又嘿嘿一笑，说："好！真好！"

我说："你动不动就吃土，疯啦？"

爷爷又嘿嘿一笑，说："疯啦！今天爷爷真的疯啦！"他将土递到我嘴前，"你吃。"

我说："不！"

他说："哎呀！可好了！"

我说："真没见过你这种人！"

他说："呀呀呀，这土可香了，肥、美、鲜，真养人啊！不信，你尝尝。"

我说："我不。"

他说："那，你闻闻。"

我说：“莫非它比香瓜还香？”

他说：“就是。”

我爬上前闻了闻：“花香。”

他说：“土香。”

我说：“花香，花香么！”

他说：“土香，土香么！”

爷爷孙子没大小，我们爷孙俩因为土的味道吵嚷了起来。但，我不跟他犟嘴了，指着花朵：“这么多的花，明明是花香么！”

他不理我了，抬头望着花的原野，脸上又出现了真真的、实实的、甜甜的、美美的笑。

这时，我忽然明白：爷爷遇到了我，就算遇见童年的他了。

我这么一想，心情就好了，也不计较他了。我问：“爷爷，这是什么草、什么花？”

爷爷说：“这是紫花苜蓿。是那两年飞机飞播下的。”说完，他望着花的原野又那样美美地笑了。

啊，难得爷爷这么舒活！这么畅意！啊，今天真是一个好日子啊！

你看，他笑呵呵地又捧起一抔湿润润的泥土闻了闻，随后，他把那抔土恭恭敬敬地堆在双膝前，又从地上挖了两抔和它堆放在一起，用手整了整，便整出了一个长方形的平台。随后，他伸手折了一枝紫花一枝蓝花一枝白花插在平台上。随后，他很是庄严地对我说：跪下，磕头！

他的威严使我不可抗拒地跪在了地上，和他很是庄严很是郑重地对着这片土地磕了三个头。

给土地磕头这件事，我感到，就像雕刻家遒劲有力地一刀一刀镌刻美石一般镌刻在我这个少年的心上了。给土地磕头这件事，我坚信，将会永远永远存放在我这颗跳动不停的心上，随着血液会很有节奏地奔流不息，渗透到我身体的每一处。

忽听爷爷说话，我回头一看，见他双手合十，叨叨道："感恩土地爷，是您老人家让这方干枯的土地复活了！感谢土地爷，是您老人家让这土地上的万物复活了！感谢土地，是您让我们永远生生不息！感恩您哦，我的土地爷、我的土地！"他又对着土地恭恭敬敬地磕了三个头。

他抬起头静静地、定定地望着旷野。我发现，他的魂又离开了他，游离在这方青翠茂盛、百花争妍的土地上空了。

香风拂面，令我心旷神怡，我的脑子又不听我使唤了，随着爷爷游离的魂飘荡而去了。

十二

从沙巴拉回来后，哦，不是沙巴拉，是绿巴拉，是花巴拉，是众鸟居住的香巴拉，爷爷一直处在兴奋之中。

晚上，他给供桌上的土地爷上了三炷高香，一改常态，破天荒地吼道："张守镞，卡巴什的天变了！"

张守镞是我的大名，牛蛋是我三岁时爸爸把我送回爷爷身边的那天，爷爷给我起的小名。今晚要不是他这么叫我，我险些忘记了我叫张守镞。一听他说天变了，我忙透过玻璃窗望去，一看，夜空照常，一切都没变。今儿黑夜，这老汉是咋了？

忽又听他说："用不了多久，卡巴什的天就不是这个天了，卡巴什也不是今天的卡巴什啦！"

这老汉净胡说！

难道，卡巴什的黑夜能变成白天？今天的卡巴什能变成明天的北京城？

真是莫名其妙！

我不想和他理论了，一头钻进了被窝。

今天在开满鲜花的香巴拉里转悠累了，躺进被窝里没一会儿，我就睡着了。

我睡得香甜，梦见一个漂亮得不能再漂亮的女孩儿和我骑着一匹枣红大马，在花的原野上跑啊跑啊，忽然，枣红马“嗖”地飞了起来，载着我俩在莽莽绿色的上空、在清澈透明的空中，自由地飞翔、自由地驰骋，于是，那自由的欢乐也从天地间升起来了。我搂着姑娘，骑在马背上哈哈大笑着，猛听一声大喊，把我的美梦彻底给吓跑了，惊得我从当炕端站而起。

“快！快！”爷爷两眼紧盯窗外吼了两声，然后一丝不挂，赤条条地跑出去了。

我以为天要塌了、地要陷了，没头没脑地也跟着跑了出去。

爷爷举头望着当空，我也望向了天空，可我什么也没有看到。他又满世界地瞭了半天，叨叨道：“梦？难道是个梦？”爷爷挠了挠头，又望向了夜空。我问：“梦？你做了梦？”爷爷说：“可能是。”我不高兴了：“你这个老汉，做了个梦还一惊一乍的，险把我吓死！”爷爷呵呵地笑了。我说：“笑甚了？人家正梦见和一个漂亮姑娘骑着马玩耍了，你一声惊叫，把我的好梦就给惊没了！”爷爷嘿嘿地笑着说道：“是吗？可你的梦没爷爷的梦好！”我说：“那，你说说看。”爷爷探下手摸了摸他的“牛牛”，又抬头望了望夜空，说：“走，回家爷爷给你说。”

回到屋里，爷爷用被子围住了自己，他说，这梦真真切切的，就像看见的一样。他说，他睡得正香，忽听一声巨响，忙跑到院里，看到一个全身放着金光的怪物在上空，从东向西，悠悠而来。他说这怪物，说是龙，却长着牛的头颅，两只威猛的犄角直刺前方；说是牛，却有着龙的身条，那光滑如蟒的身段上又长着牛的四蹄和牛的尾巴，尤其那两颗威风凛凛的大卵蛋很是刺眼。它周身喷着如气如雾的金光，从爷爷的头顶上空向熏羊窑子的山圪蛋上飘游而去。它上了山圪蛋，顺着山梁飘游到了山圪蛋的南端，身子一抖，发出了一圈刺眼的金光。紧接着，它飘游到了沙巴拉，哦，现在的香巴拉上空，在那儿闪着金光转着圈。他说，他一看这情形，忙跪倒在地，向它磕着头。他说他正在磕头，突然一只小猫把他的“牛牛”当作老鼠咬住了，疼得他尖叫了一声，梦就醒了。

我听后，想了想，说：“有点意思！”

爷爷却说：“这个梦倒叫我想起了过去咱卡巴什的大水圪坨(水窝子)。”

我说：“爷爷，给我讲讲。”

爷爷没说话，围着被子静静地坐在炕上，两眼望着窗外，那眼神又在夜空中走向了很远很远。

随后，爷爷给我讲了他爷爷的故事。

好了，让我们跟着爷爷的回忆走向卡巴什那个久远的时代吧。

爷爷的爷爷的故事是这样的：

现在的低滩，是过去的大水圪坨；过去的大水圪坨，是从前的小海子。

爷爷说，在他还是娃娃的时候，大水圪坨中心有一窝深不见底、水色如墨的泉眼。在远处看，它是一个漆黑的洞，走近它，掬起一捧水看，它不黑，清澈明亮，喝一口，清凉透心，再喝一口，甘甜爽口。他的爷爷曾给他讲，这泉眼原来不是泉眼，是小海子，小海子四周全是海海漫漫的芦苇。他说，那芦苇生长得有一房高，向东长到了打仗圪蛋下，向西长到了大仙庙壕，向北长到了帐房湾，向南长到了村庄边。一到春夏，这儿翠绿蓬天，百花盖地；一到秋冬，这儿芦花飞扬，白色茫茫。爷爷的爷爷说，它是一块宝地，海底有一条金牛，它是海子和这方土地的保护神。

爷爷的爷爷说，海子会发光，发的是七彩祥瑞之光。它一发光，卡巴什这方土地就会五谷丰登、六畜兴旺；它一发光，卡巴什这方土地就会吉庆有余、喜事连连。

有一年夏天，这里突然来了九个神秘的人。这九个人里有一个为首者，他着长衫，手执拂尘，一头白发，银须尺余，两眼放光，像是一个从天庭下凡的仙人。

九个神秘的人来到村庄，到处宣扬，说他们不用动手就能把村里女人的裤子给脱下。村人们不信，他们就和村人打赌。

村人们问，怎么赌。

他们说，如果他们不用手就把女人的裤子脱下，就让他们在村里白住白吃九天。

村人们问，如果输了呢。

他们说，如果输了，他们就给每户人家一根重十两的金条。

村人们合计半天，欣然答应。

在选女人这事上，村人们遇到了困难。姑娘们要嫁人，她们的裤子是绝对不能让他们给脱掉的。村人们在年轻的媳妇中选了几个，可是几个媳妇说死说活也没有一个愿意让他们把自己的裤子给扒下。

正在村人们发愁的时候，村里有一个叫王二蛋的男人，他婆姨主动找来，说她祖娘娘才不信他们不动手脚就能把她的裤子扒掉。

她男人王二蛋说："可不敢，要是让他们真的给扒掉呢？"

她说："不怕，要是他们真有这能耐，祖娘娘我不仅让他们白吃白住，还要贴上这身子侍弄他们几天！要是他们脱不下祖娘娘的裤子，他们就得给咱们金条！"

王二蛋一听这话，忙劝道："哎呀，你真是个砍货！要是真把你的裤子脱了，以后你我还咋见人哩？"

他婆姨哈哈一笑，说："你放宽心，我穿它三条裤子，系它三根牛皮绳裤带，我才不信他们能把我的裤子脱了！”

村人们一听这话，说这法子好。

于是，村人们去和他们赌。

他们又提出一个要求，让二蛋婆姨挑一担水从他们的前方走过。这个要求不过分，二蛋婆姨爽快地答应了。

于是，二蛋婆姨回家穿了三条单裤，又在腰间紧紧系了三条牛皮绳裤带，挑起两只大木桶，到井上打了两桶水，颤悠颤悠地向他们走来。村人们睁大眼睛，盯着那些神秘的人和二蛋婆姨。只见那位手持拂尘的人两腿盘绕，席地而坐，拇指掐着中指，口里念念有词，见二蛋婆姨担着水晃颤晃颤而来，猛地吼了一声：开！二蛋婆姨的三条裤子齐刷刷地落到了小腿。二蛋婆姨急忙扔掉扁担双手往起提裤子，可怎么也提不起来。

二蛋婆姨背过身，揪着裤子吼道，你们赢了！

那人一挥拂尘，念了一句，收！

二蛋婆姨才把裤子提到腰间。

就这样，九个神秘的人顺利地住在村庄里了。

自从村人们跟神秘的人打赌打输后，村里所有的闺女、媳妇都不敢轻易出门，生怕一出门遇见那些神秘的人把自己的裤子也给脱了，要是这样，她们就再也没脸见人了。

那九个神秘的人住下后，村里的男人很不放心，生怕他们再使出一个什么妖法子，把他们的女人神差鬼使般地弄到他们的被窝。为此，男人们都很警惕地照看着自己的女人，监视着这九个神秘的人。

不过，他们住下没有干村人们所担心的事。但唯一让村人不理解不明白的是，这九个神秘的人一到白天就在家里呼呼大睡，一到深夜就像鬼一样潜出村庄，消失在夜空。他们每夜出去干什么，村人们不清楚，尽管有人对他们疑心重重，但也不敢问个究竟。

九天后，九个神秘的人神秘地消失了。

村人们跑到他们的住所一看，十多根黄灿灿的金条整整齐齐地码在大红躺柜上。

村人们说，他们不是人，是从天上下来的神仙。

爷爷的爷爷给我爷爷说，今晚我的爷爷又给我说，有了这种“神仙”的说道后，村人们欣喜若狂，奔走相告。可是，两年以后，村人们突然发现小海子一圈一圈地变瘦了，没过三四年的光景，小海子变成了一个院大的水窝子。这时，有村人开始寻思起来：自从九个神秘的人来过之后，小海子越变越小，再也没有人看到小海子发出过祥瑞之光。寻思到了这些，村人们一下明白过来了：小海子里的祥瑞被神秘的人取走了，小海子里的神牛让神秘的人牵走了。

听完爷爷的讲述，忽然，一个问题从我这小娃娃的脑袋里冒了出来：“爷爷说，从前这里土地富饶、水草丰美，是一块风水宝地，那小海子咋就变成现在连一点水都没有的低滩了？这，真是因为小海子里的神牛被九个神秘的人牵走的缘故？还是……”

一声鸡鸣，把我的问题一下给叫没了。

只见爷爷打了一个激灵，两眼冒光，随着公鸡的鸣叫，从嘴里扑出一句震荡屋宇的雷：“神牛回来了！卡巴什有盼了！”

我透过窗玻璃看去，外面没有神牛。

我问：“在哪？”

爷爷说：“晚上我梦见的是神牛，它回来了！”

窗外，雄鸡高唱。

那喔喔的高歌，在卡巴什村的夜空中高高地回荡着。

爷爷明白，鸡叫三遍后，天就亮了。

爷爷摸了摸我的头，告诉我说：“现在的低滩，就是神牛曾经的家。”他又说：“今天，它终于回家了！”

十三

我是几点钟被三老婶吵醒的，就不知道了，反正是太阳照到我的屁股时，“咯吱”一声，门开了，一个女人说，哎哟，阳婆都照到肚皮上了，你们爷孙还睡大觉！我爬起，两眼迷迷糊糊地一看，见三老婶端着半锣锅冒着热气的牛奶站在当地。她对我说，牛蛋快起，别睡了。爷爷穿起衣服，下地拎起夜壶，对三老婶咧嘴笑了一下，出去了。

我打了一个呵欠，伸了一个长腰，说：“好我个三老婶哩，爷爷说卡巴什的天要变哩，卡巴什的地也要变哩。”这时，爷爷走回屋，又给她送了一个笑。爷爷问三老婶：“黑夜你听到什么看到什么没有？”三老婶说：“我只听见轰隆一声，天上打过一道闪。”三老婶又说，“我以为是响雷打闪，要下雨哩。”

爷爷又对三老婶展展地笑了一下。

今天早上，爷爷的笑特别特别多。但他只对三老婶一个人笑，连我尿都没尿。

我说：“三老婶，爷爷晚上做了一个梦……”

爷爷看了我一眼。

这一眼的意思我懂，他是对我说：别多嘴！三老婶问：“你爷爷做了一个甚梦？”我只好对她摇了摇头。三老婶转身问爷爷：“晚上怎了？告诉我！”

爷爷又对她笑了一下，两只眼睛爬在她的两只丰乳上一动不动，可他就是不肯开口。

这，一下子就把三老婶的心尖子给抓住了。

她说：“说不说？你不说，我就把这半锅纯牛奶泼到院里去了！”这都是我多嘴惹出的事儿。

这时，爷爷才把他的眼睛从三老婶的丰乳上拔了出来，呵呵地笑了。

他说："天机啊！"

三老婶对爷爷笑眉笑脸，柔声顺气地说："哥，快告诉我吧。你要是告诉了我，我给你吃奶奶。"

爷爷看着三老婶的丰乳，像嘬乳头一样嘬了嘬嘴，又对她那么个地笑了一下。他告诉她，说那雷声是从低滩大水圪坨炸响的，那闪光是神牛发出来的。接着，他把他的梦一字不落地给她说了一遍。

她睁大眼看着爷爷。她的眼睛里喷着极富传奇的硬光。

我说："我当着土地爷发誓，爷爷的梦是真的。"

三老婶说："一个梦说明不了什么。"

爷爷说："这个梦不一般，就像我亲眼看到的，神牛真的回来了！"

她一听，立马双膝跪地给土地爷磕了三个响头，站起二话没说，开开门就跑了。

我发现，当她听到爷爷说神牛回来了时，就开始颤抖了。

我不知道她的颤抖是因为激动还是害怕，或是因为别的什么，总之，我从没见三老婶这么失态过。她这么风风火火急急忙忙颤颤抖抖地冲出我家，要干甚去？我猜测，这，有两种可能：

一种是，她要去告诉杏花婶或是更多的人。

一种是，她要回去供奉她家供奉的土地爷。

我知道在卡巴什村有很多上了年纪的老人都供奉土地爷。

他们认为是土地爷的庇佑，才使他们的土地得以滋润肥沃，才使万物得以生机勃勃，才使他们的生命得以代代相传、延绵不断，所以，他们对土地爷有着信徒般的虔诚。

尤其是爷爷，他对土地爷、对人类赖以生存的土地的敬畏，从不敢有半丁点的亵渎与怠慢。

他们是土地爷的虔诚信徒，他们更是土地的忠实信徒，他们对土地爷及土地的虔诚与信奉，常常令我感动。

就拿爷爷来说吧，那天在沙巴拉，哦，是现在开满百花香味喷天的香巴拉，他双膝跪地，捧着湿润的泥土闻了又闻，亲了又亲，他不仅自己给土地叩头，还叫我这个娃娃给土地叩头，这，可能会成了我一生难以忘怀的记忆。不过，在给土地叩头时，我还想了一个问题，要是爷爷没了土地，他的命可能就没了。

土地对爷爷来说是命。对我来说是什么呢？要是我离开土地，我会去哪里安家落户？我想，首先可能是没了命，其次就是可能得搬到外星上去安家落户了。

没了土地，人的命一定是这样的。

这看法是从我的感觉里来的，我不会伪装我的感觉嘛，所以我还得说，千万别不把土地爷当神仙。

因为，我看到了土地爷。

爷爷又在给土地爷上香。透过缭绕的烟雾，我看见了土地爷，土地爷憨憨厚厚、敦敦实实地对我憨笑着，为感谢它对我的笑，我恭恭敬敬地咧开嘴，给它回敬了一个憨憨的笑。

我对土地爷笑过后，开始吃爷爷给我准备好的牛奶泡米饭。牛奶是三老婶端来的，米饭是爷爷现焖的，两样东西泡在一起，特别好吃。

我们放暑假了。

乡村的六月，真是一个美好的月份。

田野又生龙活虎了。

不在卡巴什乡小学上学的孩子也从四面八方的城镇、城市回到爷爷奶奶的身边了。

这个季节是我们孩子最逍遥、最烂漫、最自由、最快活的季节。

过去一到暑假，我们臂挎箩筐，手拿弹弓，在长满杂草开满鲜花的村野和树林子里玩，一天下来，猪菜剜不了一箩筐。干甚去了？我们钻进林子里打鸟。打鸟这个项目玩够了，就到田野草林里掏雀儿蛋、捉小兔。现在，现在我们不玩这些了，因为自从禁牧以来，这几年，各种各样的鸟、各种各样的小动物遍地都是，见得多了，也就不稀罕了。

那玩啥呢？玩他们从城里带回来的那些千奇百怪、花样繁杂的各种电动玩具和电子游戏机。哦，还有一样玩的没变，那就是在大口井耍水。

今天中午，我们在大口井耍水。耍水的时候，女孩子们是不会和我们在一起玩的，都躲得远远的，连她们的影子都瞭不见。为啥呢，怕我们的“小牛牛”哩。

现在，我们一群孩子伴着隆隆的打井声在水里扑腾着，比谁游得快，看谁猛子扎得远。当我扎进深水下，那隆隆的打井声在水底下更响。这轰鸣声，水下听与水上听不一样，像远雷滚动，可又不像，但很绝妙，听着听着就让我产生了很多幻觉。我真想在水下多幻觉一会儿，可实在憋不住了，便冒出水面，换了一口长气，抹了脸上的水，睁开眼一看，我们最害怕的事让我遇见了——三老婶挑着两只空桶，一步一颤地颠荡着她那两只非常抓人眼睛的大乳房来了！我们耍水最害怕大人来大口井挑水，只要他们一来，我们就别想玩了。他们会毫不客气地把我们一个个从大口井里喊骂出来，单把我们喊骂出来不说，还要举着扁担追打我们一顿。他们这么做不是怕自己吃喝了这不干净的水，是怕把我们给淹死了。这不，三老婶一改奶奶般的慈爱，放下桶，举起扁担，冲我们一张口就是一排子愤怒的子弹，一下子把我们从水里给扫射出来了。我们忙爬上岸，抱起衣服，光着腚，拔腿就跑。我边跑边对小伙伴们说，走，看我二爹打机井去。

我二爹张笑南给村庄打自来水井的事，我知道。

几年前，我二爹就不愿意吃这人畜共饮和我们游泳洗澡和一下大雨雨水卷着人畜粪便流入大口井里的水啦，谋划着要打一眼深井，可是个人打井是不允许的。今年一开春，二爹张笑南开始筹划，要以集体的名义为我们东村三十五户人家上自来水。这事儿，他信心十足，把握很大，因为我们东村三十五户人家中有二十一户是张姓一脉家族，不会反对他的。于是，他信心百倍地召集东村各户主事人开了一次会，会上，他们一听二爹要给村里上自来水，都拍手称赞，高兴极了。

可是，可是一听让他们掏钱打井，他们都不干了。让二爹万万没想到的是，首先跳出来反对他的全是张姓一族人。

二爹张笑南不死心，为了实现自己的主张，一天晚上，他前来咨询爷爷。爷爷听了二爹的诉求后，一没掐盘，二没推算，想了半晌后说，只要是为大家办事，就是好事。最后，爷爷还给二爹鼓劲说，不怕，是好事，就甩开胳膊放大胆子干。

听了爷爷的话，二爹开始上手干这件事了。

第二天，二爹把大家召集到爷爷家又开了一次会。会议一开场，我二爹张笑南就开门见山地说，大口井里的水吃不成了，再吃就会折了咱们的寿命，尤其会影响到娃娃们的健康。现在，我们不能不为子孙后代着想，所以，这自来水井我打定了。说完，他掏出两页纸展开，劈头盖脸地说道："我写了一个协议，你们同意就签名画押，不同意就别签。不过，我先把丑话说在前面，不签名画押的人家，以后想上自来水，没门！就是花上大价钱也不行！"

接着，二爹张笑南把协议给他们通读了一遍。

这协议，我只记住了三条，大概是这样：

一、打井上自来水的钱不用大家掏，由张笑南想办法解决。

二、通往各家各户埋自来水管的坑道，由各家各户自己挖埋，工钱由张笑南付。

三、自来水井的产权、管理权、经营权归张笑南所有，一切权益与他人无关。

没等二爹张笑南念完，他们突然拍起了巴掌，我看见他们把长满老茧的巴掌都拍红了。他们说，这权那权与我们一概无关，只要你不从我们腰包里往出掏钱，我们完全同意。接着，他们便在协议上签着名，摁着指头印。

我忙喝道："别摁！你们的金子没了！"

我的一声大喊，把他们给喊懵了。

我叔伯哥张彦君两眼一睁："什么金子没了？"

我说："以后，自来水井要生金子哩。"

张彦君冷笑了一声说："井能生金子？哼哼，牛蛋，你这是大白天说梦话哩！"

我说："哼，你们等着瞧！我今天的梦，一定会变成明天的现实。"

张彦君哈哈哈一声大笑："牛蛋，你这是黄粱美梦！"接着，他又对人们说道，"从古至今，你们谁听说过井里的水还能生金子哩？别听牛蛋胡说八道，咱们签！"

我正要张口说话，忽见二爹的目光像一把锋利的刀子向我刺了过来，"咔嚓"一下，就把我刺醒了，我立马闭上了我这张聪明的嘴。

他们不听我的话，争着抢着在协议书上签着名画着押。这事，让我这个小娃娃看，他们的脑袋一定是被驴踢了。那就是，这眼自来水井的产权、管理权、经营权，将永远归属我二爹张笑南一个人了！

这么重要的事，他们却一点都没意识到。大家说，他们不是蠢猪，是什么？

管他呢，哦，我这个小娃娃也管不了他们，反正协议已签，以后，不论我二爹张笑南得了多么大的利益，他们谁也别想从中拿走一分一厘。

二爹张笑南拿到这份协议后，直奔乡里去啦。接着，他就到旗政府水利局去啦。

不知他想了什么法子，旗水利局打井队居然在前几天住进了我们村，今天，就开钻了。

我们看了一会儿二爹张笑南打机井，不想看了，就跑回村里玩。路过三老婶家的房后时，我们看见一只母老鼠领着一群小老鼠钻进了房后墙根的鼠洞里。

我们几个孩子蹲在鼠洞前研究着如何才能把老鼠掏出来。他们说用锹挖，我说不行，这样会把墙挖塌的。他们说用水灌，这方法行，但没地方取水。最后我说用烟熏，他们都赞同。

我们从三老婶家的柴垛上抱来一抱柴火，把柴火折成小截填进鼠洞，用火机点着。可是，火和烟光往外冒，不往里走。我捡了两块纸片对准鼠洞一扇，这方法真管用，那火和烟全钻进鼠洞里去了。

我们几个小伙伴扇火的扇火，折柴火的折柴火，往鼠洞里填柴火的填柴火。我们正撅着屁股干得起劲，忽听三老婶喊道："干甚哩？！"

这喊声把我们吓了一跳，一看，见三老婶站在房顶上，愤愤地盯着我们。

我说："三老婶，我们熏老鼠哩。"

三老婶弯下腰咳嗽了几声，说："我以为炕洞里着火了，没想到是你们几个活土匪祸害人哩！"

我说："三老婶，活土匪是为你家除害哩！刚才，一只母老鼠领着一群儿子钻进洞里去了，我们往出熏哩。”

三老婶笑了，她说：“没熏出老鼠，倒把我们一家人给熏出来了。”

我跑过去爬在院墙上往里看，院里站着爷爷、杏花婶、马三贵和两个邻居老婆儿。

三老婶站在房顶上对他们说：“是这几个活土匪在房后熏老鼠哩，没想到把我们全给熏出来了。”

他们一听，哈哈哈地全笑了。

我从屋门上一看，见一股浓烟从门口上往外流着。

这时，轰隆轰隆的打井声又传过来了。

二爹张笑南是怎么钻的井，井是怎么出的水，各家各户又是怎么上的自来水，这些，不用多去想象，那热烈的场面，你们懂，你们也明白。

一天夜里，爷爷突然对我说：“自来水井里的水不是水，是一井黄灿灿的金汤子。”

十四

咱先别探讨井里的水是水还是金汤子了，咱说雨吧。

雨，对卡巴什的农牧民来说，那是老天爷在给他们下油哩，所以他们才说，五月的雨贵如油。

禁牧之后，卡巴什这方土地在短短的几年里变得漫山遍野绿色苍郁，一派葱葱茏茏。说来也怪，这方天空仿佛也跟着变了，变得天蓝了、云白了、雨多了，整个天空嫩嫩的、清清的、纯纯的、爽爽的，就像换了一重天似的。

今年一进五月，老天爷一连下了两场透雨。这不，在从六月就要走进七月的今天，雨又眷顾了这方土地。

后半夜，一道“唰啦啦”的闪电，把天由西向东撕成了两半，撕开的缝隙还没等合住，两声嘎炸炸的连声雷在黎明前的上空捣响了。

接着，天就下雨了。

雨，先是哗哗啦啦地下，后是酣酣畅畅地下，再后来就变得淅淅沥沥了。爬起来，透过窗玻璃，我看见黑夜吐出的最后一滴墨在淅淅沥沥的雨水冲洗下无奈地褪去了颜色。

外面流水汩汩。

一听见流水声，我就尿急。

我想下地尿尿，但外面又是打闪又是捣雷，我害怕。

我站在炕沿边喊，我要尿尿。爷爷爬起，下地拎起夜壶，将圆圆的壶口对准我那撅得像发了脾气的小马驹一样的“小牛牛”，可我怎么也尿不出来。

爷爷端了半天，见我没尿出一滴：“你是尿还是不尿？”

我说：“尿，尿么。”

我就使劲，可越使劲我越尿不出来。

爷爷一手端着夜壶，一手轻轻地冲我的“小牛牛”上拨拉着，并“嘘嘘”地打着口哨。说来也怪，我的尿“唰”地就射出来了。

“哟哟哟！”爷爷赞美道。

快要尿完时，我冷不防打了一个激灵，尿一下就冲到爷爷的脸上去了。

“呀呀呀，你大的个头！”爷爷抹着脸上的尿骂。接着，他又说，“还是娃娃的劲道足！”

尿完，我钻进被窝，爷爷背着我冲着夜壶滴滴答答哩哩啦啦地尿了一阵。

他感叹道：“唉，不行了，他妈妈的什么什么的都不行了，年轻时紧压着就尿到房上了，现在紧扶着就尿在鞋上了。”

我想，他肯定尿在了自己的脚上才这么说的。

爷爷上炕没有睡，裹着被子听着外面的下雨声。

雨在淅淅沥沥地下着。

他说：“好雨啊。”

我向外面看了一眼，天已经亮了起来。

早上，我们吃过饭，雨停了。

听说杏花婶的外孙女从我出生的那个城市来了，我提了一只小筐去约她到树林采蘑菇。

见到杏花婶的外孙女，我的心很深地也很柔地痛了一下，是她的美扎伤了我的心。临出门时，杏花婶给她拎了一只漂亮的小提篮。杏花婶说，牛蛋，你要照顾好蓝尔。我说放心，把她交给我就顶如放进保险柜了。杏花婶笑了。杏花婶的笑很好看，也是很扎心的。

走出院外，我说：“蓝尔，你的名字真好听。但我不知道兰是兰花的兰，还是蓝天的蓝？儿是儿子的儿，还是而且的而，还是耳朵的耳？”

她听了我这么一长串的问，笑了。

她笑开来的样子比她姥姥笑开来的样子还要好看。她说：“你真啰唆。”

我也笑了，笑得很开。我问：“咋才不啰唆？”

她说：“你应该问我，你的名字是哪两个字？不就得了。”

我说：“噢，原来城里人是这么问。那，你的名字是哪两个字？”

她蹲下，用一根小棍在地皮上写了两个很漂亮的字：蓝尔。

我说：“哦，原来是蓝莹莹的蓝、卓尔不群的尔。好字，好名字呀！”

她又笑。我问：“你笑甚？”

蓝尔没告诉我她笑甚。她问我："你叫牛蛋？"

我说："是。"

蓝尔问："牛蛋是什么？"

我不好意思告诉她，抬手挠着头。这时，我们正好路过我家门前，见牛娃拴在老榆树下，我便顺手给她指了指。

蓝尔说："那是牛么。"

我又给她指吊在牛后腿间的那两颗大卵蛋。

蓝尔睁大眼睛："那是什么？"

我说："牛蛋么！"

蓝尔很惊奇："你就叫那？"

我说："咋了？叫牛蛋好么！牛有蛋才有力量么！牛有蛋才有雄劲么！牛有蛋才有阳刚之气么！牛有蛋才有后代子孙么！"

蓝尔被我镇住了。

蓝尔问："那，我的蓝尔呢？"

我说："好啊。女人叫蓝尔漂亮啊，女人叫蓝尔好听啊，女人叫蓝尔美啊！"我看着她，最后感叹道，"蓝尔，你太美啦！"

蓝尔说："同学们都说我漂亮，你怎么说我美呢？"

我说："漂亮不如美！你哪哪都漂亮，所以你才这么美么！"我喘了一口气，又说，"蓝尔，在看见你的第一眼，你的美就把我给淹死了。"

蓝尔问："把你淹死了？"

我说："是，你美丽的大海把我淹死了。"

牛蛋终于把蓝尔给说高兴啦！

蓝尔眉也笑眼也笑鼻子也笑嘴也笑脸也笑耳朵也在笑。她这么笑，快要把我给美死啦。

我说："咱走吧，再不走我就要栽倒在地上啦。"

蓝尔："你怎么啦？"

我往上一指："天太美了！"

一场雨下过，蓝天嫩嫩的，白云嫩嫩的，阳光嫩嫩的，整个天空都嫩嫩的，连那风都是嫩嫩的。蓝尔好像在首府青城从未见过这么嫩嫩的天空，她站下，一动不动地仰脸欣赏着姥姥家卡巴什的天空。

我说："快走吧。"

她没动。

我又说："快走吧。"

她说："太美了！"说完，她又仰头看着瓦蓝瓦蓝的天空。

我说："快走吧，树林里那嫩嫩的蘑菇在叫我们哩。"

我和蓝尔往树林的方向走，在路过一片农田时，蓝尔不住嘴地"啊啊"地叫。

我问蓝尔咋了，蓝尔说太美了，真的太美了。我说你在城里没见过庄稼吗，她说城市里到处长满了高楼大厦，马路上跑的全是人群和汽车，不论走到哪儿，都飘浮着让人喘不过气来的空气。她望着田野说："你看，在这明媚的阳光下，万物青翠鲜艳，大地潮湿滋润，空气新鲜清爽，要是城市像你们这儿，那该有多好啊！"我们说着话，不一会儿就走进了树林。蓝尔抬头看着树上，她又说，这翠绿的树叶上满是翠绿的水珠，多美啊。我说，那你就来吧，咱一起上学一起玩，那才叫好哩。我这么忽悠她，不，不是忽悠，是真心的，因为她处在这么美好的生态中，显得更美了。这时，我感到我心的深处有一个圆圈在不断地往大扩张着。

蓝尔只是莞尔一笑。

在我回眸的瞬间，看到树下鼓起一个土包，我走过去，用双手刨开湿漉漉的泥土，一窝十几个不大不小的蘑菇就白白嫩嫩地展现在我们的眼前了。

蓝尔问："蘑菇？"

我说："是。是极好的蘑菇。"

蓝尔说："给我吧。"

我说："行。不过，你得答应我一件事。"

蓝尔问："什么事？"

我说："牛蛋……牛蛋想……想抱抱蓝尔。"说这话时，我觉得我的脸着火了。

蓝尔说："行！"

她的美让我无法抵挡。

我不敢睁着眼抱她，把眼睛一闭，上前抱住了蓝尔。

蓝尔说："慢点，我喘不上气了。"

我往开松了松手。随后，我开始摸她的背，摸她的臀。

蓝尔说："好了。"

我搂着她不放，我说："牛蛋还想亲蓝尔的嘴。"

蓝尔说："别，别了。"

我说："牛蛋真的真的好想亲蓝尔的嘴。"

蓝尔说："牛蛋真想亲，蓝尔就给你了。"

于是，我就疯了。

亲蓝尔的嘴，亲蓝尔的脸，亲蓝尔的颈。

蓝尔发出一些低吟，我不知道她是怎么啦。

蓝尔说："不要了。"

我说："我想。"

蓝尔说："不要了。"

我说："我想。真的，我还想亲。"

蓝尔说："大人才亲嘴哩。"

一听她这话，我放开了蓝尔，但我的心彻底被蓝尔扎得稀巴烂了。我已经感到，将来我的命一定会死在她的手里。

城里的女孩真大气，不像乡村里的女孩，你拉一拉她的手，她会不顾情面、毫不客气地骂你耍流氓。我曾经就被邻居的一个女孩这么骂过。还有，三老婶和杏花婶也说过，牛蛋是个好娃娃，就怕长大耍流氓哩。那时我不懂，问她俩甚是流氓，杏花婶说就是爱女人哩。今天我懂了，刚才亲蓝尔好像就是耍流氓。现在我想，要是这么做算是流氓的话，我情愿是个流氓。

我把那窝嫩白嫩白的蘑菇挖起，除去泥土，小心翼翼地放进蓝尔的小提篮。

蓝尔说：“谢谢你。”

我说：“应该谢蘑菇。”

她问：“为啥谢它？”

我没告诉她为啥。因为，是蘑菇让我抱了她亲了她，所以我才说应该谢谢蘑菇。

嫩嫩的阳光透过嫩嫩的树冠照着嫩嫩的我们，我们在树下拨开嫩嫩的青草采着嫩嫩的蘑菇。我满树林子里转，挑最好最好的蘑菇给蓝尔采了一小提篮。

我又找到一窝蘑菇给蓝尔。蓝尔说：“够了，够了，篮子里盛不下了，牛蛋哥。”

她叫我哥，我的心胀了一下，接着，我又有想抱她亲她的冲动了。但，这次我忍住了，我开始给自己挖采蘑菇。快要挖采满一筐时，我见一辆霸道越野车开来，停在树林边上，接着，从车上下来三个人。

一个很有派头的人问一个头梳发髻手执拂尘的人：“你看这儿怎么样？”

那人是道士，我在影视剧里见过这种穿着打扮的人，他们都称这种人为道长或道士。

道士没有说话，捋着花白的山羊胡子转着身在看。

蓝尔问我：“他们是谁？”

我说："不认识他们是谁。"

道士走上高处，又转着身观望了半晌，从挂袋里掏出罗盘，东南西北调着方向观望着。

蓝尔问我："他们在干什么？"

我说："好像是看风水哩。"

蓝尔问："看风水？"

我说："嗯。爷爷也有罗盘，也会看风水。爷爷说，以后的卡巴什再也不是今天的卡巴什啦。"

蓝尔又问："那是怎样的一个卡巴什？"

我说："爷爷没告诉我，我也不知道。"

这时，那个道士冲熏羊窑子的山圪蛋上指了一指，接着，他们上车向那儿开走了。

后来我听人说，那道士是风水先生，是来我们这儿选市政府建址的。

十五

一声牛叫传来，牛娃那两颗铁色大卵蛋一抽，扬头见武大山拉着漂亮的黑白花从门前走过，它便向圈门扑去。这一扑没扑出去，却扑倒在地了。牛娃费了好大的劲儿才从地上站起，它的老情人黑白花回头向它"哞"地叫了一声，武大山抽了它两缰绳，绝情地把它拉走了。

牛娃"哞"地长吼了一声，泪水就流下来了。

现在的牛娃很可怜。

自从它强奸了武大山家的纯种黑白花，就被爷爷强加管制了起来，不准它跟任何牛接触。爷爷不仅给它上了皮绊、戴上了皮笼头，而且还把它拴在圈里，不让它随意走出去半步。

一开始，每当有母牛的叫声传来，它极其疯狂，在圈里乱奔乱跳，大声吼叫，可是它毫无办法挣脱开扣在它前蹄上的那条粗实的牛皮绊。后来，不管母牛怎么叫，一向悍勇的它只能站在圈里低着头流泪。

它很孤独。

但，爷爷不让它太孤独，每天都要陪它说一小会儿话，或牵着它出去散散心，可是爷爷没有任何办法解决牛娃的事儿。

今天太阳西下之时，爷爷把牛娃牵了出来，拴在老榆树的根上，又给它的两条前腿扣上了皮绊。随后，他拍了拍它宽大的前额，便坐在了老榆树的根上。

爷爷有事没事总爱在老榆树下干他爱干的事儿。眼下，爷爷坐在榆树根上，仰头望着老榆树茂密旺盛的树冠。它总是这么旺盛，他想，不管是强风还是暴雨，不管是烈日还是严寒，七十多年了，它总是生长得这么旺盛。可是、可是自己却越长越力不从心啦。想到这些，爷爷心里有一些悲哀。不过，这悲哀只在他的心里待了一小会儿就被他赶走了。他站起抚摸着粗壮的树杆，仰头又看着青翠浓郁的树冠，对它说道："只要没人砍你，你一定会活到几百年，甚至几千年。到那时，你的身子一定会生长得十几个人抱不住，你的头一定会苍翠遮空、笼盖四野。可惜，到那时我看不到你了，但，你是我的命。"

说到这儿，他把自己说高兴了，也说乐了。他顺着一枝伸向西天的榆树枝杈看去，便看到天上去了。他见太阳在云后，把云的四边烧得金光四溢，煞是好看。不一会儿，云彩走过去了，太阳又活了，原样的光芒灿灿。他顺着阳光，又向熏羊窑子圪蛋的方向望去，不望则已，一望让他的老眼老嘴合不上了。

我和蓝尔走来，爷爷忙向我俩招了招手。

一看他的情形，我知道他一定又看到了什么，忙拉起蓝尔的手跑到爷爷的身边。他抬手给我俩指着沙巴拉那儿。

你们知道，我们看到了什么？

告诉你们吧，在熏羊窑子圪蛋南头下的沙巴拉，哦，是现在的香巴拉，有一座若隐若现的城市，那儿到处是高楼大厦，大街上人来人往，车水马龙，很是繁荣。城市的南面是海，海面上有气艇，有帆船，远处还有一艘巨轮。

我说："那儿是沙巴拉么，咋又有城市又有海？"

蓝尔说："蜃景。"

我问："甚是蜃景？"

蓝尔说："就是海市蜃楼嘛。"

我问："甚是海市蜃楼？"

蓝尔有些不耐烦："老师没给你讲过吗？"她望着那儿。

我说："讲过。就是大气中由于光线折射作用而形成的一种自然现象。"我也望着那儿。

蓝尔说："对。"蓝尔又说："我终于在这儿见到海市蜃楼了。"

爷爷突然说："城市就是城市么！"

一瞥之间，那儿的城市不见了。

我们回头看去，是太阳走进云里去了。

太阳又把云救活了，云彩立马生出了它的青春、它的活力、它的光艳、它的美丽。

蓝尔说："看样子，爷爷有些不高兴。"

我回头看爷爷，见他有力地甩着手，拉着牛娃向房侧山圪蛋上的那苗老榆树走去。一看他走路的样子，我说："今儿爷爷高兴得很。"

蓝尔说："不是高兴，是生气。"

我说："我不会弄错我的感觉。爷爷真的很高兴，他只是不想认同我们的说法而已。"

蓝尔看了看快要落山的太阳，说："牛蛋，我该回去了，不然姥姥会着急的。"

我说："再玩一会儿吧。"

蓝尔说："明天玩吧。"

我说："我送你回去。"

蓝尔说："好吧。"

我和蓝尔向杏花婶家走去。

晚上，吃过鲜美的蘑菇汤泡米饭，爷爷给供桌上的土地爷上了三炷香，上炕把腿一盘，开始掐数着他的五根指头。

我本来想到杏花婶家跟蓝尔玩，见爷爷又掐盘指头，便坐在他身旁。每当爷爷这么做，我就感到很神秘、很好奇，因为他一掐盘指头，就会有不寻常的事儿出现或发生。爷爷掐算了一遍，想了一想，又掐算了一遍，随后，他从红布包里取出一本很陈旧的古书翻看着。看过后，他让我去叫他的三个儿子张笑东、张笑南、张笑西。

我问："你又叫他们干啥？"跟蓝尔玩了一天，我说话的味儿变成蓝尔的味儿了，比如这干甚就变成干啥了。我想，这是我的一个小进步。

爷爷说："我有事跟他们说。"

我问："啥事儿？"

爷爷说："小娃娃家，问那么多干甚。"

我说："你不告诉我，我就不给你叫。"

爷爷说："天机。"

我说："我不泄露。"

爷爷说："牛蛋好娃娃，你快去叫，叫来了你就知道啦。"

我可怜爷爷，他都这么老了，就不跟他纠缠了。我把大爹、二爹、三爹给他叫来，他们一进门就问爷爷又要开甚会议，爷爷说不是会议，只是个建议。他们问甚建议，爷爷没有急着回答他们，抬头看了一眼土地爷供像，转头望向了门外。他们又催促爷爷，爷爷问他们，除了退耕还草还林的土地外还有多少耕地。他们不知道爷爷为啥要问土地的事，不过，他们还是在心里估摸了估摸，说大概每家还有六七十亩。

爷爷说："留下十多亩好地种粮食，剩下的全栽上果树。"

三爹张笑西问："种十多亩地，人和牲口吃甚？"

大爹张笑东、二爹张笑南都赞同三爹提出的问题。

爷爷说："趁现在羊还值钱，你们赶快卖。趁现在果树松树苗多，你们赶快栽。"

他们听了，头都大了。

大爹张笑东问："大，这是因为甚？"

爷爷说："不要问。我只知道，一苗果树会值一亩地的钱。现在只要有地儿，你们能栽果树栽果树，能栽松树栽松树，凡是值钱的树，你们拼命地往上栽。另外，要栽就栽能挂果的树、能值大钱的树，栽得越多越稠越好。你们要是听我的话，就赶快卖羊栽树。这事情，你们先别对外说。"

爷爷对他们从不把话说得这么透彻这么仔细这么急切。随后，爷爷还特意对二爹张笑南说："你那自来水要值大钱啦，过不了一半年，那井里的水就会变成金汤子。"

这话，爷爷曾对我一个人说过，今天，他把这话也告诉给了二爹他们。

他们兄弟三人听了老父亲的话，一脸迷惘，不知该怎么做了。他们不知道老父亲为什么要他们这么做，这么做又有多少成算，这事儿他们不清楚，心里更没底，他们只知道老父亲不仅能掐会算，而且身上还附寄着白云大仙和土地爷两路神仙。但是，他们和我一样，从未见他请白云大仙、土地爷两位神仙本尊到他身上显灵，可是，老父亲说过的话、做出的事，往往在后来都应验了。这些他们知道，卡巴什的人都知道，老人家的话没空话，那一桩桩、一件件的事儿都照着他的话兑现了。

自然是这样，我想，他们兄弟三人会提早行动起来的。可是，他们没行动，首先行动起来的是三老婶子。

三老婶和爷爷的关系不一般。

三老婶和爷爷的事儿，好像村里人都知道，那事儿是没有被捅破窗户纸的秘密。你们看，他不让三个儿子往外说，可三老婶就提早行动起来了。这事儿，一定是我不在家的时候，爷爷亲口告诉她的，不然三老婶绝不会这么做的。

大爹、二爹、三爹见三老婶子行动了，他们三个就毫不含糊地开始卖羊栽树，接着跟上来的是杏花婶。杏花婶跟着他们这么做，肯定是跟三爹张笑西有关，我想，一定是。

不到一个月的时间，他们几家除留下十来八只菜羊外，把所有的羊卖了。又不到两三个月的时间，他们把自家房前房后、山坡山洼和那些低产粮田都栽上了能挂果的果树和八九十公分高的松树。这事儿，让村人不理解，连乡政府都感到大惑不解。他们问他们为什么这么干，他们一个口径回答说，我们一是响应政府号召，退耕还林；二是栽果树比养羊种粮来钱来得快。

他们骂他们：胡闹！

十六

二爹张笑南的自来水井派上大用场了。

他们不用营务那么多的耕地和那么多的羊了，专心侍弄着他们的树。栽在农耕地上的松树不用浇，那些地肥沃，含水量高，松树不用浇也疯了似的往起钻；栽在房前房后的果树更不用说了，他们一有空就用自来水浇；栽在远处的果树浇不上，他们就开上小四轮拖拉机，装上大水罐去浇。这些树让他们侍候得像浇上了油，疯长狂冒，一片苍翠油绿，把四周的庄稼压得连头都不敢抬了。

他们望着挂满了青果的果树和浓郁青翠的松树，心里很是喜悦，但也直打鼓。他们照爷爷的话做了，可至今没有一点树要值钱的风声，这给他们平添了不少的忧虑。

他们去问爷爷。

爷爷只对他们笑了一笑。

那笑，笑得莫测高深，连我都没品出是个什么味儿。

一天早晨，村子里刮起了强风。

强风是从西边刮来的。

这风的味道新鲜极了，像刚从田地里拔出来的水萝卜咬进嘴里，鲜汁四溢，清爽甘甜，沁人心脾。这强风，我有生以来从没见过，像万人歌唱摇滚而起，又像万马奔腾而起，把天上那一堆又一堆的白云由西推向当空，又极快地推向东方。地上无尘，但那树梢却搅动着天空，在哗哗啦啦地歌唱。

我问爷爷："这是甚风？"

爷爷说："天风。"

我不满意了，恼了。我说："你这老汉，我只听过有大风小风、强风暴风、和风清风，还有，还有阴风，就没听过还有什么天风地风！"

爷爷听我一口气说了这么多的风，笑了。

我不想动嘴问他了，用牙齿和眼睛龇着他。

爷爷长叹了一声。

他说："卡巴什的农民不当农民的日子到了。"

我看到爷爷说这话时满是忧心忡忡的神态。

面对爷爷的神态，我不知道该怎么开口说话了。好在爷爷说他和牛娃要到林子里转转去，问我去不，我说我找朋友去，说罢，我向杏花婶家跑去。跑到半路，我突然想起蓝尔昨天就回她的呼和浩特去了。

蓝尔走了，我心里好像缺下了很多东西，空空落落的，让我心里好一阵难受。

我又走回来，坐在老榆树根上，用指甲抠着树根。抠着，抠着，我险些流泪了，因为我突然想起了爸爸妈妈。可是，爸爸丢下我到美国去了，妈妈还没等我把她的容貌记全，就把我一个人丢下走了。奶奶也是，没等我长大，就丢下我到天上做神仙去了。我这心里的想，我这心里的痛，我这心里的孤单，有谁能体会得到？爷爷待我还好，可也常常在半夜里丢下我一个人不知了去向。不过，还好，有爷爷在，我总算还有个依靠。不过，这些想念，这些心痛，这些孤单，常常伴随着我，我已经习惯了，我知道，它们在我的肚子里转上几圈就会自己走出去的。

尤其是现在，我更不会让它们在我的肚子里待的时间太长，因为在我心里又有了美好的牵挂、美好的念想、美好的希望，那就是蓝尔。

三老婶见我坐在榆树根上，走过来问我：“牛蛋，一个人坐在这儿做甚哩？”

我说：“做幸福哩，做快乐哩。”

她说：“幸福和快乐是你做的？”

我说：“是哩。”

她说：“那你教教我，这幸福和快乐咋做哩？”

我说：“你没听爷爷说，生从心中生，灭从心中灭。把心中的痛苦灭掉了，幸福和快乐不就生出来啦？”

说到爷爷，她问：“你爷爷呢？”

我告诉了她。

她又问："这两天，你爷爷对你说过什么话没有？"

我说："爷爷对我说过的话都对你说了。"

她恼了："牛蛋今儿咋啦？老婶问你，你咋说话哩？"

我说："三老婶别恼，牛蛋心情不好。"

她说："屁大的娃娃，咋心情不好啦？谁惹你啦？"

我没告诉她惹我心情不好的是蓝尔，这，我不能告诉她。

我说："哦，对了，先头刮强风的时候，爷爷说了两句我没听懂的话。"

她忙问："甚话？"

我告诉她："第一句，他说，今天刮的风是天风。"

她说："天风？"

我说："是。"

她问："那，第二句呢？"

我说："他说，卡巴什的农民不当农民的日子到了。"

三老婶子一听这话，脸上乐出了桃花的色彩。她说："中午别做饭了，我给你们杀鸡吃。"

说完，她转身乐颠乐颠地走了。

我和爷爷在三老婶家吃过炖土鸡，刚走到大路上，就遇到了去乡政府回来的康宝宝。

康宝宝说："老舅，你们爷孙俩干甚去啦？"

康宝宝是我们社的社长，他奶奶是我们张家的闺女、爷爷的妹子。

爷爷没告诉他我们干甚去了，反问道："宝宝，你做甚去啦？"

康宝宝告诉我和爷爷，他去乡里开会去了。爷爷问他开的什么会，他说是全乡各村村长和部分社的社长大会。接着，他喜形于色地告诉我们说："咱卡巴什乡从伊旗划出去了，以后归东升区管辖。”紧接着，他又告诉我们说：“咱们社的土地全被征用了，以后咱农民变市民啦。”爷爷问土地怎么个征法，他说具体方案过几天下来。最后他说：“老舅，等着吧，咱卡巴什农民可要有好日子过哩！”说完，他大摇大摆地走了。

这真是大晴天捣了一声硬雷啊！

这声雷，把爷爷打得半天没缓过劲来。他歪着头看着走去的康宝宝，他在想甚呢？我猜想，他一定没想到这事儿会来得这么快，原来他只知道在那似龙非龙似牛非牛的动物转圈的地方和那蜃景出现的地方，迟早会有大的变迁。还有，我想，爷爷更没想到，政府要把所有的土地全部征用，这一定大大地超出了他的先觉先知。

现在，我完全看得见爷爷那颗一向极平常极镇静的心一下变得极不平常极不镇静了，它在轰轰烈烈地跳动着，里面还有一团大火在燃烧着。

我问：“爷爷，你没事吧？”

爷爷拍了拍胸脯，张大嘴往外吹喷着心里燃烧着的火焰，让我看着有些害怕。

我忙扶住爷爷：“爷爷，快坐下歇歇吧。”

爷爷拍着胸脯长叹了一声，又长叹了一声，转身向家里走去。

我搀扶着爷爷回到家里，爷爷满脸惆怅地给土地爷上了三炷香，说道：“土地爷呀，这土地要让他们全征走了，我们怎么活啊？土地爷呀，要征等我死了再征也不迟啊。土地爷呀，土地爷呀，我该怎么办呀？”我看见爷爷两眼通红地看着土地爷，跪下重重地磕了三个头。磕完头，爷爷站起，靠上前看着土地爷，见它灰蒙蒙的，便伸手拿起毛巾擦了几擦，它就长出了一身金灿灿的光芒。

爷爷看着它，长出了一口气。

不知咋的，爷爷长出了一口气，我觉得我也舒心多了。

十七

征地动员大会开过不到半个月，出外打工的，哦，还有长年在外做买卖的村人，从四面八方的城市赶回来了。

往日的这个空巢之村，今天又开始热闹了。他们的回来，使村里的老人、婆姨媳妇们那软塌塌的腰杆一下子直起来了，也硬起来了。

可是，他们见不到社委会的几个社委啦。

他们干甚去啦?

他们领着政府征地办的人员丈量土地去啦!

社委会成员都很忙，别说他们要见社长康宝宝的面，就连我三妈想见一下我三爹张笑西这个社委的面都很难。据说，社委会的所有成员白天陪征地办的人丈量土地，晚上陪他们到旗镇里喝酒吃宴，等吃饱喝足后，还要陪他们去逛歌厅、洗桑拿……他们这么辛苦，这么卖力，这么肯花钱，村民们都知道，他们的目的只有一个，就是想方设法让大伙的一亩土地变成十亩，如是，大伙就能分到更多的钱。

这里，唯一不解风情的人顶数爷爷张文震啦。他说他不稀罕当市民，也不稀罕那么多的钱，他只稀罕土地。他说唯有土地，才会让他活得踏实，活得有滋有味，才活得有守有盼才有根。他还说，人没了土地就像秋后没了根的沙蓬，让风吹得到处乱跑，挂到哪搭，哪搭都不是它的家。

在征用土地和拆迁协议上没签字的首先是我爷爷，跟在爷爷后面的有不是本家的外姓人三老婶、杏花婶、李占元、刘长命，当然还有二十四户张姓本家中的十七户人家和爷爷的两个儿子张笑东、张笑南。爷爷的三儿子张笑西一反常态，首当其冲在协议上签了名，因为他是社委会成员，要响应市委、市政府的号召。哦，对了，忙得忘给大家说了，我们伊克昭盟在卡巴什乡划归东升区之前就撤盟建市了，叫鄂尔多斯市。这事儿对我一个孩子来说不太重要，我认为改成什么都不会把我们改到美国去，就像我叫牛蛋改叫皇帝，再变我也变不成皇帝一样。再说，我很固执地喜欢叫伊克昭，这地名叫起来顺口、带劲、有特色、有感情……唉，管它叫啥哩，反正我们的卡巴什还叫卡巴什。

卡巴什土地要被征用，我三爹他这么积极，有什么潜在的大利益，或还有什么更大的谋算，我没看出来，这些事儿只有三爹张笑西一个人知道。

但，我从他们多数人身上看透了他们的心，他们不是不想离开土地去当市民，更不像爷爷只为了土地，而是另有所图。图什么呢？就一个字。这个字是什么，不要说了，说出来很扎心的。

好了，咱还是说土地吧。

爷爷曾对我说过，土地是万物赖以生存的命根子。爷爷还说，没了土地就会没了一切。

有了这两句话，你们就好理解爷爷这个热爱土地热爱得就像磐石一样坚固的人了。不过，政府征地办给爷爷“奖励”了一顶帽子——抗征土地钉子户。

原来，爷爷盼着那些外出打工见过世面的村人回来，能像他一样牢牢坚守在这块土地上，可他们反过来给爷爷做工作，说政府给你那么多的钱你不要，你就是一头憨牛，就是一头傻牛。他们还开导爷爷说，咱们祖祖辈辈日日月月、年年岁岁，面迎黄土背朝天，苦一点汗一滴，在黄土地上昼出夜归苦心劳作，也没给咱们后代刨闹下个金元宝。现在，政府征用土地，不让咱当农民了，把咱从苦海里解救出来，又给那么多的钱，这是咱卡巴什农民祖祖辈辈修来的福。他们让爷爷先把钱拿了，离了土，管他以后是无根的沙蓬还是无家的狗，只要手里有钱，就能好好活命。

而爷爷却说，土地就是农民的命，农民离了土地就顶如离了命啦。可他们谁都不听。

这让爷爷的心伤痛了好一阵儿。

更让爷爷伤心的是，村里没有几个人听他的话了，一百余户人家有九十多户在征地协议上签了名，剩下三老婶、李占元和大爹张笑东等二三十户人家，也有些撑不住了。因为政府征地办和社委会的工作人员向他们放出了狠话，说谁家不同意征用土地和拆迁住房的，不仅要被强制执行，而且连拆迁住房每平方米额外奖励的四百元钱一分都没有。他们听了这话，心里没了主张，乱套了。

这天，杏花婶和她男人王玉成坐不住了，吃过晌午饭，早早来到三老婶家。

三个人一见面就探讨起征地的事。

可是，这事儿让他们左右为难，在征地协议和拆迁房屋协议上签字吧，怕自己吃了亏；不签字吧，全村人几乎都签了字，又怕自己最后落不着好，还要落一个“钉子户”的名声。

正在这时，刘长命和李占元也来了。

刘长命对杏花婶说：“正好，你们两口子也在哩，咱一起商量商量这征地的事吧。”

杏花婶说：“两位哥哥这些年在外面见过大世面，咋？也难住了？”

刘长命坐到炕沿边上，说：“这征地征房，对咱来说是大姑娘上轿头一回。按说，这荒地、草地每亩给二百五十块钱，耕地每亩给五百块钱；杨树柳树成栊材的每苗给一百五十块钱，成梁材的每苗给八十块钱，挂果的果树每苗给四百块钱；土木结构的房屋每平方米给二千四百块钱，如果能在限期内搬迁的，每平方米还多给奖励四百块钱，这房价快赶上城市里的房价了，要是把地价、树价、房价加起来总的看，也很不错了。”

李占元说："不错甚哩，错远啦！你没吃过猪肉，还没见过个猪跑？咱卡巴什乡，现在划归东升区了吧？”

三老婶给他们一人倒了一碗红砖茶，说："是，咱们现在归东升区管。”

李占元喝了一口茶，说："这就对啦。东升区去年征地的地价，你们知道吗？”

他们说不知道。

李占元说："卡巴什乡与郝家壕乡同是一个东升区，可这征地的地价却是天壤之别。”

他们问咋个天壤之别。

李占元说："我大姨家在郝家壕乡，去年区政府征用这个乡的土地价位是每亩荒地草地一万块，耕地两万块，水浇地两万五千块。而征用咱卡巴什土地的价格就大不一样了，每亩荒地草地二百五十块，耕地五百块，水浇地一千块。这地价跟人家比，还不到人家的一个零头。你们说，一个区政府管辖的两个乡，在征用土地的地价上咋就不一样哩？这是什么？这是明杀我们卡巴什农民么！”

李占元满脸气愤，掏出烟卷，摁了几次打火机才点上了烟。他狠狠地吸了两口后，才给刘长命和王玉成各递了一支。他想用烟雾把他的愤怒压下去，可他没吸两口，却把多半截烟往地上一扔，又说："我日他妈的！这字打死我也不签！”

刘长命说："可是，这土地是国家的土地，要是政府强行征用，咱也没办法。”

李占元说："我们还是国家的主人哩！出了这么不公平的事，

我才不信咱们的国家咱们的政府不管哩！”

杏花婶的男人王玉成说：“可咱们的土地就是政府要征用的啊。”

李占元说：“屁！不公道，不公平，不为老百姓做主的政府，还叫共产党的政府？！我才不信哩，不信中央不管这事哩！”

杏花婶说：“这么说，你是要死扛到底？”

李占元说：“是！我不仅要死扛到底，要是不公平，我还要跟他们拼命哩！”

杏花婶说：“要是强行征用了呢？”

李占元说：“告！我去告！区里告不准，就到国务院告！”

杏花婶说：“要是告到中央还告不准呢？”

李占元说：“你放心，我相信党中央！”

杏花婶说：“相信党中央是对的。但，要是党中央还是不管呢？”杏花婶和他较上劲了。

李占元说：“那，咱们的国家就完了！”

杏花婶说：“占元哥，你今天说的这些话，要是在过去，够枪毙十回的啦！”

杏花婶的话把李占元说笑了。他说：“说真心话，我也害怕枪毙哩。但是，要是因为说真话就把我给枪毙了，那咱全国老百姓就暗无天日了。现在，他们这么征用土地，这么蛮干，这么对待咱卡巴什老农民，这事上面不知道，要是知道了，枪毙的不是我，是他们。”

三老婶说：“占元啊，快不要说气话了。咱社几百号子老农民全签了字，盼都盼不得赶快拿到钱赶快离开这块老土地。现在，就我们这二三十户人家不签字，怕是一点用都不顶。前几年禁牧，你们都出外打工去啦，村里的人也跟政府顶着干来来，最后不仅都跟着禁了牧，而且还沾了禁牧的光。”

李占元说：“这征地跟禁牧是两码事。自古道，人有三不让：土地不让人，银钱不让人，老婆不让人。听你们这话，你们要下软蛋？人人都说咱农民是牛，你们咋连一点牛劲都没有哩？”

王玉成问：“那，你说该咋办？”

李占元叹了一口气，说：“像驼背老汉一样，坚决跟他们顶到底。”

王玉成说：“他是一个土快埋到脖子上的人啦，能听他的？”

李占元：“你们几户人家听了老汉人的话，都发大啦！”

杏花婶说：“是，我们听上老汉人是发大了。”

刘长命接上话茬说道：“是啊，你们那一苗果树的钱，快赶上二亩荒地一亩耕地的征地款啦。这么算起来，你们几户要比我们多拿二三十万块钱啊！”

杏花婶说：“眼红了吧？”

刘长命不否认，说：“是啊，让全村的人都眼红啦，但也没办法，是政府的政策。这，你们得感谢人家驼背老汉。”

“所以说，在征地这事上，咱还得跟着老汉走！”

他们终于说到我的爷爷驼背老汉了。

我记得，当初爷爷让他们卖羊栽果树时说过一句话，一苗果树要值一亩地的钱。爷爷的话又应验了，一苗果树不仅值了一亩耕地的钱，而且还值了二亩荒地的钱。现在我这么想，要是把这一亩地、二亩地用一百元一百元的钱给铺出来，这是一张多大的钱啊。

我的三个爹爹和三老婶、杏花婶听上爷爷的话，卖羊、栽树得了大钱，这事儿让刘长命很有感触。他说：“当时，我从外面打工正好回来，你们几家卖羊栽果树，不仅我们不理解，连乡政府干部都骂你们是‘胡闹’哩。现在看来，我们没听驼背老汉的话，吃大亏啦。唉，这都是命。你们走的是糖蜜运，我们走的是狗屎运，这能怨谁哩。”他们你一言我一语，说钱说征地说我爷爷。说到我爷爷时，三老婶说，要不让驼背老汉给咱们看看？他们说，他连儿子都不给算，能给咱们外人算？杏花婶拍了拍三老婶说，这事就看谁出面哩，要是三老婆儿出马保准行。他们一听这话，都笑了。三老婶脸红了一下，但也不避讳，她说嚼你的牙叉勾子哩，我再亲还能亲过人家老汉的儿子哩？李占元哎呀了一声说，咱们连正事都说不来，你们还有心事胡嚼？依我看，咱们还是求求老汉人，让他给大伙指一条明路。

三老婶提起暖瓶给他们倒着茶，说："这样吧，现在半迟不早的不是个时间，今儿晚上咱把他儿子和他那十几家本门本户的人都叫上，一起去求他。"

李占元问："这行吗？"

三老婶说："我看行。不过，这次咱要求就求他个彻彻底底。"

杏花婶问："咋个彻底法？"

三老婶说："让他请神下马！"

李占元说："哎呀，我看这难哩。这多少年来，不知有多少人求过他，都被他拒绝了。"

三老婶说："只要我们心诚。"

刘长命说："是呀，我们也该表表忠心啦。这多少年来，老汉人对咱们全村人那是好得再不能好了。这样吧，我看咱每户人家给老汉人拿上五百块香火钱，咋样？"

三老婶说："杏花，你觉得呢？"

杏花婶说："占元哥，你说这么做行吗？"

李占元说："只要他给看，不说拿五百块，就是拿一千都行。"

三老婶说："你们错看老汉啦！"

杏花婶也说："是。我也是这么觉得，老汉人绝不是那种见钱眼开的人，他从不看钱。"

李占元问："那他看甚？"

三老婶说："他看人、看大事。"

杏花婶的男人王玉成说："难道征地这事不是个大事？"

杏花婶说："这些事在他心里根本不是大事。"

她男人王玉成问："那什么事才是大事？"

杏花婶说："在他心里，只有生死抉择的事才是大事。这么多年了，你们还没品出来？凡是上门求官求财的，都被老汉人拒绝了，而我们今天去求他，求甚哩？就一个字，钱么！"

三老婶说："所以，难就难在这一点上。这样吧，今晚咱每人拿上一把上好的香和一叠上好的黄表。他不是供着土地爷么，咱去了先给土地爷上香焚表，然后，咱碰碰运气，要是给咱看，更好，要是不给看，他也会给咱指一条路的。"

他们说行。

三老婶突然想起什么，又说："对了，老汉人爱喝几口好酒，咱们给他带上两瓶酒吧。"

李占元说："正好我家有两瓶好酒，就送给老汉人吧。"

杏花婶说："占元哥，这酒钱我出。我沾了老汉人的大光，理应我出。"她男人在她的屁股蛋上捏了一下，杏花婶回头狠狠盯了男人一眼，问道："玉成，你说应该不应该？"

王玉成忙露了一下笑脸，说："应该，应该。"

李占元说："杏花，玉成，你们要是这样做，我就生气了。别说我有事求老汉人，就是没事我也早应该提两瓶酒去拜望拜望老汉人啦。你们不要跟我争，再争我就恼了！"

刘长命说："好好好，那就别争啦。这样吧，晚上吃过饭，咱还在这儿集合，等人到齐了，咱一起去。"

他们说好。

十八

夜深人静时，我回到家，把我活活吓了一跳。

在十五瓦电灯泡下，爷爷两眼紧闭端坐在炕上，三老婶、李占元、杏花婶和我本家的爹爹、哥哥们，三十来号人静静地跪在他的面前不说话。

三老婶说："哎呀，是行是不行，你睁开眼说一句话。"

爷爷还是闭着眼，不说话。

我一看这情形，哭啦。

我抱住爷爷哭叫道："爷爷，爷爷，你咋啦？"

突然，爷爷把我搂进怀里，他说："牛蛋，不怕。"

一听爷爷会说话，我更哭了。我说："爷爷，我以为你死啦。"

爷爷抚摸着我的头，我感到爷爷的爱把我连骨头带髓全都浸泡起来了。他说："牛蛋不怕，爷爷死不了。"

我回头对跪着的他们喝道："你们这是干甚？！"

他们说，我们请神哩。

这时，我才细细打量起来。

土地爷铜塑像前焚燃着三炷高香，高香前点着三盏面灯，供桌上供着三盘水果，垒放着整把整把的香和整沓整沓的黄表纸。炕上放着四方桌，桌上正中放着一升金黄金黄的新米，同样摆着香纸、供品和面灯，只不过那香和灯没被点燃。

一看这情景，一股神圣而神秘的味道涨满了整个屋宇。

爷爷长叹了一声，接着又长叹了一声。他说："唉，你们这是为难我哩。"

他们说，是哩，是为难您老人家啦。他们不叫爷爷、大大、老叔、叔、哥了，都一改常口，称爷爷为"您老人家"。为什么这么叫，我不知道。他们说，您老人家发发慈悲，行行好，看看我们现在是签了字好，还是不签字好？您老人家，我们这么做就是为了咱的土地么。

爷爷说：“你们这哪是为了土地？！”

他们说，不管为了甚，您老人家看在咱祖祖辈辈的情分上，看在我们诚心实意上，您就给我们指指路么！

爷爷又抚摸了抚摸我的头，他问：“牛蛋，你说爷爷该咋办哩？”

爷爷这么一问我，我心里立马有了一种说不出的滋味。不让看吧，他们一个个跪在炕上，那么诚惶诚恐的，我于心不忍；让看吧，我确实从爷爷的脸上读出一层极不情愿的颜色。但，这些都不是主要的，主要的是我从没见过请来的神是什么样子，说心里话，我太想太想看看了。我说，爷爷，看在他们和你一起不签字的分上，你就给看看吧。

这句话很管用，爷爷对我笑了笑。

他们感激地对我点了点头。现在，他们的眼光都很期盼地落在我的身上了，让我浑身有些发痒。他们心里明白，请神下马这事儿，成与不成就在于我的一句话，所以，从他们眼睛里发出的光才这么痒人地咬着我。好了，既然是这样，那我就不能不替他们说话了。

我说：“爷爷，你看他们多可怜，您老人家就发发慈悲吧。”

我学他们这么一说，他们都乐了。

爷爷说：“今天的人连自己都不相信了，你们还相信神？”

他们忙跪起双膝盖锥在炕板上连连说道：“相信，相信，我们相信！求求您，求求您啦。”

“不要求，求也不顶用。”爷爷说，“请神的事，我几十年前就不干了，你们就别逼我啦，这样吧，我给你们好好算算，咋样？”

他们不死心，还是硬缠着爷爷。

爷爷说："那你们就别看了！"

他们见爷爷不高兴了，忙说："好好，那就给我们算算。"

爷爷从红布包里取出三个麻钱和那本古旧的书放在桌子上，又取出三炷香燃着，插在那升金黄金黄的新米上。

爷爷问："你们算甚？"

他们说："一句话，我们怎么跟他们干才能拿到更多的钱？就算这。"

爷爷抬眼把他们挨个盯视了一遍。我也跟着爷爷老辣的目光把他们一个一个地透视了一遍，我发现，他们每个人的心里都装满了一个个活蹦乱跳的贼。太可怕了。

这时，我听见爷爷暗叹了一声，他拿起麻钱，捂在手心，闭上眼睛摇了一阵，然后捏起三个麻钱，放到嘴前吹了三口仙气，又在三炷烟雾缭绕的高香上左三圈右三圈地转着。爷爷庄重而神圣地举行了这个仪式后，问："你们谁摇？"

他们大眼看小眼、小眼瞪大眼地看了半天也没选出个人。

我说："你们不摇，我摇。"

我大爹说："小娃娃家的，别掺和。"

刘长命说："杏花，你摇。"

杏花婶说："我一个女人摇什么摇？我看还是让占元摇吧，大家同意不？"

他们说同意。

李占元说："既然你们让我摇，那我就替大家摇啦。"

李占元下地净了净手，上炕坐在小桌子前，十分敬畏地看着爷爷。

他问："老叔，能摇了不？"

爷爷点了点头。

李占元庄严地拿起麻钱，放到掌心，双手扣合，举过头顶虔诚地摇着麻钱，麻钱在他的掌心里“哗啦哗啦”地鸣叫着。随后，他对准小桌子上铺开的红布一松手，麻钱“唰啦”一下掉在红布上跳起了舞蹈。

当麻钱都安静地睡在了红布上，爷爷低头一个一个地看着。看完，他在手上盘了起来。盘完，爷爷抬头看着他们，见他们都静静地盯着他。

他们问：“咋样？”

爷爷没作声，拿起那本古旧的书翻看着。看了半天，他放下书又看着他们。

他们问：“咋啦？”

爷爷低头又看了一阵卦象，念道：

祸福从天降，存心万事宜。

若还无妄作，祸散福相随。

爷爷念罢，连连叹道：“圣意，圣意啊！”

他们问：“甚意思？”

爷爷释意道：“卦说，天运之常，人生穷通，亦似此无有定在。若问究竟归结，全在存心种德，方得成实。倘值境遇遂意忘前因，暗损心术，必至有始无终，自贻后悔。勉之慎之啊。”

他们说：“我们还是不明白。”

爷爷说：“一句话，你们要想如愿，做事说话要合情理，要行得正立得端，积大德行善事，所谋所图可遂愿。”爷爷又说，“方寸修为，你们切莫妄动，才会万福来宜。否则……”

爷爷说到此，不说了。

他们问：“否则咋样？”

爷爷说："谋事不成，反而祸从天降！"

他们听后，一下炸锅了，吵成了一片。

爷爷说："不要吵了。不信，你们别听；信了，你们就按卦意所示去做吧。只有这样，才会所谋遂意，其愿称心。"

李占元说："顾不了那么多了。你咋做，我们就跟着你咋做。"

爷爷撩起眼皮看了李占元一眼，说："我死呀，你也跟着我死呀？！"爷爷恼了。我还从没听过爷爷对村人对晚辈说过这么硬的话。爷爷见他们被自己骂得都不言语了，放软声音又安慰道："这件事，我说得对与不对，你们个人打主意。不过，卦上说，钱是三把刀，用好是福，用不好是祸。在以后的日子里，怎么赚钱，怎么花钱，你们要好好地把持好。把持好了，那是福；把持不好，那就是祸。好啦，你们坐着，我躺躺。"说完，他就躺下了，没多大工夫，便呼呼地打起了鼻鼾。

爷爷睡着了，他们还不走。

他们喝着茶，抽着烟，探讨着今晚上的事。听得出，他们对爷爷的"卦"很不满意。其实，他们对爷爷也隐含着不满，只不过没说出口而已。

为此，我对他们也非常非常不满了起来。

今晚，爷爷给他们又是算卦又是苦口婆心地进行劝导，但丝毫没能网住他们膨胀的心，因为他们心上的黑洞太大了，而且还装满了活蹦乱跳的贼。

他们的黑洞他们的贼，把他们给吞咽了。

今天的人把心智全用在什么上啦？我的心突然这么问自己。

我想：今天的人非常非常聪明，聪明得使他们变得连自己都不相信了，别说是信人，信神，信鬼……鬼？哎呀，他们信不信鬼，这就难说啦。那，他们信什么呢？他们把心智全用在什么上啦？我一遍又一遍地问着自己，可我就是找不准答案。

哎呀，快看。

他们的唾沫星子在满屋子飞舞。

他们的话题，让我一下子找准了答案，就一个字。这个字，就别往出说了，说出来大家都会不好意思的，因为现在的人都非常非常亲着恋着热着舍着命信着捞着这个字。

那，这个字到底是个什么字呢？我不说，大家心里都清楚。

可是，现在看着他们张牙舞爪、唾沫横飞，我感到特别特别特别的厌恶和恶心，真想吐一嘴口水把他们淹死。

为了这个字，说他们不信神吧，他们缠着磨着磕着头求爷爷为他们请神下马，算命打卦。可他们听了又不信服，还一个劲儿满嘴喷沫地说着那个要命的字。

于是，我大喝了一声："天上下钱啦！"

他们两眼放光，"噌"地向窗外望去。

外面黑洞洞的，他们什么都没看见。

李占元挖了我一眼，横声横气地说："一惊一乍的，钱在哪？！"

我鞭了他一眼，抬手向窗外的夜空指了一指。

十九

天上真的下钱了。

这是这年春天的事。

这年春天来得非常快，像刘翔在奥运会上百米跨栏决赛一般，跑到我们村就停下不跑了，让我们村欢呼一片，连那些僵硬了一冬天的杨柳树木也一下子手舞足蹈、载歌载舞了起来。没过多少时日，生长在村庄和田野上的万物像打了激素，齐刷刷地换上了一身身青绿色的外套，个个容光焕发，精神抖擞，花枝招展，在大地上跳起了优美的舞蹈。

今天早上，一起来，首先走进我眼里的是我家门前那苗老榆树。一夜之间，它一下子生长出了满树嫩嫩的、鲜鲜的、金灿灿的榆钱儿。其次走进我眼里的就是我的爷爷，他领着牛娃站在山圪蛋上开满榆钱儿的大榆树下，牛娃低头吃着鲜嫩的草，爷爷拄着棍扬头望着远方。

今天我不上课，是星期六。

我又能陪爷爷在村子里、在山圪蛋上、在庄稼地里转悠啦。

我走上山圪蛋，爷爷没有发现我，他在老榆树下望着远处正在走神。我不忍心打扰他,就让他面对这方土地再好好地走走神吧。

因为，他们马上要离土而去了。

说到离土，别说在这方土地上生存了祖祖辈辈的他们了，就连我这个生在首府青城、长在这方土地上的少年，时不时地心里也有一种淡淡的惆怅。这种感觉，从我离开爷爷到旗政府所在地阿镇上初中时就有了。现当儿，我望着这一坡坡、一沟沟和房前房后、田头地畔开满金色花儿的榆树，无形中就生出了一种特别入心的亲近感和回归感。当然，还有就是没等离土就有了一种莫名其妙的惆怅。

别看村人们一个个吵吵嚷嚷，急着要到城里当市民，可当搬迁的日子一天比一天走近时，在他们的心里，在他们的情愫中，那种看不见摸不着的惆怅像蜘蛛织网，一圈，一圈，再一圈，圈圈丝丝入扣，结着无数个扯不断解不开的网。这个网，牢牢网着他们每一个人的心、每一个人的情，使他们毫无办法从中解脱出来。

尽管爷爷说他死都不会搬走，但这种离土的情结始终在纠缠着他。为了排遣这种纠结，爷爷一有空就领着牛娃走上山圪蛋，站在老榆树下，不是望着那高一块低一块的庄稼地发半天呆，就是抬起头望着天，看天上那一块一块云彩被无感觉的风推着跑。

现在，他不望云彩了，那眼神又走在了开满金花儿的榆树上，顺着榆树走着走着，又走向了田野，见田里有人赶着牛在犁地，那眼神儿就一动不动钉在了那儿。过了一会儿，忽听头顶上面有喜鹊在叫，爷爷忙把眼神从那儿拔出来，举头向树冠看去，见一对喜鹊在花枝招展的枝杈上跳来跳去地唱着喜歌，他便深吸一口气，又长出一口气，脸上露出了一层舒畅的色彩。

见他一脸畅色，我悄悄从他的身旁退出来，希望他每天都能生活在这种让他走神的日子里。

好了，别打扰爷爷了。趁爷爷走神的空儿，我还是说说天上下钱的事吧。

天上下钱的时候，正是榆树花儿结籽落地的时节。

一天晚上，我做了一个美梦。

梦中，我走上山圪蛋，见火一样的太阳蹦了两蹦就跳出了山顶，放着金红金红的光芒，照射着当天上的一块七彩祥云。

随之，一道蓝光，一声炸响，七彩祥云在瓦蓝瓦蓝的天上下起了一张一张又一张、一张一张又一张粉红色的票子。

村人们拿着簸箕冲出外面，在地上揽着票子。他们不顾一切，头插着头，争着抢着。这时，我看见一个揽了满满一大簸箕票子的人，猛然高高端起簸箕，在抢钱抢疯了的人堆里“嗷”地狂吼了一声。

随着这声狂吼，我醒了。

第二天，我起来一看，成熟饱满的榆钱儿金黄金黄地落了一地。也就在这天，第一批征地款，像榆钱儿落地、天上下雨一样，下进了卡巴什人那干瘪而敞开的腰包。

票子下进别人的腰包里有多少，确切数字我不清楚。但下进爷爷口袋里的票子我知道，单单他一个人的征地款就有六十九万四千元。

在此，有人一定还会问，村里人口多，地又多，尤其是听了你爷爷的话卖羊栽果树的人要比你爷爷多拿多少钱？这不用追问，大家在心里稍作估算就会明白。

可是，钱来了，村里却乱套了。

随着票子的到来，一纸通告也下来了：全体村民在今年九月三十日前，务必迁出村庄！

村人们不是因为搬迁而乱套的，主要是因为钱。那些人，那些事儿，看得我眼花缭乱，好歹理不出个头绪。

罢罢罢，就让我把我所看见的、所听到的一起都讲出来吧。

故事一　四爹张笑北从首府回来

“五一”放长假，我四爹张笑北一家三口开着奥拓小汽车从自治区首府青城回来，车刚刚停在爷爷家门口前的老榆树下，大哥张守弓驾着宝马 X5 疾驶而来，一个急刹车，地上的尘土像一片被惊起的麻雀，“哗啦啦”地飞了起来，一下把四爹他们给淹没了。宝马车停在门口后，大哥张守弓走下车，看了一眼四爹他们，径直向院门内走去。

四爹愣怔了一下：“守弓，帮我拿拿东西。”

大哥折了回来，很是“惊讶”地叫道：“哎呀，是四爹四妈吧？”

四爹撩起眼皮看着大哥：“咋，不认识啦？”

四妈一听四爹的语气，看了他一眼。

大哥说：“我的四爹呀，你咋敢开着这种车回来？”

四爹看了一眼自己的奥拓车，问：“咋啦？”

大哥说：“快把它抱到旮旯旯藏起吧！”

这下，他把四爹惹火了，四爹很不客气：“咋啦？给你丢人啦？

刚有几个饿钱就烧得不行啦？！”

大哥太那个了，他摆阔也不能不看对象。四爹是谁，他是硕士，是首府电视台首席记者，又是网络大V，我看，大哥他今天还有头子挨呢。四妈见情况不妙，忙上来挽起四爹的胳膊说，走吧，走吧，东西一会儿拿。

当他们走进院里，四爹回头看了一眼站在大门口上的大哥，骂了一句：“肤浅！”

本来亲人相见是件令人非常高兴的事，没想到今天却遇了这么一出。

四爹从来不是这样的人，他豁达开朗、儒雅大度，见了我们总是那么亲切、那么高兴、那么温和，话里话外对我们充满了关爱。别说他对我们这么好，对村人也是这样。大哥也是的，在过去，每当四爹他们回来，他一口一个爹、一口一个妈地叫，是我们兄弟中最热情的一个，而今天他却变成了这样，变得连我都有点不认识他了。

晚上，大爹、二爹、三爹听说四爹回来了，都来到了爷爷家。

他们兄弟四人围着爷爷坐在一起，又说又笑，是那么的高兴。这时，我突然想爸爸了，他要是从美国回来，兄弟五人在一起，那该多好啊！这时，我在心里又突然埋怨起爸爸，人家在外工作的子女，听到卡巴什的土地被征用了，都赶回来跟老人分钱，而他却待在美国无动于衷，我不知道他整天在想什么！

我听见大爹对四爹说：“你在首府工作，见识广，不知道外面征地是不是也给这么多钱？”

四爹问：“征用咱村的土地，政府给了多少钱？”

答说：“草地和荒地，每亩给了二百五十块，耕地每亩给了五百块。”

四爹听了半天无话。

过了一阵，大爹又追问："是给多了？还是给少了？"

四爹说："一个地方和一个地方不一样，没法比。"

大爹说："老四，我想不明白，一样的政府，一样的土地，一样的农民，对待咋就不一样哩？"

四爹说："先别理究给多给少了。"四爹又问，"你们都买车了？"

大爹张笑东说："买了，给守弓买了一辆。"

二爹张笑南说："我还没买哩。这两天，守弦正念叨着要买哩。"

四爹张笑北点了点头，用眼睛寻问着三爹。

三爹张笑西说："我也买了。守引还在上学，我开着哩。只不过，车没大哥家的好，钱也没大哥家的贵。"

四爹问："你们买车干啥用？"

二爹说："现在卡巴什的征地户都买车啦，而且一家比一家买得好，一家比一家贵。我也正准备买哩。"

四爹说："没用！"

二爹说："人家都买，咱不买不好看，也没身份。"

一向温文尔雅的四爹不温文尔雅了。他说："显摆！你们掏上几十万块钱买上一辆车就有身份了？就有脸面了？我二十二岁出去到现在，就是敲断骨头掏出髓都有一股土腥味哩。大哥、二哥上年纪了，三哥你年轻，还是社委会成员，有了钱，咋就不想想该干点啥，还把钱花在为了身份为了面子这些不该花的地方上。我看，你们的脑子都被钱烧坏啦！"

爷爷听见四爹骂他们，呵呵地笑了。这是近来我又一次看到爷爷这么高兴、这么开心的真笑。

挨了批评的三爹心里有气，他问爷爷："你，笑甚哩？"

爷爷笑微微地看着他的四儿子张笑北，那眼睛里放着一股骄傲的神采。他说："好哩，是哩，骂得对哩！还是多念点书的人不一样哩，我也是这么想哩！"

三爹问："想甚哩？"

爷爷说："问你弟。"

三爹转脸看着四爹。

四爹说："别看大大快九十岁了，大大在我心目中就是一个大智若愚的人。好了，刚才我的话说得有点过，三位哥哥不要怪怨。我问你们，你们已失去了土地，以后准备干什么？这事你们想过没有？"

答说：没有。

四爹说："现在这个时代多么好，机会又是这么的难得，我给你们一个建议，趁现在市政府要往卡巴什搬迁的大好机遇，你们把钱集中起来，全投资到守弓、守弦、守长的身上，让他们创办实体。这样做，说不定你们手里那二三百万的小雪球，用不了几年的工夫就能滚出一个几千万，乃至几亿万的大雪球。这样，往小说，是咱们整个家族的成功与荣耀，往大说，对社会、对国家也是一个贡献。"

二爹感叹说："哎呀，听老四这么一说，我们的脑子又活泛啦。可是，不知该办甚实体好哩？"

四爹想了想，说："因地制宜，要实实际际，别搞那种华而不实、大而无济的实体。你们想，建设一座新城市，要用大量的砂石，是吧？"

答说：是。

四爹说："这个资源很现成。在咱们这儿靠北靠南各有一条乌兰木伦河，河床上有的是砂石，你们就办一个砂石场。"

众人高兴，说：是哩！

四爹又说："还有，建设城市需要绿化吧？"

答说：是。

四爹说："你们再办个园林绿化公司！"

众人大喜，连连说：对着哩！对着哩！

二爹说："守长年龄小，我想把他送出去上大学。"

四爹说："对，这么做就对啦！"

二爹说："可是，不知让守弓和守弦一起干好，还是分开干好？"

四爹想都没想，说："分开干，让他们一人注册一个公司。这样，既不相互冲突，又能相互援助。"说着，他回头问二爹，"我记得，守弦上过两年农牧学校，好像学的是园林专业，是吧？"

二爹说："是。"

四爹说："守弓在农村待的时间长，对土地对砂石了解得多，让守弓办砂石场。守弦学的是园林专业，正好，让他办园林绿化公司。你们给他们当后盾，做好后勤保障工作，我相信，一定会成功。"

三爹忙说："好！我入股！"

我一看这种情况，他们忘记了他们的弟弟、我的爸爸张笑天了。我忙说："你们只顾你们，一点也不考虑你们的弟弟，我爸怎么办？"

我这么一说，提醒了我的哥哥、四爹的儿子张守强，他也说道："大爹二爹三爹，请不要忘了我的爸爸。"

他们听了我们兄弟俩的话，哈哈大笑了。

他们说："呀呀呀，世道变了，一说钱，连小娃娃们的眼睛都变绿了。"

四爹摸了摸我的头，又拍了拍我的肩，我能感觉到他也很爱我。他说："我和你爸就不参与了，给他们当好参谋、当好顾问就行。你爸了不起，他现在是美国一所著名大学的著名教授、博士生导师。前两天我和你爸通过电话，等你上完初中，他就接你去美国，守镞，你就偷着乐吧。哦，对了。"他忽然想起了什么，对大爹他们说，“老五说，给大大过九十大寿，他们一家回来。”他又问，“给大大过寿，不知三位哥哥是怎么安排的？是大过，还是小过？”

众人说：大过！要大大地大过！

我一听这话，高兴啦，我说：“我挺你们！”

五哥张守强也说：“我粉你们！”

大爹他们睁着眼睛看着我俩，显然，他们没有听懂我们的话。

四妈给他们碗里填着茶，笑着给他们解释说：“他俩说的是网络语言。挺，就是极力支持你们的意思。粉，就是你们的铁杆粉丝，也是追求、支持你们的意思。”

他们听后都“哦”了一声。

而让我们引以为荣的大记者张笑北却说：“太可怕了！要是让这种网络语言大行其道，任意发展下去，过不了多久，怕中国人连中国人的话也听不懂了。”

四妈说：“网络用语也就是一阵风，过去了，也就没人用了，没必要认真。”

四爹看了四妈一眼，没说话。他不反驳四妈，是怕四妈在三个哥哥面前失了面子吧？

随后，他们兄弟四人围绕着给爷爷过九十大寿的话题，讨论和计划起来。在计划请人的过程中，四爹问爷爷：“大，你记不记得夏书记了？”

爷爷说：“记得，他可是好人啊。你和笑天大学毕业后，还是他把你们俩安排在首府工作的。”

四爹说：“前一段时间我见他了。说起你时，他说，那时把他打成走资派，下放到咱村改造，要不是你和我妈保护他，他早就不在人世啦。”

爷爷问：“他还好吧，今年快八十岁了吧？”

四爹说："有七十五六岁了，各方面都好着哪。他从领导位置上退下有十来年了，现在在社会上还担任着很多职务，一天到晚都很忙。他说，一有机会他会来看你。"

爷爷长叹道："是啊，我也想见他。"爷爷又说，"再见到他，一定替我问好。"

四爹说："好。"

他们把给爷爷祝寿的事定下后，就谈论起了村里征地的事。

第二天，四爹要到庄稼地看看。

吃过饭，爷爷拉着牛娃，领着四爹四妈、守强和我去庄稼地。在路上，我们碰见了跟四爹一起耍大的堂爹张世华。我堂爹看见四爹后，两手一背，扬着头，看都不看我们，走了。

四爹叫道："世华？"

我堂爹张世华这才转回身："哎呀，是笑北呀？多会儿回来的？"

他跟四爹同岁，但没四爹生日大，过去，他见了四爹一口一个四哥地叫，现在他不叫四哥了，而是直呼其名了。眼下他的这架势跟昨天我大哥张守弓见了四爹的那架势一样，看着就有些让人呛胃。

四爹说："昨天回来的。"他掏出一盒十五块钱的软苁蓉烟给堂爹递了一支。

堂爹说："回来好！"他接过烟看了看，想扔，当着四爹的面没好意思扔，便别在了耳朵上。接着，他从自己的口袋里掏出一盒软中华，给四爹递过一支，自己往嘴上叼了一支，点上烟后，他又说："你看咱们村变了吧？"

四爹吐出一口烟雾，说："变了，变得我什么都不认识了！"

四爹的话，让我的心"咯噔"地蹦了一下。他分明是话里有话，可堂爹张世华没听出来，还说："那时你不走就好啦，要不现在也能分个二三百万。”

四爹张笑北笑了一笑。我看得出，四爹的笑里有一种别样的味道。

堂爹说：“你们忙，我还有大事办哩。”他背着手，扬着头，抽着烟走了。

四爹望着他的背影，问爷爷：“大，咱村的人都咋啦？”

爷爷说：“钱迷了心窍，都疯了！”

故事二　疯子

拿到第一批征地款，从未见过和拥有过这么多钱的村人都好像疯了。

是啊，一夜之间，一个当农民的人摇身一变成了百万富豪，这，让祖宗八代没见过这么多钱的他们，不疯才怪哩。说一句不该说的话，要是真疯了还不怕，疯就疯了，是高兴疯了，怕就怕那种不知天高地厚，更称不出自己是几斤几两，甚至连自己都不认识自己的似疯不疯的疯而狂的疯子。

就像昨天，我大哥张守弓和我堂爹张世华见了自己的骨肉天亲都好像有些不认识了，四爹骂他们“肤浅”，爷爷说他们是“钱迷了心窍”，而他们在我眼里就是那种疯而狂的疯子。

不讲这种疯子了，没意思，太没意思啦。

咱讲真疯子吧。

疯子，大家都见过吧？

大凡真疯了的人，是因为在心灵上遭受过极其无端的打击或过分的伤害而变成疯子的。可你们见过因高兴过度而变成疯子的吗？

这种疯子我见过，那感觉太好了。

因高兴过度而疯了的人，那疯劲一来，他是那么的幸福，又是那么那么的高兴，什么痛苦、悲伤、欲望……什么什么的都没有了，整天浸迷在高兴与兴奋之中。对此，有些时候，我还真有些羡慕这样的疯子。

这样的疯子，在我们村就出了一个。

他叫武小山。

这个人大家都知道吧？就是那个因偷牧被禁牧执法队用铐子铐在皮卡车上，被爷爷救下来的武小山。

当他拿到第一笔征地款时，他就因高兴而疯了。

他疯劲一来，满村子跑，满村子吼，满村子笑，人们一听到他那嗷嗷的爽爽的朗朗的满嗓子的大笑，不论是走路的干活儿的，还是洗碗的做饭的，都会停下手来听上一阵子，然后也会坦坦然然、舒舒服服地笑上一场。再看他，他在村间巷道上又蹦又跳，把手里那张粉红色的大票子扔到天上，蹦起再逮住，逮住再扔起。他就这样一路蹦着扔着逮着也吼着："啊，我有钱啦——啊，我成百万富翁啦——"看着他那高兴劲儿，你也会不由自主地想蹦一下、跳一下，也想放开嗓门吼两声。当然，看着他这么"高兴"，你的心里不免也会生出一种轻轻的淡淡的怜悯的伤感来。如果你有幸碰见他，他就会和你说上一阵话儿。

前两天，爷爷拉着牛娃出去散心时遇见了他。

他问爷爷："你认我是谁？"

爷爷说："你说你是谁。"

他答说："我是百万富翁么，你咋就不认识我啦？"

爷爷反过来问他："你认我是谁？"

他用那张粉红色的票子指着爷爷："你，你是穷鬼武小山么！"说完，他哈哈哈、哈哈哈地大笑了。

他前仰后合、两手拍腿地笑了一阵后，又一蹦一跳地扔着钱逮钱，吼着那两句话走了。

爷爷望着他，半晌后说了一句话：“要是这么疯了，也好。”

但在爷爷的脸上，有一种怅惋的颜色。

故事三　三老婶上吊

三老婶收到的征地款，要比爷爷多出三倍。

这是因为三老婶听上爷爷的话，把羊卖了，在自己所有的地上全栽上了能挂果的大果树。征地时，那一苗果树就值了两亩荒地、一亩耕地的钱。

前天，她的两个儿子、两个闺女回来了。

回来看老人，是一件好事。

可是，他们不是回来看老人的，是回来分钱的。

分就分吧，老人也没意见。

但是，她的四个儿女干起来了。

老大说，他是长子，应该多分。老二说，老大没有尽到老大的责任，平时是他一直赡养老人的。就这样，你一言我一语地争吵着，吵着吵着，就吵出了一些不堪入耳的话。

三老婶是个要强的人，哪能容得下两个儿子撕破兄弟脸面这么干，她就破口大骂了，骂完了老大骂老二，最后强强把两个儿子骂住了，而两个女儿开口了，也要分钱。三老婶说，分，你们都是我身上掉下的肉，人人有份。两个儿子不同意。三老婶问，为甚不同意？他俩说，嫁出去的姑娘泼出去的水，凭什么给她们分？两个妹子和两个哥哥嚷道，凭什么分？凭我们是妈妈的女儿，凭我们一年四季侍候着妈妈。妈妈这穿的戴的、铺的盖的，哪一件不是我们两个给的。你们倒是儿子，你们给过甚？两个哥哥说，这是你们做女儿应该做的。两个妹子不让，说是我们应该做的，当然这钱也应该分！两个哥哥急了，吼道：妈妈死了，我们往出背呀，你们也背呀？！

这话，把三老婶当下就气了个半死。

小女儿急了，骂道，你们还是儿子？我看，就像你们这种儿子还不如没有好！

老大跳起来，骂了一句：滚你妈的那个 ×！随之，给了小妹子一个响亮的耳光。

小妹子揩了一把嘴，一看满手是血，扑过去抱住老大的腿，要他把她打死。

三老婶一看这样，放声号啕大哭了。

这时，他们才停了下来。

半夜，爷爷起来喂牛娃，隐隐看见三老婶房边树上吊着一个人。他走过去一看，见是三老婶，忙上前抱起，大吼救人。

三老婶的四个儿女听见爷爷的喊声跑出来，两个女儿见状趴在地上就号，两个儿子帮着爷爷把三老婶从树上放下来。爷爷掐着三老婶的人中，见她还不醒来，对大哭的女儿喊道：别号啦，快给你妈人工呼吸！

三老婶在人工呼吸下终于换上气来了，她睁开眼看了看众人，又闭上了。

爷爷攥着她的手说："你不是那种想不开的人，咋想起这么做来来？！"

三老婶"哇"地哭了："他们为了钱，兄弟不是兄弟，姐妹不是姐妹，我活着还不如死了好啊——"

四个儿女跪在她的身旁，不作声了。

尽管三老婶被爷爷救活了，但，村庄里到处弥漫着一种浓浓的悲哀气息。

故事四　法院见

杏花婶从乡政府征地办回来，她男人王玉成突然和刘长命干上了。

他们干仗的原因是因为一眼吃水井。

这眼吃水井打在杏花婶家和刘长命家房左房右的空地正中间，产权归他们两家所有。

今儿，杏花婶到乡征地办一看账，发现征地办把征用这眼井的钱全给了刘长命，而自己名下一分都没有。

杏花婶把打井的事跟征地办一五一十地说了一遍，要求征地办出面给她解决，要回属于她家的那一份钱。征地办让她回去跟刘长命要，她没同意，她知道，这事闹不好就会闹成仇人，所以杏花婶坚决要求征地办出面给他们解决，最后，征地办同意了她的请求。

回来后，她把这事说给了男人。她男人王玉成一听，火冒三丈，立马找刘长命要钱去了。

两人一见面没说几句就吵起来了，吵着吵着就打起来了。

杏花婶听见有响动，跑去刘长命家一看，见刘长命和儿子正压着她男人在打。她上前两把推开了那父子俩，从地上拉起自己的男人，指着刘长命父子的鼻尖，说道：

"咱法庭上见！"

故事五　谷场之争

晚上，我去二爹家找守长借书，借上书路过三爹家门前，听见有人和三爹在吵架。

我站下听了听，是大爹、二爹在跟三爹吵。

他们兄弟三人在吵什么，我在院外听不清楚，但他们兄弟三人越吵越激烈。

我忙跑回家告诉了爷爷。

爷爷下地拄着拐棍就走。我怕爷爷看不清路，忙搀持住他的左臂，披着夜晚柔软的黑纱，踩着漆黑的路面来到三爹家。

爷爷一进门，他们三个不吵了。

爷爷双手拄着拐棍站在当地，一个一个地看他们，可他们谁也不说话。

爷爷问："你们吵啊，咋不吵哩？！"

大爹、二爹、三爹低着头，谁都不说话。

爷爷用拐棍在地上狠狠地戳了两下："你们吵甚哩？"

二爹说："你问老三。"

老三不说话。

爷爷又问："到究吵甚哩？"

大爹说："老三想独吞谷场哩。"

三爹说："谁说我要独吞哩？"

二爹说："那你为甚不给我们分钱？"

三爹说："谁说不给分？是你们不要。"

大爹说："谷场征了那么多的钱，你才给我们那么一点点，不是想独吞，是什么哩？"

爷爷举起拐棍在炕沿上当当地敲了几下："老大不像个老大，老二也不像个老二，胡闹！"他回头瞪着三爹，"谷场征了多少钱？"

三爹说："三万四。"

爷爷问："按正常征，能给多少钱？"

三爹说："也就是一万四五千块钱。"

爷爷想了想，说："来，你把钱给我！"

三爹很听话地从柜子里取出三万四千块钱递给了爷爷。

爷爷接过钱，坐在炕沿上，说："这钱，也应该有我一份。你们说是不是？"

答说：是。

爷爷把四千块钱揣进自己的怀里，又从两整捆的钱上各数出三千块钱，放在了一整捆的钱上。随后，他把七千块钱扔给了大爹，又把另外那七千块钱扔给了二爹，把剩下的一万六千块钱推给了三爹。

爷爷问："这么分咋样？"

大爹说："大，你偏心哩。"

爷爷却呵呵地笑了。笑罢，他说："你们也不想想，要不是老三在社委会，一个巴掌大的谷场，你们能分到这么多的钱吗？就这，你们都跟着老三沾光啦。"接着，他叹了一口气，又说，"你们是我儿子，不要因为这么一点钱闹不和，这事要是让外人听见了，人家会扳转屁股蛋拿屁眼笑话你们哩。"

二爹笑着说："不了，不了。听大大这么一说，我们是沾老三的光啦。老三，这样吧，就按你说的，我拿上五千块就行了。"

大爹对三爹也这么说。

三爹笑了。他说："好了，好了，就这样吧。要是政府不征这地，咱不是也没这钱么。"

爷爷说："这就对了。"

说完，他举起拐棍在炕沿上又敲了两敲，走了。

这天晚上，我的心有些隐隐作痛。

睡在被窝里，我忍不住想，我们这个大家庭在爷爷的主持下，历来以和睦、和谐、团结著称，今天晚上竟然也出了这等事。这事儿让我一想，就像有一只柔柔的手把我的心给揉搓疼了。

我越想越睡不着，心里的疼就越深。

睡不着，我就问我自己：村里以往那种四处洋溢着的真诚、憨厚、善良、朴实、互帮、互助的真性情哪去了？是什么东西让他们一下子变得这么独来独往？这么自私自利？这么寡情寡义？又是什么东西使他们蜷缩在狭隘的圈子里，让感情越来越淡漠的人更加冷若冰霜，让原先那种相互依存、相互告慰、亲情乡情浓厚的人们变得这么冷漠而无情？

这，使我这个少年就特别特别怀念以往的那个村庄。尽管以往的那个村庄还有着不少的缺失，但，我坚信以往人与人的那种真情、实在、善良、坦诚、纯朴，将在我的心里永垂不朽、万古长青！

二十

卡巴什没有中学。

小学一毕业，我不得不到旗政府所在地阿镇上初中、上高中。

假期对我们乡村的孩子来说，那简直就是孙猴子上花果山称王称霸了。我们不像城里的孩子，一放假要上各种补习班、培训班，无形中像给孙猴子戴上了紧箍咒，没了一点自由。

今年暑假，蓝尔又险些来不成姥姥家啦，要不是她姥姥杏花婶三番五次给女儿女婿打电话，说这是我们在乡村生活的最后一个夏天了，到了老秋天我们的村庄就彻底消失了，以后蓝尔就是想到乡村来住几天也没那个家啦。在杏花婶的一再要求下，蓝尔的父母勉强给女儿放了一个礼拜的假，她这才回到了卡巴什。

说真心话，自从三年前的暑假，在树林子里采蘑菇时我抱了蓝尔吻了蓝尔后，至今任何一个女孩都没能走进我的眼、走进我的心。从那时起，我的心可能就被蓝尔偷走了。

那时，我们小，什么都不懂，我看见蓝尔漂亮可亲，就以一窝蘑菇的代价抱了她吻了她。也就那么一吻一抱，让长大了的我烦恼不已，时不时就想她，时不时就梦她。有些时候想着想着，我就没了；梦着梦着，我的内裤就湿了。

现在，我已经变成了一个大小伙子，什么什么的事都懂了。不过，长大了有长大了的烦恼，有些事，经常令我想入非非、渴望不已。

就像现在，我非常渴望立马见到她。

可她明天才能回来。

第二天下午，我早早来到树林边，躺在绿油油的玉米林子下，等待着蓝尔的到来。我摘了一朵粉红亮丽的花，看了看，叼在嘴上，没想到一吸气却把它吸进肚里啦。随后，我又揪了身边的一根青草叼在嘴上，一边嗅着青草清新的芳香，一边看着瓦蓝瓦蓝的天上那一堆一堆洁白的云彩，想象着蓝尔。

现在的蓝尔怎么样？

一定比小时候的蓝尔更漂亮。

蓝尔见到我，会怎么样？

是高兴？还是冷漠？是亲近？还是疏远？

她还会让我抱她亲她吗？

不，不，她现在也是大姑娘了，不会像从前一样让我抱她亲她了。

还有，还有，蓝尔还会跟我一起玩吗？

这也不大可能了，她可是从首府来的大姑娘，而我虽生在首府，但长在农村。尽管卡巴什的男人说“你们知道我是谁？我是卡巴什的男人”，可卡巴什的男人有什么了不起？不就是一夜暴富，手里有了几个卖地钱么！除此，他们再也没什么能耐和出人之处了。依我看，这话对蓝尔来说，也不会起太大的作用。

我叼着芳香的青草，听着长满紫花苜蓿的沙巴拉里那大型机械轰鸣的作业声，想着蓝尔。

当蓝尔站在我面前时，一下把我惊呆了。

杏花婶是村里每个男人见了就想跟她上床的那种漂亮女人，而蓝尔是让男人见了就会从脑子里生出无限个欲望，想立即拥有她的那种漂亮姑娘，但她的气质又会自然而然地把你婉拒在一定的距离之外。

蓝尔见我呆了，笑了笑，说："牛蛋，不认识我了？"

我被她亲切的呼唤叫醒了。

我说："你把我吓傻了。"

蓝尔说："是我丑吗？"

我说："不，快让我瞧瞧，这是天仙还是人间美人儿？"

她灿烂地一笑："没想到当年的牛蛋，现在会这么夸人。"

我说："不，这不是夸。不信，你问我的心。"

蓝尔"咯咯咯"地笑了。

我说："蓝尔，你听。"

蓝尔竖起耳朵，望着我指的树林子。听了一阵，她说："听啥？那只是隆隆的机器声。"

我说："你听，林子里的蘑菇在叫我们哩。"

蓝尔会意而可心地对我笑了。

我们一走进树林就抱在一起了。

我感到她在我的怀抱里柔软光滑得像一根粉条，那由衷的"嗯嗯"声，把我点燃了。

接着，大火燃起，这个世界就被焚烧掉了。

紧接着，随着沙巴拉里那轰隆轰隆的机器作业声，我和蓝尔也很有节奏地轰隆、轰隆、轰隆地歌唱着我们的青春赞歌。

单纯的浪漫，变成了爱的疯狂。

我们的爱终于出轨了！

现当儿，我们躺在树林里开满花朵的绿色丛中，呼吸着花朵与树木散发出的芳香，透过树冠望着瓦蓝瓦蓝的天上那一堆一堆南来北往的云彩。

蓝尔问："你想啥？"

我说："想我在这儿第一次抱你亲你。那时，我的心就被你的美给俘虏了。"我又说，"那时，我就想要你。"

蓝尔说："不会吧？那么小，你就懂了？"

我说："在那一刻，我就知道，将来我一定会死在你的手里。"

蓝尔侧起身，看着仰面的我，随后从下面抽出一张洁白的纸巾，纸巾上面开放着一朵鲜红鲜红的牡丹。

看着这朵牡丹，我又被这鲜红无比的烈火烧着了。我说："送给我吧，我会把它当生命一样珍藏，直到带进棺材。"

接着，瓦蓝瓦蓝的天空上，两朵洁白洁白的云彩又融合在一起了。

沙巴拉里那轰隆、轰隆、轰隆声在欢呼，树上的鸟儿在婉转地歌唱，草丛里的花朵在竞相开放，那多彩的蝴蝶在飞舞，那蜂儿在花朵上嗡嗡欢呼。它们是在为我和蓝尔火一样的青春盛典一同喝彩、一同礼赞吧？

直到夕阳西下的时候，我俩才从树林回到村里。一回到村里，就见一群人聚在我家门前的那苗大榆树下高谈阔论着什么。

我和蓝尔走过去，见李占元拿着一份复印的文件，对大家高声说着话："这是市政府下发的红头文件，文件上明明写着，一亩草地、荒地是五百元，一亩耕地是一千元，一亩水浇地是一千五百元，而他们仅仅给了我们一半，甚至一半还不到。那一半钱哪去啦？我们的钱，是不是让区里、让乡里、让征地办给黑了？"

这件事，就像一枚重磅炸弹一样，轰炸了卡巴什这片土地。

他们又空前地团结在一起了，群情激愤，要找社长康宝宝和每个社委给他们说清楚。这时，我看见社委会成员、我三爹张笑西从人群中悄悄溜走了。

他这一走，让我的心“咯噔”了一下。

我还注意到，在三爹溜走的那一刻，蓝尔的姥姥杏花婶撩起眼皮看了他一眼，这一眼，不是以前她见了三爹就会释放出的含情脉脉的那种，而是透着一股子强烈的狐疑。

为此，我就特别为三爹担心起来。

他们每个社委会成员都是乡征地办成员，这事，不出则已，一出肯定就是件大事。

果不其然，这事没隔一天就出了。

社长康宝宝被社员打得趴在炕上了，三爹张笑西和那几个社委在挨了社员的脚板子后，被赶出了社委会。

乡政府领导领着人大、派出所等部门的人员急忙赶来劝阻，但此时事态已经扩大，于事无补了。

一夜之间，这届社委会被彻底颠覆了。

新一届社委会在社员们自发的组织选举下诞生了。

李占元当选为社长，马三贵、武大山、张世华、刘长命、王玉成等人分别被推选为副社长和社委会成员。

征地少给钱的事儿就像一场大风暴，立即刮遍了全乡所有被征用了土地的每个村、每个社的角角落落，并引发起一股一股再一股、一股一股又一股的旋风。

这些微小的旋风是从村人的脑子里刮出来的，又一股一股再一股地汇聚着，慢慢地酝酿着一场强大的风暴。

在这场强大的风暴中发生了什么，在后面，我会用最简捷、最直接、最明了的方式向大家择时报告的。

现当儿，还是说说我和蓝尔吧。

再过两天，父母给蓝尔的七天期限就到了，蓝尔就要回首府青城去了。

这两天，两颗年轻的心在疯狂。

心在疯狂，这是一个多么多么美好的日子啊！

由于我们的过分疯狂，蓝尔的姥姥杏花婶多次明里暗里提醒我俩要保持距离，要注意分寸。

可这两天，杏花婶忙得连这话也顾不上对我俩说了，一天到晚都在忙着开会、忙着酝酿。他们在酝酿什么呢？我没顾上打听，因为我和蓝尔也在忙着疯狂哪。

现在，我和蓝尔坐在爷爷栽在山圪蛋顶上的那苗大榆树下，借着月光，望着沙巴拉里那灯火辉煌、轰轰烈烈的作业场面。

那场地不断地向村庄扩展，那大型车辆亮着灯光，在施工场上来来回回穿梭着，那隆隆声在夜间听来震人耳鼓，那轰轰响动震动着大地，也震动着我和蓝尔的屁股。

突然，蓝尔尖叫了一声，拱进了我的怀里。

我问："咋了？"

蓝尔给我指着身边的不远处。

我一看，也险些惊叫起来。

一列老鼠排着整齐的队伍，从坡下向山圪蛋上的这苗大榆树的方向走来，吓得我和蓝尔紧紧抱在一起，大气不敢出，静静地看着它们。

那一只只大老鼠带领着它们的儿儿女女，从村庄的四面八方奔跑而来，加入到这列队伍里了。它们走上山圪蛋的最高处停下不走了。它们站起，睁着鼠眼，望着村庄，那鼠眼亮亮的，光芒四射，好像把整个山圪蛋给照明了。随后，它们抱起前爪，拜着村庄，拜着土地。它们流泪了吗？在夜间，我们没有看清。它们进行了一场庄重的拜谢仪式后，排着队浩浩荡荡向北开拔而去了。

望着它们，我忽然明白了。

它们是在拜别生养它们的土地、生养它们的村庄。我这么一想，要不是我心爱的蓝尔拱在怀里，我会为此而号啕大哭。

直到望不到它们了，蓝尔才长长出了一口气。

蓝尔说：“牛蛋，我想哭。”

我说：“是害怕吗？”

蓝尔说：“没想到，没想到啊！”

我问：“没想到什么？”

蓝尔说：“连老鼠都待不下去啦！”

我无言以对。我的心在哭泣。

过了一阵，蓝尔又若有所思地说道：“我只听过老鼠娶媳妇、老鼠拉木锨、老鼠和猫的故事，从没见过这么多的老鼠，更没见过它们会这么做。牛蛋，是不是要地震？”

我说：“眼下就在地震。”

她用心在感受。我想，在沙巴拉那轰隆、轰隆、轰隆的轰鸣声中，她一定能感受到我们屁股下的大地也在强烈地轰隆、轰隆、轰隆地颤抖。

蓝尔说：“我知道了，知道老鼠为什么要拜别这片土地了。”

二十一

蓝尔回去了。

这回，我的心彻底被漂亮的蓝尔掏走了。

现在，我没心没肺地坐在山圪蛋上爷爷的大榆树下，捧着脑袋在想。心被蓝尔掏走了，现在我也只能用脑瓜仁子来想了，想什么呢？想要命要命的蓝尔哪。看什么呢？看青翠蔽日的树冠，看将要搬迁走的那错落有致的低矮的农舍，看我和蓝尔采蘑菇并让我们的爱出轨的树林子。再看什么呢？再看就看到了那轰轰烈烈、热火朝天、轰隆轰隆鸣叫的沙巴拉啦。

噢，对啦，看到这热烈的施工场面，我想起了我在前面对大伙儿说过的话。

不过，我先告诉你们：那微小的旋风，前两天在村人们的酝酿下已汇聚成一场强风。

在这场强风中发生了什么？

前面我说过，我会用最简捷、最直接、最明了的方式向大家择时报告的。现在，我就向你们报告如下——

百字消息一

强风是大前天晚上形成的。

前天清早，我还没睡醒的时候，村人们手拿镢头、铁锹、杈耙、连枷、铁锤、斧头、砖头、瓦片，从家里出发，集结在了山圪蛋上的大榆树下。随之，全社三百多人在新一届社委的带领下，冲进沙巴拉，将一台台正在作业的大型机械拦堵在了施工现场。

村人吼声震天，让他们立即滚出卡巴什。

乡、区、市获悉消息后，乡、区两级政府官员火速赶来，劝说村民停止阻挠施工，立即撤回，否则将以“干扰公务”罪论处。

这话不说还可，一说马上引来了一片砖头瓦片、石头土块的围攻。眼看事态就要扩大，一辆拉满防暴警察的中巴车冲进闹事现场。此举立刻引起了强烈反弹，不知谁吼了一声：“我们是人民群众，不是阶级敌人！打！打这些不维护人民利益的人！”随着这声大吼，雨点般的石头砖块砸向了防暴警察。

一场对峙立马演变成了一场混战。

正在混战中，一位市政府的官员匆匆赶来，见此状况，立即下令撤出了防暴警察。警察撤去，事态才得以平缓。

农民们向市政府官员提出了四条诉求：

一、同一个区的农民，同一个区的土地，为什么他们的草地、耕地、水浇地征地款每亩分别是一万、二万、二万五千元，而给我们的征地款每亩分别是二百五十元、五百元。这个政策不公平，我们坚决不服从。

二、根据市政府××××年××号文件规定，一亩草地五百元，一亩耕地一千元，一亩水浇地一千五百元，而政府仅仅给了我们一半，甚至一半还不到，另一半征地款哪去啦？

三、同是一个市政府领导下的农民，为何要这般对待卡巴什的农民？请问，这个天下还是不是共产党领导的天下？如果是，就要一视同仁，公平对待。

四、这些问题不解决，卡巴什农民决不罢休。

市政府官员表态，这些问题经过市委、市政府研究讨论后，一定会给农民们一个满意的答复。希望农民们立即回去，别影响正常施工。

就这样，第一场风暴暂时被平息了。

百字消息二

前天晚二十三点至昨天凌晨一点钟时段，一阵刺耳的警报声和女人的号叫声，把熟睡的村人惊醒了。

村人纷纷涌出家门，见社长李占元的妻子和社委王玉成的妻子杏花婶在巷道上放声号喊着。

一问原因大家才知道，前天带领社员到工地闹事的社长李占元，社委王玉成、武大山、刘长命等人被防暴警察以“扰乱社会治安”的名义抓走了。

百字消息三

昨天上午十时，副社长马三贵、村委张世华等人率领全体社员到市政府抗议。

他们一到市政府门前广场，就扯开了写着“立即放人，还我土地”“我们要公正、我们要公平、我们要正义”“一样的农民，两种不公的对待”“另一半征地款哪去啦”的四条白布黑字条幅。

其他五个征地社在各社的社长带领下，也陆续加入到抗议队伍中了。不到中午十二点钟，广场上聚集了的抗议人员和围观者达上千人。

中午一时许，马三贵和另外三个社的社长被叫到办事处谈话，结果，以“聚众闹事，非法集会，扰乱社会治安”被拘留。

矛盾突然陡增，广场上一片大乱。

群众集会还在继续。

最新消息

刚刚获悉，未被拘留的两名社长，在今天早晨带领三十余人，登上飞往北京的飞机，踏上了上京告状之旅。

风暴还在继续，哟，来电话了。

打开手机一看，是蓝尔给我打来的！

蓝尔问：“你在干啥？”

我有气无力地说：“我要死啦。”

蓝尔很吃惊：“咋回事？”

我说：“要命要命的七仙妹妹把牛蛋的命偷走了。”

蓝尔笑："贫！"

我说："真的！牛蛋的心被七仙妹妹掏走了。"

蓝尔说："我的心也被牛郎哥哥掏走了！"

我说："是，我好好地保存着哩。七仙妹妹，你要把牛蛋的心保存好、守护好，千万别丢了哦。"

蓝尔说："我想你啦。"

我说："快看！"

蓝尔问："看啥？"

我说："天上有一块七彩祥云，祥云上的牛郎哥哥在看着你呢。"

蓝尔哭了。

我说："别哭，别哭，你再哭，我就号啦。"

蓝尔还在哭。

我说："你听，有人在敲你的门。"

蓝尔就不哭了，她说："没，你胡说。"

我说："你快开门，给你送兔兔的人来了。"

蓝尔"哧"地笑了。

蓝尔笑了，我的泪却流出来了。

这时，我想起两句歌词："女人的泪一滴就醉，男人的心一揉就碎。"

就这样，一个少年的心被一个少女给揉碎了。

随后，蓝尔在手机里说："我觉得姥姥的情绪不对，卡巴什出什么事了？"

我说："这几天卡巴什刮大风，人们都很忙，你姥姥可能是太累了。"

蓝尔说："青城没起风，那面咋就刮起了大风呢？"

我把上面的那些消息向蓝尔报告了一番，但我没告诉她姥爷王玉成被拘留的事。

蓝尔说："老师来了，我要上课了。欧啦，吻你。"

我也说："欧啦，吻你。"

挂断电话，我看着手机，这东西真是个好东西，跟自己亲近的人想多会儿聊就能多会儿聊。自从卡巴什的土地被征用后，这里的大人小孩都买了手机，我和爷爷也各买了一部。

当然，当时爷爷不会使用手机，我不厌其烦地给他教了几天，现在他使用起手机已经熟练自如了。

我回到家，爷爷不在。

掏出手机要给他打电话，又一想，不用打，他肯定是去三老婶家了。

我去了三老婶家，果然，爷爷和三老婶正坐着。

自从三老婶上吊被爷爷救活后，她变得不爱出门，也不爱见人了。好在，有爷爷经常陪她。

在爷爷的一再开导下，近时，三老婶好像又从悲伤中活过来了。

三老婶见我进来，问："牛蛋，中午想吃什么，三老婶给你做。"

我说："想吃三老婶的牛奶泡米饭。"

三老婶说："吃不上啦，乳牛卖啦。"

我问："为甚卖？"

三老婶说："养不成啦，没地方养啦。"

我说："那就随便吃吧。"我又说，"爷爷、三老婶，咱们下午拉上牛娃到低滩转转？"

三老婶问："为甚要到那儿转？"

我说："一想起咱们在低滩放羊、放牛的日子，我就特别想那块地方。"

我这么说，其实是我看见三老婶常常一个人待在家里，特可怜，想让她和爷爷和我和牛娃一起到那儿散散心。

三老婶轻轻摸了摸我的后脑勺，一脸微笑，说：“好，下午咱到低滩转转。”

二十二

歇起晌来，我们到了低滩。

一进入低滩，一股淡淡的青草味和浓郁的花香味袭笼了我们。

我们被禁牧后几年未遭牲口啃食的低滩牧场的繁荣景象给惊得发呆了。

尽管现在沙巴拉里机声隆隆，嘈杂刺耳，但丝毫没有影响这美好景色给我们带来的愉悦心情。

望着青草茂密、繁花盛开的牧场，爷爷不住地啧啧着，三老婶一口一个“妈呀妈呀”地叫着。当然，当然我更没想到，复活后的低滩牧场是这么美好，这么生机盎然。

爷爷的黑公牛牛娃走进这块久违的草牧场，先是睁大眼看，随后甩打了几下尾巴，一头杵进草丛，嘴巴就疯狂了起来。

爷爷突然说道：“小海子，当年的小海子又复活了！”

说完，爷爷一下跪在了草丛中。

我知道，他又在给这片土地和分管这片土地的土地爷磕头。

磕罢头，爷爷那两只深不可测的眼睛跳过牧场，望着打仗圪蛋。

最近，爷爷被村人们又是拦阻施工，又是集会抗议，又是被拘留等等一系列事件和那一天到晚轰轰隆隆的嘈杂刺耳声搞得惶惶不安。

爷爷望了一阵打仗圪蛋，回头问三老婶：“你知道打仗圪蛋的来历不？”

三老婶说：“只知道是因为这块土地，在那山圪蛋上打过仗。”

我说：“我想知道。”

爷爷盘腿坐在草地上，两眼久久盯着打仗圪蛋。

我发现，爷爷的眼神已游离在打仗圪蛋的上空了。

爷爷听着沙巴拉里那轰轰隆隆嘈杂刺耳的大型机械的轰鸣声，身子不住地颤动着。一看他这神情我就知道，他已回到那个年代了。

枪子儿在爷爷耳旁“嗖嗖”地鸣响着,炮弹在爷爷的前方“轰轰”地爆炸着，现在，他看见他的爷爷率领着他的父辈们和居住在这块土地上的人们，正为了土地在和大商人白凤武、大地主黑眼八楷雇用的土匪浴血奋战。

那年，爷爷刚记事。

爷爷说，那场战争是一场争夺土地的战争。

大清年间，这里的土地几乎全部被控制在大地主、旗王府衙门要员黑眼八楷一个人的手里。

爷爷说，早些年，他的爷爷在陕西神木一边耕地一边跑买卖，后来，爷爷的爷爷把买卖做到了口外，在一次偶然的机会下与黑眼八楷结识了。经过几年一来二往的交道，他们不仅成了朋友，而且还拜了把子。黑眼八楷一高兴，跑马圈地，将一大片约一百顷（一顷为一百亩）的土地圈给了爷爷的爷爷，条件是每一顷土地每年交黑眼八楷三石粮。经过双方协商,签了一份永租地契约，从此，这块土地就成了爷爷的爷爷的了。

爷爷的爷爷拿着这份一百顷永租地的契约回到口里，从陕西神木老家迁来大批农民耕种这片土地。

就这样，一个百十来户四百余人的村庄在口外的蛮荒之地诞生了。

到了民国初年，河套五原厅有个大商人，名叫白凤武。他是山西人，在河套地区开商行做买卖，经过多年的打拼，基业发展得越来越大。大清朝退出历史舞台后，国民党在河套地区设立五原厅，这里的土地管属权由原来的陕西神木县理司划归给了河套五原厅，白凤武摇身一变，成了五原厅的一名政要。在一次视察中，白凤武看中了这片永租地，便找到了大地主黑眼八楷。

黑眼八楷一听白凤武不仅给他双倍的地租，而且还给他一个民国政府五原厅在此地的理事督办的头衔，负责此地的各种事务和私人垦地等情况的监督检查，这让曾任前朝衙门要员的黑眼八楷喜出望外，立马就和五原厅政要、大商人白凤武私下秘密签订了协议：三年内将这块永租地分年分批租给白凤武。

第一年，朝廷更迭，兵荒马乱，爷爷的爷爷没办法，只好给黑眼八楷退还了三十顷永租地。

第二年春上，黑眼八楷要求我爷爷的爷爷再退出三十顷永租地，并要求在下一年的年底前将所有的租地退还给他。爷爷的爷爷不同意，黑眼八楷就雇用土匪头子杨侯喜的手下夜袭张家村。就这样，一场捍卫土地与争夺土地的大战爆发了。

爷爷的爷爷和村人们与土匪大战在一起。土匪有枪，他们没有，没片刻工夫，村人就被土匪撂倒了三个。村人一看，眼红了，扑上前用刀砍的砍，用锹拍的拍，用锄刨的刨，用棒打的打，没一顿饭的时间，二百多名村人就把三四十个土匪全部打倒在地了。

爷爷的爷爷问土匪为什么要袭击张家村，土匪说是黑眼八楷用二百块大洋买通了他们的四掌柜，是四掌柜命他们来干的。爷爷的爷爷一听这话，就像一刃寒光冷冰的刀插到了他的心上，他险些栽倒在地上。他万万没想到，他的拜把子兄弟黑眼八楷为了收回土地，不顾他们二十多年的兄弟之情，竟然雇用土匪要灭掉他。这事让他很伤心，也很愤怒，但眼下他必须先把土匪的事解决好，才能解决掉黑眼八楷。

我爷爷的爷爷收缴了土匪的武器，用半袋子白花花的银子打发走了土匪，让他们各奔东西了。当爷爷的爷爷看到那一大堆武器的那一刻，突然，一个天大的想法从他的脑瓜仁子里冒了出来。这想法，在过去他从没有过，现在，他想了，他要组建自己的武装力量，保住这片永租地。他想：要是没了永租地，就等于没了村庄，没了村庄，这一百多户四百余口的农民到下年年底就会流离失所，无处安身立命了。爷爷的爷爷想到这些后，怕黑眼八楷从河套五原厅搬来白凤武的救兵，这样他们和他们的村庄就彻底完蛋了，于是忙把三名受伤的村人安抚给乡医，然后直奔黑眼八楷府上去了。

当他来到黑眼八楷府上时，太阳刚冒出山顶。

爷爷的爷爷远远瞭见黑眼八楷站在府门前的平台上远眺着东山日出。当黑眼八楷猛地看见爷爷的爷爷从坡沟下冒出头来，大吃一惊，因为他从前晚到早上一直在等待着土匪们的凯旋，没想到，他等来的却是爷爷的爷爷。当看到爷爷的爷爷时，他以为自己看到了鬼，眨巴眨巴眼睛，确认自己看到的是一个整囫囵的爷爷的爷爷背着手、踏着阳光星子向他晃达而来。这时，他想转身逃回府内，喊出所有的府丁来对抗爷爷的爷爷，但还没等他转过身，就听爷爷的爷爷哈哈一声大笑，向他抱拳吼道："老兄，你在等我？"

无奈，黑眼八楷回过身对爷爷的爷爷也抱起拳伸了两伸，一脸僵笑地问："哎呀，兄弟，你咋来啦？"爷爷的爷爷在心里哼一声，说："大哥，昨晚上睡得可好？"黑眼八楷说："好！好！"爷爷的爷爷见他两眼在自己身上溜达来溜达去的，又哈哈一笑，说："大哥，你看到的不是鬼，是一个完整的大活人。"黑眼八楷听他这么一说，心里全明白了：土匪把什么什么的事都对他说了。他害怕了，回头看了一眼府门，希望有人从门上出来，搭救他一把。而爷爷的爷爷却说："哎呀，老兄，要出人命啦，急死我啦！"黑眼八楷听爷爷的爷爷这么一说，光秃秃的脑壳上立马生出了一层汗珠子，在太阳下明晃晃的。可他故作惊讶，装作十分仗义地问道："咋啦？你说，让我怎么帮你？"爷爷的爷爷见他还在装糊涂玩计谋，心想，那我就给你一个将计就计。他说："昨晚，我们村遭土匪袭击，有三人中了枪弹，现在也不知是死是活。"黑眼八楷两眼一瞪："什么？哪股土匪吃了豹子胆，竟敢袭击我老弟的村庄？！"爷爷的爷爷说："好了，咱先不说这事啦。我大早来是有事跟老兄商量。"可黑眼八楷也不简单，没有三下两下，他能成为清朝衙门的官吏和这独霸一方的大地主？他大笑着说："好说，好说。走，兄弟，到府内谈。"爷爷的爷爷说："老兄，不用啦。你府上的人还没睡起来，咱哥俩就这儿谈吧。"黑眼八楷说："也好，什么事？你说吧。"爷爷的爷爷说："老兄，咱俩是叩天叩地二十多年的拜把兄弟了，那我就直说了。"

经过一番讨价还价，两个人就把永租地的事给谈妥了。

黑眼八楷同意，当年只收回十五顷永租地；爷爷的爷爷答应，第二年的年底将所有的永租地都归还给黑眼八楷。为什么这么快就达成了协议，因为两个人心里各有盘算。黑眼八楷想：要是那三个中弹的人真死了，全村四百多号人起来闹事，怕自己不仅要丢了官，而且这性命也不保。爷爷的爷爷想：有一年半的时间，自己的人马也拉起来了，到时候这些土地还不一定是你黑眼八楷的呢。

爷爷说，就这样，他爷爷回来后，先去看望了那三名受伤的村民，好在枪弹都没打在要害处。随后，他找来了三四个村里有威望、有头脑的人，经过严密合计，大家一致同意建立自己的武装。他们按合计、按分工，分头到绥远、陕西、山西各地收买枪支弹药，不到两个月，就弄回步枪四十四条、抬枪三架、劈山炮两门、牛腿炮四门、弹药两牛车，加上先前缴获的土匪的枪支，建立了一支近百人的武装大队。爷爷的爷爷还回神木请来一位从穷人的部队上退下来的老兵，当他们这支武装大队的教练。

这年，除了秘密训练村里的武装力量和平平安安耕种了一年土地外，无其他大事发生。

第三年春耕季节一开始，白凤武带着六七十副牛犋和一个排的兵力开了进来，一场争夺土地的大战又展开了。

土地争夺战整整打了四天。

农民武装的人数虽然远远多于白凤武带来的那一排三四十号兵，但白凤武的兵武器精良，又有打过仗的经验，因此在土地争夺大战中，农民武装有了极大的伤亡。但农民们明白，失去了土地就等于失去了生存条件，与其等死，还不如和白凤武他们一起战死，所以他们在爷爷的爷爷的带领下，在那个教官的指挥下，不要命地和白凤武、黑眼八楷的人马大战在了一起。

农民们越战越不要命，第四天，白凤武、黑眼八楷率部占据了这方土地的最高处山圪蛋。虽然他们抢占了高地，但他们没有炮，爷爷的爷爷和村人们抬出劈山炮、牛腿炮和抬枪，一齐向山圪蛋上开火，不到一顿饭的工夫，几乎把山圪蛋给炸平。

黑眼八楷被炸死，白凤武被活捉。

农民武装捉住白凤武后，用一根二细麻绳套在他的脖子上，将麻绳的另一端套在一头三岁子公牛的身上，然后点燃了拴在牛尾巴上的一串鞭炮，公牛一惊，在未翻开的茬子地上把白凤武活活拖死了。

农民的土地保住了。

农民的家园也守住了。

我爷爷的爷爷也成了这方土地上的一名大英雄。

我爷爷说，从此这山圪蛋就被叫作打仗圪蛋了。这名一直叫到了今天。

爷爷说，他的爷爷和村人保住了土地，巩固了自己的家园，但难逃民国政府沉重的苛捐杂税和官吏们的敲诈勒索。

据史料记载，国民党执政时期，不仅要收取这方土地上所有人口的“养兵费、水草费、靠圈费”，还要征收“军粮、军草、公教粮和附加粮，按户平均最少要交五石多粮，有时多达十几石至二十石，后来发展到要维持粮、各类肉油、皮张、羊毛，直到土豆、白菜等，总计各种杂税十五六种。而且各级官员又层层加码，其贪赃数量更是无法估计……逼得农民走投无路”。

爷爷说，在那个时期，他的爷爷又做了一件顺应民意、大快人心的大事。

爷爷说，有一年秋天，绥远特别区派出二十多名官吏，鸣锣开道，来到此地收取烟囱税，被他爷爷的武装围进山沟，剥光衣服毒打了一顿后，全部驱逐出境，让他们光着屁股跑回了特别区。紧接着，他爷爷派出了枪法好、会武功的把式匠守在各大路和各要塞的关卡上，使那些贪赃枉法、敲诈百姓的官吏再也不敢来此地搜刮民脂民膏了。

爷爷说，后来，因要塞设卡，又有把式匠守防，慢慢地，这个村庄就被叫成卡巴（把）什（式）啦。

爷爷长叹了一声，又长叹了一声，从打仗圪蛋收回目光，说：“这就是打仗圪蛋和卡巴什的由来。”

三老婶说：“哎呀，原来这打仗圪蛋和卡巴什的名是这么来的，我还是第一次听说。”

我说：“爷爷，后来，你的爷爷和那支队伍哪去了？”

爷爷摸了摸我的后脑勺，我感到很是亲切。他说：“解放战争爆发后的不几年，我的爷爷和那支队伍被那个从神木请来的教官带到延安去啦。”

这时，爷爷的手机响了。

爷爷接起电话，那头传来了我三爹张笑西很是着急的话音：

“大，快回来吧，彦君和我二哥打起来了。”

爷爷问：“因为甚？”

电话里三爹说：“井，因为井。”

爷爷合上手机，说：“唉，又不安宁啦！”

二十三

在回家的路上，爷爷的心情很差，脸上像贴了一层雾霾，灰不溜丢的。

他在前面走，吃饱喝足的牛娃跟在他的后面慢慢悠悠地晃摇着。来到坡上，爷爷站下不走了。他转身望着低滩和打仗圪蛋，眼睛里泛着一股不宜让人发觉的惆怅。

他的惆怅，我明白。

我要是不明白，就不是他的孙子了。

他愁甚呢？愁他的重叔伯孙子张彦君跟他的二儿子张笑南打仗了。

以前，爷爷给二爹和我说过，那眼机井里的水不是水，是一井金汤子。在他们签订协议时，我也曾告诉过他们，那机井能生金子哩。

今天，一切都应验了。

因为这金汤子，侄儿子和爹爹打仗，这是张家祖上都没有的事，这让爷爷很没脸面，也很惆怅。

爷爷望着那边，深深叹了一声，接着又叹了一声。

三老婶说：“叹出来吧，叹出来好受一点。”

爷爷没作声。

三老婶又说：“唉，这个世道不知咋啦，让骨肉天亲都不相认啦！”

爷爷叹了一声，说：“都是钱作的怪。”他伸出老树皮似的手摸了摸牛娃宽大的前额，牛娃摆了摆尾巴。他又说：“做一条牛，挺好。”

爷爷的这句话，让我险些掉下眼泪。

三老婶说：“是，有些时候，人不如牲口。牲口还知道嘚上嘚下哩，可这人要是心坏了，连牛马都不如。”

爷爷说：“回吧，回吧，回去看看那些牲口咋闹腾哩！”

当我们回到村里，二爹家院内站满了人。

人群里有刘公安和两个我不认识的公安人员，我的心一下子被提起来了，看来，事情闹大了。

人们见爷爷走进来，忙给他让开了一条道。顺着道看去，只见我的重叔伯哥张彦君满脸是血，趴在地上又号又叫，而我二爹张笑南灰头土脸地捂着肚，蹲在墙下不说话。

爷爷站在他们中间，用拐杖冲地上狠狠地戳了两戳，骂道：“败兴，败大兴了，张家的那点德行都让你们给败了！”

骂完，爷爷转身要走，趴在地上的张彦君一把把爷爷的腿给抱住了。

张彦君号叫道：“爷爷，你不能走，你走了我就不活啦！”

我怕爷爷被他拽倒，忙跑过去扶住爷爷。这时，我闻到了一股酒气。

我说：“张彦君，放开爷爷！”

张彦君说：“不！就不放！”

我抬起脚要踢，爷爷用拐棍冲我踢过去的脚打了下去。

我感到钻心的疼。

张彦君又号叫道：“你的儿子打了我，你管不管？！”

爷爷问：“因为甚？”

张彦君说：“这三四年，他给工地卖了多少水，赚了那么多的钱，我说了两句，他就打我！”

爷爷转头看着他的二儿子张笑南。

二爹张笑南很可怜，他都五十大几的人了，却让侄儿子作践了一顿，甭说别的，光这气就够他受了。

爷爷问：“你为甚打他？”

二爹蹲着没说话。但，我看见二爹两眼红红的，含满了泪水。

“为甚要打他？”爷爷举起拐棍要打二爹，我忙架住了拐棍。

这时，二爹才开口说道：“你看，他抄我的家，我出来说了两句，他就冲我的肚上踢了两脚。”

我抬头一看，二爹家的窗玻璃全部被砸了。

爷爷又问：“那他脸上的血是咋来的？”

二爹说：“他打我，我往住抱他的时候，不小心头碰了他的鼻子。那血是鼻血，是他故意抹在脸上的。”

“你胡说！”张彦君从地上猛地站起，向二爹扑去了。

我没动，只要他敢再动一下二爹张笑南，我会立即将他放倒在地。

好在，爷爷拿拐棍拦住了他。

张彦君说：“爷爷，他把我打成了这样，你说咋办？”

爷爷问：“你说咋办？”

张彦君说：“除非他把自来水井给我们，不然，我跟他没完！”

爷爷说：“当时，你二爹要给全村上自来水井，要你们每家每户出个二三百块钱，你们都不出。你二爹为了大家喝干净水，自己打井，立了字据，说产权归他，你们都在这字据上签了字，摁了指头印。咋了？现在看见他赚钱了，你们不干啦？”说着，他又用拐棍在地上戳了两戳，转身对刘公安说，“刘所长，打这眼机井，张笑南和全村人签了字据。我看这白纸黑字，说到纸上说不到纸下，走到天边都会有理。这事，你们来处理吧！”

刘公安说："好了，大家都散了吧。这件事经过我们调查核实后，会处理好的。"

一听他要大家散去，我不让了。

我说："不行！哪有侄儿子打叔老子哩？必须让张彦君当着大家的面，向我二爹赔礼道歉。否则，我会立马把他干掉！"

张彦君扑了过来："来，你把我干掉！你现在就把我干掉！"

我心里本来就有火，他这么一扑，我心里的火"呼"的一下就燃烧起来了。

我一把揪住他的领口："你道歉不道歉？"

张彦君："不！我就不！"

我喊道："你道歉！"

我的拳头已攥紧。

刘公安上来拉开了我。

刘公安说："张彦君，你砸你二爹的家，出手打你二爹，首先是你的不对，快给你二爹道歉。"

这时，我的大妈、张彦君的亲妈走过来，冲她儿子背上拍了一巴掌，说："走，回家！"她拉着儿子走到大门口，又骂道，"你个有人养没人教的个泡，你给祖娘娘逞的个甚能？"

我听懂了，大家也听懂了。

她不是骂儿子，是在骂我，而且，骂得很狠毒。

她要不是我的长辈，我会冲出去，对着她的嘴巴狠狠抽上几巴掌。

我的火没处发，便跳起来狠狠扇了天空一耳光！

我吼道："谁是个泡，谁被天打五雷轰！"

二爹走过来，抱住我流泪了。

他的泪滴在了我的心上，让我很疼、很疼。

人们见二爹这样，散了。

晚上，我和爷爷在二爹家吃的饭。

吃饭时，二爹几乎没吃，满脸铁色，一句话都不说。二妈在地上一边收拾着碗筷，一边落泪。

看着他们，我心的深处像扎了一把带刺儿的刀，很疼，而且疼得很深。

不管对与错，晚辈打长辈，这事儿谁都受不了。何况二爹快六十岁啦，平时又好强、爱面子，又是张姓家族的主事人，张家的好多大事小事都是二爹亲自给解决办理的，就连张彦君的老婆都是通过二爹说合给他娶回来的。今天，他张彦君这样对待二爹，我不知道他是长了几颗黑心，要不然，他不会这么丧尽天良，打自己的长辈。

冷风像一把把锋利的刀子从砸碎的玻璃窗户上“嗖嗖”地扎了进来，把一家人本来就很凉的心扎得更冷更疼了。

“二子家的，你找块塑料布把这风挡了。”爷爷说话时，把“这风”两字说得很重很硬。

忽然，我想：“这风”是什么风呢？我想不出来，还是大家先替我想想吧。

二妈到凉房里找了块大塑料布把整个窗户堵上了。风挡住了，屋里却变黑了。

我拉着电灯，屋里又明了。

爷爷说：“二子，快不要气了，也不要难受了。人这辈子，红起黑倒，不定在哪时就会遇到什么让人心碎肝裂的事。”

二爹低着头，我看见他的泪水啪啦啦地往下掉着。

爷爷又说：“二子，你这样，大心里难受哩。”

二爹双肩抽动，憋着大气，哭了。

我也跟着哭了。

二妈也哭了。

爷爷的头低得很深，我知道他也哭了，他的哭，是心疼儿子。

爷爷擦了一把眼睛，说："哭吧，放开声哭，哭出来会好受一点。"

"大，你看我这活得……丢大人了！"

爷爷说："这算什么丢人？要丢人，也是他彦君丢人哩！"

这时，二爹的大儿子张守弦回来了。

我哥一进门，见我们痛哭流涕，他的眼立马红了。

"这是咋啦？这是谁干的？！"他脚一跺，吼问道。

二爹见儿子回来，两手将脸一捂，很委屈很委屈地又哭了。

我哥又问："说！是谁干的？"

我说："是张彦君干的！他还打了二爹，砸了玻璃。"

"反了他了！"

我哥张守弦怒气冲冲，转身就走。二妈见状，用后背扛住了门。

我跳下地："走，我帮你！"

二爹哭着喊道："站住！"

我说："二爹，我早想这么干了，怕打不过他才没这么干。我哥回来了，我不怕啦。"

爷爷说："你们都给我上炕，现在咱们说说正事。"

张守弦说："正事以后说！"

爷爷喝道："听话！"

张守弦说："都欺负成这样了，还让我们听话？"

我说："他敢打我二爹，抄我们的家，以后就敢骑在我们的脖子上拉屎！哥，走！"

爷爷巴掌拍炕，说："你们是不是要气死我？！"

我们见爷爷发火了，都站下不敢动了。

爷爷说："上炕！"

我俩不情愿地坐在了炕沿边上。

爷爷问二爹："是谁报的案？"

二爹说："是他报的。"

爷爷说："好了，这事就让公家来处理吧。至于你打井，他们都签了字,现在你就是收上一二百万,他们也是干眼红没办法。"

二爹说："他今天这么干，是想把事闹大，最后要以全村的名义把这眼井夺了去。"

爷爷问："征地的时候，征这眼机井的钱给你没有？"

二爹说："给了。"

爷爷说："这征井的钱也给了，这水你也卖了三四年了，依我看，他们要井就给他们。"

我哥张守弦问："凭什么给他们？"

爷爷说："这井，产权不归你们所有了。再说留着也没用了，他们要，就痛痛快快给他们。"

我哥张守弦问："那这人就让他白打了？这家就让他白砸了？"

爷爷说："不。看公家怎么处理这件事，然后再说。"

我哥张守弦说："不管怎么处理，我决不饶他！"

爷爷说："不饶又能咋？他叫你爸爹，叫你哥，难道你把他杀了不成？"

我哥张守弦说："他不认我们，我们认他？他算老几！"

爷爷说："怕就怕这不团结。你们内斗，让世人笑话！行了，行了，等公安来处理吧。"

这件事未处理前,在爷爷的一再开导下,他们暂且被安顿住了。

可是，我的重叔伯哥张彦君反而联络了部分村民一纸诉状将我二爹张笑南告上了法庭。

乡法庭经过在村里调查核实后，决定以民事纠纷来解决这件事，调解现场选在了没有争议的社委会成员刘长命的家中。调解那天，只来了张彦君和本家直亲五个人和一个叫杨来则的人，除此，别无他人，因为那些联名告状的其他十几个人申请撤诉了，都没到场。

调解一开始，张彦君提出要瓜分征地办给张笑南的征用机井钱和这三四年卖水的钱，对自己砸二爹张笑南家窗户玻璃和打人的事，他只字未提。法庭调解员让我二爹张笑南说话。二爹毕竟是长辈，不愿与侄子争吵，他说，在处理这件事上，法庭已经做过认真的调查和取证工作，该怎么解决该怎么处理，相信法庭会依法做出公证的决断。法庭调解员说："你们要分张笑南的征用机井款和卖水款没道理。"张彦君问："怎么没道理？井是我们大伙的，又不是他一个人的。"法庭调解员拿出当年全村每个户主签了字、画了押的那张协议书，问他："这份协议是你们当年签过的那份协议吧？"张彦君看了看说，是，它只是一张民间协议，未经过公证部门公证，它不算数。法庭调解员说："这份协议具有法律效应。据我们调查取证，第一，当年打这眼自来水井时，全村人未出过一分钱；第二，上自来水的时候，自来水通往各家各户的管道是各自负责挖的，但张笑南每米给你们三元钱的补贴。这是不是事实？"张彦君半晌无语。法庭调解员又问是不是，张彦君说是。法庭调解员说："你们提出要分张笑南的钱，无凭无据，没有理由。你们的要求无效。"张彦君说："不行，我们不同意！"法庭调解员说："如果你们不服，可以到上一级法院起诉。不过，张彦君，我们明确告诉你，你饮酒滋事，闯入民宅打砸，还动手打人，就凭这几条，你已触犯了法律，那天派出所没拘留你，是你的大幸。如果你二爹张笑南提起起诉，你会被判刑。"张彦君马上软下来了。他说："不过，我们要求我二爹（这时，他又肯叫张笑南二爹了）交出自来水井，让我们大家管理。"法庭调解员征求意见地看着张笑南，张笑南说："这一点我可以考虑。"

张彦君一听，心想：只要你现在交出自来水井，你就算输了。张笑南又说："不过，第一，他必须向我公开赔礼道歉；第二，他打碎了我家窗户上的所有玻璃，他必须亲自上门给我家安装玻璃。他是我的侄子，我是他的叔爹，就不跟他深究了，不然，我坚决不让。"法庭调解员说："张彦君，这是一个长辈对晚辈的爱护。你二爹的要求，你能做到吗？"张彦君考虑了一阵，说："能。我一会儿就给他道歉，明天我就给他安玻璃。不过，他要交出自来水井。"

法庭调解员："老张，你看如何？"

张笑南说："罢了，一笔写不出两个张字，同祖同根的，就这样吧。"

张彦君一听二爹同意交出自来水井，当即从炕上跪起，说："二爹,那天我喝醉了酒,砸了你的窗户,还打了你,是侄儿子的错。我现在向你赔礼，向你道歉，请二爹原谅。"说着，他抽了自己两个耳光，又趴下给二爹磕了一头后说，"请二爹原谅侄儿子。"

二爹张笑南说："好了，以后少喝酒。"

张彦君说："是。"

法庭调解员说："好！好！"接着,他看着所有的人,又问："这么解决问题，你们同意不同意？"

众人说："同意。"

法庭调解员从记录员手中拿过笔录，说："这是现场调解笔录，你们都看看，如果没有异议，在下面签上自己的名字。"

他们看后，都在笔录上签了名。

我二爹张笑南这时才拿出自来水井房门上的钥匙，说："这眼井已被征用，产权归公家了。现在我把钥匙交给法庭，以后让谁来管理，那是公家的事，与我无关。"

这，太出乎张彦君他们的意料了。

他们根本没想到，张笑南不仅没把这把能挣钱的钥匙交给他们,反而交给了法庭,最后还摆出了一副大人不计小人过的高姿态。

这，让他们心里又生气又憋气，但毫无办法。

因为张笑南这么做，合情，合理，又合法。最后，他们只得灰不溜溜地走了。

就这样，一场争夺自来水井的风波被平息了。

可是这件事过后，一夜间，爷爷的头发“唰”的一下，白了。

二十四

爷爷的头发，白了。

爷爷的精气神大不如从前了。

村人与村人间没了真诚，是钱给闹的；而爷爷的头发白了，是土地被征和天亲骨肉争夺金钱而给整的。

于是，我就无端地痛恨起钱来。

现在，一看见泛着臭味的钱，我又爱，又恨。

因为，它把善良的人搞得不善良。

它把真诚的人搞得不真诚。

它把有良心的人搞得没良心。

它把狠毒的人搞得更狠毒。

它把和谐搞得不和谐。

……

它把一些人抬到了天堂。

它把一些人扔进了地狱。

它是幸福美好的天使。

它是悲哀苦难的罪魁祸首。

好了，我可以找出亿万个理由来爱它，也可以找出亿万个理由来恨它。

后来，我又想，钱是个好东西，就看人怎么看它、怎么把持它。爷爷曾经说，把钱把持好了，钱是好东西；把持不好，人就不是个好东西了。

不了，不发感慨了。

还是说爷爷有意思，那就回到爷爷身上吧。

自从我的重叔伯哥张彦君为了争夺自来水井打了他的叔伯二爹张笑南后，爷爷不仅头发白了，更可怕的是，爷爷的脸上满是三老婶被儿女气得上大吊时那种半死不活的味道。

这种味道，全村人都闻到了。

尤其是我二爹张笑南，一闻见这味道就窝在家里，连门都不想出了。

后来，这种状况是被我爸爸的一个电话改变的。

爸爸从美国给爷爷打电话，问爷爷九十大寿准备得如何。爷爷情绪很低落，没了以往爸爸给他打来电话时的那种高兴劲儿，他说，不了，不过了。爸爸问咋回事，爷爷说不过了，没意思。爸爸在电话里说必须过，而且要隆重地过。过寿时，我们一家三口回来。爷爷说不管过不过寿，你们回来吧，回来让我见上一面。说这话时，爷爷几乎哭了。他挂断电话，背过脸，抬起手擦着眼睛。我从来没见过爷爷这样，他在我的心目中永远是一个刚强、豁达、温和、善解人意的老头儿，没想到一眼自来水井的事把爷爷伤到了这种地步，让这个九十岁的老人整天泪水洗面。我知道，爷爷的伤心并不是为了钱的那些事儿，而是因为他维护了一辈子的家庭亲情，现在彻底被金钱给毁灭掉了。

亲情的破裂，使他的心疼了又疼，疼得让他一直喘不过气来，让他连自己的九十大寿都不想过了。

好在爸爸给爷爷打过电话后，分别给他的三个哥哥打了电话，这立马使他们从那种半死不活的状况中挣脱出来，全身心地投入到了爷爷的九十岁大寿筹办宴会上来了。

农历八月初九，是爷爷的生日。

大爹、二爹、三爹一起来到爷爷家，跟爷爷商量办寿宴的事宜。

爷爷说不过了。

大爹说这事不听大大你的了，我们把酒店也定了，乌兰木伦国际大酒店。

这家酒店我知道，是卡巴什这座新城初具规模时建起的一座五星级豪华大酒店。听人们讲，这家酒店比首府的国宾馆还讲究，一桌饭菜要比钢城名店天外天大酒店五桌的饭菜还贵。

爷爷拗不过几个儿子，勉强答应了。但他怕儿女们太铺张，坚持要在老屋给自己过寿。

这事儿惹得他的三个儿子不高兴了，他们说听了他一辈子的话，这次要老父亲听从他们的安排。

爷爷很无奈地说了一句："再过一半个月，这里就要被拆除了，我这房子能不能保得住还两说。要过就在家里过，我想在家里过这最后的一个生日。"

这句话很管用。

他们一下明白了老父亲的心事。

大爹和爷爷商量说："大，你看这么安排行不行？"

爷爷说："你说。"

大爹说："初八晚上和初九早上的宴会安排在家过，中午咱在酒店过。这样办，方方面面的客人都照顾到了。大，你说行不？"

爷爷定顿了半晌，说："就按你的意思办吧。"

说到请乐队时，爷爷说当下那些弹的、拉的、吹的、说的、唱的，我不喜欢，要请就请上几个会打扬琴的、会吹笛子的、能拉胡琴的人就行。

大爹问："这行吗？"

三爹说："我看行。咱请民乐队吧。"

爷爷说："唱歌的就不要请了。我有孙子、孙女一大片，就让他们唱吧，唱我喜欢听的老歌。"

二爹说："好吧，就遂大的愿吧。不知大想听什么歌？"

爷爷看我，我明白他的意思。

我说："爷爷喜欢听过去的老歌，要唱就唱《我热恋的故乡》《黄土高坡》和《信天游》。"

大爹说："这些歌是上个世纪八十年代的老歌了，现在不时兴了。"

爷爷说："好东西是永远不会过时的，我喜欢听就行。"

大爹说："行。"他回头对我三爹说，"老三，这事交给你了，你把咱本族所有会唱歌的男男女女组织组织，让他们练练。"

三爹说："好，这事我办。"

爷爷突然说："我也要唱。"

尽管他们都知道爷爷有一副好嗓子，但这多少有些出乎他们的意料。他们问："大也要唱？"

爷爷说："唱！"

他们问："唱甚歌？"

爷爷说："唱我唱的歌。我也要他们高兴高兴。"

三个儿子当然乐意啦。

给老人过寿，图的就是让老人高兴。

可爷爷又冒出一句让他们心里很是难受的话。他说，等他死了，埋他的时候，让吹鼓手就吹唱那三首老歌。

二爹心里一疼，说道："大，你这是说甚哩？"

二爹最近特别爱流泪。

这可能是因自来水井的事让自己的侄子打闹了一场后，他心里憋屈的缘故。

他流泪了。

爷爷却呵呵一笑。

他说："二子，没忌讳，没忌讳。人有生就有死，死不可怕，把死看开了，就不怕死了。不怕死了，人就活得有劲头了，也就活得有滋味了。"

二爹说："我们给你安排过寿了，你却说这些不靠边的事。"

爷爷说："哎，这怕甚哩！大这一辈子就没怕过个死，不也活到九十岁了么。再说，这怕死不活人，活人就得不怕死。人这一辈子，什么风雨都得经见，不然就活得没意思。再说哩，人是不会被那些风风雨雨、磕磕碰碰给吓住的，不然，人就活不成个人。"

这话，我听明白了。

他是在解劝和开导我的三个爹爹，尤其是二爹张笑南。

爷爷把话题又转到他过寿的事上来了。他说："你们要给我买衣裳，我看就不要买了。你们看大这背，驼得就像一座山，买的衣裳也穿不成，让笑梅、笑竹给大做吧。"

他们同意。

爷爷说："至于请人的事你们定。哦，对了，老五一家要从美国回来，你们就从那个什么酒店……"

他们告诉了他。

爷爷说："就从这家酒店订个什么总统套间，让他们住。"

他们三个都笑了。

三爹说："大，你还知道总统套间？"

爷爷说："我没见过，更没住过。但大听人说啦，很豪华，很洋气。我从电视上看过，美国人是很讲究的，咱不能让美国媳妇看不起咱。这一则是给咱长面子，二则也是给老五长面子。这些年老五一直没回来，一个人在美国打拼，肯定不容易，这回，你们大人娃娃一定要好好善待他们。”

他们说，这事不用你安顿，我们会这样做的。

爷爷问我：“牛蛋，你爸要带你的后妈和你的妹妹回来，你是咋想的？”

我没作声。

爷爷说：“问你哩。”

我说我想哭。

爷爷问：“为甚？”

我说：“他丢下我十四年没管，我恨他！”

爷爷说：“这十四年，你爸前前后后给我寄来二十一万块钱，是你爸养活你和我的，你咋能说没管你哩？”

二爹说：“牛蛋，可不敢。你爸在你妈妈的事上伤透了心，这次他回来了，如果你再闹，你爸会更伤心的。”

我“哇”地哭了。

爷爷一把把我搂进怀里，我感到爷爷的胸腔在一下、一下、又一下地抽动。我知道，他也在哭。

我看见大爹、二爹都在揩眼睛。

我拭了泪说：“对不起！对不起！我是在说气话。我咋不想早日见到爸爸他们呢？”

爷爷又把我搂进了怀里。

从他们的身上，我又一次深深地感受到了亲情的巨大热量。

感谢上苍。

感谢上苍给人留下过寿这么个重大的礼仪。

我也坚信，人的亲情在给老人过寿时，会不断地加深、加浓、加重，给老人过寿这个习俗也会一代一代传承下去的。

亲情天长地久。

亲情不灭。

一定会。

至于朋亲、友亲……在这个时代就不敢妄言了，因为要想维持血亲以外的亲，就看交情了。

这个“交”很值得探讨。在此，我一个未涉世事的年轻人不好下结论，人说“人心留下个品”，关于这事儿，还是留给大家慢慢地品吧。

二十五

明天，就是爷爷的生日了。

亲戚们从不同地方陆陆续续地赶来给爷爷祝寿。

大姑张笑梅、二姑张笑竹几天前就到了。

她俩给爷爷买了一身红色内衣，外套是她俩亲手缝制的。

布料的质地很上档次，缝制得也非常精致。

上衣是印有龙凤图案和各种不同的寿字圆形图案的紫红色丝绸中式大襟袄，下衣是一条深蓝色丝绸中式大裆裤，鞋是买的，是一双真皮圆口老汉鞋，袜子买了两双，一双是白色的，一双是红色的。这是有讲究的，她们说，脚上穿得白净，一生无灾无病；脚上穿得彤红，一生邪不压正。

当然，两个姑姑在给爷爷置办生日礼服的同时，给我也买了一身很是青春很是阳光的品牌服装，我非常喜欢，也非常高兴。

昨天，大哥张守弓驾着宝马 X5，拉着爷爷和我去阿镇理了一个发，到碧海云天浴场洗了一个桑拿。洗过桑拿，大哥又拉着我和爷爷到城市购物广场，花八百块钱给爷爷买了一顶紫边黑色瓜壳帽，又花六百四十块钱给我买了一双我很喜欢的白色运动鞋。

我看出来了，大哥张守弓这么做，爷爷的高兴劲儿、爷爷的兴奋劲儿要比他看到初具规模的卡巴什新城都强烈。我呢，当然更高兴，这双白色运动鞋是我很早就喜欢上的运动鞋，是大哥花了六百多块钱给我买的，我心里很是高兴。

但，看见大哥给爷爷买生日礼物，我也想给爷爷买一件，可我没钱。

大哥见我抱着鞋盒闷闷不乐，问我是不是不喜欢他给我买的鞋。

我说不是。

大哥问 :“那咋啦？”

我说 :“大哥，你能不能借我一点钱？”

大哥问 :“你要买甚？”

我说 :“我也很想给爷爷买一个礼物，可我没钱。”

大哥说 :“你要给爷爷买甚礼物，大哥替你买。”

我说 :“你借给我钱，让我自己买，行不？”

大哥拍了拍我的肩，说 :“行！”他从皮夹子里抽出一沓钱递给了我。

我接过钱看了看，足有一千多块钱。我说 :“大哥，爷爷穿的戴的都有了，我想给爷爷买一根拐杖，你看行不行？”

大哥说 :“行！我咋没想起来。你打小是爷爷的跟屁虫，现在就是爷爷的拐杖。行！行！你给爷爷送拐杖再合适不过了！”

我们走到爷爷坐着的地方，问他想不想到四楼转转。爷爷说你们去吧，我在这儿等你们。我和大哥乘电梯来到四楼，经打问，找到卖拐杖的地方。我问服务员哪种拐杖最好，服务员从柜架上取下一根金属拐杖递给了我。我提在手里试了试，拐杖很轻，握在手里很舒服，也很得劲。我问 :“多少钱？”

服务员说 :“八百八十元。”

我问 :“打多少折？”

服务员告诉我："九五折。"

我说："太贵了。"

服务员说："这可是保健拐杖，它防滑防摔、能伸能缩，对老年人的行走很有辅助作用。"

我说："那也太贵了。"

大哥见我和她讲价，看着我笑。

服务员说："你真想买？"

我说："我真想买。"

服务员说："那就给六百块钱吧。"

我说："四百。"

服务员说："就六百。"

我说："四百五。"

服务员笑了，说："好了，好了，看你是个孩子，我也不挣你的钱了，按进价，四百八十块。"

我说："再少一点吧？"

服务员说："再少我就赔了。"

大哥说："好了，好了，就四百八吧。"

我掏出大哥借给我的钱，数了五张递给服务员。大哥说别找零了，就五百吧。服务员看我，我不由自主地把手伸向了她。服务员对我笑了笑，给我找出二十块钱。我说谢谢姨。她对我笑了笑，问："你是给谁买的？"

我说："明天是爷爷的九十大寿，这是送给他的。"

服务员说："哟哟哟，难得你有这份孝心，好孩子！好孩子！"

我说："姨，有包装盒吗？"

服务员说："有有有。"她找出一个精致的包装盒，把拐杖装进去。

我说："谢谢姨姨！"

服务员说："好好好！代我向你爷爷问好，祝他长寿！"

我和大哥说："谢谢啦！"

我们下楼的时候，大哥说："你够抠的。"

我说："你是砂场老板，你有钱，我没钱么。"

在回家的路上，爷爷的嘴高兴得一直合不拢。一到家，爷爷当着家人和好多亲戚的面夸耀了好一番。他拿出瓜壳帽说，这是我大孙子送我的生日礼物。他又拿出拐杖说，这是我小孙子送我的生日礼物。他说："有人说，眼珠子指不上，就别想指望眼眶子啦，意思是说，儿子指不上，还想靠孙子，没门！这话不对。你们看，我指上了没指上？"

众人说，指上了，指上了！

今天早晨睡起，我发现我们家所有成员穿戴一新，让整个村庄也突然鲜活亮丽了许多。

爷爷换上了两个姑姑给置办的衣服，戴着哥哥给他买的瓜壳帽，拄着我给他买的拐杖，站在当院跟远路赶来的亲戚们说着话。

看着他现在的模样，我笑了。

我说："爷爷，你活像个大地主！"

爷爷愣了一下，说："我还黑眼八楷哩！"

在场的人笑啦。我知道，他们根本不知道黑眼八楷是谁，他们是为了让爷爷高兴而笑的。

我问："你们知道黑眼八楷吗？"

他们都摇头。

我告诉他们："黑眼八楷是大地主，民国前，整个卡巴什这方土地全是他的。"

他们听后，都"哦"了一声。

我说："其实，爷爷更像一个人。"

他们问像谁？

我说，爷爷像主管这一方的土地爷。听我这么一说，他们把爷爷打量了半天，便问我："你见过土地爷？"

我说："就在你们眼前站着哩！"

他们又看爷爷。

我问像不像。

他们说："我们没见过土地爷，他长什么样？"

我说："这好办，我让你们见见。"

他们问土地爷在哪？

我朝屋子一指，说："在爷爷的家里，土地爷正在供桌上受着香火哩。"

他们都笑，并说牛蛋真逗。

听他们这么说，我不想跟他们过话啦，因为他们没悟性，更没灵性，就是说了也是白说。

爷爷却高兴地嘴一咧，笑了。

二十六

临近中午，爸爸他们一家三口从美国回来了。

家里所有的人都走出屋，像迎接美国总统一样迎接他们的归来。

爸爸一看到爷爷，立马扔掉提包，甩下我那位漂亮的洋妈妈和让人一见就喜欢的可爱的混血妹妹，扑上前抱住了他十四年没见的父亲。

他抱着老父亲，泪流满面，泣不成声，一口一个大、一口一个大地叫着。大姑、二姑流泪了，我的四个爹爹也在擦拭着鼻子和眼睛。这场面，把我的洋妈妈看呆了，她那双蓝灰色的眼睛盯在那儿一动不动了。

爸爸放开爷爷后，在这三四十号人中一个一个地看着。我知道，他在找他的儿子，我。当他看到我时，目光在我身上只停了几秒钟就移开了。他没认出我，但，我认得他。他跟我的四个爹爹长得很像，只是那派头、那气质要比他们大、比他们好，还有一种我四个爹爹身上没有的教授气概。他没认出我，我不生气，因为在我三岁的时候他就离开了我，现在我已经是一个十七岁的大小伙子了，他不可能认出我来啦。

不，看！

他认出我啦！

他向我一步一步走了过来。

“守镞——？”他叫我。

听他叫我，我眼窝里立马生出了一窝热乎乎的水。但，我憋着，就是不让它掉出来。

他坚信无疑地抱住了我，我感到他的血肉和我的血肉融合在一起了。

“守镞，对不起，对不起。”他抱着我，用手拍着我的背心骨，他说，“把你丢下十四年九个月零四天没管你，是爸爸对不起你。”

他能把我们父子离别的日子记得这么准确，这说明他心里是有我这个儿子的，这使我的心呼的一下热了。

我仰脸看他，两滴泪“叭叭”地掉在了我的脸上，我感到烫心烫心的热。

我失败了，憋着的泪水“唰”地涌出了眼眶。但，我只流泪，没哽咽。我扶起搂抱我的爸爸，冲自己宽厚的胸脯“咣咣”地拍了两下，说：“爸，你看，好着哪！爷爷把我养活得很好！”

爸爸回头看爷爷，眼睛里满是感恩的谢意。

他可能觉得把大家晾在一边太久了，过去拉起他夫人的手来到爷爷身前，向她介绍道：“这是爸爸。”

我的洋妈妈没拿架子，搂住爷爷在他的老脸皮上吻了两下，说："爸爸，好！"

她的舌头很直，不会打弯，但叫出来的声音很甜。爷爷被儿媳妇亲了两口，还没等他回过神来，爸爸领着她走向了大爹。

经爸爸一介绍，她又要跟大爹拥抱贴脸，大爹忙后退了两步。大家见大爹害怕地躲闪着弟媳，都忍不住"哗"地大笑了。

我的洋妈妈见他们大笑不止，很是不解。

她说："这是我们美国人的最高礼节，"她又说，"你们应该尊重我。"

洋妈妈有些生气，好像受到侮辱一般。爸爸忙用英语和她交流了几句，她对爸爸点了点头。

她一笑，说："大哥好！"

大爹说："弟媳好！"

接着，爸爸领着她和我的爹爹、姑姑、亲戚们一一相认。在她们相认时，她用半中半西的礼节跟他们行着礼。我呢，来到妹妹身边蹲下，好好地看了看她，一看，就让我喜欢上这个妹妹了。她的长相像两个姑姑，但要比两个姑姑漂亮得多。怎么个漂亮？就单说妹妹的这双墨蓝色的眼睛吧。哦，天呀，这让我用什么样的语言来描写妹妹这双中西合璧的眼睛呢？说它是蓝宝石，宝石有点冷硬；说它是海水，海水有点混浊；说它是雨水浇灌过后的葡萄，又有点不准确；说它是绿叶上的两颗露珠……对了，就是晨阳照耀下的露珠，绚丽、多彩、水灵、纯净、晶莹、闪烁……把这些词糅合在一起，就是妹妹的这双眼睛啦。好了，好了，妹妹能有这么一双奇美的眼睛，这就足够了。

妹妹问我："你是守镞哥哥吧？"

我说："是。你是妹妹守中吧？"

她点了点头，说："哥哥好！"

就这样，我们兄妹俩相认了。

爸爸领着他的洋夫人来到我的跟前，向她介绍道："这位是儿子，张守镲！"他又给我介绍说："这位是你的……"说到这，他没往下说。我知道他是想让我叫她妈或娘，但他不好意思开口说。我想，我不能让我十四年未见面的爸爸难堪，更不能让我的亲人和亲戚们小看我。我是爷爷一手拉扯大的，一手指教出来的，经爷爷指教出来的儿孙不能没有度量，在这种场合，我更不能让爷爷失了面子。说实话，在我内心的很深处是不情愿叫她妈妈的，但我还是叫了，我接上爸爸的话，说："妈妈好！"

这话一出口，在场的人都在为我鼓掌。

我叫她妈，不是我忘记了生我的娘亲，更不是我忘恩负义，这是我的一种度量，为了这种度量，我就痛快地叫了。

我叫她妈妈，大大出乎了她的预想，她一抱搂住我，用英语说了一连串让我感动的话。这些话，我想我百分之九十九的亲人都没听懂，而我懂。我和爷爷拥有了手机后，爸爸每次跟我通电话时，都要求我一定要学好英语，将来好带我去美国。听了爸爸的教导，学英语时我格外努力，所以我的英语水平在全年级里也是数一数二的。

她对我说了一些什么呢?

她说："谢谢你！谢谢叫我妈妈！"她说："你就是我的亲儿子！我会像亲妈妈一样待你的！"她说："我跟你爸爸结婚八九年了，一有空你爸爸就给我讲你小时候的故事，讲着讲着，他就流泪。他非常非常地想念你。"她说："对不起！对不起！把你一个人丢在这里，非常非常不应该！对不起！我们早应该回来看你和爷爷了。"她说："抚养你，培养你，教育你，是你爸爸和我的责任。可我们一点责任都没尽。"她说："这次，我们要把爷爷和你一起接到美国，让我们尽一个儿子儿媳和父母的责任。"她说：

“我们要把所有的爱全给你们。”

她的话，让我感动。

但，她身上的香水味，让我受不了。

我用英语跟她说：“我三岁没了妈妈，十四年未见爸爸，我根本就不知道有父母亲的滋味是一种什么样的滋味。这些年，我满身全是爷爷那浓浓的亲亲的滋味，爷爷就是我的爸爸、我的妈妈。今天，爸爸回来了，而且又有了妈妈，还有了妹妹，我已从你的身上闻到了妈妈的味道，谢谢你！”

她听我这么说，那蓝色的眼睛立马变得更蓝了。这，肯定是被感动的泪水给润滑的。人们说艺术没有国界，让我说，人性的善良也是没有国界的，你看，这个漂亮的美国女人又把我抱住了。她不住口地说：“上帝啊，感谢上帝！”说真心话，我并不反感她，只是，她身上的香水味太浓。

是啊，她身上的香水味太浓了。

二十七

今天中午十一点五十八分整，三箱九十九响礼花弹准时被点燃。

顿时，空中雷响，百花齐放，给爷爷的祝寿仪式正式开始了。

拜寿的仪式是按辈论代进行的。

爷爷坐在台上正中，他左右坐的是他的兄弟姊妹，他们跟爷爷一起接受着儿孙后代给爷爷拜寿的最高礼仪。

第一批上去的是张姓本族的，所有我叫爹爹、婶娘、姑姑、姑夫的亲人们，足有五六十人。他们一上前，全都跪在了红地毯上，只有我的洋妈妈站在爸爸的身边不知所措了。她根本就没经见过这种场面，吧嗒吧嗒地眨着蓝色的眼睛，很是吃惊地看着跪在爷爷脚下的这一大片人。爸爸见她没跪，忙站起在她的耳边低语了几句，她也跪下了。

她给爷爷跪下，下面却响起了一片掌声。

掌声过后，他们在主持人的主持下，给爷爷叩了三个头。他们站起后，我的洋妈妈走上台，拿出一个精美的包装盒打开，从里面取出一枚镶嵌着一颗闪闪耀眼的蓝宝石的金戒指。她给爷爷亲自戴上，然后直起腰，用食指在胸上左右点了两下又画了一个十字后，用中文说："祝爸爸生日快乐！愿上帝保佑爸爸健康长寿！"她对着长辈们又说："祝爸爸妈妈们、姑母姑夫们健康长寿！"尽管我的洋妈妈对那些长辈们称呼得不够准确，但，她的心是真诚的。下面又响起了雷动的掌声，这是对我们张氏家族唯一的洋媳妇的认可和鼓励，我看见，我的洋妈妈满脸幸福。

这时，我见大姑躲在一边流泪。

这可能是我的洋妈妈在给长辈们祝寿时，称我的那几位叔伯奶奶为"妈妈"的缘故。她称她们为"妈妈"，让大姑想起了我的亲奶奶、她的亲妈妈了。

是啊，要是我奶奶活着，能参加爷爷九十岁生日庆典，那该多好啊！

我忙抬起头，在彩灯闪烁、五光十色的大厅上空寻找着奶奶。寻找了半天，我没有看见奶奶，但我坚信，我的奶奶今天一定也来参加爷爷的生日盛典了。奶奶遭遇不幸的那天，在爷爷抱着奶奶，牛娃在痛号的时候，我亲眼看见奶奶上天做神仙去了。

奶奶是神仙，她今天一定在现场，只是她不想让我看到罢了。一定是这样的。

紧接着，爷爷的孙子辈，爷爷的重孙子辈，分两代两批给爷爷祝寿后，宴会就开始了。

宴会一开始，歌声也就响起来了。

首先上台唱歌的是我本家姐姐。她说："今天是爷爷的九十大寿，谢谢全村的父老乡亲来给爷爷拜寿！咱们村就要消失了，这可能是咱全村父老乡亲这么齐、这么全的最后一次相聚，以后，我们大家各奔东西了，想串个门子，想见一面，都难了。现在，我衷心地祝爷爷健康长寿！祝大家身体健康，以后常来常往！也借给爷爷拜寿这个机会，深深地拜拜这方生我养我的土地！"姐姐深深地向宾客们鞠着躬。掌声如雷。她直起腰，又说："下面，我把这首歌献给爷爷，献给高亲贵客，献给父老乡亲，献给生我养我的这片故土！"她说完，就放开嗓门一唱，台下爷爷的二三十个孙子孙女也和姐姐一起唱了起来。他们的大合唱一下子把五六百人给镇住了，他们端起的酒杯停住了，拿起的筷子放下了，嚼饭的嘴巴不动了，都在听着这气势庞大的歌声。

我的姐姐哥哥们唱的歌是：

我的故乡并不美，
低矮的草房苦涩的井水，
一条时常干涸的小河，
依恋在小村的周围；
一片贫瘠的土地上，
收获着微薄的希望，
住了一年又一年，
生活了一辈又一辈。
啊——
故乡，故乡，
亲不够的故乡土，
恋不够的家乡水，
我要用真情和汗水，

把你变成地也肥呀、水也美呀，
地肥水美。

忙不完的黄土地，
喝不干的苦井水，
男人为你累弯腰，
女人为你锁愁眉；
故乡，故乡，
亲不够的故乡土，
恋不够的家乡水，
我要用真情和汗水，
把你变成地也肥呀，水也美呀，
地肥水美。

也许是村庄就要消失了，也许是村人们就要离开故土的缘故，年轻人全站起来了，跟着哥哥姐姐们嗷嗷地唱。唱得老年人们揩鼻子抹眼，唱得孩子们不跑不叫，唱得我的洋妈妈和妹妹惊奇万分，唱得我爷爷睁大眼睛，半张着嘴，口水从嘴角窝流出，他都没有发现。

尽管这歌是上个世纪八九十年代红遍全国的老歌，今天我还是要把唱给爷爷的这些老歌一首一首全部抄录下来，对不起，请大家原谅。因为这些歌在爷爷的生命深处有着别样的解不开的情愫，在农民即将离土的时候，这些歌与生命、与土地有着千丝万缕的深深的扯牵，所以在当下给爷爷祝寿的这个场合，再把这些歌重新唱出来，那意义就大于形式了。

我的哥哥大摇大摆地走上台了。他上台没有讲话，对民乐队示意了一下，音乐一起，他放开喉咙唱道：

我家住在黄土高坡，
大风从坡上刮过，
不管是西北风还是东南风，
都是我的歌，我的歌。

我家住在黄土高坡，
日头从坡上走过，
照着我的窑洞晒着我的胳膊，
还有我的牛跟着我。

不管过去了多少岁月，
祖祖辈辈留下我，
留下我一望无际唱着歌，
还有身边这条黄河。
噢——
我家住在黄土高坡，
四季风从坡上刮过，
不管是八百年还是一万年，
都是我的歌，我的歌。

人们不吃不喝了，都站起跟着大哥唱着这首老歌。我不能用我有限的描写能力来叙述这景这情了，没时间了。看，我漂亮大方的四姐走上台，向还在唱歌的人们一次又一次鞠着躬，一次又一次挥手致着意……她说："今天，我很激动，谢谢大家了！这是咱们村父老乡亲团结友爱、心心相印、真诚交往的写照，这是我有生以来参加的最具有意义的一次寿宴，我再次真诚地谢谢父老乡亲们！下面，我首先祝爷爷万寿无疆！祝所有的长辈们健康长寿！”

人们不停地鼓着掌，掌声在大厅滚动着。

我四姐说：“我要把一首爷爷最喜欢的歌献给爷爷，献给大家，也献给我们即将离别的这片土地！”

这次，人们没跟四姐一起唱，而是坐下静静地听着她唱。

四姐喝了一口水，润了润嗓子，唱道：

我低头，向山沟，
追逐流逝的岁月，
风沙茫茫满山谷，
不见我的童年。

我抬头，向青天，
搜寻远去的从前，
白云悠悠尽情地游，
什么都没改变。

大雁听过我的歌，
小河亲过我的脸，
山丹丹花开花又落，
一遍又一遍。

大地留下我的梦，
信天游带走我的情，
天上星星一点点，
思念到永远。

四姐还没有唱完，三爹对我的哥哥姐姐们示意了一下，他们“哗”地站起,又把这首《信天游》唱了一遍。当然,重唱这首歌,我四姐还是主唱。

他们唱不要紧，所有会唱这首歌的人都站起和他们一起唱，立马，整个场面沸腾起来了。我看见三老婶双手捂着眼在流泪，杏花婶、马三贵、李占元……都大张着嘴嗷嗷地唱着。这场面虽然没有世界杯足球决赛进球时那么激动，但那热烈程度与其相比也差不了多少！

我的那位洋妈妈，她先是惊讶、不解，后是泪流满面；她不会唱咱们的歌，但她能感受到人间真情，你看，她一个劲儿地在给大家鞠着躬。我只能把她给你们这么简单而客观地交代一下了。

好了，我的爸爸上场了。

他还未说话就泪流满面了。

他说："我是一个不孝的儿子……"他的泪，把他的喉咙堵住了。他蹲下,双手捂着眼脸,两肩不住地抽动着。台下鸦雀无声，一片寂静。这时，我四爹走上台抱住了爸爸。接着，大爹、二爹、三爹和两个姑姑都走上台，围着爸爸蹲在他的身边，兄弟姊妹七人拢在一起，相互安慰着，相互说着什么。两个姑姑的泪，在七彩的灯光下光芒熠熠。

坐在我身边的洋妈妈见她的老公在哭，她也流泪了。

我用英语问她："在人世间，什么东西最珍贵？"

她用餐巾纸沾了泪，说："生命。"

我用英语说："对。除了生命，那就是亲情。"

她抬头向台上看去，他们兄弟姊妹七人站起来了。

爸爸又说："我是一个不孝的儿子，但我一个人在美国，每当想念我的老父亲了，想念我所有的亲人了，想念这片生我养我的母土了，我就唱家乡的歌，常常唱得自己泪流满面，也常常让我的美国妻子痛哭流涕。她知道，我很想念父亲，很想念儿子守镞，很想念哥哥姐姐和与我一起玩大的发小，现在，我把一首我永远唱不够的歌唱给我的老父亲，以表我这个不孝儿子的心。”

他稳了稳情绪，唱道：

那是我小时候，
常坐在父亲肩头，
父亲是儿那登天的梯，
父亲是那拉车的牛……

唱到这儿，泪水又噎得爸爸唱不下去了，他要蹲下去哭，被三爹和四爹搀住了。这时，他们兄弟姊妹七个一起接着唱道：

忘不了粗茶淡饭，把儿养大，
忘不了一声长叹，半壶老酒。

等儿长大后，
山里孩子往外走，
想儿时一封家书千里写叮嘱，
盼儿归一袋闷烟满天数星斗。

都说养儿为防老，
可儿山高水远他乡留，
都说养儿为防老，
可他再苦再累不张口，
儿只有清歌一曲和泪唱，

愿天下父母平安度春秋。

不知咋的，爸爸把所有人给唱激动了，他们都站起跟着唱，而且反复地唱着这首歌。

我知道，他们这么深情地唱，不仅是唱给爷爷的，也是唱给自己父亲的。我想，他们同时也是唱给这片土地的。

此时此刻，我突然明白爷爷说的那句话的道理了。

他曾经说，好歌永远会活着！

爷爷要走上台，两个姑姑去搀扶他，他没让扶。我跑过去搀扶他，他没拒绝，对我很可心地笑了笑。

我搀扶着爷爷走上台，知道他要讲话，忙去乐队前取了麦克风。爷爷一手拄着我送给他的拐杖，一手摘下大哥送给他的瓜壳帽，向唱歌的人们挥了几下。

人们不唱了。

我把麦克风拿到他的嘴前，爷爷轻轻叹了一口气，说："乡亲们，我没请没叫你们，你们都来给我贺寿，我驼背老汉就是死了也值得了！我谢谢你们啦！"

说完，爷爷深深弯下腰，向所有的来客致谢着。

一个九十岁的老人在给他们鞠躬致谢，这怎能让人们消受得起？场上的人全部站起来了，也向他鞠着躬。

马三贵见爷爷还弯着腰给台下的人们鞠着躬，吼道："老叔，可不敢！可不敢！我们在给你贺寿哩！"

爷爷抬起头，戴上瓜壳帽，又长长叹了一口气。他很激动，我能感觉到。

他说："我受你们拜，我拜一下你们是应该的。"他又说，"这样吧，你们给我祝寿唱歌，我用我的老嗓门也给你们吼上两嗓子吧！"

爷爷给他们鞠躬，太出他们的意料了；爷爷要给他们唱歌，又吓了他们一跳，他们都瞪大眼睛看着爷爷。我从他们的眼里立马读出了一种意思：今儿这老汉疯了，这么老，还能唱歌吗？唱起来能好听吗？

爷爷拄着拐杖把头一扬，放开嗓门唱道：

大风刮过留下了山冈，
大雁飞过留下了天空，
草木一秋留下了根，
人活一世要留下甚哟——
噢——
草木一秋留下了根，
人活一世要留下甚哟——

日头走过留下了阳光，
闪电打过留下了雷响，
庄稼一秋留下了果，
人活一世要留下甚哟——
噢——
庄稼一秋留下了果，
人活一世要留下甚哟——

这首歌的曲调我听出来了，像绥德民歌《三十里铺》。爷爷唱开歌，那满脸舒展开的皱纹线如同脸上长出了条条光芒，向四方照射而去，眼角边的鱼尾纹却变深了变密了，像一把扇股细密的扇子向两鬓展开，两只眼睛忽睁忽闭，张大嘴巴满嗓子满嗓子地唱着。他的神情是那么如醉如痴，又是那么声情并茂，看着就令人激动不已。爷爷那苍劲浑厚凄婉动听的老嗓门一下把人们给镇住了。他唱完三四秒钟后，掌声才轰然地爆响起来，接着场上就立马沸腾了。

爷爷的九十大寿庆典圆满结束后，在回家的路上，爸爸的洋夫人用英语跟他说了一句："爸爸的生日庆典简直就是一场狂热的爱！"

爸爸和她说了什么，我没在意。

因为，爷爷的歌还在我的耳畔萦回着，叫我不得不一遍一遍又一遍地垂问自己的心：

"到究，'人活一世要留下甚哟——'"

二十八

爸爸一家要回美国去了。

昨天夜里，爸爸让四个兄长做爷爷的工作，要爷爷跟他到美国去。

四爹张笑北说："大大他们这代人从未出过国门，多数人怕是连首都北京都没去过。让大大到美国看看，这是好事，可是大大的年纪大了，怕身体吃不消。"

爸爸张笑天说："我想在美国给大大养老送终，也好让我尽尽孝心。"

大爹张笑东说："这不可能！"

爸爸问为啥。

大爹说："他是不会离开这片土地、离开这座老房子的。别说是去美国，就是政府让他搬出老房子都很难。"

三爹张笑西说："马上就要拆迁了，政府给他做了不下二十次的工作，他都没在搬迁协议上签字。"

爸爸长叹了一声，没说话。他是真心想接爷爷和我到美国去，可他听了几个哥哥的话，心里一点底都没了。要是他在七八年前回来接爷爷去美国溜达一圈，还有这可能，就是爷爷不走，他也能强迫他去一趟，现在，我看没这个希望了。

二爹张笑南说："老五，你要有心理准备，我怕你连牛蛋都接不走。"

爸爸说："这不行！牛蛋（他也叫爷爷给我起的小名了）必须跟我走。到美国，他能接受更好的教育。"爸爸又问，"可是牛蛋走了，大大咋办？"

大爹说："这你放心，有我们哪。"

今天早晨，爸爸特意叫我和他一起去散步。我们来到房侧圪蛋上那苗生长茂盛的大榆树下，他望着村庄，望着庄稼即将成熟的田野，望着沙巴拉那拔地而起的新城，又抬头望着榆树的树冠，随后，他又望向了那座新城。他说："跟爸爸到美国吧。"

我不敢看爸爸的眼睛，望着田野说："我不能去。"

爸爸说："你必须跟我走！"

这回，我看着爸爸的眼睛说："如果你不想让爷爷早死的话！"

爸爸很是吃惊地看着我。

我说："爷爷离不开我了，我也离不开爷爷，我就是爷爷的一根离不开手的拐杖，要是我走了，爷爷咋办？"我说："爸爸，你就让我替你为爷爷养老送终吧。等爷爷走了，我就到美国。"

爸爸一下把我抱在怀里，一手抚摸着我的头。我感到爸爸又要流泪了。我说："爸爸，你不要难受，我还有事求你哩。"

爸爸两眼红红的。他问："什么事？你说。"

我不好意思开口了。

我看着榆树的根部，就好像看见蓝尔和我靠在它粗壮的树干上亲吻呢。这时，蓝尔又站在我的眼前了。

爸爸又问我。

我终于很不好意思地开口说道："爸爸，你能不能让蓝尔到你的大学留学？"

爸爸问："蓝尔是谁？"

我豁出去了，直接告诉他："是你未来的儿媳妇！"

我以为爸爸听了会惊得睁大眼睛张大嘴巴说不上话来，但他没有。他非常淡定，淡定得就像司空见惯了一般。

我说："真的。"

爸爸笑了笑，说："她怎么样？"

我说："非常优秀。她是杏花婶的外孙女，今年考上了一所国内重点大学，她不想上，想到美国留学。我替你答应她了。"

他看了我半晌，说："儿子，了不起！"

第二天，他们上路了。

我们一家几十口人，哦，当然，还有被爷爷精心打理了一番的牛娃，都精神十足地跟在爷爷的身后，加入到了我们的送行队伍。当我们把他们送到房侧的圪蛋路口处，爸爸又把他的爸爸抱住了，他的泪又极不听话地扑出了眼眶，"唰唰"地落在了爷爷的衣服上。离别的泪水是烫心的，离别的情感是揪心的。爷爷就是爷爷，他没让泪水扑出眼睛，但我已感觉到，他的泪全流进心里去了。他说："你们放心地去吧，等过一半年，我和牛蛋到美国看你们。"

我的洋妈妈也把她的老公公抱住了，用她那白嫩的脸在爷爷黢黑的脸上贴了两贴，她说："亲爱的爸爸，我会想念你的！"她又说："亲爱的爸爸，请你保重！"

妹妹张守中走上来，握住爷爷拄拐杖的手，嘴一扁，哭了："爷爷，我会回来跟哥哥和你一起住的。爷爷，我特别特别的丢不下你，我会想你。"

孙女的话把爷爷的泪说得掉出来了。

他从怀里掏出饰品盒，取出一条金项链给孙女挂上，又在孙女的额上亲了几亲，说："好孙女，爷爷的好孙女！"随后，他又掏出一个大一点的饰品盒，递给了他的儿媳妇，说："你们经常回来，经常回来，这里是你们的家。"他说完，抬起手看了看儿媳送给他的蓝宝石金戒指，随即放到嘴上碰了两碰。他的这一举动，感动了我的洋妈妈，她说："是，是，我会经常回来，这里是我的家。"随后，她打开饰品盒，里边是一条足有五六十克重的黄灿灿的金项链。她回头看她的老公。

我知道，她是在征求爸爸的意见，爸爸向她点了点头。她向爷爷鞠躬，说："谢谢爸爸！"这时，妹妹走到我身前，说："哥哥，我会想你的！"

我抱住妹妹："想哥哥了，你就望望家乡！"

妹妹说："哥哥，你什么时候来美国？"

我亲了她一口，说："现在不能去。美国太大，我怕走丢了自己。"

妹妹说："不怕，有我呢！"

我狠狠地亲了妹妹一口！

爸爸一家和我们一一道过别，坐上大哥张守弓的车出发了。

他们走后，送行的人们就回去了。

快要回到家，我回头一看，见爷爷和牛娃站在圪蛋顶上的大榆树下，爷爷双手拄着拐杖，举着银白银白的头，久久地望着爸爸他们走去的方向。

他一动不动，形若孤雁，那神情孤苦极了。

我怕爷爷太伤心，忙返了回去。

跑上圪蛋，我见哥哥的车行驶到低滩牧场突然停下了。接着，我看见爸爸妈妈妹妹从车上下来，向爷爷挥着手。

这时，爷爷的泪才酣畅淋漓地涌出了眼眶，"唰唰"地往下飞落着。

“爷爷，爷爷，还有我呢，还有我呢。”我这样安慰爷爷。

爷爷抬起手，抚摸着我的头。

牛娃靠过来，伸出舌头舔着爷爷满是泪水的脸。随后，它转过头在我的脸上也舔了几下。

太阳照着老榆树，照着爷爷，照着牛娃，照着我。

我感到，我幸福满满，热泪长长。

二十九

天很深，很旷，蓝得扎眼。

有几堆白云贴着蓝宝石般的天走过，地上便也有一片一片的影子在走。云影走过，眼前一亮，那一块一块成熟的庄稼又沉甸甸、黄灿灿地亮在大地上了。

爷爷拄着拐杖领着牛娃在田间小道上走走停停，不时弯下腰闻闻庄稼吐出的芳香，或抬起头看看小道这边大片的玉米地和那边大块的谷子地。谷穗沉甸甸的，他伸手捏了捏黄晶晶、毛茸茸的谷穗，再捧在手掌，低下头把鼻子靠上前，深深吸上一腔气，慢慢地长吐出去，顿时觉得满腔的清爽、满腔的舒畅，那感觉就像大热天喝了一口凉爽的甘泉，美极了。

牛娃探过头叼了一大口谷穗，满口地嚼着，爷爷看着它嚼着鲜美的谷穗，脸上的皱纹一挤一挤就变深了，跟着，笑声也就出来了。他对它说：“吃吧，吃吧，以后你再也吃不上这么鲜的谷子了。”他走到玉米林边，伸手剥开苞米皮，一棒米粒饱满排列密实的大玉米棒子在太阳下黄灿灿的，煞是喜人。他把它拧下，捧起看了看，闻了闻，又抠下两粒放进嘴里嚼了嚼，玉米的清香就把他香醉了。随后，他把它送到牛娃的嘴上，牛娃嗅了嗅，一口吞进嘴里，香美地嚼了起来。

爷爷顺着小道穿过玉米林，前面的坡上便是大片的山药蛋地。哦，对了，我们这儿管土豆叫山药蛋。现在，山药秧子已变黑，趴在了地上。他走过去蹲下看着，见苗秧子根部鼓着裂开了花的土包，就伸手往开刨着，接着，一窝壮壮实实的紫皮山药蛋就亮在眼前了。他拣了两颗又大又圆的山药蛋，拍了拍泥土，放到鼻子上美美地闻了闻，又双手捧着山药蛋迎着阳光美美地端详了半晌，随后便美滋滋地揣进了怀里。他又将湿漉漉的泥土埋在那窝山药蛋上，往瓷实拍了拍后，便倚着土坎坐下，伸展开双腿，呼吸着新鲜的空气，听着秋虫的鸣叫，眯起眼望着块块田地。望着，望着，他就睡着了。

他刚刚闭上眼睛没一会儿，就梦见自己扶着犁杖，赶着牛娃犁着田。他见牛娃展开溜溜的腰背拉着犁，那新鲜的泥花在犁铧上翻卷着。他扬着鞭儿踏着新新的泥土，闻着鲜鲜的土香，美滋滋喜洋洋地犁着地，忽听布谷鸟在田头“布谷布谷”地叫，他一扬头，便有一首老曲儿从他的嗓门里亮了出来：

布谷鸟儿声声叫哟，
我的牛呀，
快打起精神来呀。

清明前后麦入土哟，
我的牛呀，
咱快去犁地呀。

立夏慌忙混种谷哟，
我的牛呀，

一步一个汗珠子呀。

小满前后乱按田哟，
我的牛呀，
大汗淋淋地下呀。

他犁着田唱着曲儿，心里喜盈盈亮堂堂的，扬起鞭正要甩一个响，突然觉得脸上痒痒的热热的，他睁开眼，眼前有颗硕大的头伸出舌头在舔着他的脸。

他醒了，梦也就醒了。

他有些怪怨牛娃，因为梦里那扬起的鞭还在他的心里高高地悬着，那声脆生生的响就在他耳畔挂着，一切力量还没释放出来，就被它搅了。他没听到这“叭”的一声脆响，觉得心里很是塞得慌，举手要打牛娃一巴掌，却没舍得。他放下手时揩了一把它舔过的脸，看了看，满手是绿色沫子。他又看牛娃，见它伸出舌头左一下右一下地舔着它的大嘴，他便也伸出舌头舔了舔自己的唇。听见有人说话，他回头看去，见三老婶、杏花婶提着水壶、拿着镰刀，顺着田间小道向谷子地走来。

他从土坎下站起，揣进怀里的那两颗紫皮山药蛋从衣襟下掉在地上了。山药蛋在地上滚着，钻进了杂草丛中。他趴过去，拨开杂草，拣起山药蛋，又揣在怀里。这时，他看不到三老婶和杏花婶了，他知道她俩拐进玉米林子那边的谷子地里去了。他看了看牛娃，见它卧在山药蛋地畔的草丛中，闭着眼睛，晒着太阳，梦幻般地咀嚼着嘴巴里的反刍物。

他顺着田间小道原路返了回去。当他穿过玉米林，见她俩挥动镰刀在割着谷子。

他说：“哎呀，真过瘾！”

三老婶直起腰，抿着嘴对他笑了笑。

杏花婶问："甚过瘾？"

爷爷说："看着你们割谷子呀！"

杏花婶放下满把谷子，说："那，你也过过瘾。"

爷爷说："好好，让我也割上这最后几镰刀。"

杏花婶："最后几镰刀？"

爷爷放下拐杖，从她的手里拿过镰刀，提起沉甸甸的谷穗，割下一苗，说："对咱村的农民来说，这就是最后几镰刀啦。"他看了一眼树林那面拔地而起的楼房，又说："说不定，明年这田地就长出楼房啦！"说完，他开始一苗一苗地割着谷子。

她俩听他这么一说，扬头望着那面的楼群，随后，又望着这一块块成熟的庄稼地，心里像谷穗一样，沉甸甸的，说不清是悲是喜、是愁是忧，便也不由得长叹了一声。

爷爷把一大把谷子整整齐齐地放下，说："好好地闻一闻吧。"

三老婶问："闻甚？"

爷爷说："闻这土香，闻这庄稼香，闻这谷子香，明年你们想闻都闻不到啦。"

杏花婶说："是哩，现在要离开这地了，心里反倒舍不得啦。"

爷爷又弯下腰割着谷子，说："以后，你们想家、想地、想春耕、想夏锄、想秋收的日子还在后头哩。"他直起腰，又说，"我现在就替你们愁上啦。"

杏花婶问："愁甚哩？"

爷爷说："愁甚哩？愁的日子还在后头哩！"说完，他又去割谷子，一弯腰，怀里的那两颗紫皮山药蛋又掉到地上了，出溜溜地滚到了杏花婶的脚下。

杏花婶说："哟，哪来的山药蛋？"

爷爷嘿嘿一笑："我下的。"

两个女人一听，“哈”地笑了。

有些时候，女人笑开就收不住了。这，说不出来是因为甚，有时可能是因为一句话，有时可能是因为一个动作，有时可能是因为一个屁什么的，就开笑了。你看她俩，就因为爷爷的一句话，笑得坐在地上，不是拍地就是拍着大腿，再看看对方，再放开嗓门，再敞开了笑。笑得差不多了，她们抬起眼看看爷爷咧着的嘴、笑出了的口水，再相互看上对方一眼，又开笑了。爷爷拄着镰刀把，说：“这两个女人是跟上鬼了哇？”话罢，两个女人笑得几乎连气都缓不上来了。三老婶似哭似笑地吼道：“别笑了，再笑尿在裤子里啦！”

这一声吼，把三个人笑得都躺在地上了。

三个人的笑还没收住，不知谁笑出了一个屁，三个人“哈”地又笑开了，三老婶跑进了玉米林，杏花婶爬进了谷子田，爷爷坐在了地上。

“哈哈哈……咯咯咯……”

欢实的笑声，在块块成熟后的农田上滚动着。

爷爷站起，揩了一把眼睛：“看，有人来了！”

笑声也就打住了。

爷爷骂道：“恁老婆恁笑哩！”他又说：“笑死人，笑死人，就像这么笑，真还敢笑死人哩！”

三老婶走出玉米林，来到爷爷身边，一把夺下他手里的镰刀：“尽捣乱！放你的牛娃去！”

杏花婶从谷子田里爬起，走过来拣起那两颗山药蛋看了看，又想笑，忍住了。她说：“这样吧，我们割谷子，你到田外边拣上几抱干柴，咱中午烧山药、烧玉米吃吧。”

爷爷说：“哎呀，好提议！”

三老婶说：“多烧些。”

爷爷问："烧多少？"

三老婶说："烧上两筐山药、二十多个玉米棒子。"

爷爷说："咱三个人能吃这么多？"

三老婶说："人多着哩，中午他们会来吃的。"

这时，爷爷才问："他们不出来收秋，干甚去啦？"

杏花婶问："你不知道？"

爷爷问："甚事？"

杏花婶说："他们到市政府去啦。"

爷爷问："又因为甚？"

杏花婶说："前两天拍卖咱们的土地，你知道一亩地给开发商卖了多少钱？"

爷爷问："多少？"

杏花婶说："一亩八十多万，而政府每亩才给了咱们二百五十块钱。他们找市政府理论去啦。"

爷爷听了愣怔了一下，望着农田："唉——我那牛一样的农民——"他哀叹了一声，举头看着天，天瓦蓝瓦蓝的，几堆一动不动的白云在半空中摇摇欲坠地吊着。随后，他又长长叹息了一声。

三老婶看了看爷爷，见他脸色铁青，没敢问。

杏花婶一看这情形，害怕了，便问："他们不会又被拘留了吧？"

爷爷说："让他们逮吧！"

杏花婶手里的镰刀"啪"地掉在地上了："呀，要是把玉成逮进去，我咋办呀？"

"不怕！"爷爷说，"孩子不哭娘不奶！"他扔下这句话，拣起拐杖背在驼背下，勾着腰，向地头外走去了。

他来到地头，转过身，透过树林看了一眼那拔地而起的楼群，发出了一声很闷很憋很重的感叹，随后，他到一行大沙柳下拣柴火去了。

临近中午，爷爷拣了一大堆干柴，到山药地和玉米地刨了一堆紫皮山药，拧了二十来个玉米棒子，又脱下大襟褂子兜着这些果实，来来回回跑了四趟才把这些果实搬运到干柴堆前。

他觉得累了，就坐在果实堆前看看这片地，再看看那片地。

他一走进农田就这样，看庄稼，看土地，那眼神好像一下子就黏在土地上，想分都分不开了。是，爷爷喜欢土地，喜欢从它那厚实、牢靠、博大的胸怀里生长出来的庄稼和树木。

他看着看着又不由得跪起，叩拜着土地。

他是土地最虔诚的信徒！

我坚信，凡是叩拜土地的人，是永远忠于土地、忠于生命的人！

爷爷叩拜罢土地，将地上的卵石、土块和杂物拣了出去，把山药蛋一圈一圈地摆上去，然后又把干柴盖在山药蛋上。他抬头看了看太阳，觉得该点火了，便掏出打火机，啪的一下，柴火就燃着了。

一股青烟直直升起，柴火立即噼噼啪啪地响了起来，接着，火苗就呼呼直蹿而起。大火过后，青烟消失了，紧接着，一股久违了的气味，在成熟的庄稼地上扩散着。往年，一到秋收季节，不论是割谷子，还是收玉米，不论是割糜子，还是刨山药蛋，他们中午不回家，就在野外烧山药蛋、烧玉米吃。他们吃罢烧山药蛋烧玉米棒，再展脱脱地仰面躺在地上，眯上眼，打上一个盹，然后爬起来，高高伸起双臂，长长地抻上个腰，便走进地里又开始收割庄稼。尽管有点累，但他们一看到土地给他们的辛勤劳动馈赠的丰收果实，再苦再累也就无所谓了。

爷爷嗅着香喷喷的烧山药蛋味儿，望着金色的田野，心里美滋滋的。这时，三老婶和杏花婶走过来，一下就把他的美好给惊扰了。

三老婶见爷爷坐在火堆旁走神，便说："山药蛋都烧焦了，你发甚呆哩？"

爷爷这才把眼光移上火堆，火快熄了，黑头黑脑的山药蛋已露出了火面。他探过身去，用柴火杆拨出一颗，上手捏了捏，一面已烧软，一面还未变色，硬硬的。随后，两个女人帮着他把山药蛋挨着个翻了一遍，又把滚烫的灰土拢在上面。这样做，山药蛋就不会被火烧焦。随后，爷爷又把柴火放上去，用打火机一点，大火又燃烧起来了。

两个女人割了一上午谷子，觉得身子都快要散架了，此刻，她俩趴在地上，展开腰腿，晒着暖阳，是那么的舒心，又是那么的畅意。这种感受，城里人是永远不会有的，不过，她们马上就要变成城里人了。

这时，一辆黑色北京现代越野车和一辆白色雷诺越野车侧前侧后地向他们驶来。车一停好，马三贵迈下车，吼道："我们来了！"接着从车上下来的是杏花婶的男人王玉成、社长李占元、社委武大山和刘长命。杏花婶一上午的担心消失了，他们没被扣留。她见他们有说有笑，自己也放心地笑了，问："你们不回家，咋跑到地里来啦？"

马三贵说："是你们烧山药蛋的味道把我们给勾引来的！"

杏花婶说："你们的鼻子又不是狗鼻子，山药蛋还没烧熟你们就闻见啦？"

她男人王玉成说："我们一到低滩牧场，瞭见这面青烟冒起，就知道你们在烧山药蛋烧玉米棒子哩。"

马三贵走到爷爷身旁："老叔，烧熟没有？"

爷爷说："马上就好！"

随后，一场简单而低廉的盛大野餐就开始了。

他们到葱地里挖了几把红葱，到车上拿了一次性纸杯、榨菜和两瓶白酒，围坐在烧熟的山药蛋前，就着鲜嫩翠绿的葱和制作精良的榨菜，你一颗我一口地吃起来。尽管烧焦的山药蛋皮被他们刮得油黄晶亮，他们的嘴脸还是被染黑了。

这时，牛娃走到爷爷身边，爷爷拿起一个带嫩绿皮的玉米棒子递到它的嘴里，又拍了拍它，说："去吧，到外边去吧。"牛娃叼着玉米棒子听话地走到一旁去了。

武大山看见牛娃胯下的那两颗铁色大卵蛋，心不禁抽动了两下。随后，他端起纸杯倒上酒，说："叔，我敬你一杯。"

自从牛强奸牛的事件一出，武大山拉着他家的良种黑白花乳牛又到医院刮宫流产，又到乡政府告状，又领着公安、兽医等人追到树林，要骟掉黑公牛牛娃的那两颗大卵蛋，和爷爷大闹了一场后，他觉得很是对不起爷爷。这件事过后，其实爷爷一点都没怪罪他，是他自己心里一直跟自己过不去。

爷爷接过纸杯，扬头喝了一口酒，说："在这野外吃上烧山药，喝上这烧酒，比在大饭店吃山珍海味都有味儿。"他揩了一把嘴，嘴脸上的黑更浓了。他又说："大山，你们今天去市政府咋样？"

武大山说："好着哩。"他又说，"你让占元说吧。"

李占元端起纸杯，问："老叔，你想听？"

爷爷见他这架势，知道他要给他喝酒，便说："你要是讲，我就听；你要是不想讲，我就不听。"说完，爷爷哈哈地笑了。

李占元忙说："老叔老叔，是我想敬你一杯！"

爷爷没拿架子，接过纸杯喝了一大口。接着，李占元就把他们到市政府的情况给爷爷、三老婶、杏花婶说了一遍。最后他说："这要感谢咱们的副社长马三贵同志哩。"杏花婶问为甚要感谢他，李占元说："上次我们几个被拘留，三贵领了二三十个村民到北京告状，告准了。这两天，北京来了一个工作组，在市里调查哩。所以，市政府决定不仅要给咱们补齐每亩土地欠下的那二百五十块钱，另外每亩还要增加一千块钱给咱们。”他问：“你们说，这是不是好事？”

“好事！好事！来，干一杯！”

他们干过酒，三老婶往开赶着他们。

“来，我给你们烧玉米，犒劳犒劳你们这些大功臣！去去去，抱着山药蛋到那边吃喝去！”

他们拿着剩下的山药蛋到一边继续吃喝去了。

三老婶把剩下的干柴全堆放在烧山药蛋的地上，随后点着干柴，把带皮的玉米棒子扔进大火里，不一会儿，玉米在火堆里发出了一连串“叭叭叭”清脆而响亮的爆响。

她回头看他们，见马三贵双膝跪地，高举盛满白酒的纸杯，满嗓子地吼唱道：

我的故乡并不美，
低矮的草房苦涩的井水，
……

歌声，吼声，笑声，还有镰刀收割庄稼的“嚓嚓”声交融在一起的大合唱，在金色的田野上，在明净的天空下，回荡着……这是卡巴什村农民祖祖辈辈反复轮回，年复一年地不畏劳苦、不惧风雨、不惜汗水，在精心营务、辛勤耕作的土地上的最后一场香美盛大的田野午餐。

这场田野午餐，在后来，人越聚越多，一直进行到了晚上。

这天，爷爷的心彻底醉了。

晚上回来，爷爷脸色赤红、醉意浓浓地给我一遍又一遍地唱着：“……故乡，故乡，亲不够的故乡土，恋不够的家乡水，我要用真情和汗水，把你变成地也肥呀，水也美呀……”

三十

秋收刚刚结束，庞大的拆迁执法队就浩浩荡荡地进村了。

在拆迁协议上签了字的人，忙着往不同地点上的移民村搬迁着。没有在拆迁协议上签字的人，看着那些热火朝天搬家的人们，心里像猫抓一般，很是难活。他们不知道抗拒拆迁最终会给自己带来什么结果，这让他们坐立不安。现当儿，只有爷爷看上去很是平静，其实他的心里并不平静。这，我能察觉到，他心里也很难活，也很悲伤，但他心里的难活悲伤和他们不一样，他是因为村人们要弃离祖宗留给他们的土地而难活而悲伤哩。

但，也有村人在要搬走的时候，一下子变得舍不得离开老祖宗为他们打拼下的这个村庄了。就像武大山、刘长命、三老婶，明天就要离开村子了，晚上，他们提着酒来和爷爷告别。

武大山倒了一杯酒，跪在爷爷面前说："叔啊，明天我就要走了，突然觉得舍不得离开了，这心里特别难活。"他又说："叔啊，你是一头护犊子的牛，护了咱村人一辈子啦。可我呢，有些事做得对不起叔，请叔原谅我。"他说着，眼睛就红了，高高举起酒杯给爷爷递上去。

爷爷接过酒杯，说："大山啊，不要把那点事老放在心上，叔早不记着了。你们到了新地方，要多走动、多交往，谁有困难了要互相帮衬着。"爷爷说："以后想老地方了，你们就抽空回来看看。我呢，就不离开这里了，想在这座老宅子里闭上眼。"爷爷说："我要是死在这儿，你们回来给我烧上两张纸，我就满意啦。"

三个人一听，鼻子一酸，两眼热鼓鼓的，泪就掉出来了。

这时，我的三个爹爹和杏花婶、杏花婶男人王玉成开门进来，见三个人围着爷爷抹鼻揩眼的，把我的三个爹爹吓了一跳，忙问怎么啦。刘长命把爷爷的话给他们重复了一遍，他们听后，心里很是难过，都泪眼花花的。

杏花婶知道大家马上要离开村子，心里头都难过哩，便说："你们放心地走吧，老爷子这里有我和玉成，还有李占元陪着哩。我们就是宁让自己挨打受气，也决不会让他们欺负老爷子。"她又强调说："最近，你们把手机都开着，要是有什么我们扛不住的事，我给你们打电话。"

爷爷听了杏花婶的话，心里很感动。这两天，他心里一直感动着，一来，要离开的村人们临走前都来和他告过别；二来，他深深感到乡亲们不是走过场，是真心实意的，是在乎他这个老头子的。爷爷很欣慰，在欣慰的同时，他也非常非常感激乡亲们。

这天晚上，他们跟爷爷边喝酒边说着话。他们说着说着，就扯到了村里近日刮起的一股风。

这股风是一股暗风。

这些见不得阳光的风，像百米冲刺在民间悄悄赛跑。

他们说，村里有人偷偷放贷。爷爷问把钱都放到哪里啦，他们答，有的放给当铺了，有的放给担保公司了，有的放给房地产老板了，有的放给煤老板了，有的放给绿化公司老板了，有的放给私人了。爷爷问利息多高，他们答，给的利息不等，月利息有的给二分半，有的给三分，还有给四五分钱的了。爷爷问利息怎么结算，他们答，一个季度一结，很保险的。

爷爷听罢，半晌无语。

他们都很兴奋。

三爹张笑北说："按二分半算，放出去一百万，一个季度就能挣回七万五千块钱，一年就是三十万块啊！"

武大山说："这是按二分半算，如果按三分钱的利算，再加上利滚利，那又是多少？我算过，用不了两年半就能翻一番。"

刘长命说："按你们这么算，要是把咱手里那三四百万全放出去，用不了三年就变成七八百万啦？"

"那是！那是啊！"

经过这么一算，他们都激动了。

他们一夜之间变成了百万富翁，现在又要在一夜之间变成千万富翁哩。这，简直就是天上掉馅饼、刮风逮钱哩！别说是八辈子都没见过这么多钱的农民，就是城市里那些富足的市民碰上了也会激动疯了的！

三老婶没说话，一直在观察着爷爷的反应。爷爷皱着眉头看着他们，而他们就像已经拿到了一千万块钱，高兴得几乎忘记了现在是伸手不见五指的黑夜。不过，现在正是做美梦的时间，你看，在黑暗的夜晚，在爷爷家昏暗的灯光下，他们兴奋无比，相互探讨着有了钱咱就是爷！有了钱咱就是人上人！有了钱咱想干甚就干甚，想要甚就有甚！让那些城里好活了几辈子的人，好好地眼气去吧！

爷爷突然问道："钱在哪？拿到你们的手里了吗？"

爷爷的一句问话，把他们给问住了。他们抬起眼看了看爷爷，又伸出双手看了看，两手空空的，没钱。他们又抬起眼看着爷爷，爷爷不禁长叹了一声。

他们问爷爷为何长叹。

爷爷说："有钱人要兴风作浪哩！"

他们问爷爷此话怎讲。

爷爷没有直接回答他们，他说："还是捂紧你们的钱袋子吧。"

"你说说理由。"

爷爷说："自古道，利大催本哩！"

王玉成说："叔啊，你这是老思想、老观念啦。现在是二十一世纪，什么什么的事都变了。"

爷爷无奈地笑了笑，说："哦，话呢，我已经说了，听了，你们听，不听了，你们自己看着办。将来有个什么事，不要说我没提醒你们。"

杏花婶给爷爷倒了一碗茶，说："要不，你给大家算算？"

爷爷喝了两口茶，说："不用掐，不用算，这一辈子，我品见老祖宗说下的话没一句是空的。利大催本，这句话不是我说的，是老祖宗说的。你们自己好好定夺定夺，要把持好。"爷爷又说："我总觉得，有了钱不如有土地让人活得安稳活得踏实。"爷爷端起碗又喝了一口茶，抹了一把嘴，说："还有一句话我要对你们说。你们把那钱字写出来好好看看，它背上插着三把刀哩，你们要把钱好好把持好了。把持好了，它会让你们过得好，生活得好；把持不好了，它就会砍断你们的脖根，挑断你们的筋哩。"

爷爷的话给他们当头泼了一瓢冷水，但他们不死心。刘长命揪了揪大爹张笑东的衣服，大爹转头用眼睛问着他，他低声说，让你大给咱打上一卦。大爹摇了摇头，抬眼看三老婶。刘长命马上明白了，用指头捅了一下三老婶，说你求求老汉，给咱算算。三老婶没表态，跳下地，走到水盆前净了净手，给土地爷上了三炷香，跪下说道："土地爷，过两天我们就要各奔东西了，今晚我们来给您上香磕头啦！"他们见三老婶这么做，心里一下明白了，忙跳下去跪在地上给土地爷磕起了头。

磕罢头，他们上炕又围着爷爷坐下了。

三老婶说："大哥，看在咱乡里乡亲的分上，看在大家马上就要分开的分上，这放高利贷的事关系到大家往后的生活，你就给打上一卦吧。"

这回，爷爷再不答应就不近情理了。

他从枕头下拿出一个红布包，慢慢展开，三个金黄铮亮的乾隆通宝就亮在他们的眼前了。爷爷拿起三个老铜钱，放进掌心搓了搓，闭上眼在掌心里静静地捂了半晌，随后，他猛地冲乾隆通宝吹了一口气，睁开眼问道："你们谁来摇？"他们看三老婶。三老婶说，我一个女人家的，还是你们男人来吧。男人们就相互看着，最后也没挑出个人选来。杏花婶等不及了，说大山哥，你来吧。武大山问，我能行吗？爷爷回答说，行，谁摇都行。武大山跳下地，在净水盆里洗了手，上炕后又把双手放到头顶上敬了敬，然后拿过乾隆通宝，举到头顶上空晃荡了一阵儿，对着红布"唰啦"一放。

爷爷低下头看了半天，不禁连叹了两声。

他们问咋啦。

爷爷看着卦象，不知是在问自己还是在问乾隆通宝："这是咋啦？这是咋啦？"

他们又问咋啦。

爷爷没理他们，趴下又看了看卦象，然后直起腰展开手，在指头上一节一节、一圈一圈地掐盘了几遍。随后，抬起眼皮茫然地望着窗外漆黑的夜空。

他们又问：卦上咋说？

爷爷收回目光，抿了抿嘴唇，说："混沌，一片混沌。"

他们又问：咋个混沌法？

爷爷答说："清浊不分。"

他们又追问：那，该咋办？

爷爷答："清者自清，浊者自浊。高利贷能放不能放，你们自己掂量着办吧。"接着，他在包老铜钱的时候，又自言自语地说了一句："邪风刮起，祸福相持，混沌不分。"

甚叫"邪风刮起"？

甚叫"祸福相持"？

甚叫"混沌不分"？

这话，我听得很真切，他们没在意，他们不在意，我也就不想再动脑子了。但我的心很厉害地抽了两抽，这说明，现在的我与爷爷是灵犀相通的。

爷爷把三个乾隆通宝老铜钱包好，又压到枕头下了。

他们喝着杏花婶熬的红砖茶，叨啦着东家长西家短，谁家买了什么什么车，谁家买了什么什么大别墅，谁家到包头开了什么什么大酒店，谁家儿子娶了一个北京的大姑娘……说着说着，就说到了光棍羊倌，哦，现在的副社长马三贵身上了。

他们说马三贵的第二个老婆卷了他十多万跑了，现在，马三贵又要娶第三个老婆了。刘长命说，前两个老婆看上去还不错，跟三贵还挺好的，没想到得了三贵的好就跑了，现在的人，可是说不上。王玉成说，原来人家也没看上他，是看上他的钱哩。让我说，像他那二砍子货就是找上十个也得跑十个。杏花婶剜了他一眼，说你这么有能耐才找了我一个，有本事你也给咱多找两个老婆回来让我看看！王玉成说，我是卡巴什男人，就凭这张招牌，不用下他那么大的资本，现在走出去找她十个八个黄花大姑娘也不在话下！杏花婶骂道，快不要给你大大吹大牛了，这也是我瞎了眼才要你哩，不然你哭妈都拿不准个调！他们一听，都笑了。

他们笑了，我却想起禁牧时马三贵和杏花婶在黑夜偷牧钻进深沟里的事儿了。现当儿她骂自己的男人，分明是向着马三贵哩，要不她就是嫌自己的男人撑不住气，说大话哩。

三老婶怕他们婆姨汉子吵鬧起来，忙说："好了，好了，时间不早了，散了吧，散了吧。"

他们和爷爷一一告别后，散了。

第二天早晨，太阳刚走进我家，我在被窝里就听见外面有人在和爷爷说话，忙爬到玻璃窗前，看见是三老婶和爷爷站在院外的大榆树下说着话。

三老婶说："搬开了，就不方便照顾你了。"

爷爷说："放心吧，有牛蛋哩。"

三老婶说："有空，你来移民村串串门子。"

爷爷说："我去了牛娃没地方放，还是你多回来看看咱这老地方。"

三老婶说："我走了，你多保重。"

爷爷说："你也是。"又说，"记住我的话，不要贸然放贷。"

三老婶说："我听你的。"三老婶问："昨晚上，你最后念叨了一句甚话？"

爷爷问："甚话？"

三老婶想了想："什么邪风刮起？"

爷爷说："哦。是。我总觉得不对劲，有钱人要作怪哩。"

三老婶问："是卦上说的？"

爷爷说："卦象混沌不分，福祸相持。"

三老婶问："甚意思？"

爷爷告诉她说："福祸紧挨，而且又相克。放高利贷，不是个好兆头。"

三老婶说："我信你。"她又说："车一会儿来搬家，我回去再收拾收拾。"

爷爷说："去吧，快去忙你的吧。"

三老婶走了。

爷爷望着她拐进院里，这才回过身看看拴在老榆树根上的牛娃，牛娃扬着头也在看着三老婶走去的方向，他又不由自主地回头看去，那儿什么都看不到了。随后，他回头看着老榆树。

老榆树一树金黄，有风吹来，那金黄的叶片随风飘落下来，有两片落在爷爷的肩膀上。他伸手取下来捏在两指上，举起，冲着太阳光细细看着，叶片金黄透亮，茎络格外分明。随后，他抬头望着房侧山圪蛋上的那苗老榆树。

那苗老榆树也是一树金黄。

爷爷解开牛缰绳盘在牛娃的角上，拄着棍向山圪蛋上走去了。

爷爷过寿时我两个姑姑给他做的衣服，大哥给他买的紫边黑色瓜壳帽和我给他买的拐杖，不是重大场合，他舍不得穿、舍不得用。

为了这事，我还和他理论过几句，可他就是不听。

我问他："为甚不穿？"

他说："该穿的时候穿。"

我问："什么时候是该穿的时候？"

他说："到了的时候就是时候。"

真拿爷爷没办法。今天，他还是穿着那身旧衣服，还是拄着那根老拐棍，还是领着他的那头牛，还是原路走到山圪蛋上的那苗老榆树下，还是照样望着村庄望着田野。

我来到他的身边时，他正在走神。不，他不是在走神，而是正在看着山圪蛋下面东边的村庄。村庄掩盖在一片尘土中，那些房屋在几台大型挖掘机和推土机的轰鸣声中，在它的长臂铁头的起动中，一座又一座地坍塌，那尘土一股又一股地冲天而起。爷爷的眉头和牙叉勾随着挖掘机和推土机的一砸一推和房屋的一坍一塌，也在一皱一咬，一皱一咬着。

我怕他太难受，说："爷爷，咱回吧。"

爷爷说："别！看吧，看看咱的村庄是怎么被毁灭掉的！"

突然，一声号哭从那片尘雾中传了过来。只见牛娃胯下的那两颗铁色大卵蛋奓了两奓，猛地扬起斗大的头，警觉地望向了尘土飞扬、哭喊悲号的村子。爷爷浑身一抖，两眼一睁，望着那儿说："不是砸坏人了吧？"

挖掘机和推土机停下了。

尘土也散去了。

我和爷爷看到村庄空地上，一群人围着一个跪在地上号叫的人。

我听出来了，那号叫声是从疯子武小山的喉咙里发出的。

“我的家啊——”

“我的家啊——”

“我的家啊——”

号叫声一声接着一声，反复就这么一句，听来撕心裂肺、悲哀至极，很是揪心。

我一看，爷爷已经泪流满面。

我忙说：“爷爷，爷爷，别这样。”

爷爷哽咽道：“连疯子都恋着自己的家啊！”

又有轰隆轰隆声传来，我转身望去，几台庞然大物从中村的路眼豁子上向我们居住的村庄开来。

我说：“拆除队进村了。”

三十一

这几天，尘土一直笼盖着我们村。

一般情况下，我们是不会走出屋子的。

在轰隆隆的大型挖掘机和推土机的号叫声中，在一座座房屋的坍倒声、瓦片砖头的撞砸声和椽檩门窗的破裂声中，尘土像沙尘暴，一股一股又一股地席卷着整个卡巴什村庄，别说我们不敢出去，就连那些收破烂的人也逃之夭夭了。

这天，我内急，跑到厕所蹲了一会儿，尘土就像无数个吸血鬼，钻进我的耳朵，钻进我的鼻孔，钻进我的毛发，然后钻进我的肺子，拼命地吸食着我的血液。风火之事一解决，我提着裤子就往屋里跑，跑回屋里把门一关，站在当地，大张着嘴往出吐着气。这把爷爷吓了一跳，以为拆除执法队来了，忙跳下地要往外冲。我一把拉住他，正要告诉他事由，一张嘴一吸气，却又连着打了一串响亮的喷嚏。

爷爷问："咋啦？"

我说："别出去，天上下的全是灰尘。"

爷爷问："呛着啦？"

我说："呛着啦。"

爷爷问："缓过来啦？"

我说："缓过来啦。"

爷爷看了看灰头土脸的我，走到瓮前，舀了一洗脸盆水端到凳子上，说："洗洗。"

我说："洗洗。"

洗过脸，漱过口，我的脑子才活泛过来。不然，我和爷爷会一直这么对话的。

爷爷说："我还以为挖掘机开进来了。"

我说："没有，村里还有五六座房子没被推倒。"

到了晚上，拆除执法队回去了。当尘土在风中死去，我和爷爷才从屋子里走出来。

月亮如盘，大地一片银辉。

在冰冷的月光下，不望则已，一望，我听见我的心"哇"地惨叫了一声。

村庄一片废墟，疮痍满目，只有爷爷的一排屋子还完整地站在这残壁断垣之中，看上去很是孤独、凄凉。

"老天爷，快睁开眼看看吧——"

一声绝望的呼喊，使爷爷打了一个激灵，他转头望向了废墟，接着，他转身向那儿走去。我怕把他绊倒，忙上前搀扶着他。当我们走过去，只见杏花婶灰头土脸，背靠着半截残墙一动不动，两眼发直，望着夜空，泪珠子一个一个再一个地往地上砸着。王玉成双膝跪在一摊杂物上，双手拍着空地，哭喊着“老天爷”。爷爷爬翻过横在脚前的一溜倒地的土墙，站在王玉成身边，伸手拍了拍他的肩，说：“玉成，站起。”

王玉成抱住了爷爷的腿：“叔啊，他们根本不把咱当人看啊——”

爷爷说：“站起！”

王玉成指着被推倒的房屋，说：“叔啊，你看，就这样无法无天地把我们的房子给强制掉啦！”

爷爷扶他坐在倒塌的墙上，又过去拉着杏花婶坐了过来。爷爷拄着棍站在他俩面前，说：“玉成，杏花，别骂啦，别哭啦。听叔的话，这风挡不住，再挡也挡不住。”

这时，好像有女人的哭声，我们静下心听。

爷爷问：“是谁哭哩？”

杏花婶说：“李占元老婆。”

爷爷说：“走，咱过去看看。”

我们走进被推土机推塌的李占元居住的房屋处，见他老婆抱着一副从废墟堆里刨出来的被砸压成三半的马鞍子在哭。这是一副由银条包边、错有金龙纹、镶有景泰蓝银花的马鞍子，另有两只错有金龙纹的银铜合铸的马镫。这是李占元的太爷爷给他们传下来的宝贝，更是一件有价值的珍贵文物。

李占元老婆没管没顾地只抱着马鞍子哭，李占元站在废墟上正给在学校的儿子打电话，他说：“儿子，明天别回来了，咱们的家没了，咱们的家没了。你要好好读书，一定要争口气，考个好大学，你才能出人头地，你才不会被人欺负。儿子，你记住了没？别像爸爸！你要争口气！啊？！”他挂了电话，对爷爷说道：

“叔啊，你看我们活成个甚啦——”话还没落，就蹲在废墟上“呜呜”地哭了。

爷爷搂着他的肩半天无语。

李占元两口子的哭，像火一样烧疼了我们的心。面对一个村庄转眼变成一片废墟，面对两个失去家园的人在伤心痛哭，你能说什么？你又能拿什么最好的语言来安慰他们开导他们呢？没有！就是有，你也说不出口。最好的办法，就是陪他们一起伤心一起流泪。然而，然而爷爷却开口了。

他说：“占元、占元家的，玉成、玉成家的，我呢，今晚再跟你们说几句话，以后你们想听我说话，怕也是难哩。你们往远看，当下就忍了吧。”

李占元说：“忍，咋忍啊？！”

爷爷说：“你今天活着为了谁？不就是为了后代活得比自己好么？忍了吧。”

杏花婶说：“明天就要拆你的房子了，看你咋办？”

爷爷长叹了一口气，说：“我也没办法。我呢，就是想在自己的老地方老屋子里闭上眼哩。明天要是强拆，只好让他们把我埋在老屋里了。明天我要是死了，就拜托你们多照应照应我的孙儿牛蛋啦。”

一听爷爷这话，我的心很深地疼了一下，泪“哗”地就流出来了。

李占元往起一站：“你说啥哪？！你要是死，我陪着你！”

杏花婶说：“你说甚哩？！你看把牛蛋……”

我再也憋不住了，“哇”的一声，号了。

爷爷忙抱住我，用手轻拍着我的后背。

杏花婶他们也哭了。

我哭着说：“要是爷爷死了，我也不活了。”

杏花婶拭着眼睛，说："不要听你爷爷胡说，他死不了！我给马三贵他们打电话了，明天一大早他们都回来。"

爷爷放开我，说："别，别这样。我一个土快埋到脖根子上的人了，不值得你们为我受害！"

李占元说："我们不怕。咱全村的房子都没了，我们大家就是拼命也要保住你的房子。这样，也好给咱村的人留下个念想。"

这句话提醒了我们，也激发起了我们的决心。

王玉成说："是哩，是念想哩！将来我们想地方了，想老家了，回来一看到你的房子，就顶如回到自己的家啦！"

李占元来劲了，说："是哩！杏花、玉成，一会儿咱分别给全村人打电话，把这话告诉他们，明天让他们全来！"

爷爷忙制止道："别，千万别这么做。你们要是这么做，他们又会说你们妨碍公务，要拘留你们哩。"

李占元说："不怕！一回也是拘留，两回也是拘留，再被拘留几回我们也不怕！"

王玉成拍了一把胸脯，说："就是！脏家女儿聘给脏家了，脏就脏啦！让他们再拘留几次，没甚可怕的！"

第二天一大早，爷爷起来炖了一锅羊肉。在炖羊肉的时候，爷爷换上了过寿时两个姑姑给他做的衣服，戴上了大哥张守弓给他买的紫边黑色瓜壳帽，寻出了我给他买的拐杖。这时，我才想起我让他穿戴这身衣服时，他说"该穿的时候穿"的话来。这让我一下子害怕起来，他根本不是舍不得穿，是在等这个"该穿的时候"。我的害怕不是没有情由的，从昨晚他说的话和近来他的言行举动上看，他早就有所准备了。昨晚一回到家，我流着泪给在首府电视台工作的四爹张笑北发了一个短信：明早速回，强拆房屋，非常担心爷爷。四爹回电：明白，一定要关照好你爷爷。但愿我的担心我的害怕是多余的，但愿拆除执法队强拆房子时爷爷能挺得住，但愿土地爷保佑我的爷爷平安无事，但愿我的奶奶在天有灵保佑爷爷不出意外……然后，我见爷爷走出门外，站在当院向远处瞭望着。

过了一会儿，爷爷回到屋，揭开锅盖用筷子扎了扎羊肉，肉炖熟了，他捞了一小盘献在供桌上的土地爷塑像前，又上了三炷高香，焚烧了三张黄表，跪下给土地爷磕了三个头。然后他站起，走到锅台前捞了一大盘羊骨头，对我说："牛蛋，吃吧。"

我没坐过去，走到洗盆前洗了洗手，也给土地爷上了三炷香，焚了三张黄表，跪在地上，合上双手，闭上眼睛，默默地对供桌上的土地爷说着我心里的"但愿"，求土地爷今天大驾光临，保佑爷爷。

突然，我看见从我的脑袋瓜子里闪过一道金光。

我忙睁开眼，那道金光立马消失了。

金光的闪现，让我紧绷的心情好转了不少，但我不知道它预示给我的是什么。当我坐到饭桌前，爷爷抬手抹了抹我的头顶，他这一抹不要紧，却把我的泪给抹出来了。

这两天不知咋回事，一看见可怜巴巴的爷爷我就流泪。是呀，现在我只有流泪的分。因为，我整天面对的是一个把命交给土地的老农民，一个视土地为命的老农民，一个一辈子与土地相依为命的老农民，现在，马上就要让这个把生命与土地融在一起的老农民撤出这块生他养他的土地，这是多么多么要命的事啊！你们说，我整天整天面对着这么一位因不愿离开土地而要死要活的九十岁老人，我不流泪还能干啥呢？

爷爷给我碗里夹了一块羊骨头，说："吃，香着哩。"

我不想让爷爷看见我的眼泪，假装咳了咳，走出屋外。在外面，我揩干了眼泪，打理好了心情，才回到家和爷爷坐在一起吃肉。

我们还没啃完一块羊骨头，听见有小汽车停在了院外，四爹回来了！我心里一喜，忙开门迎去。不是四爹，是马三贵领着三个村民向院里走来。

“你爷爷呢？”马三贵问我。

我说：“在哩。”

他们来，我也非常高兴。

我把他们让回家里。

马三贵一见我们在啃羊骨头，哈哈一笑，说：“老叔，又让我赶上啦！”

爷爷很高兴：“好！好！好！快坐下吃！”他站起，走到锅台前揭起锅盖，又说，“你们看，满满一锅哩，你们放开肚子吃。”

我从橱柜里取出碗筷，给他们一人递了一只碗一双筷子，说：“不要吝啬你们的牙齿，放开吃吧！”

他们哈哈地笑了。他们说：“多读书就是不一样，说话就像背诗一样好听！”

马三贵说：“那就不客气啦，走得早，早饭还没顾上吃哩。”又对他们说：“来，吃吧，吃饱了，一会儿打起来有劲！”

我们就吃了起来。现在，我感到轻松多了。

当拆除执法队的大型挖掘机和推土机开来，爷爷的房屋早被全村各家各户的小汽车围在了中央，使它们无法靠近。

这个主意是马三贵出的。

马三贵的主意让拆除执法队没了主意。

拆除执法队让推土机推开小汽车硬往里闯吧，不能；可是不把这个村唯一一排房子拔掉，也不行。于是，他们对人们喊话，而村民们根本就不搭他们的茬。

爷爷拄着拐杖站在当院，他的牛站在他的身边，瞪着圆眼注视着院外的人们。我和大爹、二爹、三爹、三老婶、杏花婶、李占元、马三贵、王玉成、武大山、刘长命当然首当其冲，和大家站在了最前沿。

对我们讲话的是一个三十多岁的年轻人，马三贵告诉我，他是拆除执法队队长白庆国。

白庆国对手拿锄头、铁锹、杈子、镢头、耙子、木棍、砖头、瓦块的我们喊话道："你们这是妨碍公务，请你们立即撤离！"

我们不说话，只用眼睛瞪着他。

白庆国又喊道："你们这是非法集会，聚众闹事，妨碍公务！这是违法犯罪！"

场上鸦雀无声，只有亮森森的目光。

白庆国又喊道："我们的耐心是有限的！请你们立即撤离执行公务现场，不然，造成的严重后果由你们负责！"

不知谁响亮地放了个硬屁，人们哗哗大笑了。

白庆国拿出手机不知在给谁打电话。

李占元喊道："他报警啦！"

马三贵说："让他报吧，我们豁出去了！"

我的心突然紧张起来。我看了看大家，他们一个个都无所畏惧的样子，我那悬起来的心便忽悠忽悠地落下去了一半。但，那感觉要比全吊起来还难受。

我们就这样默默地跟他们对峙着。大约过了二十多分钟，两辆大型警车鸣叫着驶来，车一停，十四五个荷枪实弹的防暴警察"唰唰唰"地从警车上冲下来，跑步来到白庆国的身旁。

白庆国立马精神大振，口气很硬地吼道："识时务者为俊杰，请你们立即撤离现场！"

场上无语。

我看了看，村人们手拿家伙儿，青筋暴起，充满了一股厮杀暴力的横劲。

白庆国和一个防暴警察交流着，他们说什么，我们听不到，最后，只见那警察对白庆国点了点头。

白庆国又大声警告道："院里头的那位老大爷，你别跟我们对抗了，你让他们散了吧。"

爷爷拄着拐杖移步院外，他的牛一步不离地跟着他。人们为他让开一条道，他和牛娃走到白庆国身前，他说："这事与他们无关。"

马三贵一蹦，跳起喊道："这事跟老爷子无关，我们是不请自到的！"

白庆国年龄不大，却有一股上级领导的做派，他一手卡腰，一手指着大家："你们撤不撤？！"

"不！你们撤了我们就撤！"人们回答得很坚决。

白庆国一挥手，防暴警察冲向了人群。接着，村人们一个一个又一个被戴上了手铐，又一个一个又一个被撂翻在了地上。顿时，场上乱成了一片，喊声叫声杈耙棍棒拍打声激烈而刺耳。只见一个警察冲过去给爷爷上着铐子，牛娃眼睛一瞪，撅起屁股，奓着尾巴，绷着斗大的头，"哞"的一声长吼，顶向了警察。那警察一个跟斗翻到牛后，掏出枪指向了扑空而去的牛屁股。我急了，扑上去托起警察举枪的手，"叭"的一声，子弹惊叫着向天上飞去了。

一声枪响，一下把吼叫声给枪毙掉了。

所有的人被这一枪打得像木桩子一样钉在地上不动了。

"等我死了再拆行不行啊——？！"

一声号吼，把人们那惊魂未定的目光都夺去了，只见爷爷举着戴手铐的双手，又吼道："要不，你们把我一同埋进房里吧——"

猛然间，我看见四爹张笑北和一个我不认识的人站在房顶上，举着摄像机和照相机在抢拍着。

四爹是什么时候回来的？又是什么时间爬上房顶的？还没等

我看清楚、回过神，三个警察就出现在房顶上了，他们不由四爹他们分说，很是利索地下了他们的摄像机和照相机。接着，他们就拧着他俩从架在房后墙上的梯子上下去了，紧接着，四爹和那个我不认识的人也戴着手铐，被拧到了警车前。

这时，一个满头银发、个头不高、一脸果敢、身体敦厚的老头，拄着像我给爷爷买的一样的拐杖走进来。他扫了一眼白庆国和警察，那目光很是犀利。他径直走到爷爷的身前，站下端详着戴铐子的爷爷。

他问："老哥哥，你还认得我吗？"

爷爷抬起头看了看，又举起戴铐子的手揉了揉两眼，开始打量着这个老头。

爷爷认出他来了，用戴铐子的手捉住了他的手："兄弟啊，你看我这死也死呀，还叫人给上了一铐子。"

他搂着爷爷的肩，给他拭着泪："不怕，不怕。当年我蹲大狱，住牛棚，挨批斗，不是也戴过铐子吗？"

两个老头抱在一起，谁都不说话。半晌后，爷爷这么称呼道："夏书记，这还是不是共产党领导下的天下？"

爷爷称作夏书记的这个老头，我知道，他是原自治区政府的一位主要领导，那时他被打成"头号走资派"下放到我们村改造时，爷爷暗地里保护着他，还救过他的命，他才活了下来。平反昭雪后，他官复原职，后来还当了书记。他今天能来，我想，肯定是四爹张笑北请来的。

夏书记说："是！是共产党领导下的天下！只不过有败类在胡作非为哩！"

白庆国不知天高地厚地指着夏书记："你是谁？竟敢妖言惑众，反对共产党！"

夏书记放开爷爷，两眼像刀子扎着白庆国："我反对了吗？

谁让你们对老百姓这么暴政、暴法、暴行啦？说！”

白庆国向后退了一步，夏书记顶上前，又大声责问道：“你们对人民群众这么野蛮粗暴，是谁给你们这么大的权力？”

白庆国让夏书记的气势逼得没话可说了，可夏书记不放过他：“说！是谁让你们这么干的？”

白庆国脱口说道：“我们是在执行市委、市政府的政策，你在干扰我们执行公务！”

夏书记说：“你们这是在执行公务吗？你们这是在给共产党脸上抹黑！今天这公务，我干扰到底了！”他举起拐杖指着所有执行公务的人员，像下命令一般吼道：“让你们的市委书记、市长立即到现场来！否则，你们把我这个老汉也逮走！”

一个年龄稍大的防暴警察走过来给夏书记打了一个哑礼，转身拉着白庆国走到一辆警车下，给他说着什么。他们说什么，我没听见，我只看见白庆国听着他的话，脸一下变了。他俩又说了几句，白庆国拿出手机打着电话，那个警察向他的人招了招手，警察们全跑到他的身边去了。随后，那些警察又跑进人群，要给人们卸铐子，人们拒绝着。

场上又大乱了，吼叫成了一片。

这时，一个夹着包的人慌慌忙忙地来到夏书记身边，他说：“夏书记，您来视察工作，咋不提前打个招呼，好让我们去接您啊！”

听他的这话，好像心里有委屈，也有几分埋怨。

夏书记问：“你是——”

“我是新区党工委书记赵东东。”

“市委书记、市长呢？”

“书记到北京去了。市长在旗县区调研，正往回赶。”

夏书记不理他了，转身看着村民。

赵东东瞪了一眼白庆国，白庆国没反应过来，还直挺挺站着。

赵东东又给他使了一个眼色，白庆国还没理解，但我理解了，赵东东分明是让白庆国赶快给村民把铐子卸去。

赵东东低声对白庆国说了一句："铐子，快卸铐子！"

白庆国忙向那个警察做了一个卸铐子的动作，警察们又上前要给村民卸铐子，而村民们却和警察干起来了。

"乡亲们，乡亲们，"夏书记吼道，场上立马又静下来了。他接着吼道："对不起！我以一个老党员的身份，向你们道歉！"他向乡亲们深深地弯着腰，乡亲们不说话，不知咋哩，也深深弯下腰向他致谢着。他听不到动静，直起腰，见他们也在给他鞠着躬，眼睛"唰"的一下，湿了。他又说："乡亲们，你们就让他们把铐子卸了吧。今天的事，我会向上级反映的，请你们相信我。"

"谢谢夏书记！！！"

场上吼声如雷！

乡亲们向他深深地鞠着躬。

马三贵高吼道："看在老革命、老领导的分上，就让他们把铐子卸了吧！"

三十二

我很高兴地告诉你们，爷爷的房屋被长久地保留下来了！

留下干甚啦？

留下当作卡巴什这座新城最原始最宝贵最有价值的民居博物馆了！

这个最有远见卓识的主张，肯定来自于那个夏老头——夏书记那颗强大的脑袋和他那博大的胸怀。

好了，咱们不谈夏老头费了哪些周旋，是通过什么方法做通市委、市政府的工作的，这已经不重要了。重要的是，爷爷的房子终于留存在卡巴什这方土地上了。

爷爷很是感激地对他四儿子说："我的房能留下，一个是靠你，一个是靠夏书记，但没有党和政府的同意，这房子就是说出大天来，也决不会被保留下来的。"

挨了一锛子的首府电视台首席记者、爷爷的四儿子、我的四爹张笑北却不平不圪堆地说了一句："有时候文明也是被惩罚出来的。"他还说："新文明就是两种文明在大碰撞大融合、大融合大碰撞下，双方都会付出代价，乃至流血牺牲才诞生的。这，没有对与错。"

这些话，对我这样一个刚上一年多高中的小后生来说，太深奥了一点，但我想的和他不一样。

我想的是，只要爷爷的房屋没被文明掉，卡巴什的村庄就永远在。这对我这个一贯被爷爷影响，总是给土地和土地爷磕头的子孙来说，是顶顶重要的事了。

这些事，太深太深了。不说了。

现在，我该说说我心爱的蓝尔了！

哟，说曹操，曹操就到了。蓝尔来微信了。

微信上，蓝尔说：想你了！

我回微信：我正在做重大的思考，一会儿再想你吻你！

好了，就说说我和蓝尔吧。

蓝尔去美国留学了，在爸爸张笑天教学的大学里上大学。在美国，她和我爸爸和我的洋妈妈和我半土半洋的妹妹吃住在一起。

爸爸跟我在微信上说：蓝尔很优秀，儿子有眼光！

爸爸这么说，我放心了。最起码，蓝尔在美国留学有了依靠，这让我省去了不少的担心。

蓝尔临去美国前，也就是卡巴什农民秋收就要结束的前两天，她从首府青城回到卡巴什和我告别。现在我能说她来卡巴什是回家了。她决定嫁给我，以后卡巴什就是她未来的家。未来是个什么样子？谁也没见过，也就谁也不知道。而眼下的事我们已经知道，蓝尔就是我的爱人，以后即使她走到天边，这儿也是她的家，除非她弃我而去，不然她到死都无法改变这个“回”了。

我今天咋变得这么抠字眼，因为一个“来”字和一个“回”字抠了老半天。不要烦，我认为“来”和“回”在本质上有着极大的区别，不然古人就不说“差之毫厘，谬以千里”的话了。

这么抠字眼，我是想告诉大家：来，你就是外人；回，你就是家人。以后，我要是说蓝尔回来了，这说明她和我是一条心一家人，要是说她来了，就说明她和我一点关系都没了。

临出国前，蓝尔回来了。

那天正是周五的下午，我也从学校回来了。

真是女大十八变啊！蓝尔的漂亮、蓝尔的美再也不是十六七岁时那种纯粹的单薄的漂亮和美了，她现在的样子是在原来漂亮和美的基础上变得更加成熟更加厚重了，浑身散发着一种袭人而又吸人的强烈气息。当她站在我面前时，我的魂立马没了。我觉得脑袋里什么都没了，忙甩了两甩，脑袋里还是空空荡荡的。

前面，我记得我说过，蓝尔的美把我的心扎了个稀巴烂。现在，我要说蓝尔的美把我的魂吸走了！不然，我的脑袋是不会空了的。

于是，我问：“我的魂哪去了？”

蓝尔莫名其妙地望着我。

我说：“把我的魂还给我！”

蓝尔问：“把你的魂还给你？”

我说：“是！”

蓝尔问：“在哪？”

我说：“在你的身上哩，快还给我吧。”

蓝尔扑上来把我抱住了！

蓝尔又一次拱进我的怀里，我们两个的魂就融在一起了。我搂着她，用另一只眼睛看了一大圈，见爷爷、二爹、杏花婶、王玉成都在笑。我对着她的耳朵低声说："他们在笑哩。"

她说："别理他们！"

他们就出声笑了。

杏花婶说："哟哟哟，牛蛋，你五大三粗的，哪能配得上我家的这苗花树？"

我知道她是夸蓝尔哩，便说："只有最美最香的花树才能配得上我这座雄伟壮观的大山！"

我能看得出，他们对我和蓝尔的选择是合心合意的，尤其是蓝尔的姥姥杏花婶，她恨不得现在就把蓝尔嫁给我，可她嘴上却说："哟哟哟，牛蛋，你可别把偷来的爱情天天挂在脸上！"

我哈哈一笑，很是开胸的那种大笑。

她这话我心里明白，她是说我和蓝尔在十多岁时，在那场嫩嫩的夏雨后，我领蓝尔到树林里采蘑菇时，就把她外孙女的心给偷走了。

我放肆地抱起蓝尔，吼道："没办法，谁让你有这么个天仙般的外孙女哩？！"吼完这话，我抱着蓝尔大摇大摆地走出了大院。

我们哪儿都没去，直端端来到树林里我和蓝尔的爱第一次出轨的地儿。我透过树干望了一眼树林南面那高楼林立的新城，回过身穿过稠密的树干望了一眼树林北边的田野，有人在离我们不足半里地的斜坡上刨着山药蛋。我们顾不了那么多了，双双倒在了树丛下。

随之，我们的激情猖狂得就像一匹烈马在无比开阔的原野上，自由而美好地奔腾着。

青春的焰火在蓝尔的呻吟中无法控制，喷发着生命中最美好的旋律和最亮丽的光彩。我的心如飞奔的马蹄在敲击着大地，随之，整个宇宙就旋转起来了，只听见哥伦比亚莱昂·德·格雷伊夫在我的耳边悄悄低吟：

我玩命，
我赌命。
哪怕最终，
输掉性命……
……

格雷伊夫的句子不错，在这欢愉无比的当头还真给劲，可一声民歌却盖过了他的低吟。民歌是这样唱的：

扳转妹妹肩膀吃了一个嘴，
满肚肚生铁疙瘩化成水。

一疙瘩大炭烧成灰，
今黑夜把身身全给你。

黄羊卧冰为喝水，
你名下送命不后悔。

月亮在前参在后，
真魂魂不离你左右。

火焰燃烧过去，我们俩平展展地躺在树下金色的毛毛草上，闭着眼睛舒着气，静静听着回旋在树梢上空的歌。

我长长舒活了一口气："蓝尔，蓝尔，真好！真舒坦！"

蓝尔闭着眼：“怎么个真好？怎么个舒坦？”

我想了下，回答她：“那感觉就像村人们点钞票一样好，一样舒坦，一样过瘾！”

蓝尔“哧哧”地笑了！

有风吹来，树梢瑟瑟，金色的树叶随风飘落了我们一身。蓝尔捡起一片，看着落叶不禁伤感了起来：

“梧桐树，三更雨，不道离情正苦；一叶叶，一声声，空阶滴到明。”

我一听，她吟的是温庭筠的《更漏子·玉炉香》。我见身边毛草中有花，随手扒开摘了一朵亮眼的小红花，换下她手中的落叶，并以张可久的《水仙子·西湖秋夜今》来冲淡她“不道离情正苦”的伤感：

“蝇头老子五千言，鹤背扬州十万钱。白云两袖吟魂健，赋庄生《秋水》篇，布袍宽风月无边。名不上琼林殿，梦不到金谷园，海上神仙。”

吟罢，把她搂进怀里，我说：“放心走吧，到美国去吧。我会‘月亮在前参在后，真魂魂不离你左右’。不过……”我说出“不过”二字，马上停下了。她问我不过什么，我说：“到了美国别当了美国鬼子的俘虏，不然，我们就做不了‘海上神仙’了。”

她说：“我走了，你也别让别的女孩俘虏了。”

放开她，我拿出一个被折叠成四四方方的白色丝质手帕，放在地上一层一层展开，一张紧贴手帕的纸巾就亮在她的眼前了。尽管白纸巾上那朵牡丹花的红色没那么鲜艳了，但看上去仍然绽放着美丽。

她一看，脸一下就红了。

这是她花蕾欲放时在这个林子里为我绽放的那朵最美的真爱之花。

她说："你还留着？"

我说："留着！"

她说："还给我吧。"

我说："那，你得等到我死了，才能到棺材里取走它！"

她恐惧地看着我，但她恐惧的神情让我更加热爱她了。

我又说："它是我的贴心符，我要戴着它一直到死，再一同合葬在墓里。"

蓝尔一下又拱进我的怀里，她那花儿盛开一般的芳香马上又一次侵袭了我。

星期日上午，蓝尔要回青城到美国去了。

临别时，她恋恋不舍。

她说："别抛弃了我。"

我说："别拿我们的爱情开玩笑！"

她哭了。

我说："我会沿着我们的爱情我们的幸福一路狂奔下去的。"

她还哭。

我说："放心吧。你已经把我彻底判了无期徒刑，就是你想给我减刑都没门，我要在这纯粹的美好的爱情无期徒刑中度过一生，直到死！"

她破涕为笑。

她说："你才把我判了无期徒刑了！"

我问："是吗？"

她答："是。永远的。"

蓝尔要上路了。

她姥爷她姥姥亲自驾车要送她到青城，蓝尔走到车前又返回来，冲我的脸上狠狠亲了一口，又冲着我的肩头狠狠咬了一口，疼得我险些叫出了声。她说："好好记着！"说完，她跑到车前，打开车门钻进车里去了。

车走了，蓝尔也就走了。

蓝尔走了，我的泪才勇敢地冲出了眼眶。我伸手摸着被蓝尔咬疼的肩头，心里热热的。

现在，我打开手机，看着蓝尔"我想你了"的微信，马上给她回复道："你咬过的地方发炎了。"

蓝尔回问道："不会吧？"

我的回复是："不仅发炎了，而且高烧不退。"

蓝尔的回复是："赶快找医生看看。"

我的回复是："谁也看不了，我想你了！"

蓝尔的回复是："讨厌，吓死我了！"

我的泪就流下来了。

不知咋的，最近我的泪特别特别多。

蓝尔回问道："怎么不说话？"

我回复她："现在高烧得厉害。"

蓝尔不回话了。

我又回问她："咋了？"

她还不回话。

我想，她也在流泪。

我忙给她回信："蓝尔，我好着呢。我现在就在房侧山圪蛋上爷爷的大榆树下望着美国的你哩。你别流泪。"

蓝尔回问道："你怎么知道的？"

我回复："我瞭见的，我看见的。"

蓝尔回复："呵呵。"

我回复："心感应到的。爸爸他们对你咋样？"

蓝尔回复："非常好。"

我回复："吻你！"

蓝尔回复："挂了，吻你！"

我回复："OK！"

等她先挂了，我才合上手机。

靠着老榆树，我望着上下村庄。

只有爷爷的一排房屋矗立在一片废墟中，凄凉与孤独又一次袭上了我的心头。

三十三

人们都搬走了。

村庄变成了废墟，一眼望去，树木、道路、山圪蛋、爷爷的房顶上满是尘土的灰色面孔。

爷爷用了两天时间把院落里的尘土一股脑儿清除出去，又把他的牛拉出来拴到门外的老榆树下，烧了一大锅温水，给它清洗了两遍，牛娃才现出原来的模样。爷爷做好这些后，又把犁、耧、锄头、镰刀、杈、耙、连枷等一切农具请出来，坐在一截原木上，用小磨石摩擦得干干净净、明明亮亮，然后取出一包黄油，挨着个儿给它们上了厚厚的一层。

他腾出一间房，又找了一根手腕粗细的长椽靠墙吊起来，把那些能挂的农具挨着个地全挂了上去。他又在它们的下面用椽子木板搭建了一溜平台，把犁、耧、铁锹、筛子、簸箕、箩筐等等不能悬挂的农具一一摆了上去。干完这些营生，他掏四十块钱雇了两个收破烂的人，到场面上把两套碌碡和碌蛋儿也请回了房间，除去铁件上的锈，又给上了一层黄油，把它们推到了墙根边。

村人们走了。

村庄就剩下爷爷的一排房子了。

人也就剩下爷爷一个人了。

我上学走后，爷爷和他的牛娃相依为命生活在这个村庄，哦，这个曾经是村庄的村庄。他孤独了就和老牛说话，说够了再给它梳毛，直至把它梳理得油亮油亮才停下来，停下后再和它说上几句话。然后，他就走进房间一件一件又一件地摸着那些农具，摸够了就坐下，面对它们发上一会儿呆。一发呆，他就回忆，一回忆，他就走进他耕作田地的时代了，他的表情跟着他的回忆也在不断地变化着：一会儿紧锁头眉，一副惆怅的样子；一会儿满脸笑容，一副喜悦的神情；一会儿身体前倾两手紧攥，一副耕种土地的样子；一会儿两臂向上扬上两扬，一副打场扬场的喜悦神情……有时不免哈哈地笑出了声。这一笑，就把他从回忆中笑醒了。笑醒了，他长长地出上两口气，再看看它们，便从房中走出来，站在当院望着村庄。村庄的废墟中有被遗弃的狗呀、猫呀，这儿走走那儿刨刨地寻找着食物。他每天都要多做些饭，喂它们，它们吃饱后，又回到它们曾经居住过的家。他一看到那些不肯离去的狗卧在它家的废墟上，就喃喃道：“我和你们一样，就是一条不肯离家的狗！”

大爹、二爹、三爹还有三老婶嫌他一个人住在老村子里孤独，隔三岔五地回来和爷爷一起吃上一顿饭，说上半天话。他们劝他搬到新区移民新村住，但都被他拒绝了。他知道他们是为他好，都是好心好意，可谁也没说动他。他不怕孤单，就愿意一个人守在老宅子里过他的日子。他对他们说，这地儿我住惯了，是一块养人的宝地，我住着心里舒坦，你们要是让我离开这儿，就顶如让我离命了。他也从他们的嘴里知道，搬进新村的村人都很好，都在忙着放高利贷，都在忙着收取高利息哩。

听说大多数村人把征地款全部放出去了，一个月就能收回十多万元的利息。

大爹张笑东回来给他做工作，让他也把钱拿出来放贷，他不同意。大爹说，如果你对别人不放心，就放给守弓。并说亲孙子不会骗爷爷的。二爹张笑南也回来找爷爷，让他把钱放给他的儿子张守弦，说守弦的公司给新区公家做工程，很挣钱，现在正在接款，月利息给二分半。三爹张笑西也找爷爷，直接让爷爷把钱都给他，利息给二分六。爷爷不仅没给他们放，而且警告他们小心竹篮子打水一场空。并且哀叹道，就像这么下去，迟早要鸡飞蛋打人财两空的！这些话，他对三个儿子苦口婆心地说过，也对村人们掏心掏肺地劝过，可没人听他的。

最后，惹得爷爷一声又一声，长叹连连。

高利贷之风像癌细胞一样，在大漠高原迅猛地扩散着弥漫着，没用多长时间就形成了一场无法抗阻的大风。这场大风，不仅席卷了大漠高原，也席卷了三省临近的市、县、村镇。

这两年，我的耳边老在呼呼地吹着大风。这场大风，他们没有感觉到，我感觉到了，像当年禁牧前刮起的那场风，像当年征地时刮起的那场风，都让我感觉到了。但当下刮起的这场风和前两场大风不一样，那两场大风尽管强烈，但它清净、清爽，而这场大风烧心烧肺、如针如箭，使我砭骨穿心一般难受。

我常常举头望天，想知道这场风是从哪儿刮起的，可我怎么寻找都没找到它的源头。

有一天，我终于找到起风处了：这场大风是有钱人呼扇起来的！

他们放钱收钱数钱、数钱收钱放钱的频率太快、劲头太大，一场本不大的风被他们推波助澜，硬是呼扇成了一场强风。

这场风，把大漠高原上的人刮得只瞭见天看不见地了；这场风，也真真切切地把这里的人吹刮成大土豪了。

土豪这话不是我说的，是城里的市民们这么叫卡巴什人的。

下面我就讲讲土豪们的故事吧。

故事一

时间：2008 年初冬。

地点：高原购物大厦

刚入冬，一天黎明时分，一场小雪飘飘洒洒喜降高原，高原一派银装素裹、分外妖娆的景象。

太阳升起，雪停了。

吃过早饭，银装被暖阳换上了素装。

我嫂子驾着宝马车，拉着原来村里的两位姊妹到市里购物。她们来到高原购物大厦，乘电梯上到女装区，见斜对面铺间两个女人正试穿着一件貂皮大衣。远远看去，我嫂子一眼就喜欢上这件名贵的貂皮大衣了。

三个女人走近，我嫂子见试穿貂皮大衣的女人的个头、身板、胖瘦和自己基本差不多，见她穿上貂皮大衣立马变得雍容华贵大气漂亮了许多，我嫂子立马就爱上了这件貂皮大衣。她走到售货员身边，指着貂皮大衣说：“给我拿一件。”

那位女售货员打量了一下我嫂子，见她虽然穿着一身名牌服装，但浑身透着一股泥土味，心想：看你这样儿，能买得起吗？便对她说了一句：“就这么一件。”这时，只听那女人说：“六万吧。”

女售货员说：“已经给你让了两万块了，不能再少了。”

那女人说：“这样吧，六万五。”

女售货员说：“不能不能，不能赔上本卖。”

跟那女人一起的女人帮腔道：“六万五赶快出手吧，这么贵的貂皮大衣，除了她，还有谁能穿得起？”

女售货员：“六万八千八百八十八，是底价。”

那女人说："不少，那就买不成了。"

我嫂子一听这话，上前从那女人手里一把抢过貂皮大衣，说："六万八千八百八十八，我买了。"说着拿出卡，"给，刷卡！"

她这一举动把那女人吓了一跳。

那女人撩起眼皮看着她，问道："干啥？你这是干啥？"

我嫂子说："我买啦！"

那女人："你懂不懂规矩？"

我嫂子把头一歪："咋啦？"

那女人："我们正在讲价，你从中插一杆，算什么买家？"

我嫂子也不是吃素的，冷笑了一声："你不肯掏钱，你又算什么买家？"

那女人："没教养的东西！"

我嫂子一听这话急了："你才是有人养没人教的东西！"扑上前就要扇她的耳光。要不是售货员拉得紧，那耳光肯定"啪"地扇到那女人的脸上了。

那女人的同伴说："走走走，咱到别处买。"她拉着那女人走出围观的人群后，又说："跟这种人闹，掉价！"

那女人回头骂道："真是个村妇！"

我嫂子跳起骂道："我就是个村妇，咋的啦？你还不是干瞪眼？！"

下面传来一句话："土豪！没受高人指教的土豪！"

我嫂子问，她骂甚？

围观的人笑了。

故事二

时间：2009年夏。

地点：北京。

武大山父子放高利贷一年半，收利近二百万。

父子俩高兴万分。

儿子说："幸好咱没听驼背老汉的话，要不这二百万从哪里来？"

父亲说："这钱来得这么快，就像做梦一样。"

儿子说："是哩，比天上下的刮风逮的还来得快哩！"

父亲说："这么多的钱不知该咋花哩。"

儿子说："买车。"

父亲问："买车？咱家不是有车嘛？"

儿子说："咱那车也叫车？你看看咱卡巴什全把车换了，都换成六七十万的车了，咱也不能落后，不能让人瞧不起。"

父亲说："是哩。可咱家的车咋办？"

儿子说："卖了。"

父亲说："花了三十八万，刚开两年就卖了？"

儿子很坚决："卖了，再不卖就是一堆废铁。"

于是，父子俩把车卖了十多万，到北京买车去了。

飞到北京，父子俩没急着去买车。他们还从没来过首都北京，住下后，他们先到天安门前照了几张相，然后把北京各大名胜古迹游了一遍，觉得玩够了，才去车行相车。

父子俩到了一家汽车名店，一进门，他们没被汽车吸引住，而是让那身材高挑、漂亮艳丽的车模给勾住了。他们一个一个挨着往过看，看到一位仙女一样的模特儿时就迈不动腿了，站下，两眼直盯盯地看人家姑娘。

模特儿被他们看得不好意思了，便问："你们看啥？"

答说："看车，看车。"

又问："看上了吗？"

答说："看上了，看上了，真好。"

又问："我们店的车怎么样？"

答说："名牌，都是顶顶好的名牌！"

一个挂经理胸牌的小伙子走过来，端详了他们一会儿，问："你们买车吗？"

答说："买。"

小伙子问："那你们怎么不看车，光看人？"

答说："人比车好看。"

小伙子笑了："看够了吗？"

答说："没看够。"

儿子问："像这样的名牌姑娘有多少？"

小伙子一听，觉得很逗，便问："你们不是来买车的，是来看漂亮姑娘的？"

儿子说："本来是来看车的，没想一进门，有这么多的大美人，搞得我们忘看车了。"

他们听罢都笑了。

小伙子问："你们要买什么车？"

答说："路虎，Q7。"

小伙子说："有。请跟我来。"

父子俩跟着小伙子先看了Q7，然后又看了路虎。

小伙子问："怎么样？"

答说："好。"

父亲问儿子："咱买几辆？"

儿子说："你一辆我一辆，当然是两辆。"

小伙子叫了一声："妈呀，这是哪路财神？"他几乎叫出了声。他问："二位先生哪里人？"

他们告诉了他。

小伙子说："哎呀，慢待了，慢待了。"

答说："没关系！"

小伙子说："你们鄂市的发展大大超过当年深圳的发展速度了，了不起！"

父亲问："你们知道我们那地方？"

小伙子说："知道，知道，你们鄂市名气大着呢。'羊煤土气'，名震四方！"小伙子又问："二位是煤老板？"

他们摇了摇头。

小伙子问："那是房地产老板？"

儿子回答说："他们算个屁！"

小伙子问："那，你们是？"

父亲答道："农民！"

小伙吃惊不小，说："哎呀，在你们那里连农民都这么富？"

儿子说："快把你们的汽车城搬到我们那里吧，我敢保证，连姑娘带汽车，不出半年就会被彻底消化掉！"

小伙子说："好好好，我一定向我们的老板建议，把汽车城搬到你们那里。好了，请二位富豪选车吧。"

父亲说："咱买 Q7 吧。"

儿子说："买路虎，路虎好。"

父亲说："Q7 好！"

儿子说："路虎好！"

小伙子见他们僵持不下，便问："二位是什么关系？"

答说："我是他大，他是我儿子！"

小伙子没听明白："啥？"

父亲解释道："哎呀，这北京人，连这话都听不懂！我是他老子，他是我儿子！"

"对不起！对不起！"小伙子连连道歉后，建议说："这样吧，你们各买各的不就得了。”

父亲说："好。我买 Q7。”

儿子说："我买路虎。”

父子俩付款时提出了一个要求，让小伙子把他们领出北京，送到京藏高速入口处。小伙子说没问题。他们付款后，小伙子派人把他们送上高速公路，父子二人驾着崭新的爱车就离开北京城了。

父子二人驾着爱车出了张家口，刚到内蒙古地界不久，父亲的车翻了。

儿子埋怨老子："让你买路虎买路虎，你就是不听。看，扣（Q）了吧？”

父亲说："你看，扣了一个圪蛋，就擦了一点漆皮子，人也好好的，这 Q7 就是好。”

儿子说："好甚哩？Q7Q7，才扣（Q）了一圪蛋，还有六圪蛋扣（Q）哩！”

父亲骂儿子："嚼你大大的牙叉勾子哩！”

故事三

时间：2009 年秋。

地点：台湾。

天气一凉爽起来，卡巴什的富爷富婆们坐不住了，思谋着要到外面的世界洒活洒活。一天，社长李占元提议，今年咱们到宝岛台湾溜达溜达，同时也关照关照咱的同胞们。

李占元的提议，首先得到了王玉成和杏花婶的支持，接着一家撺掇两家，两家撺掇三家，没几天就撺掇起七八家二十来号人，跟着旅游团到台湾溜达去了。

到了台湾，他们洒活了个不亦乐乎。一天，走进一家珠宝店，老婆媳妇们眼睛一亮，看着金银首饰珠宝玉器就迈不动腿了。但一看标价她们吓了一跳，便问老板打不打折。

老板说："打。"

她们问："最低能打多少折？"

老板看了看她们，见她们是一群土棒子，心想，就是给你们打到三折，怕你们也没那钱买，便不打紧地说道："买多打多，买少打少。"

李占元见老板瞧不起他们，心里来气了，硬硬地说道："你这老板，问你能给打多少折，你却给我们说'买多打多，买少打少'，这叫甚话？！要是把你店里的东西全买了，就能按零点一折打啦？！"

老板不说话了，抬起眼皮看着他。

王玉成高喉咙大嗓子说道："我们拿上钱还受你个鬼冲打？走走走，咱们到别的店买去！"

老板也急了："哼，全店的珠宝任你们挑任你们选，就是给你们打三折怕你们也买不起！"

李占元："打三折，此话当真？"

老板："一言既出，驷马难追！"

李占元："东西保真？"

老板："绝无假货，假一赔十！"

李占元："给开发票？"

老板："开！"

李占元："好！我们就在你这买啦！"

说完，什么蓝宝石、红宝石、红碧玺，什么白玉、翡翠、碧玉、珊瑚、珍珠等制作成的戒指、项链、手镯、挂件，你三件我五件、我四件他六件地挑选了一大堆，老板看得眼睛一睁一睁，半张着嘴，没话。

杏花婶说："你们爱石头，我喜欢金子。"她走到放金饰品的柜台前，把金手镯、金项链、金戒指、金手链、金耳环挑选了十多件，对老板说："来，给我称上二斤！"

老板感叹："大陆人真富！"

王玉成嘿嘿一笑："没什么，花这么一点钱，对我们来说，"说着伸起手，掐着小指头蛋给老板示意着，"就是九牛一毛！"

故事四

时间：2009 年春节前。

地点：自治区首府青城万豪大车行。

要过春节了，我三爹张笑西想换一台车，就到青城万豪大车行买车。

我三爹走进大厅，问女售车员："有丰田 V8 吗？"

女售货员一听我三爹的口音，向楼上喊道："老板，老板，说那种话的人又来了！"

故事五

时间：2010 年初夏。

地点：钢城购物广场。

刚入夏的一天，我跟着我哥张守弦到钢城购物广场。

我哥看准一件半袖衫，问多少钱，售货的男人一听我哥的口音，便说："五百八十元。"

我看见坐在一边的一个女人吃惊地看着男人。看上去，他俩像是两口子。

我哥问："有没有比这件更好的？"

男人说："有。"

我哥说："看看。"

男人取出三件不同颜色的半袖衫递给了我哥。我哥与前一件比较了一下，觉得好，便问："多少钱？"

男人说："一千八。"

我哥问："能便宜吗？"

男人说："便宜不了多少，也就是一二十块钱。"

我哥说："要是三件全要呢？"

男人说："那就给你便宜三百块钱。"

我说："便宜点吧，三件一千块。"

男人火了："我给你三千块，你给我买上三件！"

我说："那你也不能这么贵！"

我哥骂我："掉价不掉价？！"然后对男服务员说，"全包上。"

我哥付了钱后，到另一家看裤子。我哥前面走，我在后面跟，刚拐过去，我听见那女人和男人说话，便停下躲在一侧听。

女人："二百八十块钱的半袖衫，你咋敢跟他要一千八百块了？"

男人："要得少了，他们看都不看一眼。"

女人："难道他们不识货？"

男人："傻蛋！一块钱的货卖他们一千块，他们才高兴哩！"

女人："你拿钱刀子捅人连眼皮都不眨一下。"

男人笑，说："周瑜打黄盖，一个愿打一个愿挨，活该！对他们这种没文化没素质一夜暴富的土豪，就得这样干！"

我听了，心又疼了好长一阵。

大漠高原，土豪遍地。

有关他们的故事，层出不穷。我不想讲了，一讲，我心里就悲哀。

三十四

村人们搬迁走后的这四年多，爷爷和他的牛一直住在卡巴什村，哦，村庄早没了，那些被推倒的房屋废墟早被平整成了平地，上面长满了榆树。

榆树，大的有两人高，小的有一尺高，它们都是我家门前那苗老榆树和山圪蛋顶上那苗老榆树的血脉。村庄一消失，人没有了，牲口也没有了，老榆树的籽种就活洒洒地从爷爷的老宅子周围成群结队地蹿了起来。

一到开春，这里，满树榆钱儿一片嫩黄；一到夏季，满树一片翠绿；一到秋季，又是一片金色；到了冬季，它们纷纷脱掉华丽的外衣，亮出了它们的本真：有的像大漠高原上的汉子，骨骼分明，雄健有力；有的像塞北农妇，线条健美，面目清秀。

现在，这些榆树全部被新区的园艺师嫁接上了一种叫金叶榆的新品种，相信不出几年，这里就会变成一处金色世界，爷爷就是住在这金色世界里的塞外活神仙！

人们都在忙着放贷收息，而爷爷却陪着老牛住在这里，自自在在逍逍遥遥地看榆树们花开花落。去年，香港的一位记者来采访他，他热情地接待了这位记者。

记者问："大爷，人们说政府给你比别人高出几倍的钱，你都不肯搬出这里，你是为了啥？"

爷爷笑了笑，问："小后生，你出生在农村，还是城市？"

记者答："我出生在城市。不过，我爸爸出生在农村。"

爷爷"哦"了一声，问："你爷爷还健在？"

记者答："健在。"

爷爷又问："住在农村，还是住在城市？"

他这么一问，记者就搞不清了。他心里说，这老汉，我问你为啥不搬走，你却问了我这么多。便说："大爷，我在采访你，你倒先采访起我来了。"

爷爷笑了："你先回答我。"

记者问："回答你什么？"

爷爷又问："现在，你爷爷住在农村还是住在城市？"

记者答："农村。"

爷爷点着头："这就对了。"

记者问："对啥了？"

爷爷一笑："你问我什么来着？"

记者说："我问你为啥不肯搬离这里。"

爷爷一眼一板地回答道："这事，你回去问你爷爷。"

记者说："我爷爷是我爷爷，你是你。"

爷爷说："一样，我们一样，土地是我们的命！"

记者问："现在全国都在大搞城镇化建设，你怎么看？"

爷爷答："好事。"

记者问："那你为啥不搬到城市？"

爷爷答："我搬不搬，跟城镇化建设没关系！"

记者见问不出什么，又转向了另一个问题。他问："你对当前民间放高利贷怎么看？"

爷爷答："有钱人在兴风作浪！"

记者问："能不能谈谈你的具体看法？"

爷爷说："这就是我的具体看法。现状如何，我就不知道了。你要是想知道更多的情况，我给你叫一个人。"

记者说："那就谢谢大爷了！"

爷爷拿出手机给马三贵打了一个电话。过了半个多小时，马三贵开着路虎来到大门外停下，从车上抱下一颗大西瓜走到榆树下，放开嗓门吼道："老叔，拿上刀子到大榆树下来！"

爷爷在屋里问："要刀子干甚？"

马三贵喊："杀瓜！"

爷爷拿着刀子，领着记者来到大榆树下，把刀子递给马三贵，马三贵接过刀子打量了一下记者，问："他是谁？"

爷爷介绍说："他是香港来的记者，这位是我们社副社长马三贵。"

记者与他握手："马社长，您好！"

马三贵牛气哄哄地和记者握了握手，说："前一向，一个美国记者来采访，回去后在报上发了一篇狗屁文章，说我们卡巴什新城是一座鬼城。这简直就是鬼人说鬼话放他妈的鬼屁！你这个香港记者来采访，不会学那个美国鬼子胡说吧？"

记者说："不不不，不是啦。"

马三贵问："不是就好。你怎么称呼？"

记者说："我姓易，就叫我易记者吧。"

马三贵说："好，你稍等。"他把西瓜放到树根边，然后向屋内走去，不一会儿，他搬着炕桌和两个小板凳来到树下，将炕桌和小板凳摆好，说："老叔请坐，易记者请坐。"

爷爷可能觉得坐板凳不如坐在老榆树根上踏实牢靠，没往板凳上坐，一屁股坐在树根上靠着树身。

三贵把西瓜抱到桌上，在瓜屁股上切下一片瓜皮，用瓜皮洗了洗刀子："开瓜啦——！"随着喊声，刀起刀落，西瓜就成两半了。

西瓜瓤口极好，瓤红子黑，鲜美馋人。

马三贵切了一瓣递给易记者，易记者接过咬了一口，赞道："哇噻，爽极了！"

爷爷和马三贵笑了。

他们吃着西瓜，开始一问一答起来。

易记者："你们搬迁到新城，农民的生活过得如何？"

马三贵："好啊！"

易记者："怎么个好法？"

马三贵想了想，说："这么给你说吧。没征土地之前，我们是——

三间土房一圈羊，
两条老牛耕地忙；
一年四季汗珠掉，
吃饱肚皮不挨饿。"

易记者说："太好了！"边说边在微型电脑上飞快地记录着。记录完，他干脆打开录音器，问："那征地以后呢？"

马三贵清了清嗓门，说："具体说来，大至情形是这样——

一夜之间起大风，
土地房屋全被征；
农民一下变市民，
怀揣百万搬进城；
开奔驰，坐宝马，
气得市民干眼红；
从此花钱不用愁，
逍遥自在赛富翁！"

易记者说："城里这么好，那么这位老爷子为啥不跟你们一起搬到城里去呢？”

马三贵：“境界！超脱！”

易记者：“你是说，老爷子没有境界？”

马三贵：“错！今天的人见钱眼开、为钱奔命，唯有这老汉不是！眼下，没有一个人能达到他这种大境界、大超脱！”

易记者点头称赞，说：“好，说得好！马社长，请你谈谈农民有了钱进了城，人性生态有什么大的变化？”

马三贵没有理解，问：“人性生态？”

易记者：“是，换句话说就是，人的品质、性格等方面有没有大的变化？”

马三贵：“嗐！大得海了去了！”

易记者：“请马社长说说都有哪些方面的变化。”

马三贵：“哎呀，这不能随意说，得容我想一想。”

易记者：“好好好，你想，你想。”

马三贵拿起一大牙西瓜，边吃边思谋着。一大牙西瓜下肚后，他回头问爷爷：“老叔，咱们村的人都变了，跟从前比，变得就像两个人似的。你说，该不该跟香港记者说？”

爷爷伸手拿了一牙西瓜，吃了两口，说：“能说，但别谄着捏着说。”

马三贵长出一口气，说：“易记者，那我就概括起来给你说上几句？”

易记者高兴了，忙又打开录音器，说：“马社长，请说。”

马三贵说：“那我就从放高利贷说起吧——

高贷大风刮将来，
手里票票翻几倍。
比穿比吃比阔气，

没了过去情和义。
土豪气派大显摆，
六亲前面耍大牌。
见了同学头高抬，
见了好友往死吹。
有钱的外人搂在怀，
没钱的亲朋往外踹。
只认钱来不认人，
一切情义脚下踩。
待人做事没诚意，
咋咋呼呼天上飞。
找不着东，找不着北，
自个不知自个是个谁。
人间世态一夜改，
悲哀悲哀多悲哀！”

爷爷听了嘿嘿地笑了，心想：别看这小子平时咋咋呼呼，这说起话来不仅能说到点子上，而且还串话连篇、一套一套的，挺有才。但，他没作声。马三贵让易记者大开眼界，引起了他极大的兴趣，便拿出了他当记者的一身本事，对着马三贵巧舌如簧、穷追不舍起来。

易记者说：“马社长，你说得太好了，谢谢你！我还有几个问题采访你，请你务必跟我谈谈。”

马三贵：“还有问题？”

易记者：“是是是，请你谈谈好吗？”

马三贵：“你问。”

易记者：“在征用土地时，政府对你们农民怎么样？”

马三贵一听他提的这个问题，马上警觉了起来，便说："挺好。"

易记者："在搬迁安置工作方面，你们农民满意吗？"

马三贵："挺好。"

易记者："农民进城，政府对农民的再就业问题是如何解决的？"

马三贵："挺好。"

易记者："马社长，你不能老用'挺好'二字回答我，请具体跟我说说，到底好在什么地方。"

马三贵心里骂道："老子看你跟那个美国记者差球不多，都是一路货色！想给我们卡巴什扑灰？球门儿也没！这是我们自己家的事，和你们无关！"但他还想听他要问什么，便问："你想知道甚？尽管问。"

易记者引导他："听说，政府征用土地给农民的补偿费不足，农民集体抗议，遭到政府的强制打压。还有，听说在房屋拆迁上，政府也是采取了强制打压手段。在这些方面，请马社长给我详细地讲讲。"

马三贵："强制打压？嘿，有些时候，强制打压能出文明哩！"

易记者："此话咋讲？"

马三贵："你自己想吧！"

易记者："我想听你讲。"

马三贵："就一句话，恐怖分子不打压，世界还能安宁还能文明吗？"

爷爷给马三贵竖了一下大拇指，而易记者却缠着马三贵不放。

马三贵烦了，拍了一下他的肩："香港同胞，咱是中国人，千万别学美国。美国就是一只巨大的绿头苍蝇，不往高处飞，光往茅坑钻，然后扛起搅屎棍，把整个世界搅得臭气冲天，鸡飞狗跳。

易记者，千万别老盯着茅坑看，要是这样，你看到的永远是阴暗，永远是肮脏。好啦，易记者，从咱中国大地上升起的太阳永远是红的，阳光照在人身上永远是暖的，美好永远在咱中国哩。再见！”

马三贵说完这排子话，往起一站，抛下记者走了。

这次采访，对易记者来说是失败的。他不仅没有得到他想要的信息，还让马三贵给他上了一堂课，这，令他很不高兴也很不满足。不满足，就不死心，他就想从爷爷身上了解到他很想要的东西，便和爷爷一边吃西瓜一边攀谈起来。他问爷爷，别的房屋都被拆除了，为何你的房屋没被强行拆除。尽管爷爷九十多岁了，但脑子一点都不糊涂，不然他就不会给马三贵竖大拇指了。他说，是市委、市政府留下来的。易记者问是吗？爷爷说，是，不仅留了下来，而且把我的这排房子当成我们这座新城的民居博物馆了。易记者说，这市领导还挺有远见的。爷爷说，是哩，不仅有远见，而且还很伟大哩。随后，易记者转转弯弯又问了爷爷好多问题，得到的回答都没使他如愿。最后，不能说让他扫兴而归，也可以说是让他带着遗憾而去了。

三十五

天空灰腾雾气。

耳边风声哗啦哗啦的，我伸出手，并无刮风的感觉，但这哗啦声分明就是刮风的声音。

定下心静静听，我一下子明白了，这声音是人们数票子数得煽呼出来的。

是啊，现在大漠高原上的人很忙，忙得不可开交。忙啥呢？都在忙着“鸡生蛋，蛋生鸡”哩。而这几年爷爷也没闲着，老忙着往他的大姑娘家跑。

就说去年吧，三月和九月，我一开学，爷爷就领着他的牛娃到他的大姑娘、我的大姑家去了，而且一走就是两三个月。

今年春上也是。爷爷走了，害得我一到周六日就没处去，只好这个礼拜到大爹家，下个礼拜到二爹家，下下个礼拜到三爹家，就这样，我轮着到三个爹爹家住上两天，吃上两天。尽管三个爹爹都亲我，我一去尽做好吃的给我吃，但我总觉得不如跟爷爷住在一起舒心。

那天，爷爷回来了，我心里有怨气，问："你咋老往大姑家跑？"

爷爷说："那里好啊，那里有山有水有土地。"

"好甚哩？不就是想到姑娘家住嘛，让我没处去！"这话一出口，我马上意识到我太不懂事了，于是忙给爷爷赔了一个甜蜜的笑脸。

也许这一笑起了作用，爷爷没批评我。他说："这回好了，都办妥了。不去了，以后再去就不回来了。"

什么都办妥了？什么再去就不回来了？爷爷的话立马让我生发了满肚狐疑。

我转了个大弯子，问他："你去大姑家一定是办大事，是吧？"

爷爷对我笑了下，说："以后告诉你。"爷爷不想说，我也不便再追问下去了。

大姑张笑梅家离我们这儿有四十多里地儿，穿过乌兰木伦河大桥，向西南再走二十四五里路就到了。那地方过去满山满沟生满了野山杏，故取名山杏坡。山杏坡地理地貌属丘陵地带，是半农半牧区，盛产玉米、土豆和羊肉，尤其山羊肉特别好吃，远近闻名。

那天，爷爷从大姑家回来时特地给我带回一件山羯子肉，爷爷炖熟后，我一个人就吃了一多半。

爷爷见我狼吞虎咽，高兴得满面似花。

他刚刚还高兴地在笑，现在却笑脸一收长叹了一声。我懂他长叹的意思，他在为他的三个儿子两个孙子担心害怕哩。

我的三个爹爹也真是的，都快七八十岁呀，还吃不住钱的诱惑，跟上大风扬黄土，把手里那些钱折腾得像刮风一样哗啦啦地直响。我的两个哥哥就更不用说了，借开厂子、开公司的名义，像两台大型吸尘器，把三亲六故亲戚朋友的钱吸得干干净净，然后以更高的利息放出去，从中赚取更大的利润。听说，我这两个有本事的哥哥居然在三年不到的时间里各赚了近一千万！

爷爷警告他们说："赶快歇手，该收的往回收，该还人家的还人家。"

他们不仅不听，有时还呛爷爷说："你不听话，要是把你手里的那四五百万放出去，现在早变成一千万了！"

爷爷说："听话吧。你们只看见了利，没看见害！"

他们答说："人为钱死，鸟为食亡，只要有利可图，那怕甚哩？！"

"听话吧。"爷爷又说，"老祖宗说，天作孽，犹可存；自作孽，不可活！你们这是自作孽啊！"

他们现在有钱了，翅膀硬了，不仅不听爷爷的话，反而还呛爷爷，他们说："老祖宗！老祖宗！你整天就记得个老祖宗！老祖宗的那个时代能跟今天的这个时代比吗？"

爷爷听后，连连哀叹。

后来，他们嫌爷爷麻烦，躲得老远老远的。再后来，干脆连爷爷家都不来了。

二〇一一年秋天最后一场风刮过，接着，一场大雪从天而降，纷纷扬扬地下了两天，把大漠高原上空被风吹起的尘垢全部给压下去了。

一天下午，我三爹张笑西风风火火地跑来，一见爷爷的面就说：“大，完了！”

“完了？”

“天塌了！”

爷爷知道了，知道三爹说的话啥意思了，他害怕的这个日子还是来了。

这，我当然也明白。我说：“驾！数着数着把钱数没了吧？”

“去！到一边去！”

三爹从没跟我发过火，今天他跟我发了！

我不怕，我也发火了。爷爷多次劝导他们别放贷，他们就是不听。我说：“驾！这回你们把天给吹塌了吧？！”我又说：“你看，火山爆发了，大风把天刮塌了，这就是人过分贪婪的结果！三爹，认了吧。”

“哼！钱是命命是钱，钱命紧相连！”三爹几乎吼了起来，“我豁出去了！”

“好了！”爷爷制止道，“奔六十的人了，一点气都撑不住！是什么情况？”

三爹说：“洗煤场老板上吊死了，房地产老板跑了，放出去的钱全要不回来了。”

爷爷问：“现在，外面是什么情况？”

三爹苦着脸，说：“煤炭大降价，楼房卖不动，老板们不仅不给利息，连本钱也不给了。现在，所有的人都在讨债。”

爷爷听后不禁长叹了一声：“孽报啊！完了，讨债大战爆发了！”

三十六

也就是在这一年的六月，我高中毕业了。

我没参加高考，这是爸爸的主张。他让我在陪好爷爷的情况下学好英语，为日后去美国生活打通语言关，为此，我报了英语专修学校。后来爸爸还告诉我，蓝尔很好，大学毕业了，在读研，让我安心。其实，蓝尔的情况我知道，每个礼拜日我俩都要视频一次，什么什么的情况我都一清二楚。只是，只是一看到美若天仙的蓝尔，我的心就飞起来了，恨不得一下飞到她的身边。但，现在不能，我要实现我的诺言，我要尽到我的孝道，为爷爷养老送终。

尽管爷爷多次催我去美国，但我没去。

好在我没去，到今年十一月份，大漠高原上的讨债大战开始如火如荼地上演了。要是我走了，就什么也看不到了，什么也听不到了，什么什么的事儿也就无法给大家讲述了。

现在我知道，还有很多人在关心我和蓝尔，谢谢了！至于我俩最后能不能喜结良缘成为终身伴侣，这事儿取决于蓝尔。因为通过视频我发现蓝尔出息多了，以后还爱不爱我这个土棒子，两说。但，我是相信爱情的。

好了，咱还是回到放高利贷的事上来吧。

我好长时间没去大哥张守弓家了，今天上完英语课，时间还早，我在街上溜达着溜达着就溜达到了我哥家。一开门，一股冷森森的气息扑面而来，再一看，我大嫂坐在单人皮沙发上哭着，我大哥躺在三人皮沙发上，两脸涌成猪肝子一样，一句话不说。见此情形，我马上后悔了，我来得不是时候，他俩一定是干仗了。

来了，我就不能退出去，可他俩谁也不搭理我。不搭理就不搭理吧，谁让我是我们兄弟姐妹中最小的一个呢？他俩不理睬我，我来理睬他俩。

我说："咋啦，是点钞票点烦了？还是数钱数累了？咋不理我？"

他俩无语。

大哥张守弓听了我四爹的话，开办了砂石场，钱像河水一样哗哗啦啦地往家里涌。这么说吧，卡巴什新城建设的速度有多快，他们的钱来得就有多快。不到八年，一座超前的现代化新城就矗立在高原大漠中了，在这八年中，他们挣了多少钱，想一想就知道了。

在这八年里，我大嫂整天忙着数钱看钱、看钱数钱，数钱数得两手磨起一层厚厚的老茧。大哥为讨好她，把整捆整捆的票子往家搬，让她看让她数。一次，大哥对我二爹的大儿子张守弦说："你嫂是我最大的点钞机！"

后来，我嫂点钱点上了瘾，觉得我哥给她挣的钱不够点不够过瘾，她见人人都放钱赚大利，也坐不住了，把家里的钱陆陆续续放了高利贷。收到几笔利息后，她觉得比大哥开砂石场来钱还来得快，就跟娘家的舅舅、姨姨、姑姑、表哥表弟、表姐表妹以一分五的利息贷上钱，再以三分钱的高利放出去，不到一年，大嫂光利息就赚了二百多万。

为此，大哥跟我夸赞说："你大嫂极有脑子，会借鸡下蛋哩！"

这让我、让我们张氏家族羡慕不已，都夸我大哥找了一个"会借鸡下蛋"的好老婆！

今天，他们不知怎么了？

两口子打仗了吗？不像。

两口子闹别扭了吗？也不像。

要不，那就是放出去的钱出状况了？不然，他们绝不会一个哭一个脸色涌得黑紫不作声。想到这儿，我立马为我说他们"点钞票点烦了"和"数钱数累了"的话后悔起来。

我挨着大哥坐下，问："大哥，咋了？"

大哥说："问你大嫂。"

大嫂还在抹泪，我站起抽了两张纸巾递过去，说："大嫂，别哭了，这倒究是咋啦？"

大嫂泣不成声："我的宝马、你大哥的大奔被债主扣走了，我们的资产也被法院查封了。牛蛋，以后这日子咋过呀？"

听了大嫂的哭诉，我险些晕了过去。

我不想说他们了，爷爷曾多次让他们歇手别放高利贷，可他们不听，这能怨谁呢？

下面，说说杏花婶他们吧。为什么要关注他们呢？因为他们是蓝尔的姥爷姥姥，将来如果不出状况，他们也是我的姥爷姥姥，这样一来，我就不得不多用些心去关心他们。最近，在他们身上发生了一件事，让我心里很是难过。

大年逼近，卡巴什新城大街小巷早早挂起了大红灯笼，广场、路口用各种各样的名贵材料搭建起了各种各样的大型景观。这些景观造型优美、豪华绚丽，一眼望去，极富视觉艺术效果。

卡巴什新城浸泡在一派浓浓的年味之中，显得格外喜庆、格外祥美。而迁进新城的农民们乱套了，放出去的高利贷一分都要不回来，急得他们像热锅里的蚂蚁乱成了一团，根本就顾不上过年不过年的事了。

一天黄昏，我在我家门前的榆树林子里背英语，忽然隐隐约约听见有人在哭，我拨开密密麻麻的小榆树顺着哭声寻去，只见蓝尔的姥爷姥姥正在原来宅基地上的榆树苗和杂草丛中头抱着头呜呜低哭着。

看到他们这样，我心里酸酸的。

只听杏花婶低鸣道："玉成，你回去吧，让我一个人在这儿好好哭上一阵儿。"

玉成叔说："不要哭了，让人听见笑话呀。"

杏花婶说："唉！日子都过成这样了，还怕谁笑话哩。"说完，她又呜呜地哭了。

我听不下去了，回到家里把这事给爷爷说了。爷爷听后，让我去叫他们俩。我去叫他们，他们俩怎么也不肯来，最后，我编谎话说爷爷有话对你们说，你们不听就误大事了，这才把他们哄到爷爷家里。

爷爷从箱子里取出三万块钱，递给杏花婶，杏花婶又哭了：“别别别，我们有哩。”

爷爷：“那你们咋了？”

这么一问，杏花婶的泪扑簌簌地掉出来了。她说：“心里头难活哩。”

爷爷说：“不要难活。给，钱不多，够过年用了。”

杏花婶说：“叔啊，年好过，以后的日子可怎么过啊。”

爷爷说：“该咋过就咋过，天无绝人之路。”

杏花婶说：“话是这么说。以前有土地有牛有羊，再穷再紧，年景再不好，也不愁过日子。现在搬进那干石头街里，钱也没了，想种几铧子地，地也没了。叔啊，我们咋活呀？”她话还没说完，又呜呜地哭了。

爷爷开导他俩说：“不怕，人活得三起三倒才活得有滋味。眼前这点困难，咬咬牙挺过去，后面的日子好着哩。”

玉成叔这才开口，问：“叔，你算过后面的日子会好起来？”

爷爷说：“我看过，我也算过，把这个年头度过了，咱卡巴什的日子可要好哩，可要富裕哩。”

爷爷这么说，我想他是在安慰他俩，在给他俩提神鼓劲，让他俩打起劲头往前走哩！

我说：“不要愁，不要怕，过几年蓝尔就从美国回来了，有蓝尔和我哩。”我也很想安慰安慰两位悲观失望的人，就没头没脑地说了这么一句话，让人听来好像蓝尔非我莫属了。即便是这样，其实我也不应该这么说。那该咋安慰他俩哩？我不知道。

杏花婶不哭了，她问：“牛蛋，你多会儿去美国？”

她这么一问，把我难住了，我转脸看爷爷。

爷爷说："快了，今年就让他去。"

杏花婶问："牛蛋走了，你咋办？"

爷爷笑了一下，说："好办，我去他大姑家住。"

杏花婶担心了，问："那，你的三个儿子肯定不愿意。"

爷爷说："老大、老二、老三他们住楼房，我不爱住，我到大闺女家住。好了，今晚你俩别走，我好长时间没吃杏花做的饭了，咱一起吃上一顿饭。"

杏花婶看玉成叔，玉成叔对她点了点头。

杏花婶问："想吃甚？"

爷爷说："炖羊肉。"

吃过晚饭，临走时，爷爷给他们钱，他们不拿。

杏花婶说："我们哪有脸拿你的钱？当年你特意安顿我要捂紧钱口袋，别往出放，我们没听你的话，才落下了这罪果。"

爷爷说，别说你们了，前两年我看见那钱像刮风一样往你们腰包里刮，我还险些放了出去。好了，现在好了，好在这场风仅仅刮了三四年，要是再多刮上几年那就麻烦更大了。好了，都过去了。随即，爷爷又把那三万块钱递给玉成叔，说："给，拿上。过起年，别老在家里坐着，出去打工，渡过这个难关！"

玉成叔说："是哩。可这钱我们不能拿。"

爷爷发火了："咋不听话？乡里乡亲的，谁有难处，大家伸出手帮衬上一把，这难不就渡过去了？"

玉成叔看杏花婶，杏花婶说："叔……"她又要哭。

爷爷说："杏花，把以前那精明、强干、泼辣劲拿出来，照样能过好日子！"

杏花婶流着泪，重重点了点头。

他们走后，我问爷爷："他们放出去的钱，能要回来吗？"

爷爷的回答，是一声长长的叹息。

这一声长叹，我能读懂：放出去的高利贷想要回来，怕是难上加难哩。

三十七

二〇一一年的大年在有人欢喜有人愁的氛围中度过去了。

过罢大年，我四爹张笑北从首府青城回来，跟我二爹的大儿子张守弦要钱来了。

三年前，四爹这位大记者也禁不住钱的诱惑了。他见身边的同事纷纷往大漠高原放款，眨眼工夫，同事们有的换了车，有的买了房，而他还是开着那辆四万多块钱的奥拓车，这让他坐不住了，就把一家人省吃俭用存下的二十万块钱，加上用房子抵押从银行一分一厘利息贷了的三十万元，共五十万,一起放给侄儿子张守弦。

当时，有人给他三分多利息，他没给，他认为最可靠最保险还是放给自己的侄儿。侄儿子在他心目中很优秀，不仅有经营公司的头脑，而且为人处世真诚实在，另外，在众多侄儿子当中，这个侄儿子跟自己走得最近最亲，于是，他把五十万块钱以二分八厘的利息放给侄儿子张守弦，每个季度一结息。可是，每到一个季度，侄儿子长不说长、短不说短，一分利息都不给他往卡上打，而四爹四妈每个月要拿出一个人的工资还银行的利息，这让一家人的日子过得紧巴巴的。四妈几次催四爹跟他要利息，可四爹每次见到张守弦就张不开口了。四妈就埋怨四爹，四爹开导四妈说，守弦就是骗谁也不会骗自己的亲爹爹，你就放心吧。

到了二〇一二年三月，四爹跟银行贷的三十万元到期了，如果款还不上，他的住宅就会被扣押抵贷。在这种情况下，四爹给张守弦打电话，让他连本带利一次性给他打过来。可是等了几天，张守弦没给他打款。他再次打电话，张守弦就不接了。他再打，他还不接。一连两天，四爹不住地给侄儿张守弦打电话、发短信，张守弦不仅不给他回电话，就是连一个短信都不给他回。这让他着急上火了，一天到晚站也不是坐也不是，连干工作的心情都没有了，不到两天，四爹的嘴唇上起了一层水泡。强等到周五，四爹开着那辆旧奥拓车回到卡巴什，爹爹侄儿子一见面，侄儿子那脸色真叫个难看，就像四爹倒短下他五十万块钱一样，看都不看四爹一眼。

四爹问："钱给我准备好了吧？"

侄儿子说："准备什么呀？哪有那么多的钱给你？！"

我一听这话，心里"咯噔"一下。你听他这口气，简直把四爹当乞丐了，就像四爹过不了日子在和他乞讨一般！

我哥张守弦的话音一落，只见四爹抬起眼目光锋利地盯了他一眼，就凭四爹这一眼，我知道张守弦这位没读过几本大书的大款、大土豪今天摊上麻烦了，而且是谁都不愿撕破脸面给他找麻烦的那种大麻烦。他今天死定了。他今天要牛逼的对象选错了。他今天面对的债主不是别人，是他爸爸的亲四弟，他的亲爹爹，大知识分子、大记者张笑北同志。我知道，我哥张守弦面前的这位大知识分子、大记者对自家的晚辈决不会斯文，有了错更不会客气，他不会给我们这些晚辈惯这些目无长辈、自以为是的坏毛病！他曾经骂大哥张守弓"肤浅"，今天他要骂张守弦什么呢？我想，我哥张守弦这一副翻脸不认人的无赖架势，四爹是不会轻易放过他的。

果然，四爹从沙发上一拍而起："你说什么？哪有那么多的钱给我？是你短我的钱，还是我平白无故跟你要钱啦？"

张守弦不作声。

“说！你把我当成什么人啦？！”

一声大喊，把我二爹我二妈吓了一跳，都睁大眼睛看着暴怒的我四爹。

张守弦不识好歹，斜着脑袋睖起眼睛盯着四爹。

四爹根本不在乎他这副架套：“这几天，你为什么不接电话？不回短信？！”

“我没钱！”

“没钱就不接电话、不回短信啦？你不会出气啦？！”四爹喊问道，“你们老婆汉子一人开着一辆二百多万的奔驰，整天穿金戴银、花天酒地就有钱啦？啊？！”

张守弦被喊问得低下头了。

四爹又喊问道：“你当时咋说的？五十万块钱，月利息二分八，三年期限，利息一个季度一结，三年到期，本钱一次付清。这是你说的吧？”四爹说：“三年了，你没给过我一分一厘的利息，而你长不说长、短不说短，装得就像没这么一回事一样。什么做法？！”四爹说：“这五十万块钱有三十万块是从银行一分一厘的利息贷的，期限为三年。这你知道吧？三年了，光这三十万块钱我给银行打利息就是十一万一千七百块钱，你不仅不领情，还这种态度！今天，当着你爹你妈的面说清楚，我的钱你是给还是不给？”

我二妈忙给儿子张守弦使了一个眼色，要儿子马上答应四爹。

张守弦勉强从嘴里挤出一个字：“给。”

四爹问：“什么时间给？”

张守弦：“现在。”说完，他站起就要走。

四爹说：“坐下！”

张守弦：“我给你取钱去。”

四爹说：“现在银行下班了，明天一上班，你把钱打过去。”

二妈很精明，知道四爹留下守弦要处训他了，忙倒了一杯茶递给四爹说："让守弦给你准备钱去吧。"

四爹接过茶杯，长叹了一口气，说："你们都坐下，我还有话说哩。"他喝了两口茶，"守弦，你要给四爹说实话，你倒究跟外面借贷了多少钱？"

张守弦："不到四百万。"

四爹："就这点？"

张守弦："就这点。"

四爹："外面欠你多少钱？"

张守弦想了想，说："政府欠我一千来万。"

四爹："政府给不了你？"

张守弦："全给不了，每年给一部分。"

四爹："这还好说。"四爹说："守弦，你是我侄儿，和我亲儿子一样。谁能骂你了？你爸你妈，还有我们这些当爹爹的才能骂你，还能揍你了，我们不能看着你们走错了路不去阻拦你们。守弦，你变了。"

张守弦："我没变。"

四爹说："你变了，现在的你，变成了一个很扭曲的人。你变得不知天高地厚，甚至目中无人，这让四爹非常伤心。不是因为你欠我钱，我才骂你。今天你敢对四爹这样，那么对外人就可想而知了。守弦啊，我、你五爹，让你爷爷，让你的爹爹、你的爸爸妈妈，甚至让你们都感到骄傲、荣耀，而你大哥守弓和你成长为一个企业家，又让我们感到多么的骄傲、自豪。可你们变了，短短的五六年光景，钱把你们的脑子、把你们的心、把你们的真诚、把你们的善良、把你们的信义全烧没了。"

四爹说这番话的时候，二爹一直在点头，二妈的脸色好看多了，也在认真地听着，我哥张守弦有什么反应，我没看见，因为他一直深低着头。

四爹继续说道："守弦，你才三十多岁，你知道你还有多么大的前途？我告诉你，你的前途你的潜力大着呢！下面四爹的话，你听了你就照上去做，不听就当四爹没说过。据高级经济专家分析预测，大漠高原的经济发展用不了多少年的时间就会重放光芒，还会一片大好，你的潜力、你的前途将在那个时候体现出来，而你的事业在那时会更加辉煌。但，一个企业家即使具备了一切条件，还必须具备一个最基本最重要的条件，守弦，这个条件是什么？你说说。"

张守弦答："经营头脑。"

四爹说："嗯。还需要什么？"

张守弦答："财力、物力、人力资源。"

四爹说："嗯，还需要什么？"

张守弦摇了摇头。

四爹说："最最重要的就是信用、信誉。如果一个企业连最基本的信用、信誉都没了，谁还敢与其共事、与其做买卖呢？你说是不是？"

张守弦说："是。"

随后，四爹跟张守弦谈了很多，让他从现在开始想办法，把借贷别人的四百万主动还给人家，别等人家逼上门才给。我哥张守弦说，如果把这四百万还了，企业就不好周转了。四爹说，这钱你想赖是赖不掉的，这钱是人家的卖地钱卖命钱，是人家苦一点汗一滴挣来的血汗钱，到时你不还，人家就会跟你拼命。再说，如果你黑了人家的钱，就会遭到社会无情的谴责、公众的唾骂，你这个人就失去了道德、失去了人品、失去了诚信！你说，这样的一个人活得还有什么价值？还有什么意义呢？守弦呀，这钱，你迟还不如早还，早还不如现在就还。张守弦说，现在好多老板不仅不给利息，连本钱也顶住不给了。四爹说，我知道你受了他们的影响才这样的。守弦啊，这钱就是能赖，咱们也不能赖。咱张氏家族决不做这种昧良心、缺大德的事。据我了解，目前有大部分人有钱不还，想黑掉人家的钱，这是痴心妄想！到那时，政府不会坐视不管，司法机关一旦介入，他们一个都逃不掉。这叫什么罪？这叫非法吸取民间资本罪！如果你不还，你就逃不掉法律的惩罚，到那时，你后悔都晚了。现在你想一想，在目前这种要钱比要命都难的情况下，你把你所借的钱按银行存款利息连本带息一次还给人家，这不仅能让你安安然然过日子、放放心心搞企业，而且你会得到一个巨大的回报。你知道这个回报是什么？张守弦琢磨了一下说，是信用、信誉。四爹说："对，就是信用、信誉！这顶如你拿上本是人家的钱还人家，而你却得到了一个拿上四百万想买都无法买到的巨大回报，那就是政府对你的信任、社会对你的信任、公众对你的信任！你有了信誉、信任这两样无形资产，它给你带来的财富绝不是四百万，而是四千万、四亿万、四十亿万、四百亿万！"

张守弦彻底明白了，也激动了，他一把抱住四爹，半晌无语，随后他说："走，四爹，我请你老人家喝酒！"

四爹问："就请我一人？"

张守弦："对。今天就请你一个人，侄儿子还有好多事要请教你哩！"

他说完，拉着四爹开门走了。

二爹透过窗户看着外面和好如初的叔侄俩，对二妈说了一句："我早就愁上了，这回放心了，儿子得救了！"

三十八

一个非法融资五个多亿的老板上吊死了。

马三贵、张笑西等四人喝醉酒，把他家的祖坟给刨了！

融资老板上吊的消息一传出，把所有给他放高利贷的人惊炸了。

短短几天，就有四千多人到市打击非法融资办报了案。要是把这四千多人集结起来，该是一个多么庞大的集团军啊！

而我们村的马三贵、张笑西等四人，仅仅是这支庞大的放贷队伍中微不足道的几个人，他们一了解，融资老板一年前跟妻子离了婚，自有现金和财产合起来不到两千万！

他们一听，感到天旋地转，眼前黢黑一片。

他们的天塌了。

他们的命没了。

他们不知道自己是怎么走出打非办的，也不知道又是怎么走进一家小酒店的。

四个人要了三瓶烈酒，点了两样下酒菜，谁都不说话，你一杯我一杯地喝着。喝着喝着，我三爹张笑西哭了，他说："咋办呀？跳楼死了吧，丢下老婆娃娃咋过呀？不死吧，我们活命的钱没了，一家人又咋活呀？"

他这么一说，四个大男人"呜呜"地哭了！

酒店老板娘以为出了什么状况，走过来问他们怎么啦。

他们说："老板娘，你还没见过我们大男人这样吧？"

老板娘说没见过。

"我们心里难活哩，你就让我们哭上一场吧！"

老板娘四十多岁，看上去宽眉展眼，很是大气。她知道他们有难了，便坐下宽慰他们：“你们不要这样，让人看见笑话呀。”

“连命都顾不住了，还怕人笑话哩？”

“你们到究遇到什么困难了，我能不能帮助你们？”

这真是一句暖心的话！

四个男人又哭了。

“老板娘帮助不了啦。现在死了吧，丢下一家老老小小让他们咋活呀？说不死吧，我们的卖地钱卖命钱让人家一分不留全割了。”

老板娘说：“千万别想不开，你们男人是家里的一座山，你们这座山要是塌了，我们这些女人娃娃咋办呀？靠谁呀？钱呢，是手掌上的脏，搓几把就有了。你们看我，我就没像你们这样。我的钱也让人家割了，可我经过打拼，又开了这家酒店。你们看，我这不是好好的嘛！哥哥兄弟们，只要有命在，这个世界还是咱们的！”老板娘又说，“好了，哥哥兄弟们，时间不早了，这顿酒菜我请客，你们早点回去吧，老婆娃娃还等着你们呢。”

他们四个一听这话，不好意思坐下再喝酒了，拿出钱要结账，老板娘不要，说她请客。他们说再没钱也不能白吃白喝你的，老板娘只好收了他们的钱。

他们从酒店出来，月亮已经偏西了。

因喝了酒，怕交警夜查，四人没走大街，驾着各自的车绕小道开出城外，顺着一条乡间土路漫无目标地向前开去。开着开着，四辆车就开进山里了。又走了一段，前面没路了。在月光下，顺着灯光看去，一条刚好行驶一辆车的小路绕过山坡通向了另一面。他们打转方向盘顺着小路开去。当他们翻过山坡，行驶到一个山弯里，一座大庙就展现在他们的眼前了。

他们下车一看，是一座修建得十分豪华的坟墓。

马三贵说：“哎呀，不对！今晚喝了酒是跟上鬼了哇？把咱们引到坟地来了！”

我三爹张笑西忙上车打开远光灯，照向了竖立在八角厅的一个白色大坟包前的墓碑上，一看，这个墓正是融资老板家的祖坟！

马三贵看着这座豪华坟墓，气不打一处来：“没想到这个黑心老板黑了咱们家的钱，在这儿修建了一座比别墅都阔气的墓子！不行，咱把他的老祖宗刨出来问问，他咋有了这么个吃人肉喝人血的不肖子孙？”

“对，刨出来问问！正好我车上有锹有镐。他让咱活不成，我们就让他的老祖宗们也不安宁！”

四个醉汉说干就干，拿了家伙上前就刨。他们费了九牛二虎的劲儿，用了两个时辰的工夫，终于把混凝土封好的坟头揭开了。

马三贵往里一看：“呀！咋有三口大棺材？”

张笑西说：“哎呀，看来他老祖宗就是个大土豪，这两面陪着的肯定是他的大二老婆！”

马三贵问：“先揭哪个？”

“中间的！”

他们上手搬，可怎么也搬不开棺盖，随后用两把大镐才撬了开来。棺内满满的，一棺灰白，他们上手一抠，是蜡，又用锹铲了两锹，觉得下面是硬物，借着月亮细细看去，见有黄光闪烁。

马三贵叫道：“快，把车开过来，打开灯光照照！”

张笑西把车开近，打开大灯照去，里面竟是满满的一棺金砖！马三贵惊叫道：“咦，他家不埋死人埋金子哩！”几个人看着黄灿灿的金砖愣住了。张笑西喊道：“快，把那两副棺材揭开！”他们又用镐把那两副棺材盖揭开，铲去了蜡，见左边的又是一棺材金砖，右边的是一棺材整捆整捆崭新崭新的百元大钞。他们看着这些，跪在地上一个劲儿地叩着头。

“感谢老天爷，感谢大神仙，是你们把我们领到了这里！是你们救了我们！不然，我们只有集体跳楼了！”

望着金砖，他们的酒也醒了。

马三贵问："怎么办？”

张笑西想了半晌说："来，都把借贷条子拿出来。”

四个人拿出融资老板打给他们的借贷条子一核对：马三贵四百万，张笑西六百万，那两人一个三百万，一个七百万。

核对准确后，张笑西说："我们只拿回我们的本钱，额外一分钱都不能拿。”

马三贵说："不拿白不拿，这两棺材金砖一棺材钱，全是咱四个人的了。”

"我同意！”

又一个说："这龟孙子害得我们险些跳了楼，咱动手吧！”

张笑西说："不能。”

马三贵问："咋不能，你怕钱咬手了？！”

张笑西说："是哩，是怕钱把我们给活吃了！”张笑西又说："你们也不想想，没了钱我们想跳楼，看见钱我们又起了贼心，弄不好，我们就犯下大罪，让这钱给吃掉啦！”

马三贵定夺了一下，说："那，咱们的利息总不能不收吧？”

张笑西说："依我看，我们能拿回本钱，就算走了上五运了！还要个什么利息哩？这钱，是那四千多号子人的血汗钱、卖地钱，这些钱还不知够不够还他们的本钱哩。要是咱们贪了黑了，就会有人跳楼有人自杀，那，咱不也就成了杀人凶手了？！”

马三贵说："听你这么一说，想想也是这么个理。行，我看就按笑西说的办吧。你们说，行不？”

他们说行。

他们终于杀死了心中贼，让自己的心室在黑暗中忽然明亮了。

他们两个人监督，两个人往车上搬，没用多少时间，他们就把属于自己的那份钱搬到车上去了。他们看了看，一棺材的钱就剩下几捆子了，而那两棺材金砖原封未动，在月光下仍然金光灿灿着。

一个问："现在咋办？"

一个说："报警！"

张笑西拿出电话拨打了 110。

报完警后，四个人坐在一起，谁都不说话，但心里的滋味谁都说不清，不知是喜，是悲，是酸，是苦，是乐，是哀？他们只觉得鼻子酸酸的，特别想放声大号一场。

现在，他们静静地等着警察。

他们回头看了看，那半轮月亮已降到跟西边山头一般高的地方了。

他们想，警察马上要到了。

他们也知道，天就要亮了。

三十九

疯子武小山把自己的亲表弟杀了！

拿到第一笔征地款就被喜疯了的武小山，在家人的精心呵护下，在医生的用心治疗下，他的疯疾被治愈了。

最近，武小山又有点不正常了。

他老婆患病了，乳腺癌。

他的钱和所有放高利贷人的钱一样，要不回来了。

放高利贷时，为保险起见，他把钱放给了表弟。

他从来舍不得多花一分钱，把表弟每个季度结的利息一分不花又放给表弟，希望利滚利，把钱这个雪球越滚越大。

老婆病了，要做手术。

他去跟表弟要钱，可他那个越滚越大的雪球被悄无声息地融化掉了。

这时他才知道，他的钱也不好往回要了。

他就不正常了。

这次他的不正常和上次的不正常不一样。

上次，疯劲一来，他又蹦又跳，满世界地吼“我有钱了，我是百万富翁”；这次，一不正常，他见人就喊“杀！杀了那些黑心人”！

人们知道，他又疯了。

这次的疯疾还和上次有区别，上次他是长时间不间断地发疯，这次他是时疯时醒。

清醒的时候，他一句话都不说，多的是苦苦的伤感与长长的哀叹，而疯病一来，就满世界嚷嚷着要把黑心人全杀掉。

他跟表弟要了几次钱，表弟只给了他三万块，这点钱连做手术的钱都不够。他再要，表弟不仅不给他，反过来还把他数涮了一顿。没办法，他只好厚着脸跟兄弟姊妹去凑钱，凑足了钱才到医院给老婆做了手术。

老婆的手术做了，经化验，是恶性肿瘤。

这住院化疗还需要一大笔钱。

他去跟人们借吧，眼下人们的钱全放了高利贷，手头都紧巴巴的。于是，他又去跟表弟要，这次不仅没要上，还受了表弟两口子好一顿数落，说他是在往死逼他们了。

这话，让他反反复复想了好几天，一遍又一遍追问自己：他把我的钱拿上，我的老婆紧等往下要命了，跟他要钱，还骂我是往死逼他了，这，到底是谁在往死逼谁呢？想到这些，他骂了一句很不入耳的粗话，又去跟表弟要钱。

这天临近中午，他来到表弟家。

家里就表弟一个人，正在吃饭。表弟见他来了，抬头看了他一眼，那目光就像看见了仇人，恶狠狠地扎了他一眼，低下头自顾自吃着饭，连一句礼让话都没有。他气了。

他到厨房里转了一遭，走到表弟身后，狠狠地冲着表弟的右胸腔捅了一刀，他的表弟一下就倒在地上了。他觉得还不解恨，又连着捅了十几刀。

他把表弟杀了，他清醒了。

他觉得，他现在比任何时候都清醒。

他拿出手机，拨 110 报了警。

不到十分钟，警察们冲进来，给他上了铐子要带他走。

他一下跪在地上，求诉道 :“你们先别带我走。你们把他家的两个保险柜打开，让我看看，如果他真没钱，你们现在就是把我枪毙了，我也心甘情愿。如果他有钱不给我，这个人我就杀对了。”

警察说 :“那你也不能杀人！”

他说 :“我给他放了五百万块钱，加上这两年的利息，大概是六百多万。我老婆得了癌症，他是我的表弟，我跟他要钱，他不给，他就是杀人。他杀人，我就杀他。我求求你们，行行好，打开他的保险柜，让我看上一眼，行不？”

警察把保险柜打开，两个保险柜放有现款一百二十多万，各个银行存款折子有三十多个。

武小山一看，哭了 :“我老婆得了癌症，跟他要二十万都不给，他的心好狠毒呀——”

武小山的哭喊声，如炸雷般在这个杀人现场的四壁上碰撞着……

不说了，不说了，再说，我的心就碎了。

请谅解吧，我不能把每天发生在大漠高原上的讨债大战一一给你们讲述了。

有一条总结大漠高原放贷现状的段子，现在我就把它奉献给大家吧——

大漠高原全民放贷
家家户户老少受害
扬眉吐气风光不在
灰头土脸耷拉脑袋

金融危机来得太快
民间资本出了意外
国家调控买房停贷
房地产业没了买卖

房子拆掉土地拍卖
补偿资金放高利贷
姊妹弟兄跟上受害
同学朋友也不例外

所有家当全放在外
家里没留零花一块
没米没面难揭锅盖
真的快要沦为乞丐

夫妻不和父子不爱
六亲反目上门讨债

儿女出国学习在外
没有学费心里感慨

大街小巷很是古怪
商品吆喝促销拍卖
饭店萧条空桌没菜
宾馆门前被褥晾晒

会所酒吧不再气派
桑拿按摩没人喜爱
公主小姐寂寞难耐
情人小三激情不在

宝马路虎全部抵债
房屋出租降半买卖
珠光宝器身上不戴
言谈举止也不豪迈

企业经营受到挫败
裁员降薪实属无奈
有的还是资不抵债
关掉手机躲债逃外

满城楼房缺钱停盖
塔吊设备风吹日晒
外来人口卷起铺盖
回家没钱真是无奈

煤炭销路也不畅快
整体形势不好把脉
资金回笼受到阻碍
人人观望都在等待

政府出面协调放贷
银行迟迟不给表态
打非吸办忙得无奈
天天都把债主接待

融资老板良心真坏
挥金如土变了心态
有钱不给就会耍赖
跳楼上吊逃避外债

二零一二真是无奈
各行各业全没买卖
当今社会缺少真爱
活得他妈真是腻味

四十

一觉睡醒，太阳就跳出来了。
阳光透过玻璃，很明媚地照着半个炕。
爷爷坐在明媚的阳光里，两指捏着一颗牙，在照着光芒看。
我从被窝爬起，说："爷爷，快用红线拴起吊在门头上吧。"

爷爷说：“不用了，用不着了。”

旋即，他长叹了一声。

我说：“不要惋惜，就让它光荣下岗吧。”

爷爷唉了一声，说：“最后一颗牙也光荣下岗了，我也该下岗了。”

我本想用宋丹丹的台词逗爷爷开心，没想到却引出了他这么一句让我痛心的话。

这不是我过分敏感，真的，这话让我心的某一处深深地疼痛了一下。

我忙说：“爷爷，给我，让我把它吊在门头上吧。”

爷爷对我笑了笑，说：“没用了。”他又说：“不怕，万事万物都这样。”

接着，他打开箱子找出红布包，把这颗牙和之前吊在门头上的那颗门牙包在一起，又放进箱子里。

接着，他穿起给他贺寿时我两个姑姑给他精心缝制的衣服，拿出我给他买的高级拐杖，戴上大哥张守弓给他买的紫边黑色瓜壳帽，下地，走到镜子前照着。

我说：“爷爷，咋又把这身衣服穿上了？”

爷爷照着镜子说：“该穿的时候就得穿。”

我说：“今天是什么日子？”

爷爷说：“好日子。”爷爷又说：“牛蛋，走，咱照相去。”说完就开门出去了。

当我拿着照相机出来，爷爷正在门外的大榆树下给他的牛打理着皮毛。

老榆树的叶片正在泛黄。

在被推平整的村庄地段上长满了小榆树，小榆树是老榆树的儿儿女女，在它们刚长起还不到一米五高的时候，就被园艺师们左修右剪，去掉它们灰头土脸的头，再给它们嫁接上了一种名叫金叶榆的优良品种。

现在，它们已经被园艺师们彻底改造过来了。尽管它们的下半截还是土种榆，但上半截已变成了一年四季一色不变的金叶榆。现在，在明媚的阳光下望去，它们是多么精神焕发、金光灿灿啊！

这是一场多么大的改良举措啊！

这些树是老榆树开花结子的结果，是爷爷看着老榆树将饱满成熟的种子撒向土地，又是他看着它们在这块土地上发芽生根、破土而出，一天天长高长粗，接着，又是他看着它们被园艺师精心修剪、嫁接，最后，它们脱胎换骨，终于成长为一棵棵最美的树！这让爷爷由衷的高兴、无比的骄傲，也让爷爷连连感叹：好了，这回好了，经过风风雨雨，你们已长成了一苗苗最好看的二混子树！

现在，这里成了卡巴什这座现代化新城最亮丽、最好看、最独特的风景区，每天都有大批游客和摄影爱好者络绎不绝地前来采风观光。

游客来到这里，看到在这座现代化新城里还留存着这么一片金树林，金树林里还居住着一个老头和一头老牛，这让他们喜出望外，纷纷拉着爷爷和爷爷的牛与他们合影留念。而摄影家却不这样，而是想着法子摆布着爷爷，一会儿让爷爷和牛站在门外的大榆树下，他们架起长炮短枪，将掩映在金色榆树中的老土房和爷爷和爷爷的牛全部收到他们的镜头之中；一会儿又让爷爷拉着牛穿行在金黄色的小榆树林里，近景是金树林里的爷爷和牛，远景是市委、市政府大楼和繁华的新城，从不同角度、不同方向极快地摁着相机的快门；一会儿又让爷爷拉着牛走上山圪蛋站在老榆树下，让爷爷远望，让爷爷思念，让爷爷给牛梳毛……爷爷在他们的摆布下做着各种各样的姿势和表情，而他们也手忙脚乱地抢拍着。

今天，爷爷换上行头要我给他照相，这可能是受了摄影家们的影响，才来了这种雅兴。我正在给爷爷和爷爷的牛拍照，马三贵开着车来了，他停下车打开车窗探出头问："你们拍照哩？"我忙叫道："三贵哥，快来，给我和爷爷拍几张！"马三贵下车走过来，给我和爷爷和牛拍了几张照。我又拉着他来到爷爷的老屋子前，站在老榆树下，让他给我和爷爷和牛又拍了几张照。拍完照后，马三贵说："牛蛋，你给我和你爷爷和牛拍几张吧。"我二话没说，接过相机给他们合了一个影。

爷爷问："三贵，你干甚去呀？"

马三贵说："想老地方了，回来看看。"

爷爷问："最近人们不忙？"

马三贵说："忙，忙得都出去讨债的讨债、打工的打工去了。"马三贵又说："老叔，你大德庇荫啊！"

爷爷好像没听明白，抬起头看着他。

马三贵长舒了一口气，说："大德照人啊！"

爷爷问："三贵，你今儿是咋哩？"

马三贵说："老叔，你知道吧？现在融资老板都心坏了，想要赖，要黑人们的钱，咱村的人放出去的钱十有八九要不回来了。在这要钱比要命都难的情况下，你的孙子张守弦把他和老婆开的大奔车卖了，亲自上门给大家还钱。这是多么大的德行啊！"

爷爷两眼一亮，问道："真的？"

马三贵问："这事你不知道？"

爷爷说："不知道。"

马三贵说："我以为是你让他这么干的。你孙子能这么做，将来一定了不起！"

爷爷听了，长出了一口气，脸上的皱纹立马宽展了许多，而他却说："三贵，守弦他们还小，以后你们大家多帮衬着点他。"

马三贵又说："你放心。守弦这种言而有信的人，人人都会帮的。先头香港那个易记者又来了，我把守弦的事给他讲了，让他去采访守弦，可他非要采访我，让我拒绝了。这不，我就躲回咱这老地方来了。"

我说："香港记者采访你，这是好事呀，你咋拒绝了？"

马三贵紧挨着爷爷坐在老榆树根上，说："他们放着守弦这么有意义的事、这么感人的事不去采访，不去宣传报道，反而要采访我，没意思，太没意思了！"马三贵说："还有些记者，他们不去报道咱卡巴什这座新城是怎么建起来的，也不去报道咱农民是怎么变成市民的，更不动脑子去引导农民尽快转变观念，尽快适应城市，跟上城市发展，而是把心思全花在了一些乱七八糟的事上。说咱卡巴什是鬼城，我看他们没安好心，他们才是鬼哩！还有一些记者一见你就问，政府建城时是怎么强行征用土地的？农民是怎么跟政府对抗的？政府又是采取什么手段打压农民的？太没意思了！政府与农民、农民与政府的磕磕碰碰是再正常不过的事儿，这就像你四儿子张笑北说的，当一个新的文明来临，就会与传统的文明发生强烈碰撞，而两种文明在碰撞融合、融合碰撞中都会付出，甚至会流血牺牲，最后才会诞生一个科学的合理的新文明，这本就没什么对与错。这和政府与农民、农民与政府的磕磕碰碰一样，也没什么对与错。所以呀，我觉得你四儿子说得没错，好东西新东西都是磕碰出来的。"

爷爷听了他这番话，立马对他刮目相看了。他觉得，连昔日卡巴什的这个二砍子都变出息了，再也没有什么事让他不放心的了。

爷爷对他感叹道："好了，好了，你们就像这些树，都长大了，都改变了！"

没想到从不叹息的马三贵长叹了一声："唉，改不过来了！现在咱卡巴什人在城里，农民不是农民，市民不是市民，就像这些被嫁接过的榆树，怎么看它就是一棵土种老树。"

爷爷看了看那些被嫁接过的榆树，说："哦，是哩。不过，再过个两三代就变过来了。"

这时，我见杏花婶穿着一身韩版艳服，挂着韩式女包，像一位韩国贵夫人一般向我们走来。马三贵一看见她，眼睛哈的一下就乐了，那乐开的眼睛亮亮地、色色地勾着杏花婶。

杏花婶走过来，说："三贵，回来你也不说把我叫上，让我跑了这么远的路。"

马三贵两眼勾着杏花婶的丰胸，说："哎呀，可惜了啦，可惜了啦，这么好的机会让我给误了。"

杏花婶见他要胡说八道，不理他了，走到爷爷身旁，弯下腰端详着坐在榆树根上一直乐呵呵看着她的爷爷。她说："看看，看看，多舒活，就像一个活神仙！"

爷爷嘿嘿一笑，说："我还如来佛哩！"爷爷又问："你咋想起来看我？"

杏花婶从包里拽出四捆子崭新的百元大钞，往爷爷怀里一扔，说："还你的钱！"

爷爷看了看钱，抬起头两眼盯着杏花婶不作声。

杏花婶看了看自己的身上，问："你看甚哩？"

爷爷问："你哪来这么多的钱？"

杏花婶说："你的孙子给的。"

爷爷问："哪个孙子？"

杏花婶说："老二家的儿子张守弦。"

爷爷问："你也给他放贷啦？"

杏花婶说："放了，没敢跟你说，怕你和守弦过不去。我给他放了一百二十万。早知道守弦这么讲信用，那三百万全放给他就好了。”

爷爷问：“守弦把一百二十万全还给你啦？”

杏花婶说：“全给了。不仅还了本钱，还给了利息。是守弦亲自送上门的。”杏花婶说：“哎呀，在现在这种要钱比要命都难的情况下，没想到守弦卖了老婆的车和自己的车，主动上门给人还钱。这，真是张家的德行、你老汉的福分！”杏花婶说：“不过，叔啊，利息我没全要，可守弦非要按二分半给我结利。因为这，我们两个你推我让僵持了半天，还险些恼了。你说你那孙子，哎呀，跟你一样样的倔！我对他说，现在别的人连本钱都要不回来，我跟你要的个什么利？他说，人做事不能昧良心。最后我拧不过他，就按银行的定期利息收了他的利。”杏花婶感叹道：“你张文震家的人，就是跟别人不一样！有骨头！有德行啊！”

突然，爷爷鼻子一吸嘴一瘪，泪就“哗哗”地流出来了。

我从来没见爷爷这么顺顺畅畅、舒舒坦坦、展展活活地又哽又泣、泪流满面，这把杏花婶吓坏了。

杏花婶忙握住了爷爷的手，说：“叔啊，是不是我做错了事、说错了话？”

马三贵说：“老人家是高兴哩！”

爷爷抹了一把嘴脸，说：“好，好！我能有这么个后代，我就满意了，我就高兴了，我就放心了！”

杏花婶满眼泪花，给爷爷揩了揩泪，说：“叔啊，我还要告诉你一件事，今天，你的大孙子张守弓把别墅卖了，也在给人们还钱哩！”

“是吗？”爷爷又流泪了。

杏花婶揩着自己的眼泪，说：“叔啊，这泪值得流！今天你高兴，我更高兴！”杏花婶说：“你能有这么好的儿孙后代，我们大家都为你高兴哩！”

马三贵说：“是哩！老叔，这两天新区里的人都夸赞守弓、守弦兄弟俩哩，连政府都在大会上说哩！”

杏花婶说：“叔啊，我还要告诉你一件事。守弦给我还钱时，他说等他把这贷款的事了结了，他要重新整合公司。叔啊，看来守弦还要甩开膀子大干一场哩！”

马三贵说：“守弦身上有咱农民的牛劲、犟劲、韧劲哩，不会怂下不起套的！”

爷爷说：“但愿他们都能这样。”爷爷从怀里拿起一捆子钱，说：“我给你三万，你咋还我四万？”

杏花婶说：“利息。”

爷爷说：“胡来！给！”

杏花婶说：“不不不！我不能知恩不报！”

爷爷说：“人这一辈子，谁没个被难住的时候？咱乡里乡亲，谁有难处相互帮衬上一把，是应该的。给，拿上。”

马三贵说：“杏花，老人家不要，我看你就拿起吧。不然，你就伤了老人家的心了。”

杏花婶说：“好，我拿起。我知道，给你利息我会挨骂，我也知道，我这么做是我太见外，可我无以回报啊。”

爷爷把钱递给杏花婶，说：“好，好，杏花，你的好意我心里记下了。”

中午，爷爷把马三贵和杏花留下吃了一顿饭。

吃过午饭，说了一会儿话，他俩就走了。

下午我要到学校上英语课，临走时，爷爷安顿我说，晚上早点回来。

到了学校，上了一大节英语课后，我突然变得心烦意乱起来。

我不知道这是怎么了。

过了一会儿，我的心烦意乱变成了心慌，这让我很是不安。上最后半节课的时候，我的心“咯噔咯噔”了两下，有一种隐隐刺痛的感觉，我忙摁住胸口问自己：“你今天是咋了？”

忽地，爷爷闪现在了我的脑子里。

爷爷的闪现，让我有一种不祥的预感：我的心如此不安，肯定是爷爷出事了。

我背起书包就走。老师问我干啥去，我说对不起，我要回去看爷爷。老师看了看时间，对我点了一下头。

当我跑回去一开门，一股炖羊肉的纯香味扑鼻而来，爷爷在炕上躺着，看上去一切都安然无恙。我放下书包走过去，伸手捂了捂他的额头，没觉得发烧。我问：“爷爷，你咋了？”

爷爷轻轻咳了两声，说：“有点难受，可能感冒了。”

我说：“要不咱到医院看看？”

爷爷坐起，说：“不用，喝两碗羊腥汤就好了。”

爷爷想吃肉，这证明他的身体方面不会有问题，我放心了。羊肉炖好后，我盛了一碗滚烫的腥汤，又切了一根红葱，捏了一撮葱花放进腥汤里，端给爷爷。

爷爷的最后一颗牙在今天早晨掉了，我想让爷爷吃得香一点顺口一点，就从锅里捞出两块最好的羊骨头，用刀往下剃着肉。没等我把肉剃好，一碗腥汤就被爷爷喝下肚了，爷爷说，再给我盛一碗。我把切碎的肉放进碗里，又盛了满满一碗递给爷爷。爷爷说，你也吃吧。说完，对我一笑。我能看得出，爷爷对我的做法很是满意。他用小勺每吃一口肉，就端起碗喝一口汤，不一会儿，他吃得满头大汗，不住地拿起餐巾纸擦拭着。他吃完肉喝完腥汤，又伸长脖子往锅里看，我知道他还想要。我就拿起筷子又捞了一块肉，去掉骨头切碎肉放到碗里，盛满腥汤后，递进他手里。不一会儿，他把这块肉这碗汤又吃喝光了。我问他还要吗，他说不了，好了，今天的肉特别香。我还从来没见爷爷像今晚这么能吃肉能喝汤，而且吃得又香又快。他放下碗筷，用餐巾纸擦着汗，说："哎呀，出了两身汗，舒服多了。"

爷爷伸长脖子看了看，见锅里还有多半锅肉，便说："给守弓守弦打电话，让他俩来。"

我说："好的。"

给两个哥哥打了电话后，我点着火热锅里的肉，不一会儿，我两个哥哥骑着自行车来了。他俩一进门就问："爷爷，你叫我们来干甚？"

爷爷说："吃肉！"

"哇，我们好久没吃香美的炖羊肉啦——"他俩欢呼了起来。

我把锅里的炖羊肉倒进盆里端上饭桌，他俩一吃，又"哇噻"地吼了一声，便狼吞虎咽地啃起了骨头。看上去，尽管我的两个哥哥显得有些憔悴，但其心情如释重负，没了以往那种愁眉苦脸的样子。坐在一旁的爷爷一直慈眉笑脸地看着我们狼吞虎咽，满脸是一种大爱盈溢的光彩。

等我们吃完，爷爷问："你们把车都卖了？"

两个哥哥说卖了。

爷爷问："贷款都还了？"

守弦说："还了。"

守弓说："我还没还利索，等把卖别墅的钱全拿到手，估计就还得差不多了。"

爷爷说："好！这么做好！"

我哥张守弓说："等我把贷款还清了，我也就变成穷光蛋了。"

爷爷往起一坐，说："不怕！有了信誉，有了名望，你们的好日子还在后面哩！"

我哥张守弦问："爷爷，以后我们还能翻过来吗？"

爷爷说："能！保证能！你们能扛起这么大的灾难，日后你们就能扛起一片大天来！爷爷相信你们！"

我哥张守弓说："我想翻起来怕是难哩，要翻，看守弦吧。"

我哥张守弦说："我是想从头开始，但资金不足，困难重重，我这心里一点底都没，不知该咋弄哩。"

爷爷见他俩信心不足，便说："人无德不立，事无善不兴。如今，好多融资老板想黑了人们的钱，而你们两个卖房子卖车给人们还钱，做的就是积大德行大善的事，这么做，必有好报！"爷爷精神十足，说："来，让爷爷给你们算算！"

我的两个哥哥一听爷爷要给他们算卦，来劲了，向爷爷报了各自的生时。爷爷在手上推算了两遍，又从箱子里取出那本古旧书，一项一项地查看着，突然，爷爷一拍大腿，叫道："好，大好着哩！我的孙子大好着哩！"

两个哥哥问怎么个好法。

爷爷说："守弓是'一闻自悟心慈悲，愁散之时喜气扬'。守弦是'宽宏厚道心明朗，财帛丰盈家道兴'。你们俩放开手好好干吧，大好的前景在等着你们哩！"

我从没见过爷爷主动给人算过卦，更没见爷爷给人算卦时这么慷慨激昂过。我明白了，爷爷是为增强我两个哥哥的信念，借着算卦的名义在给他的两个孙子打气鼓劲哩。这，也是爷爷给人算卦时的一贯做法。

爷爷打开箱子，拿出上午杏花婶还给他的三万块钱，给我们一人扔了一捆子。

我哥张守弦不解地问："爷爷，你这是干甚？"

爷爷说："奖励你们！"

张守弦问："你奖励我们？"

爷爷说："是。你们能主动给人们还钱，这么做，好！爷爷奖励你们！”

我说：“可我甚也没做。”

爷爷说：“希望你能向你的两个哥哥学习，将来做人干事也能积大德行善事！”

两个哥哥说：“谢谢爷爷啦！但，这钱我们不能要。”

爷爷眼一睁：“咋啦？”

两个哥哥说：“我们还没孝敬你老人家哩，让你……”

“嗨！你们给大家还钱，就是对爷爷最大的孝顺！”

大哥张守弓往起一跪，满眼是泪，他说：“爷爷……”

爷爷说：“好啦，好啦，时间不早啦，你们早点回去吧。”

两个哥哥还想多坐一会儿，却让爷爷给撵走了。守弓、守弦两个哥哥走后，爷爷给土地爷上了三炷高香，然后坐在炕上跟我说话。

不知咋回事，爷爷今晚上的话特别特别多，话说得也是有一搭没一搭，想起了什么就给我说什么。他说，卡巴什这块土地是他的老祖宗手上拿下来的，没有这块土地也就没有这个村庄。他说，他的老祖宗为张氏家族积下了大德，才使张氏家族这么兴旺，这么子孙成群。他说，活人要积德行善，才会为后代积下阴德，子孙后代才会兴旺发达。他说，他娶了奶奶是他的福，奶奶聪明贤惠、漂亮大方、会过日子，让一家人过得和和美美、幸幸福福的。他说，奶奶不仅会给人治病，还会接生，不论谁家有人病了，谁家婆姨生孩子啦，不管白天还是半夜五更，只要有人叫，她都去。他说奶奶给人治病从不贪图钱财，修得了方圆几十里的好名声。他说奶奶心地善良，从不亏待别人，就是讨吃要饭的人来了，她也没让他们白从门上走过，没东西给，就是把冷水烧成开水，也让他们坐下喝上一碗。说完奶奶，他又说，因为他为人老实、干活吃苦，在上个世纪六十年代，全国大兴农田水利建设时，他和一个被打成地主的人被队长发配到河套地区修三黄河，冬天住的是柳笆棚子，晚上睡觉不能往下脱棉衣，睡下还能看到天上的星星了。天一刮风,那寒风就像刀子一样往人肉里头扎哩。他说,修三黄河工程，又冻又饿又苦重，干一天活儿每天只给吃二斤粮的饭,饿得实在不行了,就喝盐水止饿。他说,在修三黄河工程时,险些把他饿死。他说得口干舌燥了，让我给他倒了一碗水。他喝了几口，又望着漆黑的窗外，过了一会儿才长叹一声，说旧社会土地归地主所有，穷人靠租种土地和打长工活命。共产党来了打土豪分田地，穷人才有了土地有了奔头。解放后，搞土改，土地又归集体所有，那时农民早出晚归，苦一点汗一滴，收了那么多的粮食，一人一天只留一斤，全交了公粮。农民受死受活干一年，到头来不仅吃不饱穿不暖，到年底分红，还要倒贴。他说，尽管这样，为了新中国的建设，人们就是受死累活挨饿受冻也心甘情愿。他说，到了改革开放，土地承包到了农民的手里，才彻底解决了温饱问题。他说，现在发展快，一切向钱看，人们又一下子奔钱去了。这样一来，好多良田被荒废了，真叫人心疼。眼下搞城镇化建设，城镇周围的土地又金贵了，要把农民集中到城市，让农民变市民,这是好事。但在征用咱村的土地上,这该咋说哩?一亩地给开发商卖了八十多万，后来一亩地竟卖到了二百四十来万,而征用咱农民的土地时,一亩耕地才给了五百块。这么做太过,不能割了农民的肉，还要敲断骨头连髓也掏着吃了。现在，国家富强了,不应该这么对待农民啊。过了一阵,爷爷不禁长叹了一声,唉，农民、土地，土地、农民，农民就从没做过土地的主，就像牛从来就没主过自己的命一样啊。他说完，喝了一口水又说，现在的农民不想当农民了，都往城市里挤。牛蛋，爷爷是死呀，将来你一定会看到,城市的富人会抢着到农村去。到农村干甚去呀?他说他就不知道了。后来，他又把话题扯向了过去，他说，在全国兴批斗人的那时，让不少好人受了冤屈。他说自治区的那个老夏被打成头号走资派，下放到咱生产队改造时，队里几个二砍子不是吊起来打，就是跪蒺藜压杠子，把老夏整得死去活来。一次老夏大病，要不是他和奶奶偷偷救老夏，老夏早就不在人世了。他说，他和奶奶那时暗中保护老夏，只觉得他是个好人，没图什么报答。他说，当这股批斗风过去了，政府给老夏平了反昭了雪，老夏才又活了过来。后来，没想到你四爹、你爸大学毕业后找工作，是老夏亲自出马给安排的。他说，那年拆迁要不是老夏，这房子不仅保不住，他保不准也会被拘留。他说，只要人做好事做善事，就会有好报。他说，牛蛋，不论你以后是穷是富，是民是官，一定要行好向善，不能做昧良心事，更不能干缺德事……再后来，他好像把话题又扯向了土地，印象中他说过这么一句话：不论怎么改怎么干怎么做，只要让老百姓过得安定富足就好……

后来，我就彻底睡着了。我想我睡着后，爷爷一定还给我讲了许多。

临明的时候，我做了一个梦。

梦见我走进一间不大的房子，房子里有两个白发长须的道士坐在桌子前，在烛光下同看着一本书。我走过去，凑上前看，那书上的字都是繁体字，有一些我认得，有一些我不认得。那两个道士抬起头看了看我，没说话，又低头看着那本书。我从这间房子出来，走到一片南瓜架下，南瓜的藤条搭在架上，一颗颗南瓜吊在架下，是那么喜人。我看见一颗硕大的南瓜吊在南瓜群中，金黄金黄的，闪闪发光。我走过去，抬头看着这颗南瓜，南瓜猛的掉下来了，我忙伸手一接，南瓜就落进我的怀里了。这时，我的梦也就醒了。

梦醒了，天也就醒了。

我看了看爷爷，爷爷还在熟睡。

怕吵醒爷爷，我悄悄下地，轻轻开门走出去，到厕所撒了一泡尿。尿完，我抬头一看，太阳像火一样把东际山峦给燃着了，那么旺，那么红。不一会儿，它与山峦剥离开来，一下就跃到了上面。

远远望去，它就是一坨红彤彤、红灿灿、红艳艳的红珊瑚。

梦中的金色南瓜与眼前火红的太阳，让我的心无比畅意起来。

回到屋里，爷爷还在静睡之中。

屋里没有一丝气息游动的感觉，我站定品了品，觉得不对，就走到爷爷的头前，俯下身看爷爷。爷爷两眼闭合，双唇微张，一脸祥和安逸，但看不到他呼吸。我伸手放在爷爷的鼻前，没有了任何气息，又摸爷爷的手，爷爷的手冰凉冰凉的，没了一点温度。

爷爷死了。

我的泪“哗”地涌出来了，我感到眼珠子快被泪水推到眼眶外了。我怕惊动了他老人家，没有放声大哭，我握着他榆树皮般的与土地打了一辈子交道都不肯撒手的手，让泪尽情地流。

我的心感到空前的悲痛。

我的哭，我的泪，在这寂静的默默之中进行，我的心能听到我那撼动天地、悲恸欲绝的哭声。

哭够了，我想打电话告知爷爷的大儿子二儿子三儿子四儿子五儿子和爷爷的大女儿二女儿，他们的老父亲在今天临明前我梦见一颗金色的大南瓜沉甸甸地掉进我怀里的时候与世长辞了！

我搬起枕头找手机，看见一个红布包压在枕头下。我打开红布包，里面有五样东西：一样是爷爷亲手用朱砂笔圈批过的一本上古典籍；一样是用电脑录入打印，盖有村、乡两级公章，签有百余人姓名，并摁有朱红指纹的地契；剩下的那三样，一样是爷爷亲笔写给我的遗书，一样是爷爷的两颗牙，一样是一包老银针。

爷爷的遗书是这样写的：

吾孙牛蛋（张守镞），爷爷要走了，特立如下遗言：

一、吾孙送吾下葬后，速到美国与父亲团聚；和蓝尔成婚后要相恩爱，互不负；要孝敬父母，学业圆满，回来报效国家。

二、树高千丈，落叶归根；金窝银窝，不如自家的土窝，卡巴什是你们永远的家，是你们永远的根。

三、感谢吾孙从三岁陪吾到现在，让吾幸福快乐地走完了一生；感谢吾孙为吾养老送终，故从山杏坡购得一百亩荒地，给吾孙牛蛋享用；新区移民村分得一百二十平方米房屋一处，一同给予吾孙牛蛋。上述两项，权归牛蛋，任何人不得瓜分。

四、此处老房屋和一切农耕用具已归政府所有，吾儿吾女吾孙不得与政府相难。

五、牛娃由吾长女笑梅饲养看管，任何人不得转卖和宰杀，让它来往自由，直到老死。

六、一本古旧书，两颗老牙齿，一包吾妻治病救人的老银针，留给吾孙作念。往后，无论吾孙在城里还是在农村，吾孙乃至后代都要牢记在心：土地是人的骨肉，人是土地的心。切记，切记。

七、吾儿吾孙，血脉相通，血亲无比，不得雪霜相加；要团结相爱，互济互助，兴家立业，真诚做人，与人为善，良心做事，行善积德。此乃为大，代代相传。

别无他意，仅立此言。

立言人：张文震

壬辰年九月初九日

看完爷爷留给我的遗言，我拿起那两颗被磨去多半的牙齿照着太阳看。

爷爷的牙，依然坚硬如钢，光芒四射。

在这一刻，看着爷爷留传给我的牙齿，我感到我的骨头在嘎巴嘎巴地往硬生长着，让我立马变得顶天立地起来！

现在，我决定，我不仅要把这个噩耗告知他的儿儿女女们，而且还要把这片土地上的最后一个固守者不幸去世的消息告知天下：一位与土地生死与共的伟大而勤劳的老人，在今天凌晨太阳升起的时候寿终正寝、与世长辞了。

爷爷与世长辞了。

但，活着的人还要一代一代在这块土地上生存下去。

好了，我该为爷爷的去世做最后一点事了。

四十一

经过几天的吊祭，今天，爷爷就要出殡了。

东际青黢的山峦边缘上的云彩现出霞光万道的时候，出殡大祭奠开始了。

锣鼓一响，唢呐声骤起。

前来参加追悼会和送葬的一切人等，在孝子孝孙、儿媳亲人们一片痛不欲生的哀伤痛哭声中，一个接一个、一批又一批地跪在地上，向躺在棺材里的爷爷致哀叩拜着。

区政府、街道、社区也派来代表参加这位老人的悼念会。

三老婶、杏花婶、马三贵、李占元、刘长命、武大山等村里村外方圆几十里的人来了三四百，大人小孩挤了满满一大片。追悼仪式在主持人的主持下，足足进行了三个小时，使这个葬礼空前的盛大。

快要出殡时，只见我哥张守弦又走上前跪下，给躺在棺材里的爷爷磕了三个响头，泪流满面地说道："爷爷，那天晚上您老人家给我们几个孙子一人奖励了一万块钱，还主动给我们算前程……爷爷……爷爷……我还没尽孝道哩，您就走了……孙子好心痛啊……爷爷，您奖励我们，给我们算前程，您的苦心我们懂，您是为了让您的孙子们要信心百倍地生活，要挺直腰杆做人，放开手脚往前走……爷爷，您老人家放心，我们不会让您失望，一定要照您说的'积大德行善事'，一步一个脚印往前走的……爷爷，您放心吧……您安息吧……"

我哥张守弦的哭诉，惹得我的姑姑、爹爹们又放声哀号了起来。

这时，马三贵上前跪下，给爷爷烧了一张纸钱，又磕了一个头，说："老叔，咱卡巴什农民虽然一夜暴富又一夜之间变成穷光蛋，但我们不怕！现在，我们虽然进了城，但我们身上的牛劲、韧劲还没丢，我们农民身上的牛骨头还在哩，我们不会怂下不起套的！老叔，你放心，你的孙子张守弦要创立卡巴什新区最大的移民股份公司，咱村的农民在你孙子的带领下会走出困境的，会创造出更大、更好的事业来。老叔，你就放心走吧！"

仪式一罢，装有爷爷的棺木被八个壮汉抬上了灵车。

盛大的出殡队伍浩浩荡荡开出了爷爷的村庄。我扶着爷爷的棺木，回头看去，拉灵车的后面，系有白色花朵的小汽车一辆接一辆地排到了爷爷的那座老土屋前，那里还有一大片车在等待着加入到送葬队伍中。忽然，我看见爷爷的牛戴着半截缰绳，向前边的拉灵车跑来。我对着棺材里的爷爷说道："爷爷，你的牛娃也送你来了。"我还说："爷爷，为你送行的队伍中不仅有你的骨肉天亲，有三老婶和全村人，还有区政府、街道社区的代表。你快出来看看吧，光小车就有一百五十多辆，送行的人大约有三百多人。"我说："爷爷，你够伟大够风光的了！作为你的孙子，我无比自豪！”

送葬队伍进入市区，宽广的鄂尔多斯大街两旁站满了观看的人群，我听见下面有人问：“这么壮观，是哪位重要人物去世了？”有人答：“农民，卡巴什的最后一位农民。”经过成吉思汗广场大道时，吹鼓手们憋足了劲，将高音唢呐、低音唢呐、鼓、铙、钹、锣，吹奏、敲打得排山倒海、气贯长虹。吹鼓手吹奏的是爷爷生前最欢喜的“亲不够的故乡土，恋不够的家乡水”“不管过去了多少岁月，祖祖辈辈留下我”和“大雁听过我的歌，小河亲过我的脸”这三首老歌的曲调，听来不像出殡，倒像是送亲一般热烈。当出殡队伍在这座刚刚诞生的新城大街上走过时，所有的行人都驻足观望，一直将这支浩浩荡荡的出殡队伍目送到了乌兰木伦河大桥的西边。

不管是政府要员还是平民，不管是脑子有问题的还是清醒的，不管是硬骨头的还是软骨头的，不管是情愿的还是不情愿的所有人等，就这样把卡巴什这方土地上的最后一位守护者给轰轰烈烈地送走了。

他们送走了爷爷，也就彻底送走了一个村庄。

是悲？

是喜？

我想，最起码在眼下，没有人想把它说清楚。就是有头脑的人想说清楚，即使说清楚了也是无济于事。未来会怎么样？会不会像爷爷在临终前那晚对我所说的一样，将来，城市里的富人会争着抢着到农村去。到农村干甚呢？可惜，爷爷说他也不知道。

于是，我扶着爷爷的棺材问道：“爷爷，如果城市里的富人都到了农村，那么城市里会剩下一些什么人呢？”

可惜，爷爷没有回答我。

但，我相信，关于这些问题，过个十年、三十年、五十年、一百年，或许更长的时间，自然而然就会有一个明确的答案（或许有头脑的人现在就有了答案）。

装有爷爷的棺木在人们的护送下，终于到达了爷爷前两年在大姑家山杏坡为自己修造好的墓穴。人们从灵车上搬下棺材下葬，墓穴足有四米深。当爷爷的棺材踏踏实实地落在墓穴下面的红石板上时，我突然说了一句："爷爷跟土地融在一起了。"他们停下手不干活了，都看着我，而我跪下，双手托地重重地磕了三个头，然后，我双手合十，望着大地，在心里默默说道："土地啊，有谁是你的信徒？可谁又是你的知音？此时此刻，我可以肯定地告诉你：爷爷和像爷爷一样热爱你的苍生，就是你虔诚的信徒，就是你真正的知音。请你伸出双臂，拥抱我的爷爷吧，让他在你仁慈、博大、温暖的怀抱里安息吧。"当我说完这话，他们也把墓门封好了，都跪在地上给爷爷烧着纸磕着头，这时，原任我们社社长的康宝宝驾着车风风火火赶来。他停好车，从后备厢里提出满满一袋子的纸钱来到墓门前跪下，为爷爷烧着这些用金纸银纸折叠成的金砖元宝和冥国纸币，说道："老舅，小外甥给你烧钱哩，你寻钱两来，花不完存起来，千万不敢放了高利贷，放出去就要不回来了……"

人们一听，"哗"地都笑了。

马三贵说："宝宝，你放心吧，你老舅精明着呢，活着的时候就没放过个高利贷。"

人们又笑了。

这时，人们才终于稍稍释放了一下几天来的悲哀情怀。

大姑张笑梅把我拉到一边，给我指着坡下用刺丝网围起的一大片土地，说："这是你爷爷留给你的土地。"

我便细细打量起了这片土地。

土地四周挨着刺丝网栽着一圈碗口粗的杨树，四角各栽着成三角状的三棵榆树，土地用犁翻过，上面长满了茂盛的紫花苜蓿，一条浅浅的溪流在阳光下明晃晃地斜穿而过，流向了东际。

大姑问：“你咋想的？”

我看大姑，大姑的眼睛都哭肿了。我说：“这几年，你就把牛娃放养在这里吧，也好让它陪着爷爷。”

说完，我又走到给爷爷烧纸磕头的人群中间。

突然，天上下雨了。

人们抬头望天，长天瓦蓝，晴空万里，只在爷爷的坟墓上空有一大片厚云，雨就是从这片云上落下来的。太阳照着雨点，雨点溅着阳光，像钻石，光芒闪闪，耀人眼目。

人们不躲不避，扬着头静静望着天雨。

一个说：“这老汉积下大德了，把老天爷感动了，你看，这晴天下雨明照顾哩！”

一个说：“雨洒墓必定富，以后张氏家族可要富贵哩！”

雨也就下了那么一阵子，刚把地皮和人们的衣服淋湿就停了。

人们一脸稀奇，我的天亲骨肉们长长地舒了一口气，满脸放射着喜悦和畅意。

我回头看着爷爷给我留下的那一百亩土地，满地的紫花苜蓿在阳光下青翠碧绿、花儿鲜亮，一派云雾缭绕、生机盎然。牛娃卧在绿油油的苜蓿地中，一动不动地望着爷爷的坟墓。

我向它走过去，我的裤腿和鞋袜又被紫花苜蓿上的雨水打湿了，但那感觉很爽，也很温馨。我挨着牛娃坐下，抚摸着它粗壮的脖子，见有两颗小星星般的泪珠一闪一闪地挂在它的眼眸上，我的泪就扑簌簌地掉下来了。

人们要从墓地撤走了，爸爸看见我和牛娃在一起，便向我们走过来。爸爸是昨天从美国飞回来的，专为爷爷送行。他来到我身边，说：“牛蛋，走吧。”

我的泪珠和牛娃的泪珠在一个一个又一个、一个一个又一个地飞落着。爸爸蹲下搂着我，过了好一阵，爸爸问：“牛娃怎么办？”

我摸了摸牛娃宽大的额，说：“由它吧，它有爷爷照应着。”我单膝跪在它的头前，用脸贴了贴它的脸，说：“你一定等我回来。”说完站起就走了。

来到车前，我用眼睛与爷爷告别。我相信，爷爷在墓子里一定能听到我的眼睛我的心里所说的话。随后，我们坐着我哥张守弦的车离开了这里。

爷爷回归土地了。

我该跟着爸爸去美国了。

尾声

四年后的初夏。

我和蓝尔从美国回来了。

回来的那天早晨，在霞光辉映大地的那一刻，我和我漂亮的蓝尔和蓝尔肚子里的我们的小宝宝走下了飞机，走出卡巴什机场，打了一辆出租车，朝着爷爷留给我的那片土地——山杏坡驶去。路上，司机打开了车载音响，里面传出一首费玉清演唱的歌：

弯弯的小河
青青的山冈
依偎着小村庄
蓝蓝的天空
阵阵的花香
怎不叫人为你向往
啊，问故乡

问故乡别来是否无恙
我时常时常地想念你
我愿意我愿意
回到你身旁
回到你身旁
美丽的村庄
美丽的风光
你常出现在我的梦乡

难忘的小河
难忘的山冈
难忘的小村庄
在那里歌唱
在那里成长
怎不叫人为你向往
啊，问故乡
问故乡别来是否无恙
我时常时常地想念你
我愿意我愿意
回到你身旁
回到你身旁
美丽的村庄
美丽的风光
你常出现在我的梦乡

我听着歌，早已泪流满面。打开车窗，一股清风扑面而来，我用我那双泪蒙蒙的眼望向了我阔别四年的故土家园。没了，一切都没了，那“弯弯的小河青青的山冈美丽的村庄”已变成了一座极具现代化的城市。不知是喜是悲是愁是忧，还是……什么？反正，我的泪越流越澎湃。蓝尔握住我的手，把头倚上了我的肩膀，低声说道：“别，别这样。”她在安慰我。但我听她说话的声音，感到她也要哭了，我把满把满把的泪水咽进肚里，让风吹干脸上的泪，回头搂住她吻了吻她的额：“没事。咱回家了！”

她说：“是。咱回家了！”

我说：“咱回家了！”除了这句话，此时此刻我无话可说。现在，我真的不知道我的家在何方、在何处。

蓝尔望着车窗外，嗅了嗅：“好亲切好入心的味道啊！”她的这句话很管用，让我的心热和了一下。

我说：“母土的味道，爷爷的味道！”

蓝尔对我一笑：“是！”

但，我的心情依然徘徊在那首歌中，久久不能自拔。

一路上，我们两手相握，嗅着爷爷的味道，听着费玉清怀念家乡的歌，来到爷爷的墓地。打发走出租车，我俩走到爷爷的坟前，把从美国带回来的食品献上去。蓝尔手扶肚子要和我一同跪下，我劝她别跪了，站着向爷爷默哀三分钟吧，她不同意，决意要跪，我便扶着她双双跪在爷爷的坟前。

蓝尔眼泪花花，但声音很甜：“爷爷，孙媳蓝尔给你老人家磕头啦！”我俩重重给爷爷磕了三个响头。我说：“爷爷，你的牛蛋领着你贤惠的孙媳和你孙媳肚里的重孙子，今天回到了这片土地，你就安息吧。爷爷，把你一个人丢在这里，你一定很孤独很寂寞吧？我在美国也非常非常想念你啊，爷爷……”我泪流满面，一句话也说不下去了。四年前，爷爷回归了土地，我去了美国。虽然身在美国，可对爷爷对故乡的思念，让我魂牵梦绕、撕心裂肺，要不是有蓝尔陪我，我可能早就离开那个让我无法安身的国度了。

想爷爷，想故乡，想得我一次又一次从睡梦中哭醒。今天，我终于回来了。可我回来了，我的爷爷没了，我的村庄也没了，我就像爷爷说的，成了一苗无根的沙蓬，风刮到哪儿，哪儿都不是我的家啊！这种伤痛，让我愁也悠悠、疼也悠悠……这，让我不禁痛哭了起来。我这一哭，蓝尔几乎放声大哭了，她用母亲般的爱搂着我："哭吧，放开哭吧。"于是，我毫无顾忌、彻彻底底地嗷嗷大哭了起来。

哭了一阵，我怕哭坏了蓝尔，搂住了她。

我说："蓝尔，别哭了。"

蓝尔还哭。

我说："蓝尔，爷爷说，树高千丈，落叶归根；金窝银窝，不如咱的土窝，卡巴什是咱永远的家，是咱永远的根。"

蓝尔两眼泪汪汪地看着爷爷的墓碑："可我们回来了，这里已是人去楼空、物是人非了。"

我说："蓝尔，虽然爷爷走了，但他留给我们的土地还在，只要土地在我们在，爷爷就在。他乡再美，也不抵爷爷留给我们的这片土地。"

蓝尔拭了泪："爷爷生于这块土地，归于这块土地，他的身子骨又滋养了这块土地。是，只要土地在我们在，爷爷就在。"蓝尔长叹了一口气，"那，我们就从爷爷留下的这片土地做起吧。"

听了蓝尔伤感的话，我紧紧抱住了她，泪水又一下子涌出了眼眶……

祭拜过爷爷，我牵着蓝尔的手走进百亩紫花苜蓿丛中。苜蓿有一人高，紫花怒放，一片万紫千红，四角的榆树和四周的杨树长势威猛，棵棵青翠葱茏。

蓝尔双手抚着大肚子望着百亩花红："爷爷真伟大！"

我说："要让爷爷更伟大，首先我们必须要伟大！"

蓝尔："是！爷爷的伟大光耀了子孙，子孙的伟大才会光耀爷爷，也会光耀我们的子孙。"

我亲了她两口："蓝尔，你知道你说得有多么好吗？"

蓝尔甜甜地笑了笑。

我拿出手机，给二爹张笑南打了一个电话，让他来这儿接我们回家。

打完电话，我挽着蓝尔的手，在花香袭人的苜蓿丛之中，观赏着爷爷给我留下的这片土地。远远的，我们看见小溪在紫花烂漫、绿色葱葱之间，在炎炎夏日之下，波光闪闪，一河斑斓。

我们急不可待地来到溪边，蓝尔望着清澈的溪流，激动了。

蓝尔脱着衣服，接着，我们就踏进这温暖而清新的溪水里了。我们要让家乡这纯净的水洗掉我们在异域的污垢与尘埃，再让我们洁净的胴体饱吸故乡的甘露、母土的乳汁。现在，我们感到我们就是躺在母亲怀抱里的一双婴儿，在甜美地吮吸着母乳，是那么幸福，又是那么美好。

我侧身一看，蓝尔睡着了。她睡在缓缓流淌的溪床上，温暖清澈的溪水悠悠漫过她洁白光润的躯体，水流走过她丰盈傲然的乳房和微微曲起的左腿，形成了一圈优美的涟漪，然后，又合在一起，一路波光，粼粼而去。

在明媚的阳光下，在两岸绿色葱葱、百花竞放的苜蓿地，在蝶舞鸟唱虫鸣的大自然之中，蓝尔完全与自然融合了。看着水中熟睡的蓝尔，我浑身放热，像要着火。我不敢再看了，再看我真的就要着火了，要是真的着了火，怕是用这一河溪水也无法扑灭我那熊熊燃烧起的烈火。

听见喜鹊喳喳的叫声，我费了九牛二虎之力才把眼睛从蓝尔的玉体上拔出，移向了鹊儿呼叫的方向。在东南角爷爷栽植的那三棵榆树上，一只喜鹊往巢边一落，从巢里一下弹出了几颗小脑袋，伸着脖子，张着嘴，叽叽喳喳地叫成了一片。喜鹊将嘴里的食物喂进一只小喜鹊的嘴里，慈祥地看了看那几只，伸头啄了一只小喜鹊的粪便，飞走了。

我的眼睛追着它，追着追着，就追到了太阳上。

我盯着太阳，突然，眼前一片彩光闪闪。我忙揉了揉眼睛，再看，太阳竟变成了一坨七彩光芒的太阳，随之，整个世界也变成了一个多彩斑斓的世界。

我转头看向了身后的山梁，惊得我险些吼出了声。

你们知道我看到了什么？

我看到了爷爷！

那道山梁就是爷爷。

山梁南端扬起的峰，就是爷爷的头；山梁上段弓起的脊，就是爷爷的脊梁；山梁下段凸起的两个包，就是爷爷的两个屁股蛋儿；山梁北头分开的两条梁，就是爷爷的两条腿。爷爷棱角分明，肌肉发达，雄强魁梧，傲世出尘地望着远方。

我看着化成山的爷爷，五彩的泪水"哗"地涌出了眼眶，像溪水一样流淌着。我想叫蓝尔起来与我一同观赏这一圣景，低头一看，见她躺在七彩斑斓的水中，光润如玉，浑身闪光，是那么的安逸、祥和、美好。突然，她"啊"地大叫了一声，端坐而起。

蓝尔的大叫把我五彩的眼睛叫没了，那一世界的斑斓也随之消失了。

蓝尔梦幻般地抚摸着圆鼓鼓的肚子，嘴里一个劲儿地叫着"宝宝，宝宝"，我忙搂住她，感到她在瑟瑟发抖。

"蓝尔，蓝尔？"

蓝尔像中了邪，一句一顿地说道："乌云。暴雨。洪水。轰炸。骏马。太阳车。金光。金树。金果。金土地。S星球。"她说了这么一大堆稀奇古怪而又驴头不对马尾的话，可把我吓坏了。

我紧紧握住了她的手："蓝尔，蓝尔，你醒醒！"

蓝尔却说："梦！"蓝尔又说："那金果就是我们的宝宝！"

"宝宝？"

蓝尔说："是。我梦见咱俩行走在一片荒原上，荒原上到处都是人。有耕地的。有乞讨要饭的。有做买卖的。有老夫老妻相伴相携的。有打架闹事的。有青年男女做爱的。有唱歌跳舞的。有安安静静工作的。有饮酒作乐的。有制造飞机的。有制造导弹的。有制造飞船的……突然间，天空乌云密布，电闪雷鸣。顷刻间，狂风大作，暴雨倾盆，人们乱成了一团。洪水在淹没着人。豪车在碾轧着人。飞机在轰炸着人。有的人在浪涛中挣扎。有的人在四处逃命。有的人在呐喊。有的人挤上了飞船。这时，我忽然听到东方一阵隆隆巨响，只见十几匹骏马拉着太阳车，从天际腾空而起，冲向了乌云翻滚的天空。紧接着，一匹又一匹骏马追随着它们，向当空飞奔而来，最后汇成了亿万匹骏马拉着太阳车，向大地挥洒着金色光芒，大地一下变成了一个金子般的大地。这时，突然从我的肚脐眼儿上长起了一棵我从未见过的树。那树绿得像翡翠一样透明青翠，树上开着一朵金花，结出了一颗金果。那金果黄灿灿亮晶晶的，在树上蹦了两蹦，向我跳了下来，我伸手一接，金果在我的双掌上'砰'地裂开了，里边满是金光闪闪的种子。随之又'砰'的一声，种子就喷洒到大地上了。不一会儿，大地上就长出了无数金色的树。我捧起金果壳一看，里边有颗闪亮的金种子'唰唰唰'地旋转着，眨眼间，它就生成了一棵小树。小树一抖，发出了万道金光，世界一下就变成了一个金色辉煌的世界。在这个世界，我们不知生存了多少年，我们也不清楚自己有多大岁数，但我们活得还像现在一样年轻。那时，人类生存在两个星球上，一个是地球，一个是S星球。有一天，我们的子孙从

S星球回来，要我们也迁移到S星球居住，我们坚决不同意。子孙们说，不愿意到S星球上居住，就跟他们到那儿观观光旅旅游。他们给我们穿上了一身宇宙服，我们‘嗖’的一下飞起了。这时，我也就醒了。”

“哇噻！”我一声尖叫，把她吓了一跳。

蓝尔惊恐地睁着她漂亮的眼睛：“咋？这个梦不好吗？”

“好！”我说，“是一个美好的梦、伟大的梦！”

“是吗？”

“是！为实现这个伟大的梦，就像你说的，我们就从爷爷留下的这片土地开始干起吧。我坚信，只要我们倍加努力，这方土地一定会变成一片金子般的土地，就会生长起无数欣欣向荣金光灿灿光芒四射的大树！”

她笑了。她笑开来的样子，一下子把世界变得更美好了。

一声嘹亮的鸣笛声，在灿烂的阳光中传来。

“啊，”我说，“二爹来接我们了。”

我们穿上衣服，站起望去，见二爹站在苜蓿地外，我高吼了一声：“二爹——”

二爹的一张脸老远就对我们绽放开了，他来到我们身边，蓝尔亲切地叫道：“二爹好！”

二爹满脸喜悦：“好好好！”

蓝尔见二爹看她的大肚子，脸红了。

二爹一脸幸福：“哎呀，我又要当爷爷了！”

蓝尔低着头，两手抚摸着圆鼓鼓的肚子。

二爹不好意思盯着蓝尔的肚子看了，转头望着这片盛开的苜蓿地。

我说：“二爹，咋样？离土后，感受如何？”

二爹望着爷爷留给我的这片土地，过了好久，他说：“过去，一看见土地就发愁、害怕，恨自己咋一生下就是个农民，恨不得插上两个大翅膀，远远地逃离开这片让农民累弯了腰、一颗汗珠摔八瓣的土地。现在，当我们失去了土地，才真正体会到你爷爷说的‘农民离土就顶如离命了’的话啦。”二爹满眼泪花，“是啊，我从来没有像现在这么怀念土地、这么热爱土地啊！可，一切都完了！好在我们都老了，都死呀，失去了土地也没什么可怕的啦！”他长叹了一声，又说：“唉，现在唯一让我们后悔不已的事就是没听你爷爷的话，把钱全放了高利贷。”

没想到我这么一问，引出了二爹这么多的感慨。

听他说到高利贷，我问：“还没收回来？”

“有的收回了部分，有的纯粹要不回来了。”

我说：“抓紧要。”

二爹说：“困难哩，不好要。”

一声响亮的喇叭声传来，我们扬头看去，见一辆商务车驶来，停在了二爹的小车旁。随后，从车上下来几个人，他们是我哥张守弦和马三贵、杏花婶、玉成叔，还有一个我不认识的女人。

我问二爹：“他们咋来了？”

二爹说：“是我告诉你守弦哥的。你大爹、你三爹、你三老婶他们还不知道你们回来了，要是知道了，他们都会来接你们的。”

我一听二爹这么说，泪水险些扑出了眼眶。

他们喜笑颜开，从紫花苜蓿丛中向我们走来。蓝尔喜出望外，两手扶着大肚子迎了上去。他们一见面，杏花婶一把把蓝尔搂在了怀里。

我走上前和他们一一握手问好，轮到跟玉成叔、杏花婶问好时，我叫道：“玉成叔好！杏花婶好！”

杏花婶眼睛一睁：“叫我们啥？！”

我愣怔了一下，忙改口叫道：“姥爷姥姥好！”

他们高兴地哈哈笑了。

杏花婶端详着蓝尔的大肚子，满脸喜悦，说："我们要当太姥爷、太姥姥啦！"

马三贵笑哈哈地走上来："玉成、杏花，祝贺你们！"旋即，他转身过去拉着那个女人走过来，说："介绍一下，这位叫牛蛋，哦，大名叫张守镞，这位叫蓝尔，他俩是两口子。"

那个女人与我俩问好。她很有气质，也很优雅。

我哥张守弦上前来给我们介绍道："这位是张氏股份有限责任公司股东、文化传媒公司经理，西北大学毕业的大学生赵舒贞女士，是我们总公司马三贵副总的夫人！"

我与她问好后，上前握住了马三贵的手："三贵哥，祝贺你！"我看了看他的妻子，说，"你大字不识一牛车，是通过什么手段把这位大学生骗到手的？"

马三贵哈哈一笑："你三贵哥命好！是怎么骗到手的，问问你嫂子就知道啦。"

我看看她，她只对我笑了一笑。

我的妻姥爷王玉成说："是啊，真是人的命天注定。马三贵等了三十多年，没想到等来了一位仙女。当时我们问她，你一个大学生咋就追着要嫁给一个老农民哩？她说，看中的就是他这股牛劲、韧劲和聪明能干的劲！"

我说："嫂子，你好眼力。我从小跟着他耍大，他这人聪明着哩，人也好着哩，他会让你幸福快乐一辈子的！"

跟他们没交流几句，我的普通话味儿和洋味儿一下子就变回卡巴什的土味儿了。

马三贵的妻子笑盈盈的，她抿了抿嘴说："谢谢！其实，一个女人能嫁给一个对自己好的男人，这就足够了。"

马三贵听到这话，高兴地笑了。

这时，我才跟我哥张守弦搭起话来。

我问："哥，现在咋样？"

我哥拍了拍我的肩，对我笑了笑，没说话。

马三贵说："你哥现在是个大人物。他是全国劳动模范，是咱大漠高原张氏股份有限责任公司的董事长，也是咱卡巴什农民的大功臣。"

我说："了不起，了不起啊！"

我听见马三贵低叹了一声。他说："这个荣誉来之不易啊，牛蛋！"说完，他转身望着半坡上山杏林子中爷爷的坟墓。

我说："三贵哥，给我讲讲好吗？"我发现，他望着爷爷的坟墓一脸凝重，眼里有泪在闪烁。

他没有表态。

过了好一阵，他揉了揉眼睛，转身拍了拍我的肩："讲！那就给你讲讲正月初八吧。"

"正月初八？"我问。

"对！"马三贵说，"那年，哦，也就是你去美国那年的大年三十。那天，我想给你爷爷烧几张纸，就和你的爹爹哥哥们一起来给你爷爷上坟。当我们来到这里，见你哥守弦一个人跪在坟前，一边烧着纸，一边呜呜地哭。只听他说，爷爷，你的孙子现在活得连年也过不了了。说死了吧，我不仅给你丢了人，就连老婆娃娃也得跟着死。说活着吧，我过去是那么的风光，现在活得连人都不敢见了，还不如死了好……爷爷，我该怎么办啊……爷爷？你二爹一听这话，也蹲在地上呜呜地哭了。你大爹、你三爹跑过去，抱住你哥哭成了一团。你大爹说，守弦、守弦，是我们没照顾好你……你过得这么艰难、这么煎熬，我们一点都不知道，是我们的错啊。你三爹更不用说了，抱着你哥泣不成声，说，守弦啊，你知道三爹把钱弄回来了，你咋不跟三爹说一声哩？守弦，不怕，等过起年，三爹给你取一百万。你不要难受，啊？！你哥一听，放声哭了。他一哭，我们这七八个人都跟着哭成了一片……啊，噢，那天，我们好一场哭啊，哭完了，忽然觉得天地一下子就敞亮了许多。过起年，这些事可能让你四爹知道了，他就从呼市回来了。他回来后没跟你的三个爹爹一起住，而是跟你两个哥守弓和守弦各住了一晚，然后就回去了。正月初八，你的两个哥哥突然杀了三口大猪，请咱全村的人吃杀猪菜。他俩对父老乡亲说，金融风暴重创了经济，重创了人和人的信用，也重创了人的信心，但我们不能等，更不能靠，我们应该创办一个能养活自己的股份公司。这个公司不属于某个人，它属于全村人，属于每个股民！我们一起创业，大家说，行不行？！这时，你姥姥杏花站起说，我早就盼着有人能带领大家这么干了，今天终于等到了！我们不能被冷子打了一场就不敢种地了！去年，在要钱比要命都难的情况下，他哥俩卖车卖房给大家还债，这样有诚信的人，我信赖！我首先向大家宣布：守弓、守弦创办股份公司，我入股三百万！你姥姥杏花话音一落，立马响起了雷鸣般的掌声。接着，原来咱们社的社长李占元，还有我马三贵、你三老婶、武大山、刘长命等村人都跟着入了股。牛蛋，你知道这天大家一共入了多少钱？”

我摇了摇头。

马三贵：“告诉你吧，当天就入进了二千三百多万！”

“哇噻！”我吼了一声。

马三贵很激动，他攥起拳头：“这就是诚信的力量！这就是抱团取暖的力量！在你的两个哥哥带领下，不到三年，除了给国家上缴的税金外，所有的股东不仅收回了股本，而且还拿到了丰厚的红利。现在，我们总公司已经发展到了五个分公司，你说，他是不是咱卡巴什的大功臣？”

我摇了摇头。

马三贵眼睛一睁：“咋？你什么意思？！”

我说：“功臣这个名头太小！”

马三贵：“那、那是甚？”

我想了想，可想不出一个准确的名头，便脱口说道：“应该说，你们是咱全村人的再生天地！”

我哥张守弦一听，忙说道：“不不不！不敢这么说！牛蛋，爷爷说过，作为一个人，不是披一张人皮就是一个人，要说人话做人事才是一个真正的人。我们这么做，就是想做好一个人而已。”

“是是是！”听我哥这么一说，我觉得自己的脸要着火了，便回头问马三贵，“还有呢？”

马三贵：“正月初八！”

我说：“刚刚不是讲了吗？”

马三贵嘿嘿一笑：“告诉你，正月初八已成了我们的一个重大节日。每年每到这一天，你的两个哥哥都要杀三四口大猪，把全村人和在外面的那些有见识、有头脑、有远见的人请回来，聚在一起吃杀猪菜，让大家畅所欲言，谈意见，谈建议，谈设想，谈项目，谈投资，为新的一年画出新蓝图。牛蛋，记住咱卡巴什人这个抱团取暖、共商大计的大好日子吧！”

“永远！”我很激动，冲着我哥张守弦的胸上给了一拳，“哥，这不仅仅是一个抱团取暖、编织蓝图的好日子，更是一个立信、立义、立爱、立新的好日子，更是一个让人大长品格的重大节日！牛蛋我也要成为这个重大节日中的一员，哥，你们欢迎吗？”

我哥：“当然！”

我望了一眼爷爷的坟墓：“哥，你兑现了你当年给爷爷许下的承诺，我替爷爷谢谢你！”我给我哥深深鞠了一躬，我看见我哥满眼是泪。

过了一阵，我哥说：“当年，要是没有四爹和爷爷对我们的特别关爱，怕是没有我的今天。”说完，他回头望向了半坡上爷爷的坟墓。

我看见二爹也在望着爷爷的坟墓，便走到他的身边。

我问：“二爹，爷爷的牛娃呢？”

二爹回过头望了望苜蓿地：“可能到你大姑家了。”

我“嗯”了一声。

我哥张守弦问：“牛蛋，美国人对咱中国人咋样？”

我说：“又爱又怕。”

“又爱又怕？”

我说：“是哩。爱甚了？爱中国人腰包里的钱哩。怕甚了？怕咱中国超过他们美国了。”

不知为啥，二爹听了我的话长叹了一声。

我问二爹：“村人搬到城里，情况咋样？”

二爹说：“唉，咋说哩，我们在城里农民不像农民，市民不像市民，就是一苗二混子树。”

“二混子树？”

“是哩。你爷爷老土屋周围的小榆树全被嫁接上了金叶榆，当时你爷爷说，尽管老土榆嫁接成了金叶榆，但它的干、它的根，还是老土榆。将来老土榆能不能变成金叶榆？经过几代人的改造，也许它能被改变，但不管它变成什么品种，它都是一苗二混子树。唉，我们这茬子人，再怎么嫁接，再怎么改造，怕是改变不了啦，要改变，就看你们和你们的后代啦！”

二爹一脸沉重，我不知该说什么了，上前深深拥抱了一下二爹，又指着脚下的土地，问：“爷爷给我买下的这片土地，值不值？”

二爹说：“值！但不知你们想怎么用？”

我说：“二爹，等着看吧，我和蓝尔会成为这方土地最新型的农庄主！”我看了看我哥张守弦他们，又说：“我的事业要想有大的发展，还得仰仗大家帮衬和支持哩。”

马三贵一拍胸口说道：“没问题，咱卡巴什农民经过那些风风雨雨，别的没学会，就学会了一样，那就是，一到关键时候，都会伸出手相互帮着扶着往前走哩！”

这时，我哥张守弦突然问道：“牛蛋，你和蓝尔回来，不仅仅是为了爷爷给你留下的这一百亩土地吧？”

我说：“是，也不是。”

我哥说：“你说说是也不是是什么？”

我说：“一个野心！”

我哥问：“什么野心？”

我说：“当一个能造福于大漠高原的大老板。”

我哥说：“口气不小。说说看。”

我说：“实现一个大梦想！”

我哥说：“你说说。”

我问：“咱卡巴什全乡的农牧民现在是不是全部被生态移民了？”

我哥说：“是，全移回卡巴什这座新城了。”

我问：“那，土地呢？”

“全闲置着。”我哥突然睁大眼睛盯着我，“咋，你想咋？”

我说：“我想要一方一眼望不到边的土地。可，我和蓝尔两个人没这么大的力量。”

我哥的眼睛猛然一亮：“说说说！你要这么大的土地，你想干什么？”

我指着山野荒地：“原来人们用这些土地放羊，现在我要用这些土地‘放人’！”

我哥激动了！他吼道：“三贵，三贵，我们怎么没想到？！”他回过身，又给了我一拳，“牛蛋，这四年你没白去美国，今天，你们回来得正好！我告诉你一个好消息：卡巴什管委会，哦，现在是卡巴什区啦，区里要大力发展旅游业，刚刚出台了一系列优惠政策。如果你的项目能批准立项，区政府就会无偿地为你提供三十年不变的土地使用权！”

“太好了！”这回我激动了，“哥，我要创立一个旅游业与旅游资源相匹配的新型产业。卡巴什要想发展旅游业，首先必须开发旅游资源。人们来我们内蒙古最想看什么？看草原！可是卡巴什的草原与呼伦贝尔和锡林郭勒两大草原相比，啥都不是，所以，我要把卡巴什闲置的土地开发成一个与草原有别的花的原野！”

“花的原野？”

“是！把所有闲置的土地种上咱当地的各种香草良木就足够了。这样，不仅解决了卡巴什进城农民的再就业问题，而且还是一项一劳永逸的大产业，更是一项生态建设的大工程。我敢说，用不了两年,卡巴什就会变成一方‘放人’的胜地、花的世界。哥，你说，行吗？”

“行，太行了！”我哥右手握拳，“啪”地击到左手掌上，“牛蛋，我们公司入股，你同意吗？”

“同意！同意！”我连连说道，“我求之不得！”

“牛蛋，这两天你们别休息了。”我哥一脸兴奋，“你和蓝尔马上准备可行性报告，报告一出来，我们帮你们立项。”

“谢谢了！”我的鼻子一酸，泪水就把我的眼睛浸泡了。

“不用谢！”我哥握住了我的手，“牛蛋，咱们联起手来，把今天这块放羊的土地变成明天‘放人’的花的原野，一定要把咱卡巴什变成一个真正的人间天堂。”

突然，二爹和马三贵他们拍着响亮的巴掌，欢呼成了一片。

我和我哥见他们如此欢欣鼓舞，也高兴得无比猖狂地笑了。

这时，有风吹来，我看见满天满地的花儿向着我们，也在欢天喜地无比灿烂地大笑着。猛然间，我看见爷爷的牛在紫花烂漫的苜蓿丛中，在阳光团子里，摇头摆尾地迈着稳健有力的步子向我们走来……

回眸间，我看见了爷爷，他手扶犁杖，轻轻扬着鞭儿，赶着牛娃，犁着土地，他喜悦的笑像犁铧上翻起的新土在脸庞上翻滚卷扬着。我一头跪倒在地，“当当”地磕着响头。我这突兀的举动把二爹、蓝尔他们吓了一跳，问我干甚哩，我没有急着回答他们，举头看去，犁地的爷爷消失了。

我跪在土地上说：“叩拜老祖宗哩，叩拜土地哩！”

二爹说：“牛蛋，你没变，你爷爷教给你的你没忘。”

我说：“本性难移哩。从小跟着爷爷给土地爷、给土地磕头，已养成性了。”

从地上站起，我回头看了一眼身后像爷爷一样的山梁，那山梁如钢似铁，有棱有角地扬着头傲视着前方。也就那么一眼，我感到我的骨头我的棱角如铁水灌铸一般在“铮铮”地往一起凝结着。我仰头望向天空，当天有一堆洁白如棉的白云，西边是一堆青灰色的乌云，东方却涌起了一片万马奔腾般的带金红边的金黄云。再看爷爷留给我的土地，我发现天地间一派万象重重……

2014 年 2 月 8 日—7 月 30 日初稿于呼和浩特大象堂

2014 年 12 月 24 日—2016 年 1 月 9 日改于鄂尔多斯、达拉特、康巴什

2016 年 8 月 13 日—2017 年 10 月 18 日修订、修改于康巴什、呼和浩特大象堂

这就是作家

何建明

如何来记下这片土地，也许我们要用一百年、一千年，甚至一万年来看待这块土地。城市的命运不是我们人类的命运，人的命运一百年就差不多了，这已经很长了。而一个城市恐怕至少是有一百年、一千年。我们如何看待它，实际上是要有一种胸怀，要有一种建树，要有一种长远的观念。而在这个时候，我们当代人对它的认识恰恰是不够的。谁来认识它？怎么认识它？张凯先生作为生长在这块土地上的一个康巴什人，他用自己的情感，用他的笔，用一个作家的、艺术家的感觉，记录了这块土地上的初始阶段，我们现在用一个词说，叫“雏形”阶段。康巴什的“雏形”用一部《大风》的小说把它记叙下来，这中间有眼泪、有汗水、有笑容、有欢乐、有痛苦，酸甜苦辣，更是珍贵的。《大风》就是这块土地上的、原生态的、最雏形的记录。我认为这特别重要。作家要做的就是这些。

一千年以后，重新看张凯这本书，也许和他的这座城市一样，它是一个伟大的城市的伟大的作品。我认为，这就是小说的魅力。因为，一百年以后，我们没有人知道这片土地怎样从一个荒芜的沙漠，在短短的几年时间之内，建成了一个同时代最具真实感的北方现代化城市，没人知道这个过程当中我们的人经历了什么。长篇小说《大风》完成了它。张凯的小说，记录了这些普通人走过的这个历程。因此，我觉得张凯尽管记录了小人物，他的爷爷、他身边的人和他的父母、他自己、他自己的孩子，其实，他记录的就是这个城市、这个地区、这个时代、一千年以后这个城市的最初的这种《大风》中的风采。

这就是作家，这就是作家给后人留下的宝贵的文学遗产。我们的使命、我们的责任就是这些。所以，《大风》这部作品对这个地区、对这个城市、对张凯本人，甚至对鄂尔多斯、对内蒙古、对我们的文学事业都非常重要。

作者系中国作家协会党组成员、副主席，著名作家

阵痛与向往

——评张凯先生的长篇小说《大风》

刘玉琴

农民与土地的关系问题，一直是农村题材创作的母题，也是新形势下深化农村改革的主线。小说《大风》把视角投向近十多年来发生在当地的深刻的农村变革，围绕农村、农民、土地的关系与变化，通过一个村庄的历史变迁、人心沉浮，折射了新的历史背景下，深广的农村乃至整个社会的发展进程中，农民的生存状态、生活情感、愿望与梦想。

当今，中国正面临巨大社会转型，国家实力和人民生活大幅提升。随着经济体制的深刻变革，社会结构深刻变动，利益格局深刻调整，以及面对市场经济时代、高科技时代和全媒体时代的冲击，人们的思想、情感、认知习惯和行为方式，包括精神冲突、伦理关系、情感构成等也都形成新的特点，新的题材、新的人物、新的情感和新的期待，呈现出社会生活的斑斓多姿之态。其中，逐步深化的农村改革、农民生活的巨大变化和农民的情感世界，无疑为作家提供了宽阔的抒写空间。在新农村建设的历史大潮中揭示时代的进步，在利益多元交织中呈现人心的取舍、表现人性的深度，成为作家直面现实、清醒创作的重要面向。

不久前，在纪念中国共产党建党九十五周年大会上，习近平总书记在讲话中将文化自信与道路自信、理论自信、制度自信并列，扩展成为四个自信，并强调，文化自信是更基础、更广泛、更深厚的自信。什么是文化自信，文化自信是一个国家、一个民族、一个政党对自身文化价值的充分肯定，对自身文化生命力保持的坚定信念和发展希望。换句话说，文化自信是一个民族在文化问题上所具有的一种积极的精神状态，它体现为观察、思考和推动社会发展进程中对优秀传统文化的礼敬，对现实生活的关切，对存在问题和矛盾的直面与审视。

张凯先生的《大风》，无疑对当地农村现实有着独到观察和体验。他勾勒了近年来农村发展的历史进程，尤其是对生态建设、城镇化建设快速推进和金融风暴突然来临之际，农民与土地变与不变的情感与变化有着生动描述。对爷爷一类的农民将土地当作生命的情感认可，对社会中一切真善美的赞扬，显示了作者对中华文化凝结而成的最深沉的精神力量的坚守，彰显了其深厚的文化自觉与自信。这种自信让他笔下的人与事、农民的生存发展和价值诉求，成为这个时代人性变异和主题升华的缩影。这种真实感与审美价值，是作者对自身文化内涵充分理解认同的折射，是中华优秀文化基因深入到作家和描写对象骨髓的形象印证。

作者通过对一个草原村庄的描写，呈现了时代发展的速度之快，以及社会进步所带来的阵痛。近年来的农村改革风潮袭击了村庄的每一个角落，从“禁牧风”“征地风”，再到“放贷风”，多次重大的历史变革，把他们的命运一次次推向波峰谷底，身处时代迅速变化中的农民在巨大的利益诱惑下，上演了一幕幕惊心动魄的大戏，其间幸福与阵痛并行，迷茫与期望交织，他们向往新的生活，又与旧的农耕文明有千丝万缕的联系，他们渴望富裕，又在迅速暴富之后迷失了方向，他们向往着城里人的生活，又与融入城市有着巨大的缝隙。

作品写出了村民的阵痛甚至迷失。但作品的总体基调——对新生活的向往、对道德理想的尊崇与追求，始终未变。小说以浓厚的情感、平和的心态，陈述当下农村的社会现实，以及一个小村庄与整个社会的大勾连。中国农村的重大发展大历程，中国农民的思想情感变化，他们的坚韧顽强、吃苦耐劳、敦厚善良品格都行走于字里行间。张凯对农村真实现状的艺术书写，对传统文化基因的礼敬，对时代与现实生活的关切，都在有机的情节里得以舒展。

作品中的爷爷是一个独特的存在。他与土地的感情极为特殊，对土地难舍与依恋，不仅视自己为土地的依附，也将自己作为土地的主人，土地是他最重要的情感与精神寄托。他崇拜土地，热爱土地，至死不离，因为离开了命也就没有了，他和土地是一种生死相依的关系。当然他对农村未来的发展有着自己的坚定信念和新的期待。这个人物身上，有世事洞明、正直善良的一面，也有隐忍无语的无奈，还有着农民的小小的狡黠。一方面他对历史发展有着深刻洞察，另一方面对时代发展有着前瞻性的预见。政府革了农牧民千百年来传统养畜的命，让农民迅速暴富，在高利息诱惑下，又将巨额征地款放了高利贷……他对人性的扭曲与沉沦等有着理性认知，并尽力向真善美方向引导。这是一个认为有根才有盼，对生长在土地上农民的生存方式、走向有着清醒判断的农民代表，因为有丰富的社会经验，对社会物质发展太快而灵魂没有跟上现象有着深刻警醒。作者对这个人物的塑造是现实的又是超现实的，是农村的在某种程度上又是超越农村的。现实主义手法和浪漫主义情怀有机结合，让人物形象塑造别开生面。

爷爷这个人物的塑造有独到之处，其他人物的描写也有一定特色。与爷爷对土地的坚守不同，同一村庄的其他人则对离开土地之后的新生活充满渴望。实际上，每个人都在与土地的关系上做出自己的比较与选择。作者深情地关注着农村的土地问题，关心着这块土地上农民的命运，并力图站在一定的制高点上，呈现时代发展进程中新旧文明的冲突碰撞与融合。作者深知，新的文明在农耕文明的基础上开拓发展，农耕文明的优秀遗存，包括物质的、精神的，尤其是人的纯朴善良、对土地的不舍情感等，都会在新的生活中延续。这是中华文明传统的深厚滋养所致，是作者对哺育了一代又一代中华儿女的大地母亲的虔诚礼赞。当然，在重大历史变革，亦即在生态建设、城镇化建设和金融风暴的起伏跌宕中，人与人、干部与群众、亲朋与友邻之间等，真善美与假丑恶的较量也时常错综复杂地交织在一起，但这没有影响中华文化精神的正道直行，也没有阻挡新一代人对土地的情感与膜拜。作家写出了新旧冲突、发展轨迹、人心人性之复杂，又始终表现了希望故乡变得土肥水美的愿望。这种对古老优秀文化传统的真诚敬畏，这种坚定的文化自信，源自对自身文化价值的坚信不移，并由此荡开一片农村生活书写的广阔天地。正如习近平总书记在文艺工作座谈会指出的：文艺创作“应该用现实主义和浪漫主义情怀观照现实生活，用光明驱散黑暗，用美善战胜丑恶，让人们看到美好、看到希望、看到梦想就在前方”。张凯先生的描写对讲话精神是一种真切自然的呼应。

农民与土地的关系问题，是直面农村许多现实问题的总闸门。对土地的热情与背离、抛弃与难舍，包括对土地的利用与挖掘，始终贯穿着农民的生活。解决好农民与土地的关系问题，许多问题都可以得到妥善解决。这一关系发展变化的背后，隐藏着巨大的农民利益的诉求与渴望，隐藏着整个国家发展进步的政策思路和历史动力。从作者笔下的一个小村庄的发展变迁中，我们可以看到近年来中国改革开放后农村的巨大变化，从一群普通人的思想观念变化中，从曾经异常紧密的亲情邻里关系的疏离中，可以看到新时代农民思想发展变化的基本脉络。作品可谓以小见大，小村庄大视野。这种对农村现实风貌的深刻反映，有现实热度，有情感温度，有感染力度。作者深入生活的抓取能力和时代洞察力，为讲好中国故事提供了有益的启示。

作品中多次描写到，爷爷说了，农民离了土地就顶如离了命啦。这对当今的社会现实是一个很好的观照。如今很多失去土地的农民，在城市与乡村之间的夹缝中讨生活，他们的生存现状和未来走向，引人关注，引人忧思。爷爷去世了，土地的守护神离去了，但爷爷给孙子置下的土地，又意味着新一代守护神的诞生。这是农村发展的新的前景，让人对身处夹层生活的农民身怀忧虑的同时，又对他们的前路抱有新的希望。这是作家张凯的不同凡响之处。始终敏锐地关注现实生活，写出大时代中社会变革的历史进程、农村建设的跌宕起伏，又不忘昭示未来农村发展的新的生机，坚持以正面的积极的力量鼓励人、打动人，这是作家责任良知的艺术体现。

作品的叙事方式比较灵活，细节的描写真切感人，语言生动活泼，遣词用句讲究，有自己的特点——形象，生动，别致。

作者系《人民日报》文艺部副主任、文学评论家

历史的阵痛 时代的喜悦

——张凯长篇小说《大风》读后

耿 瑞

《大风》是一部关于土地与生命、改革与坚守相撞击而发出的心声，是一段温暖、抗争、拼搏、奋进而百感交集的历史，是一部引发心灵强烈震撼与共鸣的长篇小说。

鄂尔多斯新建城市“卡巴什”的诞生，突破和违背了世界历史上有过的造城经验（英国十六世纪到十八世纪的“圈地运动”历经二百多年才完成了城市化，即农耕文明向工业文明的过渡），才几年的工夫，一座现代化城市便屹立于高原之上。

“卡巴什”现象看似偶然，如理性地看，却是历史发展、社会进步的必然产物。几千年来，中国历经多少战乱动荡，也只是农耕文明历史阶段中的改朝换代而已，从未实现农耕文明到工业文明的历史革命和社会转型。近百年来，经过复杂艰苦的探索和奋斗，中国才举步跨入工业化、信息化社会，城市化是这一伟大历史进步的重要标志，是无数仁人志士牺牲奋斗百年的梦想。“卡巴什”成为鄂尔多斯高原上一颗璀璨的明珠，它承载着重要的历史意义和丰富的社会转型的经验。

《大风》的作者张凯，作为在此开垦耕种数辈的张氏家族的后辈，是这一伟大历史变革的亲历者，他本可以写一部有轰动效应的纪实作品或报告文学，但他选择了小说这一具有更高难度和更高审美价值的形式。几年来，他处于痛苦的纠结中反复思考掂量，终于透过这一历史瞬间的表象，挖掘到“卡巴什”现象的历史本质和它审美价值之所在，用精练而富有地方色彩的语言完成了这一宏大史实的文学叙述,成就了长篇小说《大风》,揭开了“卡巴什”神秘的面纱，为这座现代化城市锦上添花，增加了一道文学的光环。

长篇小说《大风》的开篇出现了牛蛋、爷爷、老牛，这三个意象型形象贯穿了整部小说。“三”，这是个神奇的数字，它是中国传统文化中的“母数”，所谓“一生二,二生三,三生无限”,“卡巴什”乃至世界的万物万象皆为此“三”所生。以“天，地，人”三者为纲的结构，表达了作者对世界的中国式理解和审美把握。

作者苦心积虑地选择了这一具有中国独特思维模式的文学叙事方式，表现了牛蛋这个天真无邪的孩子眼中形形色色的世界，一个幼小懵懂的心灵感知和他的成长历程（民间有个说法：十二岁以下男童的眼睛能看到灵异）。所以小说开篇便让人感觉和进入到浓郁的文化氛围之中，也因此，面对“卡巴什”这场轰轰烈烈、悲喜交加、心灵激荡的时代大风，不得不陷入对文化的深入思考和探究。

爷爷是小说中着墨最重的人物。他背负着中国五千年农民与土地的宿命，是中华传统文化的体现者和传承人。他有强盛的繁殖力（在有了五男二女之后，年至八十仍能与情人偷欢），有丰富的阅历、过人的智慧、知善而行的良知以及料事如神的经验，受到了乡人们的尊崇。每当大风来临前，六神无主的人们便带了香火供品请他算卦以避祸解难，他是乡民心目中的土地爷。漫长的农耕社会，农民将土地爷奉为生存之神，这是乡间较为普遍的信仰。民间七十二行，几乎行行都有各自信奉的神仙，这种多神信仰虽然算不上严格意义上的宗教，但它和儒学思想一样有着深层的宗教性，它肯定人长期积累经验本身的神圣，这便使人的生存经验成为一种实在的无需上帝而只有益于人类生存发展的“民间宗教”。人对生存经验的信仰构成了中华民族精神，使中华文明历经五千年仍继续发扬光大，因此爷爷和他的家族注定要承受这场大风带来的历史与时代剧烈碰撞的痛苦。

当第一场风吹来时，爷爷为李乡长算卦，他仰首道：“十头畜牲九头困，剩下一头活不成；过个三年并五载，荒荒乾坤复昌荣。”禁牧是“阳光中走动的风”，爷爷预料的是“卡巴什”的另一种选择，即建设一个现代的生态文明牧野村庄。这可视为爷爷的梦想，所以他微笑地看着马三贵等人滑稽表演，沉醉在丰饶的土地上。作者并不完全是为了确实反映“卡巴什”历史瞬间的原有步伐，而在意于对农耕文明文化形态的自信，表达对中华文化的崇敬和对未来发展愿景的美好向往，从而为后来两场大风的出现规定了它的历史意义，即时代前进中不可逾越的历史存在。城市化是农民的一场现代精神洗礼。

当第二场征地建城的强风刮来时，爷爷成了众目睽睽之下最硬的坚守者。征地建城是当前具有历史进步意义的重大改革，而农民无可逃遁地成为这一变革的对象。骤然间离开祖辈赖以生存的土地，不仅要改变原有的生产生存方式，同时要经受精神撕裂的痛苦：无家可归的迷茫，信仰被颠覆的恐怖，生命无所依托的绝望。小说《大风》真实地记载了“卡巴什”这一重大历史事件，通过对人们心灵历程的深刻剖析、对人性的严肃批判和对文化的反思，描绘了这一事件惊心动魄的生动画面，以及令人掩卷深思的历史意义和时代价值。

如果说人们的抵制抗争是为了维护争取自身利益，而爷爷成为唯一以命抗拒拆迁祖宅的坚守者，却是为了捍卫五千年的中华文明和他对中华文化的自信尊崇。《大风》赞扬了爷爷这种像他的牙齿一样坚硬的宁碎不屈的精神，这是支撑中华文明延续不绝的民族精神。小说穿过戏剧性的故事，揭示了“卡巴什”征地建城的历史和现实，传统和时代深层的矛盾斗争——即历史文化与时代精神的博弈。

因被征地暴富的农民几乎一夜间成了“土豪”，他们一时精神亢奋、无所适从，“钱迷心窍，都疯了！”贪欲这一人性中原本被良知压制的魔鬼复活了。因分钱，兄妹成仇逼母上吊；因争钱，叔侄反目打上法庭，因钱发狂——“卡巴什”遭遇了空前的精神滑坡。关键时刻，爷爷的一场祝寿，一场传统的仪式隆重的九十大寿庆典，唤醒了家人及乡民们心底以孝为先的伦理信仰，驱散了金钱的迷雾。“爸爸的生日庆典简直就是一场狂热的爱”，爷爷的美国儿媳感慨万千。爷爷在危机时刻祭祀了传统文化精神的法宝，以人间大爱唤回了人性的回归，“卡巴什”渐渐恢复了往日的平静。

《大风》真实地表现了中国民间祝寿的习俗，细腻地刻画了人们心灵洗礼的过程，生动形象地描绘出一幅激动人心的风俗画卷。更重要的是成功地证明了中国传统文化精神在当代的价值，证明了历史与时代碰撞的今天，传统文化精神的不可或缺的重要性。爷爷说“好东西永远不会过时”，爷爷保住了祖宅，精心地把它布置成一座农耕博物馆，留住了历史，留住了传统，留住了他坚硬如牙的精神和中华文化的自尊，也留住了“卡巴什”这座新城的文明之根。

第三场大风悄然而至。民间集资放贷的高额利润重又引发了人们的贪欲，除爷爷因“卦象混沌，祸福相依”没有参与，几乎全民放贷。财富的高速增长，使人们沉迷于钱生钱的狂欢中。爷爷苦口婆心地提醒：“利大催本，这是老祖宗的话。”“钱字背上三把刀。把持不好了，它就会砍断你的脖根。”但在物欲横流的今天，道德警示抵御不住金钱的诱惑。仅两年的时间，资金链断裂，贪欲的狂欢变成了人间悲剧。非法集资的老板们跑路的跑路，自尽的自尽，投资者本利无收，几乎一夜间从财富的山顶跌入谷底。更为可怕的是道德底线已被金钱轧破，老板们有钱不还，甚至将巨款藏入坟墓……讨债的追债的躲债的演变成了暴力，一场精神大崩溃，令人不寒而栗。地狱之门洞开，谁来拯救这许多堕落的灵魂？

集资放贷的孙子在爷爷和四爹“人以诚信立身”的劝导下卖了名车豪宅还债，这一举动感动了投资人，中华道德精神像一阵清风驱散了人们心头的迷雾。在人们的支持下，孙子的公司迅速发展，几年时间便带领乡亲们进入了工业建设的时代大潮。小说又一次生动形象地证明了中华文化的生命力，显示出它以人为本的强大自救功能。

中华文化是几千年来人类生存经验的结晶，它深层的自然主义基因使其具有顽强的自生自续能力。在“卡巴什”这场历史与时代的博弈中，传统文化与时代精神扬弃相容将重构适应历史进步的现代精神。随着城市化的发展，大批农民离开土地，但昔日的田园和爷爷的农耕博物馆已成为他们的精神寄托和心灵家园。

乡村的消失并不意味着乡土文学的消失，田园在工业化、信息化中将作为理想精神的参照坐标，识别非人性、反自由的社会人格缺陷。作为批判社会的审美根据，在审美批判中吸收新的生存经验，丰富完善自身，成为精神重构后的现代文化。

爷爷走了，他把像牙齿一样坚硬的中华民族精神留给了子孙后代。在大风中，爷爷代表的农耕生产方式随土地一同退出了历史，爷爷成为最后一位“土地爷”的艺术形象。

牛蛋在小说中是一个和爷爷有着同等重要地位的文学形象，如果说爷爷筑就了小说的底蕴，那牛蛋就是小说的高度。牛蛋是作者切入故事的视角，小说讲述了牛蛋眼中少有掩饰的世界，记叙了他好奇丰富的心灵感受，同时，他也是作者精心塑造的人物。牛蛋和蓝尔的爱情故事就像一个美丽的童话，天真本元、纯洁无瑕的感情世界与善恶交替、泥沙俱下的“卡巴什”事件形成鲜明的对照，使《大风》的文学叙述呈现沉重与轻松、繁杂与简洁、张弛有度的二重奏。两条线的交叉进行，增加了小说的艺术张力，让严酷的现实生活时时透露出美丽的闪光，这是作者现实主义与浪漫主义相结合显示出的审美意境。

牛蛋和爷爷相依为命的十多年里，天真纯净的心灵本能地吸收了爷爷可贵的文化精神，赴美学习自然受到域外文化的熏陶。中华文化合而不同的包容性将世界两大文化融合地体现在他和恋人蓝尔身上，因此，牛蛋是一个寄托着作者理想，体现未来世界文化趋势的新人物。小说尾声，从美国归来的牛蛋和妻子蓝尔到爷爷留给他的草地里，在蓝天绿地草香花美中尽情享受，心灵自由地飞翔。当二人裸身躺在清澈的溪水中时，让人很自然地想起创世纪中的“伊甸园”，不同的是小说中的“伊甸园”已不是人类蒙昧时期的天堂，而是人类经过漫长岁月的奋斗到达的自由精神的彼岸，是人类的终极回归。尾声这一笔集中体现了作者的浪漫主义情怀，标出了小说的精神指向，在结构上与“禁牧”后的美丽前后呼应，标明了城市化之痛苦的阵痛性质。

当今，文学创作面临如何讲好中国故事、传播中国经验的问题。百年来，特别近三十年来的文学实践表明，域外的文学精神和表达方式无法真实而深刻表现中国特有的历史现实生活和深层的文化精神。《平凡的世界》《白鹿原》的经验说明，历史现实生活包含的审美价值对作者的感知具有一定的规定性，导致作者在表现方式的选择上无法完全脱离所能感知的生活，所以讲好中国故事必然会受到这一经验的局限。因此，讲好中国故事必须选择和创造适合其文化精神的方式。小说《大风》在“现实主义结合浪漫主义并以个体生命自由为精神指向”的创作方面做出了有意义的探索，也为创作现实作品提供了一个新文本。

小说中爷爷“占卜”，爷爷、三老婶等人祭拜土地爷，老土牛挺角保护爷爷以及牛蛋多次梦境预兆，风雨雷电的天人感应等描写，表现了人的精神世界的复杂性和神秘性，丰富了小说的内容。《大风》继承了传统小说的混沌审美经验，扩展了现实主义的宽度和深度。老土牛“强奸”荷兰乳牛,金叶榆与本地榆嫁接，蓝尔的梦，象征着世界文化“各美其美，美人之美，美美与共，大同世界”的发展趋势，也象征着“卡巴什”农民变市民的美好前景，其隐喻、象征等现代手法的应用，使小说区别于批判现实主义，成为“当代独具中国文化意味并融合世界成功艺术手法的现代现实主义小说”。

作者系内蒙古文联文艺理论研究室原主任、作家、国家一级创作评论家

《大风》的寓言

——小说《大风》读解

高明霞

张凯的长篇小说《大风》，是精神还乡的诗性表达，其中渗透着作者浓重的乡土情怀，在西部乡村日常风物的生动描写中，那种割不断的血脉亲情土地情感一波又一波地冲击着读者，不断地引人发笑，又不断地催人泪下。《大风》还是一部对于现代化、商业化、城市化背景下乡土价值和人文精神的哲理探询，以一个孩子的目光讲述故事，在富有童真童趣的叙事中透露出关于人类精神家园的深刻思考。

《大风》不是寓言，它通过一个孩子单纯活泼的讲述，蕴含着丰富的历史文化内涵，随着讲故事的孩子的成长，反映了开拓"卡巴什"的奋斗历程，揭示了新的历史条件下现代文明与传统文明更迭的必然，表现了这块热土上人们坚守、抗争、牺牲的精神世界，展示了现代文明产生的阵痛与前景。

一、土地

爷爷是《大风》着力刻画的主人公，小说从"爷爷一声长叹，我感到我的耳边刮起一股强风"写起，最终由爷爷的死进入结局，引发尾声。作者在刻画这个人物时，借用叙事人孩子的仰视视角，运用近乎神化的夸饰手段，将他塑造成一个能掐会算、会观察天象地情而预言未来的民间智者，他不仅是张家家族的顶梁柱，而且是全村人的主心骨。从叙事艺术的角度看，是这个人物勾连起故事的情节线索，并通过他揭示出“卡巴什”的沧桑之变，从一个家族的命运反映出社会的历史变迁。在我看来，爷爷在作者的心中是一尊“神”，是被族人和村民们奉若神明的“土地爷”的化身，每在大事临头需要爷爷拿主意的场面里，都少不了人们首先焚香敬奉土地爷的细节，因此说，爷爷的形象寄寓了作者对农民文化心理的理解，也寄托了自己热爱故乡土地的情与思。

土地是人类的母亲，之于中国农民而言，土地就是人的命根子。在中国五光十色的乡土文学谱系中，土地是重要的抒情意象，是关联人物命运的载体，是农民立身立人的精神资源。《大风》的故事核就是卡巴什人对土地的依恋和丧失土地的痛苦茫然，爷爷这一形象的典型意义就在于他与土地同生存共命运的农民情结：他抓起一把土“放到鼻子上闻了闻，伸出舌头舔了舔土，放在嘴里吧唧了吧唧”，“又从深洞里挖出一把土，放在手心一挫，土像筛子里一样，从十指尖唰啦啦地漏下去。”征地开始后，“爷爷的心伤痛了好一阵”，从此后他时常望着土地走神，“爷爷的头发，白了”，“爷爷的精气神大不如从前了”，一下子衰老了。小说的高潮是爷爷九十岁大寿，儿孙全体来到他的身边，离别乡土的乡亲们聚集在一起，一曲曲讴歌土地的民歌畅快淋漓地表达了农民血液里世代流淌的土地情。爷爷苍劲宏厚凄婉动听的老嗓门，唱出一曲撼人心魄的“天问”之歌，这歌是爷爷诀别生命、诀别土地、诀别乡村的典礼，爷爷的灵魂随着信天游的旋律飞扬，读者的情感在泪水激荡。如果有人问，农民与土地的感情有多深，我会把《大风》介绍给他们。

进一步说，《大风》中爷爷的性格特征在某种程度上是土地品格的人化显现：爷爷宅心仁厚，儿孙满堂，赢得家人和全村人的信赖，有威望，有凝聚力。他虽然不是伟人，无法改变历史发展的趋势，但他身上厚德载物、庇荫子民的精神，使他变成了大家心目中的“土地爷”而备受崇敬；爷爷狡黠智慧，村民们的家长里短到了他的面前就会化干戈为玉帛。每当关键时刻，他能够伸缩有度地带领大家抗争变通，尽可能为乡亲们争取自己的利益。在巨大的金钱魔力面前，村民人心涣散，家里人因钱财而豆箕相煎时，爷爷提议办寿宴，一改往日的节俭习惯，肆意挥霍了一把，用“一场狂欢的爱”唤醒人们日渐冷漠的心，唤回了亲情乡情。爷爷行施的不仅是孝道的感染力，也是土地和风化雨的力量，天然的土地力量早已积淀在农民的集体无意识中。爷爷身上体现了人伦魅力和土地道义的统一，因而具备了“土地爷”的神性。小说多次写到爷爷和三老婶偷情，从表面看这也许是在表现乡俗民风，或者是为了点缀故事的趣味，如《大风》开篇爷爷出场时差不多八十岁了，但在男女之爱方面依然雄风不减。这细节描写绝非闲笔，它对于体现人物性格，体现人物之间超越友情而非亲情，融崇敬、爱意、乡情等微妙复杂的关系都很有作用，增加了人物的独特性和故事的魅力。如果把爷爷和三老婶之间的关系放在小说整个叙事语境中，其寓旨内涵是不是表征着土地顽强蓬勃的生命力呢？

二、乡村

“人们都搬走了。”“村庄变成了废墟，树木、道路、山圪蛋、爷爷的房顶上满是灰尘，望去尽是尘土的灰色面孔。”《大风》的故事发展到第三十三章后发生了转折，紧接爷爷九十大寿狂欢的落幕，村庄消失了，村民进城卷入高利贷经济风暴中。小说中无处不在的有形或无形的“大风”意象，呈现出“问君能有几多愁，恰似一江春水向东流”的意境，弥漫着无尽的乡愁。乡愁，文学艺术的一个抒情母题，蕴含着人们回不到故乡的惆怅哀伤，中国人的故乡和文人墨客心灵世界的原乡，多为乡村所牵动，思乡寻乡的情结大都维系在乡村的图景中。《大风》的乡愁之韵在离别乡村的挽歌行板中萦绕。

曾经充满温情的村庄消失了，仅存的爷爷的小屋成为博物馆，作为乡村的符号孤零零地立于一角。卡巴什村消失后，小说中人物的命运发生了不可思议的变化，人们一夜暴富，住上了高档别墅，开起了豪车，境外游，奢侈品消费，作者用五个故事概括了农民变成“土豪”后的状态。短暂的狂热后刮起了讨债风暴，亲人反目为仇，甚至以命相拼，金钱像魔鬼一样打开了人们欲望的闸门，使乡亲的力量消融在财富的诱惑中，人的灵魂迷失在追逐金钱的旋涡中。最后钱没有了，无情的现实击碎了人们的美好向往，没有扎下根的进城农民像沙蓬一样，灵魂找不到真正的归属。爷爷的诀别之歌唱道：“大风刮过留下了山冈，大雁飞过留下了天空，草木一秋留下了根，人活一世要留下个甚哟——”爷爷的歌其实就是一个寓言，它暗示着乡村消失后农民的命运，“人活一世要留下个甚哟”，痛心疾首的诘问在歌中反复，发人深思。

作者采用戏谑的方式讲了五个关于土豪的故事，这些故事令人发笑，笑过之后又让人心里隐隐作痛。卡巴什的村民们告别了自己的乡村，把自己的生命之根从祖辈经营的土地拔出，虽然获得了财富和短暂的享乐，但他们失去了灵魂的依托，带着泥土气味走进城市后，身份的蜕变过程不啻为旦丁《神曲》中炼狱的磨难和考验，作为牺牲，故乡人的痛楚令人同情，在现代文明的历史进程中，是他们奉献了自己的土地和乡村，一座气势恢宏的城市拔地而起了，但他们的价值何在？我认为《大风》深刻之处就在于它写出了城市化过程中农民作为牺牲者茫然的精神世界，写出了被扭曲了灵魂的人在荒诞过后回不到故乡、精神无依的悲哀。

《大风》包含着耐人寻味的悲剧意味。

三、守望

牛蛋，《大风》的叙事者，也是故事中的主人公之一，他以孩子的身份自由地出入故事情境，时而是旁观者和倾听者，时而是当事人和亲历者。

作为叙事者和倾听者的牛蛋，通过他儿童式的思维方式和口吻所建构的叙事话语系统，呈现出了成人生活的本色和人世间的苦难沧桑，他各种懵懂的感觉和充满梦幻的想象，成为成人世界的一种隐喻，暗示着社会的变化就是在种种的不解中发生，是不以人的意志为转移的。作为当事人和亲历者的牛蛋，在故事中是一个成长者的形象，他自幼被寄养在老家爷爷的身旁，在故乡风土人情的熏染下健康地成长着。牛蛋长大了，乡村消失了，爷爷去世了，乡亲们离开了，他追随在海外留洋的爸爸去了美国。在美国，他接受了西方文明的教育，之后带着怀孕的妻子回到爷爷留给他的土地上，“成为这方土地新型的农庄主”，立志“经营出一片新天地”。《大风》中牛蛋的成长是一条重要的线索，与爷爷辈的经历形成复调结构，演奏着苦难与欢乐、悲凉与戏谑、抗争与奉献、牺牲与守望的交响，牛蛋成长的心理节律在其中跳跃。作者塑造牛蛋的形象，不止是一种叙事策略，同时将他作为卡巴什的守望人，寄寓着美好的理想和期待。

《大风》的整个叙事情境是写实的，而故事的尾声却是乌托邦式的。在强大的现代城市文明冲击下，卡巴什从乡村变成了城市，土地上生长出水泥的森林，乡村文化维系了千百年的生活秩序不复存在，农民变成了公司的股东，上过学的年轻人成为国家工作人员，唯有牛蛋本性难改，回归乡村，守望爷爷留下的一块田地，做新时代的新式农民。作者借助牛蛋讲述故事的同时，刻画了一个理想化的乡村守望者形象，他与故乡有着割不断的血脉关联，又具备了国际性文化素养。他幼年被寄养农村是出于无奈，成年后获得了新的身份资质后回归农村则是一种精神信仰的选择，无论世界如何变化，人的精神家园与故乡与土地与乡村割舍不开。

牛蛋的成长和回归，隐含了作者重塑乡村文明的诗意情怀，他在描写故乡离别乡村文化现实的同时，也在表达着传承故乡乡土文化的期待。长篇小说要写活历史，也需要写出哲理，牛蛋的形象不如爷爷那样丰满，发生在他身上的故事似乎有些幻化，如他的身份、他与蓝尔的爱情，但值得肯定的是，作者在这个人物身上所寄寓的理想和他回归乡村的意义，深化了《大风》关于土地、关于乡村的主题意蕴。文学作品在回望历史的沧桑和抒发乡愁时，也应该点燃一盏照耀人理想的烛光，牛蛋守望的既是故乡即将消失的田园，也是现代人所向往的理想境界。

四、开拓

《大风》所讲述的张氏家族的故事，记载了卡巴什的先人用智慧和武力开拓出这块土地的历史，故事里包含着开拓者不屈不挠的抗争精神。如今，卡巴什由乡村变成了城市，张家的后人和村庄的人们再一次经受着社会转型的考验，在前所未有的经济大潮面前，虽然一些人栽了跟头，但有一种力量驱使他们站立起来，检点以往的过失，洗刷灵魂的污点，再次迎接历史的挑战。试想，对于从农村进入城市、直接跨入金融大海的卡巴什人而言，这是一场何等严酷的考验？祖先注入卡巴什人血性的开拓精神，在新的命运挑战面前产生了新的时代含义。

小说中的老黑牛“牛娃”是个很有象征意味的形象，它是爷爷和牛蛋忠实的朋友，与爷爷如影相随，和爷爷一样生命力旺盛，身上有着一种神秘的威严感。爷爷去世后，牛娃留在了爷爷留下的土地上。中国文学乡村意象中，牛的形象被赋予力量、坚韧、忠厚、勤勉、开拓等人性品格，在《大风》的叙事语境中，“牛娃”与爷爷的形象互为映衬，牛的性格与爷爷的性格有许多相似之处，既有人性特征，也有神性色彩。我想，作者对于牛娃的形象描写，不止是为了增加故事的趣味，也不止是单纯的乡村景物表现，而是作为卡巴什人祖辈相传的开拓进取精神的象征。四年后牛蛋回来，“猛然间，我看见爷爷的牛在紫花烂漫丛中、在阳光团子里摇头摆尾迈着稳健有力的步子向我们走来”，在亦真亦幻的结尾中，作者完成了“归去来兮”的乡村咏叹，牛蛋和牛娃作为卡巴什最后一块乡土的守望者，将在一个全新的陌生时代延续卡巴什人的开拓精神。

《大风》的故事容量绝非寓言所能承载，作者巧妙地运用寓言的艺术智慧，通过借喻、象征、拟人、夸张等艺术手段，借用孩子的叙述身份，入乎其内，出乎其外，孩子纯真无邪的眼光与繁复万变的历史变化形成相互交错的复调化叙事，带来了阅读的快感，引发出耐人寻味的意蕴，书写了乡村和家族的记忆，写出了时代变革带给故乡人内心的困窘，表达了卡巴什人开拓新生活的精神吁求。所以说，《大风》具有诗性的感染力，也不乏哲理的深刻。

作者系内蒙古大学文学与新闻学院教授、文艺学硕士研究生导师、全国马克思主义文艺理论研究会理事、内蒙古文艺理论研究会会长

土地情结·家园意识·生殖崇拜

——评张凯的乡土小说《大风》的哲性主题

郭培筠

曾几何时，凭借“羊、煤、土、气”而走上大发展的鄂尔多斯构筑了当代中国的一个神话王国。今天，当一切尘埃落定、回归平静之后，我们该以一种怎样的态度去审视、反思那段繁华喧嚣的日子？作为土生土长的鄂尔多斯康巴什人张凯，他以丰厚的个体感知经验和深情又不失理性的笔调将他的长篇力作《大风》奉献于读者的面前。他将故乡所给予个体的特殊生命感受艺术地转化为社会和人类的普遍情感，在厚重的历史展示中完成了二十世纪末至二十一世纪初中国社会转型中普通农民的心路历程。作品以一个儿童/少年的视角，将禁牧、征地、放贷、迁徙等发生在卡巴什的主要历史事件巧妙地贯穿在关于“一个老人与一头牛”的故事讲述之中，表现出随着农耕文明的逐渐衰减和城市化进程的日益加快，农民失去土地与家园的精神痛苦，其中土地情结、家园意识以及生殖崇拜三个方面构成了该作品的哲性主题。

一、土地情结

我国悠久的农业文明历史形成了中国农民深厚的土地情结，影响了他们的社会结构、思维方式和价值观念，由此，只要被命名为乡土小说的作品无不都具有某种“土地情结”，而对“土地与农民”关系的表述也就顺理成章地成为此类小说的重要主题。

事实上，农民对土地的感情包含着世俗和神性两个维度：一是土地是农民的命根子，是基本的生活保障，“耕者有其田”是世代农民最初也是最终极的梦想；二是土地不单单是自然之物，它还蕴含着农民内心深处祖宗认同的血缘亲情意识、价值信仰和精神寄托。小说《大风》正是在这一双向维度上展开了卡巴什农民——叙述者“我”的“爷爷”对土地的深情眷恋。爷爷经常以闻土、吃土的方式辨别着土地的墒情，贫瘠干旱的土地，在他的嘴里是“干、瘦、寡”，而当禁牧后植被恢复保全了土壤中的水分时，他嘴里的土地则是“肥、美、鲜、香”，这种嗅觉与味觉已经全然超越了生理感觉而上升到心理感觉的层面。在爷爷的心里，土地的贫瘠与肥沃直接关乎着农民的生存温饱甚至是攸关生命。他“认为是土地爷庇佑了他们的土地，使他们的土地滋润肥沃，才使万物得以生机勃勃，才使他们的生命代代相传，延绵不绝”。为其如是，爷爷对土地才存有深深的敬畏之情。爷爷的屋子里常年供奉着土地爷的塑像，无论是谁，也无论大事小事，必先三拜九叩。作品中还多次描写了爷爷叩拜土地的场景：“他一走进农田，就这样，看庄稼，看土地，那眼神好像一下子就黏在土地上想分都分不开了。……他看着看着又不由得跪起，叩拜着土地。他是土地最虔诚的信徒！”“他的威严使我不可抗拒地跪在了地上，和他很是庄严很是庄重地对着这片土地磕了三个头。”

爷爷将土地视为命根子。他常说，“土地就是农民的命，农民离了土地就顶如离了命。”“土地是人的骨肉，人是土地的心。”所以，面对“禁牧”，爷爷可以半推半就，但是面对“征地搬迁”，他则坚决不从，成了“抗征土地钉子户”。因为对于“一个把命交给土地的老农民，一个视土地为命的老农民，一个一辈子与土地相依为命的老农民，现在马上要让这个把生命与土地融化在一起的老农民撤出这块生他养他的土地，这是多么多么要命的事啊”！可以看出，爷爷对土地的感情已经化为一种精神的寄托。

小说中与爷爷对土地的挚爱深情相对立的是爷爷的几个儿子和卡巴什的村民们。起先，他们也抗议征地拆迁，但却是因为所得款项与同区农民相比较少，甚至为此与防暴警察发生冲突。而当征地拆迁款“像天上下雨一样，下进卡巴什人那干瘪而敞开的腰包里”时，潘多拉的盒子便被打开了：有的人成了通过购置豪车、貂皮大衣、珠宝首饰等名贵物品来炫富的土豪，有的人由于突然得到巨款而高兴得成了疯子（武小山），有的家庭则是子女因为分钱大吵大闹致使母亲上吊自杀（三老婶），更多的人则在金钱欲望的驱使之下陷入了放高利贷的无底深渊之中。唯独爷爷“不稀罕当市民，也不稀罕那么多钱，他只稀罕土地。他说唯有土地，才会让他活得踏实，活得有滋有味，活得有守有盼才有根”。这种二元对立的人物设置，融入了创作者透心彻骨的个人生存体验，彰显出鲜明的价值观念和情感倾向。

二、家园意识

家园与土地是一种文化同构，土地的失去也就意味着家园的丧失。如同土地有世俗和神性两个维度一样，家园也有物质和精神两个层面，即一方面是空间维度上的含义：“家”是屋子房舍，“园”是人们耕作的田地；另一方面则是精神维度上的含义：是人类个体心灵上的栖居之地，寄予着熟识、亲近、眷恋、舒适等情感性因素，诱发着人的乡情、亲情和思想感、归家感[①]。

乡土小说作家总是在经历或是精神上与乡土家园存在着血肉

① 王又平：《新时期文学转型中的小说创作潮流》［M］. 华中师范大学出版社，2001 年版。

相连的关系，他们对于这块土地和人民有着深挚的感情。这里原始苍茫的自然景观，贫困劳苦的父老乡亲，令人神往的民风民俗，悠久灿烂的历史文化，都是乡土作家生命中不可割断的灵感命脉，是他们心灵深处无比怀恋的精神故园，因此他们的“乡恋”是至情至深的。

乡土小说中的家园意识首先表现为乡土主体对家园的情感眷顾。这种情感眷顾既包括离开家园后的怀念与回忆，也包括即将失去家园的无奈与悲伤。《大风》中所表达的家园意识显然属于后者。在张凯的笔下，乡土家园既不是愚昧落后的故地，也不是安谧闲适的田园，而是在现代化的车轮无情碾压下，当旧日熟悉的乡村生活即将土崩瓦解、承载着几千年文化传统的乡村文化即将逝去之时，身处其中的人们所产生的普遍而又自然的反应——痛苦与失落、惆怅与无奈。当大型挖掘机、推土机让村庄、村舍顷刻之间成为断壁颓垣、一片废墟时，失去家园的村民们无法抑制内心的悲痛，痛哭失声：“杏花婶灰头土脸，背靠着半截残墙一动不动，两眼发直，望着夜空，泪珠子一个一个再一个地往下掉。王玉成双膝跪在一摊杂物上，双手拍着空地，哭喊着‘老天爷’。”“李占元的老婆抱着一副从废墟堆里刨出来的被砸成三半的马鞍子在哭。”“我听出来了，那号叫声是从疯子武小山的喉咙里发出来的。‘我的家啊——我的家啊——我的家啊——’号叫声一声接着一声，反复就这么一句，听起来撕心裂肺，悲哀至极。”特别是当拆迁队要将村里最后的一排房子——爷爷的老宅拆掉时，爷爷大声地吼道：“等我死了再拆行不行啊——”“要不，你们把我一同埋进房里吧——”他们的哭泣，不单单是由于失去了居住之所，而是因为失去了灵魂的栖息安息之地；爷爷的坚守，也不仅仅是对一辈子安身立命的老屋的坚守，而是对乡土家园的一份情感与信念的执著，在某种意义上也是创作者为抵御都市文明冲击、寻找心灵栖息之所的一种执念。

作品的家园意识还体现在作者对自然景观、民俗风情、日常生活、人与动物的关系等方面的诗意挖掘。作家寄情于村野、托志于乡情，从乡土文明中挖掘理想的生存方式和生命形式。无论是那摇曳着新枝绿叶的柳树、缀满了榆钱儿的老榆树、漂浮着白云的“蓝得扎眼”的天空，还是那被沉甸甸、毛茸茸的谷穗压弯了腰的谷子，百花争艳、花香袭人的苜蓿地，都在作者诗意流淌的文字中弥漫出浓郁的诗意和浪漫情怀。而作品中“爷爷过九十大寿”和“出殡安葬”两段民俗风情的展现，则又以朴素细致的白描手法让读者迷醉于乡土文化的独特韵味。这种对乡土诗意观照的结果，淡化了自然村落的社会历史背景，着力凸显了其诗意的存在，从而使作品具有了浓郁的乡土浪漫主义的叙事特点。

最值得一提的是作品中的“风”这个含义深刻的意象充满了象征意味。叙述者“我”凭借一种超验感觉，将“自然之风”与“自我的灵魂之风”融为一体，并用以象征社会转型裂变之“大风”：禁牧之风、征地之风、拆迁之风、高利贷之风。这些“风”有的“清净”“清爽”，有的则“烧心烧肺、如针如剑、砭骨穿心”。每一阵大风吹起都会在卡巴什村掀起汹涌的波涛，村民们的生活被搅乱了，命运也由此而被彻底改变。

乡土小说的诗意存在也充分体现在对人与动物亲密关系的生动描写中。作品中的老黑牛懂人情、通人性，与爷孙俩朝夕相伴、情深意笃。作品中有这样一段描写：“绿色涌出了我的脑壳，从卡巴什的地平线上涌向了大地，涌上了山梁，涌向了天边。我领着爷爷的牛娃，在这层层绿浪、万紫千红中载歌载舞。……牛娃奔腾着，它两眼如铃，两角直刺天空，四蹄直砸大地，两颗铁黑如锤的大卵蛋随舞而动，奓起的尾巴如一面哗啦啦飘扬的旗帜在空中挥舞着。该我出场了，我一抬脚飞上了它的角尖，在它的角尖上表演着芭蕾。当我的芭蕾舞表演到极致的时候，牛娃两角向上一扬，我像一只大鹏直跃天空，展翅翱翔在花的原野上……”这里，作家以大胆的想象、诗化的语言、灵动的叙述谱写出一曲人与动物与自然和谐共舞的抒情乐章。

三、生殖崇拜

生殖崇拜是小说《大风》的又一个哲性主题。众所周知，原始先民最大的生命感触就是生与死的问题，由此便产生了带有原始神秘性的生殖崇拜，因而，生殖崇拜既起源于原始先民对自身繁殖生育能力的渴望，又是对生命本能的思考与认识。正如尼采在其《偶像的黄昏》中所言：“生殖、怀孕和生育行为中的每个细节都唤起最崇高、最庄严的情感……我不知道有比这希腊的酒神象征更高的象征意义。在其中可以宗教式地感觉到最深邃的生命本能，求生命之未来的本能，求生命之永恒的本能。”① 小说家莫言曾以其《红高粱》《丰乳肥臀》《蛙》等乡土小说将人的原始生命力描绘得汪洋恣肆，在一幅幅色彩斑斓的生命图腾中让我们领略了生命的狂野与沸腾。在张凯的《大风》中，我们同样体味到了生殖崇拜的文化内涵。正如莫言在《丰乳肥臀》中将乳房作为女性生殖图腾一样，小说中无论是年近九十的爷爷还是只有十岁左右的叙述者“我”，对女性的欲望和幻想首先也是从乳房开始的：

“爷爷‘哦’了一声。他笑眯眯的目光在三老婶那双丰乳上爬动着。三老婶能读懂爷爷的目光，筛了筛上身，两个奶子隔着她的绵绸衫在里面跳起了舞。”

我盯着杏花婶的大胸脯：“杏花婶两个奶子圆鼓鼓，就像两

---

① 尼采：《偶像的黄昏》[M]，周国平译，湖南人民出版社，1987 年版。

只大白兔，走起路来蹦蹦地跳，勾得男人眼珠子往外掉……”

这种对具有哺育生命功能的女性乳房的特别关注，从表层来看是男性欲望，但究其深层，则是人类古已有之的母性崇拜意识，即对于生命本质的认识。

此外，小说的生殖崇拜还凸显在对原始生命力的崇拜。爷爷与三老婶相恋多年，耄耋之年的他对三老婶的身体依然有着热情和渴望；情窦初开的少年郎“我”与十六岁的少女蓝尔在青春的鼓荡下，纵情享受着生命的欢愉。他们没有丝毫的矫饰、羞怯，有的只是冲破理性羁绊后精神与肉体的和谐共振与自由舒展。就连爷爷养的那头牛也是雄健无比：“在阳光团子里，黑公牛全身油黑锃亮，两颗铁色如锤的大卵蛋很是刺眼，在胯下威风凛凛直垂大地；它身段长有八尺，高有五尺，斗大的头上，两只犄角像两柄弯曲的杀猪刀，亮着阳光是那么威猛。”作者将人与动物的生命激情以一种“傲娇”的姿态淋漓尽致地展现出来，也使小说具有了热烈、刚劲、粗犷的风格。

然而，当理性和秩序成为人类社会的主宰力量，人的生命本能与生命激情在现代都市中被文明与理性所压抑、束缚而走向萎顿、颓靡，只有在古老的乡村还能保有它强烈而自在的形态、野性和迷人的风姿。杰姆逊认为：“所有第三世界的文本都带有寓言性和特殊性，我们应该把这些文本当作民族寓言来阅读。这些文本总是以民族寓言的形式来投射一种政治：关于个人命运的故事总是包含着第三世界的大众文化和社会受到冲击的寓言。”① 如前所述，乡村与都市、传统与现代的二元对立是这部小说的一个基本内核，从这个视角来考察，小说中这种对于原始生命力的歌

---

① 杰姆逊：《处于跨国资本主义时代中的第三世界文学》[M]，张京媛：《新历史主义与文学批评》，北京大学出版社，1993年版。

颂赞美就必然具有某种寓言（象征）意味。也就是说，生命意志的跃动与迸发、生命本能的力量与激情，是属于乡村、属于传统的，甚至小说中那段令人忍俊不禁的“老黑牛‘强奸’纯种黑白花牛”的情节，其实也象征着乡村（传统）对于都市（现代）的一种强势反抗。

在五四以降的中国现代文学史上，关注中国当下社会现实和乡土历史变迁，表现时代社会的主题，构成了以鲁迅为代表的中国乡土小说的优良传统。在当下远离底层生活、趋向浮浅琐屑个人欲望的文学氛围中，这一传统恰恰显示出现实主义历久弥新的力量。何况中国漫长的农耕文明历史、至今依然广袤存在的地域乡土空间和正在经历的巨大社会变革均迥异于西方，必然要求独特的“乡土精神”的表达，张凯的这部长篇小说就为我们交出了一份满意的答卷。

作者系内蒙古师范大学文学院教授、内蒙古文艺评论家协会副主席、内蒙古文艺理论研究会副会长

传统的改变　历史的阵痛：张凯的《大风》

黄　薇

不管用什么形式或表现手法，不管是借鉴传统固有的或国外新生的，《大风》的内容与形式是从张凯灵魂里自然涌现出来的。这样的作品才是一部能征服心灵、让生命发光的作品。

在本土乡村叙事中，张凯的《大风》格外值得关注。

进入二〇〇〇年，牧歌式的乡村叙事开始发生变化，农民与土地的关系、农民的农业意愿问题、农民身份的认同问题等，都随着传统农业社会向现代农业社会的转变以及城镇化的推进，发生了和正在发生着巨大而剧烈的变革。张凯的《大风》就是一部描写这个时期，即中国农业社会向工业社会转型、向城市化推进这个极其重要的历史节点的长篇小说，它真实反映了二〇〇〇年以来鄂尔多斯地区从生态建设到卡巴什乡土地被征，再从农民变市民到全球突发金融风暴的这段历史。小说虽写的是鄂尔多斯地区，实质是整个中国的一个缩影。

从二〇〇〇年至二〇一二年，纵观中国这十二年的发展，可采撷的极其重要的节点，一是生态建设，二是城镇化建设，三是经济建设。

小说以二〇〇〇年卡巴什乡实施“禁牧”引起的矛盾冲突为开始。

从长远看，禁牧的政策当然是造福子孙，但从短期情况看，却关系到农民眼下的现实生活。农民靠养羊挣钱，禁牧了，羊就养不了；没有羊，人就没了一份收入，同时也没了肉吃。所以，禁牧固然有道理，可眼前活着毕竟更重要。于是，你有政策，我有对策——“画迷彩羊”“响大麻炮”“站岗放哨”“燃放烟火”，甚至把“打日本鬼子的招数”都用上了。小说描写的农民与乡干部之间的“争斗”，正表现出了一种干部与农民的“共情”。

禁牧并不仅仅是一项可持续发展的政策，它同时还是干部考核的指标，完不成任务，就得接受撤职、开除等严厉惩处，所以干部压力很大。为了完成指标，乡里下了死命令：从喊话到逮人，决不懈怠。这就出现一个悖论：干部勤政，严抓禁牧，农民倒霉，羊放不成；干部懈怠，懒于禁牧，农民得济，自由放牧。显然，小说在这里提出了一个关于行政的问题——如何考核干部。放牧是历史传统问题，吃饭是现实问题，生态保护是长期问题，这三个问题怎样协调？好的长远规划和不好的眼前情况的矛盾怎么解决？这也是小说自然提到和质疑“这种矛盾”的本质所在。

本来干群之间是血肉联系，现在却有了不同的诉求。因为，诉求不同，干部和村民就各自有了各自的压力，当然也就各自有各自的立场了，其结果便是导致了干部粗暴执法，给保护自己羊儿的农民铐了手铐，这转而又激起了村民的强烈不满。小说有一大段农民和刘公安纠缠以及九十岁的爷爷求情说软话的描写，让我们看到现实中依然所存在一些亟需解决的“问题”。这个“问题”，在小说中被多次提到，显然是小说很关注的一个问题。那么怎么解决这个矛盾呢？在强制拆除民房时，小说写了一个老党员夏书记，他的出现解决了农民和执行公务人员之间一触即发的重大冲突。

对于“禁牧”，村里支持的人大概只有爷爷。现在地里的土已经“干、瘦、寡，没有一点土味”，“如果再不禁牧，再不保护土地，土地早晚要被人和牲口给祸害完蛋的。到那时，你们和你们的子孙怎么生存”？因此，对“禁牧”的前景，爷爷认为是“十头畜牲九头困，剩下一头活不成；过个三年并五载，荒荒乾坤复昌荣”。显然，这里的“禁牧”，小说传达的信息是在关注环境或生态问题的同时，更是因为禁牧有利于土地，土地好了，才更有利于农业生产。养畜放牧虽能挣钱，但它不是农民的本业，农民的本业是种地。这种对农民与土地、农民与农业关系的强调，是贯穿小说始终的基本的核心的观点，这一点是我们必须要注意的。“禁牧”这段故事在小说中占有的篇幅不长，小说采取的是略写策略，可见“禁牧”不是小说主要讲述的故事，其主要核心意在讲“土地”。

禁牧没几年，土地变得滋润了，草木长得丰美了，生态彻底得到了修复，卡巴什变成了一方大美的土地，但市政府却要迁到卡巴什乡这方“荒荒乾坤复昌荣”的土地上，村民又面临着征地搬迁的新问题。面对这新的问题，村里出现了两种对立的意见：以九十岁的爷爷为代表的老人们反对，年轻人则极力赞同。爷爷“不稀罕当市民，也不稀罕那么多钱，他只稀罕土地。他说唯有土地，才会让他活得踏实，活得有滋有味，活得有守有盼才有根……人没了土地就像秋天没了根的沙蓬，让风吹得到处乱跑，挂到哪儿都不是它的家”。

爷爷的家族是移民，所以土地的得来极其艰难，几乎是用命换来的。爷爷老家是陕西神木，爷爷的爷爷做生意来到口外，认识了地主黑眼八楷，两人结为把兄弟，黑眼八楷给爷爷的爷爷圈了一百顷土地，并签了“永租地”契约。后来黑眼八楷得了民国要员白凤武的好处，要收回土地，被爷爷的爷爷拒绝。黑眼八楷便雇土匪夜袭张家村，于是，“一场捍卫土地与争夺土地的大战爆发了”。这场浴血奋战后，“农民的土地保住了。农民的家园也守住了。而我爷爷的爷爷也成了这方土地上的一名大英雄”。翻开中国的历史，土地和粮食往往都是造反和革命的起因，这让我们马上想到了“要吃粮找闯王”“打土豪分田地”等等口号，土地永远都是和生存紧密联系着的。所以，“土地对爷爷来说是命”，他供着土地爷，给土地爷上香磕头，“对土地爷有着信徒般的虔诚，认为是土地爷庇佑了他们的土地，使他们的土地滋润肥沃，才使万物得以生机勃勃，才使他们的生命得以代代相传，绵延不断”，“没了土地就没了一切”。农民热爱土地，种地是农民的本分，农民对“农民”这个身份的认同，是《大风》的基本观点，当然，“农民热爱土地”在很长时间内也是社会的一种普遍共识。土地是农民的摇篮，也是他们的归宿，在《大风》中，爷爷死后葬在乡村，这恰象征了农民永远不离开土地的文化观念。

然而，传统（九十岁爷爷象征着传统）正在消失，爷爷这样固守土地的农民已经屈指可数，全村百十户人，有九十多户在征地搬迁协议上签了字。因为，那些年轻的人终于能够离开土地，他们欢呼雀跃，“以后咱农民变市民了”，“咱卡巴什农民可要有好日子过哩”，即使是三老婶子，在听到“卡巴什的农民不当农民的日子到了”时，也是“乐颠乐颠”的。年轻人，甚至包括一些年龄大的人对“好日子”的理解已经变了，变得完全不同于爷爷——传统。土地不再被认为是唯一的必须留给后人的宝贵家产，对获得土地和农作物的愿望也远没有祖辈那样强烈，在商品经济条件下，金钱比土地更有用，因此，千百年不变的农民的农业意愿现在成了问题。在本土乡村叙事中，《大风》大概是第一个提出这个现实的客观存在的问题的小说。

社会学家朱启臻先生在对二百个村庄做过调查后说：“……从事农业的劳动力平均年龄达到五十七岁。我们在调查农民与农业的关系时，包括这样的问题：‘你愿意经营农业吗？’村干部认为这个问题没有必要回答，因为‘只要有办法，谁都不愿意经营农业’。访谈的二百多人里，没有一个回答愿意从事农业。农民不愿意经营农业有以下三个方面的原因”：“务农不仅收入低且无保障，农业劳动艰苦，农民地位低”。朱启臻颇为感慨地说：“农民是种地的人，可现在的农民越来越不愿种地。”①朱启臻先生的调查中，还有农民直接说：“如果农业能让我发财，我愿意从事农业。”②这份调查报告说明了在现实中，更多的农民似乎并不愿意从事农业，《大风》小说中赞美和欣赏的浪漫农业劳动，现在被农民认为“艰苦”而遭到厌弃，“农民地位低”的现实情况也导致对“农民”身份认同产生了疑问。《大风》作者坚信农民仍然也必然热爱土地，但还是敏锐地意识到情况已经发生了变化，那就是不愿离开土地的爷爷与渴望离开土地的年轻人之间的对立。张凯其实是深刻表达了传统与现代的对立、传统农业和现代农业的对立、城市与乡村的对立、“农民”身份与“市民”身份的对立的现实。

拆迁执法队很快进入卡巴什乡村，沙巴拉里一片“灯火辉煌、轰轰烈烈的作业场面”，拆房搬迁开始了。作者的态度和情感倾向显然在不愿搬迁的爷爷这边，所以在写爷爷和拆迁队发生激烈冲突的时候，小说的用笔极为悲壮。因为抗法，爷爷被铐上了手铐，“一声枪响，一下把吼叫声给枪毙掉了。”爷爷大吼道：“等我死了再拆行不行啊！？”“一声号吼，把人们惊魂未定的目光都夺去了”，只见爷爷举着戴手铐的双手，又吼道：“要不你们把我一同埋进房里吧！”这几乎像经典革命历史小说。比如《红旗谱》中朱老忠站在大钟下的那一场景，这一场景在当时的电影海报中极具震撼力。坦率地说，读到这里时，我非常困惑，既然全村都

① 朱启臻：《生存的基础——农业的社会学特性与政府责任》，165—166页。此书为国家社会科学基金项目（项目号：07BSHO11）部分成果。

② 同上。

搬走了，爷爷仍以命抗拒拆迁，这算什么行为呢？到这儿，小说已经无法再发展下去了，我们完全可以想象叙事遇到了什么样的阻抗：怎样才能为一个已经被确定是“钉子户”的人留下他的房子？怎样才能在一片高楼和马路中间为这个“钉子户”留下一块土地？所以，一个老书记的出场，在这个时候就显得格外的必要。

夏书记在此出现，是顺应对政治清明、体制建全、法制观念能够成为约束人的律令的吁求而出现的，同时也是为了完成作者对“土地——世代传承的根”的文化表达而现身的，其意不同凡响。夏书记让政府把爷爷的房子作为传统民居和农具陈列馆破例留下，这同时也是为世代传承留下了根。后来，张家老宅果然成了这座现代新城中唯一一个传统标志和一道亮丽的风景线。在现实中出现这种结果的可能性非常令人怀疑，我们不能想象在城市林立的高楼间有一处低矮的农舍和一小片土地，即使真有那么一块留给爷爷的“土地”，也已经不能称为进行农业生产的庄稼地。正是这段在我看来并不可信的叙事逻辑中，透露出作者已经清楚地看到农民与土地、农民与农业关系之间不可逆转的变化，传统农业向现代农业转变已是趋势，而城镇化则更加不可抗拒。

作者非常清楚这个道理和现实，所以小说写了爷爷临死前，爷爷对孙子张守镞的一段长长的告白，这整整一页的谈话，我们可以把它看作是农民与土地的关系史。第二天早晨，爷爷死了，这正是小说想要表达的思想：“没了土地就没了一切。”送葬的人很多，人们送走了“卡巴什的最后一位农民”，“也就彻底送走了一个村庄”。小说表现出了非常浓烈的对传统农民和传统乡村正在消失的悲悼情绪。土地是农民的摇篮，也是他们的归宿，《大风》中的爷爷葬在乡村，正是农民永远不离开土地的象征。但是，不管是无奈还是清醒，《大风》在最后还是对农民离开土地做出了某种和解："不论怎么改怎么干怎么做，只要让老百姓过得安定富足就好。"

关于小说中为何要拼命地留下爷爷的老土屋，在一次和张凯谈起时，他说："留下爷爷的老土屋，就给这座新城留下了农耕文明的根。只有留住传统文明，才能留住中华五千年的文明。再过很多年，晚辈们能看到这座繁华美丽的城市是从这样一个消失的村庄上诞生的。在这，留老土屋，这个意义大于建造一座城市的意义，因为它能给后代传承历史与文明。"听了他的话，才明白留住老土屋的价值所在。他的话至今沉甸甸地搁在我的心里，让我感受到了一个作家的超前意识和崇高的良知与责任心。

而那些早就盼望着离开乡村的农民又怎样呢？

既然铁定要离开农村，卡巴什的村民就开始关心征地补偿款的数额，他们对比打听邻村的补偿款数额，结果发现了乡镇干部侵占和贪污了征地补偿款的猫腻，于是酿成一次更大规模的上访、游行、示威的群体事件。

但是，群体事件就一定是正确、正义的吗？不妨比较一下卡巴什乡农民的两次上访。毫无疑问，反对"禁牧"的群体行动代表了大多数农民的愿望，因此肯定是代表了民意的，然而，民意并不必然等于民心，也并不必然代表社会发展的趋势。正如彭小瑜所说，"不是所有民意都天然是道德的，即便是大多数民众的意见也未必都是健康和促进社会公益的，所以不是所有民意都可以称之为民心"，而"民心不仅来自民众的意见和意愿，还必须符合天理人情"[1]。"禁牧"虽然影响了农民的眼前利益，可从更

---

① 《北京青年报》。

长远的利益看则有利于农民，有利于可持续发展的需要。显然，反对“禁牧”的意见和行动并不符合“天理人情”，当然也就不能说它符合于民心。而这次因征地款被贪污而进行的上访则是符合民心的，因为它表达的是对贪腐及不公正的愤怒，因此这次上访既符合民心也符合民意，所以卡巴什乡民上访胜诉，凯旋而归。不管作者是否有意识地以两次农民自发的群体行动来说明“民意”和“民心”的区别及意义，事实上，通过这两次群体行动不同的结果，小说不仅质疑了干部执政的能力和水平，也事实和客观地表明了一种态度：不仅各级政府要尽自己的责任和义务，体制机制的改革更是迫切和必然的，而同时，农民也要提高自己的文明程度和法制意识，树立正确的价值观，不人云亦云，别动不动就采取极端方式。这是对基层干部及农民群众都客观存在的某些素质、思想和价值观等问题的批评甚至批判。这时期本土乡村叙事中，《大风》显示出了文学对现实的积极介入态度和可贵的探索。

卡巴什的村民终于如愿以偿地全部搬进移民新村。然而，虽然进了城，农民们却没有什么工作，放贷挣钱成了他们追逐的“热门工作”，人们把征地款悉数用于放高利贷，收取每月十多万的利息。高利贷的大风席卷了大漠高原和临近所有村镇。小说在这里忽然中断了正常叙述，加入了五个冷幽默。这五个幽默都是城里人讥笑发财的农民是“没文化没素质一夜暴富的土豪”，展现在人们眼前的“状况”是“一夜暴富的土豪”买汽车、买珠宝、买貂皮大衣时一掷千金的狂野，这无疑是嘲讽。本雅明说：“对于思考来说，除了笑没有别的起点。捧腹大笑常常能比灵魂的震撼给思考提供更多的机会。”① 看完这五个段子，我也笑了，可笑

① ［德］瓦尔特·本雅明：《作为生产者的作家》，载胡经之、张首映主编《西方二十世纪文论选》，261 页，中国社会科学出版社，1989 年。

罢，心情却似五味杂陈，非常复杂。

在很长的历史时期中，农民在旧的秩序等级中处于较低层次，现在因征地一夜暴富，又因放高利贷使财产巨增，进入了向上的社会流动。穷汉乍富，不免找不着北，而在富起来的同时，他们又没有能够同时完成道德的完善与修复，于是成了“丑角”。我们必须看到和承认，长时期的城乡对立，让城里人有种莫名其妙的优越感，自认处于较高社会层次，看到本不如自己的农民现在成了腰缠万贯的有钱人，难免触发酸葡萄效应，于是不免将农民污名化，类似嘲笑农民的段子，我们听到的很多。另一方面，农民虽然进了城，可居住的新村其实就是原来村民整体搬迁的回迁楼房，周围的邻居和日常来往的人仍是原来同村的乡亲，比如呼和浩特市城北的“一家村”回迁楼。进城的农民们并没有完全融入城市，也不能说已经得到城市的承认，某种意义或程度上他们还是没有自己的声音和位置。经济方式改变容易，土地征收了，农民可以从事别的工作以谋生，甚至成为富人，成为事业成功的人，可即使如此，我们也不能说就真正从心里、从情感上接受他们了，我们还是自然地称呼他们为“农民”企业家，突出和强调他们的“农民”这个身份，那么，这种称呼里是否带有一些潜藏的歧视和不屑呢？显然，真正接纳进城农民，纠正我们自觉不自觉的对他们歧视的眼光有时是很难的，所以，党中央为农民转为新市民发过好几个专门文件。我觉得《大风》表达的力量，正在于真实地写出了传统农业社会向现代工业社会转变时期，城市对“农民”的认同，进城农民面对城市以及如何融入城市的种种困惑，而这些问题也是这个时期本土乡村叙事作品中从张凯的《大风》率先开始关注的问题。

然而，世事难料。借高利贷建楼挖煤的虚浮经济开始崩溃，随着还贷不足，资金链断裂，很多农民又快速破产，重新面临贫困，进入向下的社会流动。然而，土地没有了，他们的生计如何维持？法国著名社会学家劳伦斯罗兰·伯格指出法国社会存在的“三个社会黏合地带”：“个体如同时具备稳定的职业和牢固的关系网络，则处于融合地带；个体如不参加任何生产活动，并且社会关系稀少，则处于边缘地带；个体如工作不稳定，而人际关系给予的支持又极为脆弱，则处于不断蔓延的巨大弱势地带。”① 他认为这样三个黏合地带同样适合中国。事实也正是如此，当进城农民手里的钱没有了，而他们原本就没有、进城后也没能及时有效建立起来“稳定的职业和牢固的关系网络”时，他们实际就处于“边缘地带”或“巨大弱势地带”：“以前有土地有羊，再穷再紧，年景再不好，也不愁过日子。现在搬进那干石头街里，钱也没了，想种几铧子地，土地也没了。我们咋活呀？”卡巴什乡农民的这些无奈和恐惧是非常让人痛心疾首的。《大风》的作者无疑已经认识到稳定的就业、新的社会联系及生产技能的培养等，是城镇化进程中农民面临的迫切需要解决的头等大事。这一点从《大风》开始，已成为这个时期本土乡村叙事中一个新的关注点。

《大风》还有一点是不能被忽略的，那就是不加掩饰的对金钱与失信、绝情、道德失范之间的思辨、警示与批判。对物质的向往是自然、正常，合乎人本及社会发展规律的，没有对物质的渴望，就没有社会发展和个人努力的动力，所以，任何人都无权也不能要求农民维持“崇高的贫困”。阿维沙伊·马加利特认为“崇高的贫困”是有条件的：除出于执着的宗教信仰外，还必须没有任何亲人即任何人都没有权力让别的人为自己的信仰或意愿忍受贫困②。但值得指出的是对金钱的态度，爷爷在小说中多次警告

---

① ［法］劳伦斯·罗兰－伯格：《走出西方的社会学——中国镜像中的欧洲》69 页，社会科学文献出版社，2014 年。

② ［以色列］阿维沙伊·马加利特：《体面社会》，中国社会科学出版社，2015 年。

儿孙和村人："把持好了，钱是好东西；把持不好，人就不是好东西。"这不仅是警告，更是深刻地阐明了人与钱的重要关系及如何赚钱与用钱的真谛。

《大风》是现实主义写作，不过小说的叙述方式却与通常现实主义的方式有所不同，它写得非常有特点：一个完整的沿着一定逻辑方向发展的叙事忽然中断，插入了与这段叙事无关的独立的或被称为"故事"或被称为"百字消息"的小叙事，这有点像本雅明分析布莱希特的叙事剧时说的"中断情节"："中断情节不断在观众中抗击着一种错觉，它使情节在过程中停止，并以此迫使听众对事情、演员及对他所表演的角色表示态度。"①《大风》同样，中断情节的结果是迫使人思索，这点也是《大风》与传统现实主义的不同之处。

第一次中断情节出现在"征地"的叙事中。征地款来了，"村里乱套了"，但这不是"因为搬迁而乱套的，主要是因为钱"。就在这儿，小说忽然中断了关于"乱套"的情节，插入了五个短小的故事：①有文化的四爹提出建议和指导，计划"办实体"，但各人做各人的生意；②有人因钱而疯癫；③⑤兄弟相阋，三老婶上吊；④因"井"的权属，亲人对簿公堂。由于情节被打断，读者忽然面临了某种本雅明所说的"状况"：发疯、上吊、办公司、打官司。这就迫使读者与小说拉开了相对的距离，从最初的错愕——怎么忽然出现"故事"了？继而思考这些"状况"：我们意识中的淳朴厚道的农民怎么了？钱竟如此邪恶、亲情竟如此脆弱吗？

五个"故事"讲完，小说回到原来的叙事：施工队很快进入

① ［德］瓦尔特·本雅明：《作为生产者的作家》，载胡经之、张首映主编《西方二十世纪文论选》，中国社会科学出版社，1989 年。

了卡巴什乡，拆房搬迁开始了，沙巴拉里一片“灯火辉煌轰轰烈烈的作业场面”，而“我”（孙子张守镞）开始和蓝尔恋爱。小说重新按部就班地展开叙述。就在故事讲述到那一天“我”和蓝尔正在山顶幽会，忽然看见成群的老鼠“抱起前爪，拜着村庄，拜着土地。它们进行了一场庄严的拜献仪式后，排着队浩浩荡荡向北开拔而去”时，情节第二次被突兀中断，开始讲述四个“百字消息”：①因为征地款出现不公平（其实是贪腐），村民与政府对侍；②公安抓走几个村民；③村民到市府抗议，“要公正、要公平、要正义”，并讨要“另一半征地款”；④矛盾持续激化，几个农民代表全村“上京告状”。这四则消息尖锐凸显了在社会权益保障方面，如强征土地、市政改造与拆迁、贪腐和滥用权力等方面依然存在的严重问题。所以，习近平总书记说：“工作作风上的问题绝对不是小事，如果不坚决纠正不良风气，我们党就会失去根基、失去血脉、失去推动力量。”[①] 小说暗示了改革仍然任重道远。

小说第三次中断情节时，卡巴什乡的农民已经全部搬进移民新村，他们把征地款悉数用于放贷，收取每月十多万的利息，为了几只羊甚至专门在村头设岗哨的几代贫穷的农民一夜之间成了富豪。就在这里，小说插进来五个段子，不加掩饰地对穷汉乍富的“土豪”农民的张狂、得瑟进行了批评，而这批评背后实际却暗含了对这些进城农民所怀有的隐忧，担心他们失去淳朴的本性，害怕他们在城里露怯、现眼。物质富裕和自信自尊以及道德、文明意识程度的提高之间并不是自然过程，经济富裕并不会自然地就让人拥有丰富充实的心灵，而成为一个高尚的、脱离了低级趣味的人，恰恰相反，道德、素养的提高甚至比获得物质财富还需要付出更多更艰难的时间和努力。那么，进城的农民应该怎样开

① 《把权力关进制度的笼子》，载《习近平谈治国理政》，外文出版社，2014 年。

始新的生活呢？在这五个段子中，作者表示了自己深沉的疑问与关切。

在我看来，情节中断插进的小叙事，好比文章的关键词，提示读者关注这一历史节点上发生的或可能发生的什么，这些看似与核心叙事无关的小故事小幽默，其实正是作者的良苦用心所在。《大风》的结尾充满理想主义：张氏家族开了公司，全村人都是股东，这正是“乡亲”关系在现代经济中保留和延伸的美好愿望，而年轻人都去读书或有了好的工作等，表达的正是农民离开土地对进入城市融入城市的渴望与诉求，也隐含着作者对进城农民怎样在城市生存的思考。张守镰回国后，要在爷爷给他留下的土地上要建农庄，这应该是小说坚持的“农民不能离开土地”的执拗愿望与观念的升级。但孙子张守镰显然已经不是旧式农民，恐怕职业农民或农庄经理的称呼更适合他以及与他一样的新型青年农民。正是这个结局让我看到，尽管小说充满对农民离开土地的悲悼，却还是现实而清醒地认识到“三农”问题正在发生剧烈的不可抗拒的变化，这就让《大风》成为这一时期本土乡村叙事作品中不能被忽略的一部重要的小说，更是这个时期长篇小说创作的重要成就。

作者系内蒙古师范大学文学院教授、作家、评论家

一部高原血肉丰满的变迁史

——读张凯先生长篇小说《大风》

高湛明

1

张凯的长篇小说《大风》是一部书写现实的力作，更是一部二十一世纪初叶鄂尔多斯高原血肉丰满的变迁史。

近些年来，以长篇小说的形式反映发生在当下的现实生活的作品极为少见。今天的中国，改革发展的大潮汹涌澎湃，与世界的交融日益密切，人的生活更加丰富，需求更加复杂，思想更加多元，各种利益相互交织，各种思潮激烈交锋，形成巨大的时代旋涡，各个阶层、各色人等包括作家都置身其中。在这个旋涡里，时代关切的焦点在哪里？哪一种关切才能切中历史的脉动？敢不敢、能不能直面现实，并且在纷繁复杂的现实面前保持历史的清醒？这不仅仅考验政治家的胆识，也考验文学艺术家的胆识。因为现实的社会生活是如此的生动活泼、变化万千，所发生的事件是如此的鲜活，在未来历史上的定位如何？都未确定。所以触及现实生活的题材，要勇气，要智慧，要有对现实生活的敏锐感知和对未来的准确把握。《大风》把笔触伸向最近十年来发生在北方农村卡巴什这块土地上由生存环境恶化引发的禁牧，伸向由城镇化发展引发的土地开发、农民失地、民间借贷等社会生活，展示社会众生相，揭示人性的真假、美丑，这本身就要作家的才识和胆魄。在中国当代文学史上，作家深情地关注农村的土地问题，密切地关心这块土地上生存的人们的命运，并站在历史发展的制高点，用长篇小说来反映现实生活，表现我国农村发展重大历史进程中的历史风貌和农民思想情感转变的文学作品，前有周立波的《暴风骤雨》、柳青的《创业史》，后有路遥的《平凡的世界》，其他有影响的、涉及农村题材的长篇小说，林林总总也不少，但就创作素材而言，似乎与作家的创作时间拉开了一定的距离，而在这种距离下，更多的事件或已尘埃落定，或已成为有定论的历史，这可以让作家们用比较从容的态度来回望曾经的岁月，因而能够比较清醒地创作，写起来更好把握一些。而直面发生在当下社会转型时期的农村生态建设、城镇化建设和金融风暴中的农民生存状态、生活方式及思想情感变化的，在目前，《大风》独步文坛。在这个意义上说，《大风》具有引领作用。

2

《大风》写的是当下的现实生活，反映的是人类的生存发展以及人在利益面前发生的人性升华与变异的时代大主题。作者立足最近十余年的广阔背景，立意于生命与土地的重要关系，刻画出了一个老头一条牛、一个小孩一村人在二十一世纪时代发展大风中上演的一幕幕惊心动魄的活剧：禁牧，政府“革”了农牧民千年来传统养畜的“命”；城镇化建设，政府“革”了农民祖祖辈辈以耕地为生的“命”；征地拆迁、高利贷，让很多人变成了富及一时的“土豪”，而一场金融风暴又让他们一夜之间变成了穷光蛋。在一场又一场“大风”中，民与官，人与人，三亲六故，邻里之间，有的清醒敏锐正道直行，有的迷茫失措冲突不断，真善美与假丑恶的较量错综复杂地交织在一起，芸芸众生在阵痛中沉思，在踉跄中前行，在拼搏中成长。《大风》以农民世世代代生存的土地为主线，互为关联，紧贴现实，虽然是一个小乡村的故事，却是二十一世纪前叶整个中国巨大发展的一个缩影。

小说以独特的视角、深重的情感、丰厚的容量、深邃的思想内涵、复杂多变的人物性格、跌宕起伏的故事情节，紧贴脚下的土地，体恤笔下的生命，反映人心的沉淀与浮躁、人格的坚守与游离、人性的升华与变异，这体现了作者对生活的深入体验和深厚的创作功夫以及敏锐的时代洞察力，形成了作品鲜明的艺术特色，成就了作品的文学力量和审美价值，是二十一世纪以来中国小说不可多得的重要成就。

3

作品中塑造的爷爷、老榆树、老牛具有明显的象征作用，他们是农耕文明的代表,在他们身上,有农民的坚韧顽强、吃苦耐劳、敦厚善良，乃至一些自私的品格。特别是爷爷，久经沧桑，世事洞明，他既有农民的正直善良，也有农民小小的狡猾，但这种小狡猾又不影响其正道直行。他对时代有着清醒的认知，也对历史有深刻的洞察，对自己的行为有准确的把握。他对人们无休止地追求眼前利益而破坏生态、置永续生存于不顾的行为不满，又对一些行政官员在施政时表现出来的官僚主义不满；他对特殊时期发生的人们疯狂的金钱追求、道德的失范有清醒的警惕，也对农民失去土地以后的未来有深深的忧虑，但他在竭尽所能地向他们灌输着活人做事以诚实为本、以德立人的法则，甚至用他自己的方式进行应变，运用小狡猾向人们传达他的看法，显得精明老练、有板有眼。这是一个生长在这块土地上、依靠土地生存的睿智老人的清醒直觉，这是一个活在当下、有深刻的社会经验的农民代表，更是村民的主心骨，是他们心中一位德高望重的老人。在作品中出现的其他各色人等，也各有性格，各有特色，各自反映着时代的风貌。这是一个讲好了的故事。

4

文学艺术关乎世道人心。习近平总书记在文艺座谈会重要讲话中还指出：文艺创作“应该用现实主义和浪漫主义情怀观照现实生活，用光明驱散黑暗，用美善战胜丑恶，让人们看到美好、看到希望、看到梦想就在前方”。当下一些所谓作家，创作视野中没有国家民族的大义，缺乏历史发展的深邃眼光，把自己的社会责任抛诸脑后，或只见树木不见森林，着眼于鸡零狗碎，或以“暴露”为荣，哗众取宠，忘记了或是故意忘记文化对社会的引领，不足道也！而《大风》则站在历史的制高点，忠实地让各色人等以自己的感知、自己的生存方式在现实的舞台上去生动地表演，不回避矛盾又不放大矛盾，客观反映生活又不是自然主义的记录，不仅是一部让人看到阳光看到美好前景的好小说，更是一部二十一世纪初叶鄂尔多斯高原（也是中国）血肉丰满的变迁史。

作者系内蒙古作协会员、作家

一部引发心灵自由飞翔的长篇小说

——读张凯《大风》笔记

高　冰

张凯先生的长篇小说《大风》无疑是当代现实主义文学创作成果中的精品力作。作品直面现实，揭露中有肯定，批判中有讴歌，不回避，不伪饰，将中国西部地区十几年来发生的社会大变革大发展中出现的各种矛盾冲突做了高度艺术概括和提炼，展现出一幅波澜壮阔的艺术画卷，塑造出一群栩栩如生的人物形象，其表现的主题深刻鲜明，寓意深远，耐人寻味。

“大风”其何谓也

小说开篇“引言”只两句话：“爷爷一声长叹。我感到我的耳旁刮起一股强风。”这“长叹”和“强风”似乎不着边际，但令人玩味。随着小说故事情节的展开，叙述人“我”曾多次甚至不厌其烦地讲到了“大风”，此风颇具神秘色彩，玄之又玄，给整部小说蒙上一层“魔幻”的外衣。但是当我们读完小说最后一页，掩卷沉思，恍然大悟，明白了“大风”的寓意。“大风”其何谓也？一曰：禁牧圈养，退耕还林，将滥放乱牧造成的荒凉地还原为祖先留下的水草丰美地。这是一场史无前例的“革命”，要把千百年来传统畜牧业的野外放牧变为家庭圈养。这场“大风”刮得异常猛烈，风势之强，风时之长，出乎民众预料，其间演绎出一幕幕颇为好看的正剧、悲剧、喜剧、闹剧，催人泪下，又令人捧腹。此风可谓“龙卷风”，风过处，昔日的荒山秃岭、黄沙废地长满了青草苜蓿、各种庄稼，卡巴什处处百花盛开、清风扑面，成为人间山青水绿、风光秀丽之胜地。二曰：城镇化建设和征地拆迁给古老乡村带来的巨变。过去，祖祖辈辈繁衍生息的村庄、农耕文化的心灵栖所，一夜之间被一场“大风”卷走了。我们惊异地看到，工业文明的“怪兽”挥着巨臂，这些庞然大物轰鸣咆哮之声不绝于耳，卡巴什那个静谧安详的村庄被摧毁铲除了，从鄂尔多斯高原上消失了，随之而起的是一座现代化新型城市。工业化带来的是大范围的迅速的城市化进程，不少村庄消失，大大小小城镇崛起，农民涌入城镇摇身一变而为“市民”。这场“大风”使卡巴什农民身心骤变，一时难以适应而演变出了种种怪相。三曰：高利贷之金融风暴。这场狂风刮得人们晕头转向，不知天高地厚，不懂廉耻礼仪，诚信丢失，情义抛却。整个村庄家家富裕、个个土豪，贫苦的农民一下变成富翁，又一变而为穷光蛋，上演了一出“人间喜剧”。金钱迅速腐蚀扭曲着每一个灵魂，可悲亦可叹，可笑亦可悯。这三场“大风”，刮出了人生百态，也刮出了人间正道。政府根据现实情况强令推行禁牧与古老的传统放牧形成矛盾冲突，这也是现代文明与传统文化的冲突，这场“大风”最后带来的是令人振奋的植被恢复、山川秀美。城镇化建设“大风”吹走昔日村庄，也吹来一座崭新美丽的城市，它取代了小农经济的狭隘封闭、效率低下，彻底改变了农民的生活方式和思想境界。高利贷金融风暴过后，人们经过反省深思，走上了重塑诚信、重新创业的道路。这三场“大风”起于萍末，终于尘埃，来之骤然，去之忽焉，此为卡巴什之宿命，亦为中国城乡巨变之缩影。这三场“大风”在小说的结构中内容相依，因果相存，过渡自然，不露痕迹，可谓大手笔也。说得透彻一点，这三场“大风”

是新世纪以来具有巨大进步的三次“革命”。

“爷爷”其何人也

这部小说在矛盾冲突中刻画塑造了栩栩如生的卡巴什人物群相，而爷爷则是群像中熠熠生辉的主角。爷爷的驼背像一座大山，坚挺，沉重，是中国农民几千年来劳作形成的生理外形特征。看看吧，过去有多少老农民都是佝偻着背，面朝黄土背朝天，向“土地神”一步一叩首。他们外表丑陋却令人敬仰，皮肤粗糙却令人敬爱。爷爷睿智精明，所谓能掐会算、预知未来，因此罩上了一层神秘色彩。其实他不过是凭着自己近百年的人生经历和感悟而总结推算出社会将要发生的变革罢了。爷爷仁慈宽厚，胸怀博大，赢得了远近村民的敬仰爱戴，村民心有疑虑、生有困难，总会想到老人，求助于他，爷爷也总是施以援手，不负众望。爷爷忍辱负重，孤独凄惶，老年踽踽独行，相伴的只有牛娃、牛蛋和三老婶，他们是爷爷心灵的依靠和生活温暖的来源。爷爷独立自强，老死不屈，在各种各样艰难困苦的生活中，他从来没有哀求过人，总会想尽办法跨过难坎，正所谓“天行健，君子当自强不息”，爷爷宁可被带手铐也不屈服，要以死保住他一辈子打拼下的安身立命的老房子。当卡巴什整个村庄消失后，只有爷爷的房屋被长久保留下来，成为卡巴什新城最原始最宝贵最有价值的民居博物馆。爷爷去世后，我们读到了这样意味深长的文字：“那道山梁就是爷爷。山梁南端扬起的峰，就是爷爷的头；山梁上段弓起的脊，就是爷爷的脊梁；山梁下段凸起的两个包，就是爷爷的两个屁股蛋儿；山梁北头分开的两条梁，就是爷爷的两条腿。爷爷棱角分明，肌肉发达，雄强魁梧，傲世出尘地望着远方。”这是一个中国农民死后化作了山脉的形象。当然，他的身上也存在着农民的小聪明小狡猾，唯其如此，才不失其真。在中国当代长篇小说人物画廊中，爷爷性格鲜明，形象饱满，是当之无愧的众多农民群像中又一个典型人物形象。耐人寻味的是爷爷家门前的那棵大榆树和与之相应的东边山圪蛋上的大榆树，都是爷爷小时候种上的。当村庄被夷为平地，上面长满了小榆树，而这小榆树被园艺师全部嫁接上了一种叫金叶榆的新品种，不出几年，这里就会变成一处金色世界。作者用诗的语言深情地写道："这里，一到开春，满树榆钱儿一片金黄；一到夏季，满树一片翠绿；一到秋季，又是一片金色；到了冬季，它们纷纷脱掉华丽的外衣亮出了它们的本真，有的像大漠高原上的汉子，骨骼分明，雄健有力；有的像塞北农妇，线条健美，面目清秀。"爷爷亲手栽种的老榆树和后人嫁接的小榆树金叶榆，其寓意也是显而易见的，老榆树象征着如爷爷般的老农民，金叶榆则是老榆树的血脉，是新一代由农民变为市民的混合型国民，他们的命运前景如何，不用爷爷去"打卦占卜"，也必定是灿烂辉煌的。

"牛娃"其何牛也

"牛娃"是小说里的一个重要角色，作者花费了不少笔墨来塑造它，它一出场就不同凡响，给读者留下了深刻的印象。你看："在阳光团子里，黑公牛全身油黑锃亮，两颗铁色如锤的大卵蛋很是刺眼，在胯下威风凛凛直垂大地；它身段长有八尺，高有五尺，斗大的头上，两只犄角像两柄弯曲的杀猪刀，亮着阳光是那么威猛。"纵观小说对"牛娃"的叙述和刻画，我们可以看到，这是一头平凡的牛，这是一头威猛的牛，这是一头神奇的牛。说它平凡，是因为它和世上所有的牛一样，吃喝拉撒性别无二致，而且特别在性生活方面表现得尤为活泼可爱，它的"强奸事件"读来让人忍俊不禁，甚至捧腹。为了惩戒它，爷爷给牛娃换上了新笼头新缰绳，戴上了牛皮绊，"它整天耷拉着脑袋，耷拉着尾巴，一声不吭地站在圈里，有时它让自己的眼睛很久很久地游窜在放有母牛的草地上，有时候它望着望着就泪流满面”。牛娃真是为性而吃亏、为色而伤感啊，它真是一头庸凡的牛。说它威猛，是因为它比普通的牛倔强、凶悍、拼命。当牛娃要被骟蛋时，它表现得异常凶悍，要和“敌人”拼命。它一头撞在树干上，只听咔嚓一声，树干断了，“敌人”被弹射出了一丈多远，它的头上流着血。为了保护它的主人，牛娃也是奋不顾身，它眼睛一瞪撅起屁股奓着尾巴绷着斗大的头，“哞”的一声长吼，顶向了“敌人”。这样的牛真是威猛无比呀。说它神奇，是因为它通人性、知人情，甚至颇具神秘色彩。当奶奶不幸遭遇车祸去世后，牛娃拴着半截缰绳，从趴在地上号啕的人们头顶上空飞跃过去，站在爷爷怀前，低头闻了闻奶奶的鲜血，前腿一跪，“嗷”地吼了一声，然后前蹄刨着地皮，对天长嚎不已，然后豆大的泪珠从它的长脸上瀑布般落着。你说，这是普通的牛吗？在牛蛋的眼里，牛娃更是神奇。它奔腾着，两眼如铃，两角直刺天空，四蹄直砸大地，两颗铁黑如锤的大卵蛋随舞而动，奓起的尾巴如一面哗啦啦飘扬的旗帜在空中挥舞着。牛娃在紫花烂漫丛中、在阳光团子里，摇头摆尾着地迈稳健有力的步子向我们走来……至此，我们明白了牛娃的寓意，它是卡巴什农民眼里的一条耕牛，朴实厚道，坚韧不屈；它是中国辽阔大地上的一条神牛，珍爱生命，热爱生活，创造历史，书写诗篇。难道我们中国人民不就是这样的牛吗？作者继承了我国现实主义和浪漫主义文学创作的优良传统，赋予了“孺子牛”新的内涵和意象。

“牙齿”其何坚也

小说的开头和后边都写到了爷爷的“牙齿”。开头：“我顺着光束望去，见门楣上有一只白蜘蛛吊在一根红丝线上。我跳下炕，赤条条来到门口，定睛一看，它不是白蜘蛛，是一颗用红线拴着的大门牙。仔细端详半天，我认出来了，它是爷爷的一颗牙。”后边：爷爷临终留给我的遗物中有“两颗牙齿”，“拿起那两颗被磨去多半的牙齿照着太阳看，爷爷的牙依然坚硬如钢，光芒四射。看着爷爷留给我的牙齿，我感到我的骨头在咔咔地往硬生长着，让我立马变得顶天立地了。”小说只此两处写到了“牙齿”。为何要单单写牙齿呢？为何仅此两处写到牙齿呢？张凯先生自道：人的骨头里，牙齿是最坚硬的。由此我解读“牙齿”的寓意为：它象征着爷爷生命性格中最坚强的品质，也是中国农民身上所有优良品质中最闪光的亮点，他们坚忍不拔，顽强不屈，坚硬如铁，坚毅如钢，这种祖祖辈辈一代代磨炼成的性格品质将被后代子孙继承延续，成为中华民族的铮铮硬骨。两处写“牙齿”，着墨不多，然而作品处处暗含其中意蕴，留给读者的印象特别深刻、难以忘怀，这正得益于小说所赋予的象征性寓意。

在小说的结尾处，作者用浪漫主义的笔法对蓝尔的梦幻做了精彩描绘。那十多匹神马拉着太阳车在天空奔驰的壮丽场景，不就是象征着中国共产党建党初始就向大地洒下光明、洒下美好的愿景吗？那金色的种子、金色的森林、金色的大地，不正是我们所向往的“大同世界”吗？此处作者仅仅几笔便将作品精神一下提升到了峰尖，让这部小说大放光辉，从而也进一步揭示了小说深刻的主题。这样的解读并不是牵强附会，因为作者太钟情于“象征笔法”了。我读过张凯先生的全部长中短篇小说，发现他是特别善于运用象征手法的，其寓意往往出人意料，使作品增加了丰富厚重的内涵，意蕴深长悠远、耐人寻味。《大风》的叙事手法娴熟自如、炉火纯青，是一部引发心灵自由飞翔的长篇小说，读着会让人插上想象的翅膀翱翔在蔚蓝的天空。这，充分显示出一个作家创作长篇小说的高超能力。

《大风》坚硬如钢，光芒四射，让人看着就会感到自己的“骨头在咔咔地往硬长”，就会让你“立马变得顶天立地”起来。“好作品让生命发光”，借用这句话给《大风》是最恰当不过的了。

作者系内蒙古作家协会会员、作家

大变革中的人文生态

——读张凯的长篇小说《大风》

鲁德重

张凯的长篇小说《大风》，以直观写实的手法，为我们描绘了一幅发生在鄂尔多斯高原农村变革的人文生态图，给人以身临其境的强烈印象，是当下中国小说中难得的力作。

小说以《大风》命名，显然具有含蓄的象征寓意。此“风”非自然之风，乃是变革之风、易俗之风，或曰农耕文明与城市文明转换过程中的碰撞之风。“风”来之迅猛，一如蓄满能量的龙卷风，霎时便刮得天旋地转、翻江倒海，彻底搅乱了村民们世世代代习惯了的“日出而作，日落而息”、匍匐在黄土地上春种夏耕秋收冬储的生产和生活秩序，使他们朦胧转向、不辨东西，不知何去何从。

“风”之始，一纸“禁牧令”，使村民们瞠目结舌、惊诧不已。盘古开天到如今，谁听说过羊群不准放牧，要圈起来“圈养”？违者，竟要“抓羊”、罚款，抗者，甚至还要抓起坐牢。这突如其来的似乎不近人情、不合常理、大有粗暴蛮横执法之嫌的举措，自然会引起利益相关者的不满。于是，夜牧者有之，偷放者有之，想方设法与之对抗。不过，还好，当科技人员推广青贮，帮助村民们解决了饲草问题，特别是禁牧恢复了退化的植被，改善了生态环境，村民们看到实实在在的好处以后，风波随之平息并加以拥护。

而接踵而来的征地、拆迁之风，就更触动人们的神经，让人心神不定、艰难决断了。签字？不签？张三看李四，李四瞧王五，主意难下。是啊！土地、老屋、黄牛，世代相传，生死相依，难离难弃，这是决定命运的紧要关头。然而，当一觉醒来，看到眼前堆满从未见过的那么多征地补偿款，他们摇身一变，从一个普通农民成为百万富翁的时候，简直惊呆了。在满眼惊喜的同时，他们就更不知如何应对了，有人乐极生悲，神经受到刺激，乐疯了；有人因钱惹事，家人争斗，气极上吊了；有人因为利益相争，兄弟子侄不和了；有人财大气粗，买名车，建豪宅，挥金如土，追求享乐，焉然一副“土豪”派头了……村民们以前那种真诚、憨厚、善良、朴实、互帮互助的纯朴之风荡然无存，代之而起的是自私、寡情、冷漠，彻底撕碎了原来罩在乡村上空的那种安全、祥和、温情脉脉的面纱，变得面目全非了。

把善良的人搞得不善良。

把真诚的人搞得不真诚。

把有良心的人搞得没有良心。

把狠毒的人搞得更狠毒。

作者如是语。

其时，只有一个人头脑清醒，不为金钱所诱，不为利害移情，仍然保持着冷静达观的态度，他就是爷爷。爷爷年届九十，在卡巴什生活了一辈子，一生温厚善良，与人为善，唯一敬畏的是土地，相惜的是牛娃。人、牛、土地三要素，构成他生命的全部内涵。他具有丰富的生活经验和阅历，能掐会算，预知祸福，用今日一句时髦语言，叫“超前意识”；他善于应对，乐于助人，几乎成了村民们信赖、仰仗、依托的保护神和精神支柱。在他身上，笼罩着一种神秘莫测的光环，使他成为一个超凡脱俗的哲人式的智者。实质上，他就是一个集农耕文明于一身的代表或象征，他的老屋不拆，牛娃不卖不杀，全村只保留他孤独的一户，让他终老乡间。作者在这里明确告诉我们，这里的农耕文明，在爷爷那儿已经划上一个完满的句号，从此以后，卡巴什就进入城市文明时代了。

到此，我们不得不说，作者精心塑造的爷爷的形象，是丰满的、成功的。当然，作品中的老公牛和其他人物也被塑造得栩栩如生，让人过目不忘。

此外，《大风》以直击邪恶的智慧与勇气，对社会中存在的腐败现象进行了揭露和批判，体现和应对了中央反腐败的严肃精神。勿庸讳言，在现实生活中，确实常常发生农民土地被征，而征地款项不能全部兑现的现象，因而引发了村民集体抗拒，演变成了严重的群体事件。卡巴什同样也不例外。对此，作者在“百字消息”中予以详细的描述：村人们手拿铁锹、扫把、链枷、铁锤、斧头、砖头、瓦片，从家里出发，集结在山圪蛋的大榆树下。三百多人在新一届社委的带领下，冲进沙巴拉，将一台正在作业的大型机械拦堵在施工现场。村人们吼声震天，让他们滚出卡巴什。一方面是地方政府官员召来防暴警察，警告村民要以“干扰公务罪”论处；一方面是村民以砖头、瓦片、石头、土块进行围攻，气氛严肃紧张，触目惊心。如果不是上级政府官员赶来撤走防暴警察，后果不堪设想。这种原生态的描述，简直就是真实生活的再现。当然，作品中对农民的种种贪婪也给予了严正的批判。

《大风》更多的是对道义、正义的赞美。众所周知，在那些狂热放贷的年代，有多少人倾家荡产、血本无归，演出了一幕幕人间悲剧，尤其是那些因将征地补偿款放贷致贫的农民，更是惨不忍睹、苦不堪言。因为那些疯狂吸资者，有的趁机耍赖、有钱不还，成为名符其实的“老赖”。作者显然不忍目睹这种诡异的现状，在小说中特意安排了四爹教育侄子张守弦的情节，要求他破产还债。作者的用意非常明显，就是以热切的愿望呼唤诚信的回归和被扭曲了的人性的复苏，以恢复、继承和发扬中华民族的传统美德。同时，这也是解决放贷矛盾唯一正确的出路和方向。还有，爷爷对子孙和村民言传身教、严格要求，多次对他们说“活人不是搭一张人皮就是个人，人要说人话做人事，才是个人”。从给孙子牛蛋留下的遗书中可以看出，爷爷无比祈盼他的子孙后代有德有为，像奶奶的那包银针一样能治病救人，像爷爷的那两颗牙齿一样刚硬，去堂堂正正地做人。这是作品的主体，是要让人性的美好光芒去照耀每个人的神来之笔。

《大风》可赞，其心可赞。

《大风》可圈可点处很多，不是区区两三千字就能将对作品的思想性、艺术性、创新性、探索性理论清楚的。本文只从农村变革的人文生态方面做了一点探讨。通读《大风》，极具感染力和感召力，是一部能唤起人们深层美的共鸣的佳作；是一部直面生活、关注社会的现实佳作；是一部书写变革，具有深深时代印记的佳作；是一部秉笔直书，敢干正视和揭露矛盾并探索解决方法的佳作；是一部充满正能量，让人看到美好前景的佳作；是一部彰显文人良知、责任和担当的佳作。

作者系杂文作家、评论家

我看《大风》

胡　平

我看这部作品的时候，觉得张凯的写作功底确实比较老道。《大风》这部作品，反映了一个新区建设的这样一个思想、这样一种气势、这样一种规模。这部作品写了三场大风：禁牧风、征地风、放贷风。这部作品，确实是体现了作家的眼光。从张凯的《大风》整体的设计、整体的构造、整体的立意、整体的叙述来讲，这部作品绝不落于国内比较好的长篇小说。

作者系鲁迅文学院原院长、著名评论家

张凯的贡献

徐　坤

张凯是站在一个宏大的历史视野当中，来俯瞰中国改革开放三十年来，尤其是二十一世纪初关于土地和农村的变革。所以，我特别赞美张凯的就是：第一，批判现实的一个勇气；第二，给我们当代文学的长廊又贡献了一个寓意化的象征性的形象，就是小说中的爷爷。感谢张凯先生为我们当代文坛贡献了一部现实主义杰作。

我现在是《人民文学》的编辑，说到批判现实的勇气，从众多的来稿看，无论是名家的还是新人的，你会发现，描写现实生活的，尤其是当代生活的，勇于跟我们这个沸腾的生活去短兵相接的作品非常之少，即便有那么三三两两个，也非常的单薄。就那么点事，翻来覆去地写，缺乏一个更宏大的视野，也缺乏一个操纵把握历史进程的能力。

就长篇来说，我想了一下，像我们这几届获得茅盾文学奖的长篇小说，有几篇是针对当代现实来发言的，通常都是写历史的多，写过去的多。张凯从作家的角度、从宏观的视野来理解整个国家的一个政策，表达的是对底层人民的深深地同情和热爱。所以，这个里边的这个机关很深的。这部长篇小说值得研究、值得借鉴，是张凯对文坛的一个贡献。

作者系《人民文学》副主编、著名作家

写出了乡土的病根

王　干

张凯的《大风》是一部呕心沥血之作，不是在短时间写出来的。这部小说，一开头就把我给震住了：爷爷一声长叹，我的耳边刮起了一股强风。这个开头写得特别好，是一部大作品的开头。

这部小说，主要是写一个土地问题的小说。

中国的作家，当代的作家，基本上优秀的都写过乡土，好像不写乡土就拿不到文学奖、茅盾文学奖一样。所以，我们中国的作家都在写乡土，莫言写乡土，贾平凹写乡土，前不久去世的陈忠实写乡土，王蒙先生的《这边风景》也在写乡土。所以乡土小说确实是中国文学的一大“富矿”，写不完，而且写得不差。我觉得张凯的《大风》，呈现了我们当代乡土写作的探索与创新，不仅写乡土的沦陷，同时也在写乡土的变更。这个很复杂。

我们一方面怀念乡土，怀念农村社会，怀念田园风光，怀念那个时候男耕女织，怀念那个时候家族社会，但是我想，我们在这一百年来，其实在跟这个家族社会、封建社会斗争。

其实乡土文明，它根上是一个农耕文明。

我们真正缅怀这个乡土，可把你放在乡土里，放在山里你也待不住啊。所以，我觉得张凯的这部《大风》写出了乡土的病根和乡土的这个复杂性。

作者系《小说选刊》副主编、著名评论家

多种感情各种关系

顾建平

张凯先生的《大风》是一部说事的小说，但不是讲故事的小说。这部小说说到了很多事，禁牧与偷牧，村民之间的纠葛与私情，城市化过程中的征地拆迁补偿，以及多种感情：人与动物的——爷爷和牛娃，爱情——我和蓝尔，父子之情——爷爷张文震和他的五个儿子、孙辈，还有我和在海外当教授娶了洋人的父亲等等，各种事，各种关系。

但是这部小说没有核心故事。事与事之间没有有机的关系，相互之间的关系不是一个大树的主干与枝杈或者树叶的关系。我想作者可能一开始就想说事，而不是讲一个有主要矛盾冲突、有起始有发展有结局的故事。小说里有冲突，比如一开始的禁牧与偷牧，后来的拆迁而爷爷不愿意离开老房子，非法集资、放高利贷者几乎血本无归等等，但这些都是为了说一件大事而垫底的小事，不是组成大故事的相关情节。

小说主要想说的大事，是在大概十五年时间里，也就是世纪之交到目前、此刻，也是叙事者“我”，小名牛蛋大名张守镞，从儿童到青年，这大概十五六年时间里，一个地域，具体说是卡巴什地区，从亦农亦牧的乡村到现代化新城的巨大变迁，农民变成市民的曲折过程。

小说中提到了鄂尔多斯，由此可以推想，卡巴什新区应该就是以康巴什新区为原型的。所以，这部小说其实是以康巴什的建设为蓝本的，写鄂尔多斯农牧地区十五六年的巨大变迁的。这部小说题材有明确的地域性，有明显的时代特征，因而也具有普遍性。

但这部小说不仅仅停留在说事的层面，它还有比较深刻的主题，即人与土地的关系。小说写到了农牧民与土地亲密的依存关系，他们失地时的痛苦与纠结，正如爷爷在给叙述者“我”——孙子张守镞的遗书中说的：“土地是人的骨肉，人是土地的心。”

小说甚至把土地权的转移、城乡转换过程中的冲突深化为城市文明与乡村文明两种文明的冲突，但没有做厚薄褒贬，而是以宽容的眼光看待这种冲突。作者借做记者的四叔张笑北的嘴说：“新文明是两种文明在大碰撞大融合、大融合大碰撞下，双方都会付出代价，乃至流血牺牲才诞生的。这，没有对与错。”这是小说中人物的话，但也是作者在为小说点题。

小说名为“大风”，不仅仅是小说多次写到的刮起沙尘暴的大风，也是隐喻时代变迁的大风，禁牧，征地，高利贷，都是一场一场风沙弥漫的大风暴。

小说里有很多细节很感人。比如小说第一节写到一颗用红线拴着的大门牙是爷爷的一颗牙，爷爷的寿典，土地的征用与村民的搬迁等等，到爷爷掉了最后一颗牙，我从被窝爬起，说：“爷爷，快用红线拴起吊在门头上吧。”爷爷说：“不用了，用不着了。”又说：“不怕，万事万物都这样。”这是九十岁的爷爷去世前几天发生的事。

人物设置也很用心。从爷爷的几个儿孙的名字和职业就看得出来，东南西北天、弓引弦镞等等。

小说里有很多出乎意料但又在情理之中的情节，比如黑公牛强奸良种牛，八十岁的爷爷与六十岁的三老婶的暧昧关系，挖祖坟挖出金砖现钞，马三贵娶了一个年轻漂亮的大学生赵舒贞等等。

小说也有一些激情夸张的句子，甚至在小说中有很多处排比句，看似不大合乎小说语言的样式，但它是推进故事中情节、人物、事件、时空相关联、相转换的快速发展的助推机与黏合剂，其语言极赋魅力和张力。

概括地说，《大风》用小说的方式完成了通常由纪实文学、电影纪录片完成的任务，舍弃了宏观的历史的叙述，选择了更具个性化、更感性的叙事方式，成就了作品的文学力量和审美价值，使这部小说真正成为一部好读、有趣、有味、有益的优秀佳作。这是作者对鄂尔多斯这片土地的真诚奉献，也是对当今现实主义文学的贡献。

作者系《长篇小说选刊》主编、评论家

一滴水也能折射出太阳的光辉

——从一个角度读张凯长篇小说《大风》

苏怀亮

作家张凯先生的长篇小说《大风》，无疑是一部很好的作品。读罢，感慨良多，不说两句总觉得憋得慌。谈小说我的确是门外汉，这绝不是谦虚，不过这并不重要，虽然不会炒菜，但还是能吃出好菜的味道。

《大风》写的是一个乡村在城市化进程中被拆迁而消失的故事，说得再具体一点，就是以鄂尔多斯为背景的土地开发的故事。城市化的扩展必然要征用周边乡村的土地，这是近三十年来在全国普遍存在的现象。写一个村子也就写了全国，一滴水也能折射太阳的光辉，说的就是这个意思。换一句话说，《大风》很大，是讲好了的二十一世纪初期中国生态建设、城市化建设、经济建设的大时代大变革的大故事。

读完《大风》，思考半天，我不想用主题思想这样的说法来总结《大风》，那样容易把一部厚重的优秀的作品给弄简单化了，而只想从单一的一个角度来说张凯的长篇小说《大风》，因为这样好把握一些。

《大风》蕴含丰富，艺术性强，内容多彩，是一部难得的力作，就看你站在什么角度来解读。《大风》有点存在主义意味，那就是：人在强大外在生存压力面前的弱小和无助。你无法选择自己的生存方式，抗争的结局要不失败要不成功。作者表达了一个人类根本的生存困境：面对强大的潮流，你无法选择。

《大风》内容丰富，是一部完整的社会生活图景，而社会的范围有大有小，时间有长有短，《大风》的范围是一个村子，时间跨度也就是十多年，在这段时间里发生的事情是完整的，也是全面的。可以说，《大风》是一幅乡村的“清明上河图”。小说是塑造人物的，《大风》是以第一人称“我”来叙述这个村子的，显然“我”并不是主人公，讲述中提到最多的是爷爷，但爷爷也好像不是主人公，其实小说塑造的是群像，是这个村子里的各色人等。村民们面对拆迁的态度和拆迁后得到巨额拆迁费后的状态，小说对这群人物的描写准确生动，血肉丰满，性格各异，极为传神。这些一夜暴富的人们，一时间几乎都失去了自我，那种摆阔攀比、狂傲自大的言行绝不是卡巴什人的个别想象，而是整个中国土豪们的一个缩影。土豪身上所折射出的其实是国人普遍的文化性格，中国的词汇里是把富贵放在一起的，富了就高贵了，其实不然，品格高贵与金钱无关。中国的富人是“富而不贵”，《大风》对他们进行了不缺怜悯且又辛辣的针砭。由民间借贷出现的欠款不还，同样鞭挞了富而不贵者诚信缺失的道德沦丧。

《大风》描写的拆迁时出现的强拆和对抗场面，也不是卡巴什村所独有，也是全国普遍存在。虽然没有展开细写，言简而意深，这当然有作家的考虑在里面，但管中窥豹，值得深思。

文学是一个时代社会生活的反映，张凯的《大风》真实而准确地把握了时代的脉搏和走向，虽然表达了农民对失去土地家园的不舍与无奈，但也没有对城市化进行否定，而是对时代的总体进步给予了热情的肯定和美好而光明的展望，这是一个作家所具备的非常重要的素质。

作者系内蒙古作家协会会员、作家

风中有朵雨做的云

——长篇小说《大风》读后

姜向锋

长篇小说《大风》会掀起大风。这风，从农村吹到城市，从面前吹到心里。一部跨越十几年历程，展示当代城乡社会生活和思想感情巨大变迁的作品——《大风》，带着浓郁的乡土气息，以它独特的叙事风格和饱满的故事结构，给读者带来一缕清风。

一切，似乎都在风起云涌之中，躁动、回旋、凝结、升腾，不论是纯净还是阴郁，哪怕是化成泪水降落，风中生出的每一朵云，都改变不了对大地的那份脉脉深情，因为它没远离那份质朴的本真和不懈的追寻。这，就是小说《大风》给人最直接、最真切的感受。

长篇小说《大风》是一部时间跨度大、事件展示多、人物性格鲜活的作品，它通过对一个农村近十年来的改变、发展以及生活变迁等描写，使人们面对革新时的震动得以展示，同时也展示出了更多的风貌，在留给读者触动的同时，也令人不断思考。

风过，决不会无痕。

小说以一位与爷爷相伴的少年之口讲述，语言充满着乡土气息，就像在听邻家的小哥拉家常。故事在平实中娓娓道来，在跨越的时空中激起一浪又一浪波澜，那一股又一股大风吹给读者各种滋味。禁牧令之后的牧羊、拆旧房中的坚持、迁新址后的动荡、有大笔钱后的迷茫等等，都给读者带来不同的思考。是什么改变了人？人又改变了什么？我们该坚持什么该放弃什么？小说里，相信会给你一个答案。

听故事的人大多很挑剔，像是喜欢新奇的游客一样，总是希望自己能在下一刻遇到惊喜。小说《大风》的作者明白这一点，他巧妙地将故事讲述得行云流水，在平缓密实中不忘跌宕舒展。其中在故事不同高潮时期，分别以短故事、百字消息、短故事的形式嵌入十四篇独立、又与主题密切相关的小文章，这些文章简短生动，又风格各异，使读者在长时间连贯的阅读中有了一丝轻松。甚至，在这些小文中还有剧作的味道，就像酣饮烈酒后的那一盅清茶，让人倍感舒缓温暖。像进入一个优美山村，一马平川是收获希望的佳地，而突兀的山川与深浅的沟壑也是组成每一分壮美的一部分，《大风》是无一缺少！

小说《大风》的故事很吸引人，它让我们牵挂，也让我们期待，它给人近在咫尺的感觉。做到这一点，除了故事本身的内容外，还有一个很重要的因素就是语言。小说中大量运用了内蒙古西部地区方言，与内容非常贴切，在生动了故事和人物的同时，也更拉近了《大风》与读者、与大地的距离，使人在阅读时更切实地感觉到了这种语言的不可替代性和它特有的魅力。

每一位读者阅读，总是希望通过文字会得到一些什么，如同博尔赫斯说的“我写作，为了让光阴的流逝使我心安”一样。读《大风》，令人感动，也让人沉思，你也许会忍住眼泪，但你决不会停止思考。就像小说中那位爷爷一样，他希望他的子孙后代有道德引领，有梦想追求，有力量施展。对了，力量！大风是看不见的，但我们相信，它有的是力量！它在时光的流转中，载着作者一份浓浓的乡愁，将一曲美妙绵长的精神赞歌传给了我们。

谢谢你,《大风》!你让我们看到了一朵美丽、厚重的云,一朵雨做的云,它会让万物滋润,它会让花儿开放,它也永远将大地凝望。

作者系内蒙古作家协会会员、作家

劲风如刀

——读张凯长篇小说《大风》

林喜乐

当我拿到刚刚出版的《大风》，即净手肃穆，端坐桌前开始阅读《大风》，没读几页，便被吸引。

当我逐字拜读这部力作时，作品故事和人物不时令我泪流满面，不时又让我捧腹大笑；读完《大风》，我掩卷沉思，久久不能平静。是什么东西在揪着我的心，让我如此百感交集、感慨万千呢？想想，是《大风》的力量震撼了我的心，在揪着我的心。

这是一部主题宏大、感人至深的小说。

这是一部书写时代变革，给人以希望，让人看到美好前景的力作。

这是一面巨镜，社会百态、众生灵魂、假丑恶、真善美全在《大风》这面镜子的照射下原形毕露、一览无余，让人惊心动魄。

这是一桶高级洗涤灵，在清洁着每个人的灵魂。

这是一个巨大的问号，在垂询着世事人心，让人不得不进行自我反思、自我修正，然后重新上路。

这是一部啸声烈烈、劲风如刀的《大风》……

《大风》如刀，刀刀剖析着深藏在时代、社会、土地、人肌理中的病灶与神经紊乱之因。《大风》如刀，刀刀剔除着恶，镌刻出了善；剔除着假，镌刻出了真；剔除着歪，镌刻出了正；剔除着丑，镌刻出了美；剔除着恨，镌刻出了爱；剔除着忤逆，镌刻出了忠孝；剔除着邪恶，镌刻出了美德……久违了的《大风》，难得的《大风》，《大风》定会成为当今中国小说的重要成就，因为，它有的是小说力量，有的是小说精神，有的是小说光芒。

2016 年 5 月 6 日于木塔寨

作者系陕西省作家协会会员、作家，作品见于《大家》《北京文学精彩阅读》《小说月报》《散文》《滇池》等文学期刊，电影《柿子红了》由深圳艺彩影视传播公司投拍。

拒绝架空和悬浮

高　伟

这是一场席卷鄂尔多斯高原的风暴。它既是中国社会转型的大风，也是这个时代席卷人们心灵的精神之风。它发生于二十一世纪之初的城市扩充，狂飙突进，像一股龙卷风，来得猛烈，去得神秘，将原本生活在穷困却安静的农牧区的人们卷进了金钱风暴。鄂尔多斯这块土地是神奇的，神奇就神奇在它的极大的能量。《大风》高度概括、极具象征性地表现了在整个中国大地上刮过的这种社会急剧变革的风暴，戏剧性地真实地揭示了当下中国在物质文明快速推进发展过程中的种种荒诞（比如武小山疯了，马三贵娶得高素质的媳妇等）。贫富不均、急剧变化的人生，折射出当下中国一些层面的现实，到处可见扭曲的人生，到处充满着铜臭的实利主义，充满着土豪的戾气。某娱乐明星离婚案揭露出来的巨量财富以及围绕财富展开的畸形关系不正是鲜活的例证吗？当然，这一切也恰恰说明了当今中国的精彩和活力。中国这三十几年的发展，相当于西方国家几百年的历程。

作者借助“我”这个儿童视角，通过一个小村落的变化和人物关系，很智慧地设置了叙述的距离，将残酷的现实进行了有意的隔离和遮蔽。作者笔下的田园，表现得是那么美好，农牧民对于土地的情感是如此深沉真挚，歌颂了人对土地、人与人之间的善良、真诚、美好，读来有一种儿童成长小说的品质。“我”的视角，既可以简略地勾勒时代翻天覆地的变化，又可以细腻地表现那场狂飙突进的土地之殇带给这个古老高原的心灵震颤，表现了作者对于这片田园牧歌般的土地的热爱。比如爷爷品尝土的情节，这在阅读史上闻所未闻，令人震惊。小说展示了中国社会在快速发展进程中为和谐次序，尤其是社会心理的创伤、文明进步所付出的代价，以及在金钱面前人性的扭曲和对于朴素价值的坚守。

对于这场像大风一样刮过这片土地的真实的历史，对于如此近距离的现实题材，作者没有选择纪实或者非虚构，而是用小说的形式来展现，显示了作者的担当与抱负。风起时这片土地是怎样的场景？风过后，它留给人的心灵是怎样的震颤？作家张凯拒绝架空和悬浮，紧贴现实土壤，敢于面对挑战和磨难，还原真实，书写现实，为我们奉献了一部直面现实的优秀力作，这对当下现实主义文学创作，是探索，是贡献。

作者系《中国作家》副主编